ピーター卿の事件簿

ドロシー・L・セイヤーズ

ピーター・デス・ブリードン・ウィムジイ卿は十五代デンヴァー公爵の次男。クリケットの名手にしてワイン通、書物蒐集と音楽、そして犯罪の探究を趣味とする貴公子である。クリスティと並び称されるミステリの女王セイヤーズが創造したピーター卿は、従僕を連れた優雅な青年貴族として世に出たのち、作家ハリエット・ヴェインとの大恋愛を経て人間として大きく成長し、古今の名探偵の中でも屈指の魅力的な人物となった。本書はその貴族探偵の活躍する中短編から「不和の種、小さな村のメロドラマ」等、代表的な秀作7編を選んだ作品集である。

ピーター卿の事件簿

ドロシー・L・セイヤーズ
宇　野　利　泰　訳

創元推理文庫

THE CASEBOOK OF LORD PETER

by

Dorothy L. Sayers

目次

ピーター卿の事件簿

鏡の映像

The Image in the Mirror

不自然に盛りあげた前髪を額に垂れ気味にした小柄の男が、大型の小説本に読みふけっていた。それはピーター・ウィムジイの所持品のひとつだが、この青年紳士にはいささか不似合いの品であり、おそらく本人も愛読書とは見られたくなかったものであろう。そして彼自身は、小柄の男のそばに安楽椅子をひき寄せて、手の届くところに飲みもののグラスをおき、この安ホテルの談話室のテーブルを飾っているダンロップ・タイヤ会社のカタログに目をやりながら、小柄の男が読みおえるのを辛抱づよく待ち受けていた。

小柄の男は椅子の腕に両肘を載せて、赤毛の頭を小説本に押しつけるようにして読みつづけているのだが、ひと区切りごとに太い息を吐き、ページをめくるときは、書物を膝の上におき直して、両方の手を使うのだった。めったに小説本など手にしたことのない男だな、とウィムジイは観察した。

読んでいるのは短編集の一編で、ようやく結末にたどりついたが、小柄の男はふたたび冒頭のページに戻って、意識に残った個所をもう一度入念に読みかえし始めた。そしてそれを、ページを開いたままでテーブルの上におくと、ウィムジイの目を覗きこむようにして、ロンドン

訛りの強い言葉つきで、

「これはあんたの愛読書なんですか?」と質問した。

「愛読書とまではいいかねるが」ウィムジイは上流紳士らしい優雅な声で答えた。「話の筋はだいたい覚えている。持ち歩くのに手頃な大きさだから、たとえば今夜のように、ひとつ場所に腰を据えることになったとき、数ページずつ読んできた。気に入ったのなら、きみに進呈するよ。愉快な話が揃っている」

「このウェルズという男は」と、赤毛の男はつづけていった。「作家としては一流なんでしょうね。そうでなかったら、こうまで生き生きとは描き出せないはずです。だけれど、あんたがた読者は、こんな事件が実際に起きるわけがない、みんな小説家の頭が産み出した突拍子もない空想だとお考えになる。つまり、この小説のストーリーみたいな出来事を、現実社会の人間、たとえばあんた……それから……このわたしが経験することはないと」

ウィムジイは首をねじ曲げて、小男が読んでいた短編のページを覗きこみ、

「ほう、『プラットナー先生綺譚』か。学校教師が四次元の世界をさまよったあげく、元のこの世界に帰ってきたものの、肉体の構造が左右入れちがっていたというストーリーだな。もちろん、現実社会に起こり得る出来事でない。四次元の観念そのものには、興味深いものがありはするがね」

「ところが――」小柄の男はいいかけたが、すぐに口をつぐんで、ウィムジイの顔をじろっと見やった。しかし、思いきったように、あらためてまたしゃべりだした。「四次元の世界とい

うやつを、この小説を読んだだけで、理解できたとは思えません。これを理解するには、正直なところ、わたしの科学知識が不足しているんです。ですけど、これだけ鮮やかに、まるで目の前に見ているみたいに描写されると、なるほど、そういったものかと考えざるを得なくなります。それに——ここのところはまちがいなく事実なんですが——軀《からだ》の内部の左右入れちがいのことは、この小説を読む前から知っていました。なぜかって、わたし自身の体験からいっているんですから、信じていただいてまちがいないんです」

ウィムジイはシガレット・ケースを差し出して、一本勧めた。小柄の男は本能的に左手を伸ばしかけたが、すぐに気がついて、右手を出し直した。

「これですよ。いまご覧になったとおりです。わたしは自分で気がつかずに、左手を使ってしまうのです。小説の主人公のプラトナーとまったく同じでしてね。気をつけてはいるんですが、いっこうに直りません。もっとも、近ごろでは、あまり気にしないことにきめました。苦に病むほどのことじゃない。世間に左利きは大勢いて、その連中がちっとも気にしていない、と自分自身にいい聞かしているんです。しかし、もっと大きな、深刻な悩みがあります。わたしという男は、ときどき四次元の世界に入りこんでしまうのです」と小男は太い吐息を洩らして、「そのとき何をやってのけたかと考えると、不安で怖ろしくて、居ても立ってもいられない気持になるんです」

「そこのところを、もう少し詳しく話してもらえないかな」ウィムジイは興味を感じだした様子でいった。

「他人《ひと》さまには話したくないことでしてね。うっかり話そうものなら、こいつ頭がおかしくなったな、と思われること疑いなしです。だけど、本人のわたしにしては真剣な問題です。朝起きると、夜のあいだに間違い事をしでかしてはいないか、きょうはいったい何月何日なのか、といった疑惑で、生きてる空《そら》もないくらいです。新聞を見たところで不安がなくなるわけじゃなし……まあ、いいでしょう。お望みなら話しますよ。だけど、しゃべらしておいて、なんだ、くだらない、ばかばかしい話を聞かされて退屈した、なんてことはおっしゃらんでください。この話のそもそもの始まりは――」

小柄の男はまたしても言葉を切り、落ち着きのない目で部屋のあちこちを見やってから、

「誰もほかにはおらんようですな。では、ここへちょっと手をあてがってみてくれませんか」

と、かなり着古したダブルのベストの前をひろげて、心臓のあたりを片手で押さえた。

「いいとも、ここかね？」ウィムジイはいわれるままに、小男の裸の胸に手をあてがった。

「どうです、お判りになったでしょう」

「何がだね？」ウィムジイはいった。「ここのところに、何か異常があるのか？　べつに腫れてもいないようだが、脈搏だったら、手首のほうがよく判るぜ」

「いや、問題は脈搏じゃなくて、心臓の位置なんです。こんどは右の胸にさわってみてもらいましょう」

ウィムジイは素直に手を右胸に移して、少し間をおいてからいった。「なるほど、こちら側で鼓動を打っている」

「お判りになりましたか。お手数をおかけしたのも、わたしの心臓の位置が右側だってことを、ご自身で確かめていただきたかったからなんで」

ウィムジイは同情するような顔を見せて、「何かの病気で、位置が変わってしまったのか？」と訊いてみた。

「病気といえば病気みたいなものですが、心臓だけじゃなくて、肝臓にしろ何にしろ、臓器の位置がそっくり入れちがっているんです。医者に診《み》てもらって確かめたんですから、まちがいはありません。盲腸だって左腹で——いや、いまは手術でとり去りましたが、それまではそうでした。なんでしたら、傷口をお目にかけますが、あの手術は医者を悩ませて、あとでさんざん愚痴をこぼされたものです。こんな厄介な手術は初めてだ。左手でメスを扱わなけりゃならんのだからな、とですよ」

ウィムジイは慰め顔に、「たしかに異常なことではあるが、きみみたいな特異体質もときにはあるようだよ」といった。

「ところがこれは、もって生まれた体質じゃなくて、空襲のせいなんです」

「なに、空襲？」ウィムジイは啞然とした表情を見せた。

「そうなんです。臓器の位置の移動だけなら、諦めがつきます。これだけの被害ですんだのを、むしろ喜んでもいいんですが……あれはわたしが十八の年で、召集令状が舞い込みました。その頃はもう働きに出ていて、職場はクライトン広告会社の包装部でした。お聞きおよびでしょうが、クライトンは大きな会社で、事務所はホウバンにあります。召集されたわたしは、とりあえず教練所に入れられて、軍務訓練を受けていたんですが、最初の休暇に、ロンドンに戻ってきました。召集されるまで、母親と二人で、ブリクストンに住んでいたんですから。で、その晩は、二、三人の友達と久しぶりの食事をして、それからの時間を、ストル劇場で映画を楽しむ計画でした。食事がすんだときは、開演時間が迫っていたんで、レスター・スクエアからコヴェント・ガーデン・マーケットへ抜ける道を急いでいたところ、空襲が始まったんです！そして、爆弾がすぐ足もとに落下して、わたしは気を失ってしまいました」

「オールダム界隈がやられた空襲だな」

「そうですよ。一九一八年一月二十八日の夜でした。目の前が真暗になって、わたしは意識を失いました。ところが、気がついてみると、明るい太陽の光を浴びて、ひろびろとした場所を歩いているのでした。あたり一面が緑の草地で、木立が茂り、そばに大きな池があります。どうしてそんな場所を歩いているのか、月の世界に投げとばされた男同様で、皆目見当がつきません」

「驚いた話だな」ウィムジイはいった。「そしてそこが、四次元の世界だったのか？」

「いいえ、そうじゃなくて、ハイド・パークでした。気を落ち着けて、よくよく見ると、サーペンタイン池の畔《ほとり》なんです。ベンチには例によっておしゃべりに夢中になっている女たち、そばでは子供たちがとびまわっています」

「で、きみの躯は、爆弾でやられなかったのか？」

「無事でした。傷もなければ、痛みもありません。ただ、何か堅い物の上に叩きつけられたみたいに、肩と尻とに打ち身の跡が残っているだけなんです。わたしは頭がくらくらしてきました。爆弾にやられて、気を失ったところまでは覚えていますが、どうしてハイド・パークを歩いているのか、そのあいだの記憶がぜんぜんないのです。倒れているのを救い出されて、クライトン会社の施設内に収容されているのなら判りますがね。腕時計を見たら、停まっていました。とたんに空腹を感じて、ポケットを探ると、少しばかりの硬貨があるだけで、持っているはずの――といったところで、大した金額ではありませんが――紙幣はすっかり失くなっています。しかし、何か食べずにはいられないほど空腹なんで、いそいで公園をとび出し、マーブル・アーチ・ゲートのそばの簡易食堂へとび込みました。そして、卵を二つ載せたトーストと紅茶を注文して、待っているあいだ、そばの椅子に先客がおきざりにしていった朝刊をとりあげたんですが、その日付をひと目見たとたんに、さっきの驚きをはるかに上まわるショックを受けました。頭を殴りつけられたみたいな打撃です。わたしが覚えているのは映画見物に行く途中までで、それは二十八日の夜でした。それが、いま手にした新聞は――一月三十日の日付です！　つまりわたしは、まるまる一日と二晩のあいだを、どこかで過ごしていたんです！」

「ショックのせいだな」ウィムジイがいった。

　その言葉を、小柄の男は自分なりに解釈して、

「ショックですって？　ショックなんて生《なま》やさしいものじゃありません。頭にかっと血がのぼって、目の前が暗くなりました。注文した品を運んできた娘も、気違いだと思ったにちがいないのです。わたしはそれでもその娘に、きょうは何曜なんだ、と訊いてみました。そして、金

曜日よ、って返事を聞いて、わたしの怖れがまちがいでないのを知りました。

簡易食堂での話は、ここらで打ち切ります。まだ先が長いのです。わたしはどうにか食事をすませて、近所の医院へ駆け込みました。医者に最後の記憶はと訊かれて、空襲に出っくわしたまでと答えましたが、爆弾が落ちてきたところから先は、いくら頭をひねってみても、何ひとつ思い出せません。医者はわたしを慰めて、神経的なショックで、一時的に記憶を喪失しただけだ。格別めずらしいケースでもないから、あまり心配しないほうがいいというのでした。それから医者は、どこか痛めた個所があるんじゃないか、念のために診察だけはしておこうと、聴診器をとりあげました。そしてそれをわたしの胸にあてがったとたんに、大きな声で叫んだものです。

『これは驚いた！　きみの心臓は右胸にあるんだな』

わたしもまたびっくりして、『え？　心臓が右の胸に？　初めて聞きました』と叫んでしまいました。

医者はそれから、わたしの全身を入念にあらためたうえで、さっきお話ししたような事実を説明しました。臓器の位置がそっくり左右入れちがっているというのです。そして両親のことを詳しく質問しはじめました。わたしは独り息子で、十歳になったばかりのとき、父親に死に別れました。父の死は交通事故です。自動車に轢《ひ》かれて死んだのです。その後のわたしは、母親との二人暮らしで、ブリクストンに住んでいました。医者は慰め顔で、めずらしい症例ではあるが、臓器の位置が異常なだけで、健康体であるのはまちがいないのだから、二、三日家で安静にしておれば心配ないというのでした。

わたしは医者の言葉どおりにして、元の健康をとり戻し、とんだ災難だったが心配ごとはこれで終わったと考えました。ただ、軍当局に事情を説明のうえ、休暇の延長を申請して、配属部隊を輸送本部に変更してもらいました。そして、召集から数か月経つと、大陸への出動命令が下ったので、いよいよロンドンともお別れかと、その日、ストランド・コーナー・ハウスのミラー・ホールで、最後のコーヒーを味わいました。ご存知でしょうね、入口からすぐの階段を降りたところにあるあの店を？」

ウィムジイはうなずいた。

「店のなかに鏡がはりめぐらしてあります。わたしはコーヒーを飲みながら、ふと、近くの鏡面に目をやりますと、そこに若い女の姿が映っていて、わたしにほほえみかけているではありませんか。まるでわたしが顔見知りの相手であるかのようにです。しかし、会ったこともない女です。ですからわたしは、ああした職業の女でも、人ちがいをするものなのかと、鏡から目を離して、ふたたびコーヒーカップを手にしました。当時のわたしは、未経験の若者でしたが、母親からきびしく教えこまれていたので、この種の女性の扱い方を心得ていたのです。すると突然、耳もとで甘い声がささやきました。

『ジンジャー――こんばんは、ぐらいなこと、いってくれたらどうなの』とです。

顔をあげると、鏡の女が立っていました。化粧の濃すぎるきらいがありましたが、美人といっていい器量でした。

そこでわたしは、『お見それしたけど、どなただっけ?』と、ややぎごちない口調で応じました。

『まあ! そんな冗談を!』彼女はやはり冗談めかした口調で受け流して、『水曜日の夜に会ったばかりじゃないの。ミスター・ダックワージー』と、立ち去る気配も見せません。

わたしは考えました。ジンジャーと呼びかけたことは不自然でない。赤毛の男をそう呼ぶ女は大勢いる。だが、呼びかけ方の自然すぎるのが気になって、

『知りあった仲みたいなことをいうね』と、咎めてみました。

しかし、女は平気な顔で、『当たり前じゃないの。不思議そうな顔をするほうが不思議よ』というだけです。

そのやりとりでお判りでしょうが、どうやら彼女、わたしを家に泊めたことのある客の一人と思いこんでいるようなんです。そしてわたしが何より驚いたのは、それがあの空襲の夜だったことです。

『たしかにあんたよ』それでも彼女は、少し怪訝《けげん》そうにわたしの顔をみつめていましたが、『まちがいないわ』と断言して、『鏡に映った顔を見たときにも、すぐに気がついたくらいよ』

わたしのほうにも弱みがあるので、彼女の思いちがいだと、いちがいに否定はできません。あの夜の記憶が皆無なので、どこで何をして過ごしたのか判ったものでないからです。そう観念はしたものの、それがわたしをひどく苦しめました。当時のわたしは純真無垢の若者で、娘たちとの交際もなかったくらいですから、商売女と一夜を過ごしたとあっては、大金の無駄使

いはともかく、犯罪をおかしたのと同様の気持にさいなまれて、その夜の模様を詳しく訊かずにはいられぬおもいに責められたのです。

ですけどわたしは、かろうじてそのおもいを抑えつけて、なんとか口実を作りあげ、その場は彼女にひき退《さ》がってもらいました。しかし、それからというものは、空襲の夜の行動が気になって……いっそ、もう一度、あの女に会ってみようか……いや、どう問いただしてみたところで、彼女に判っているのは、二十九日の朝までのことで、それから三十日までの二十四時間内に、どこでどんな凶悪行為をおかしていないともかぎらんと考えると……」

ウィムジイはうなずいて、「もっともな疑惑だな」といってから、呼鈴を鳴らして、給仕人に二人分の飲み物を持ってこさせ、ふたたびダックワージー君の異様な経験談に耳を傾けた。

「だからといって、わたしがその問題をいつまでも思い悩んでいたわけではありません。所属部隊がフランスへ渡り、最初の戦死体に出っくわし、最初の敵弾が耳もとを掠めるのをかろうじて避け、最初の夜を塹壕《ざんごう》内で過ごすことで、個人問題を思い悩む余裕はふっとんでしまいました。

つぎにおかしな出来事に出会ったのは、ベルギー北西部の町イーペルに設置された戦傷者収容所《CCS》の病室内でした。わたしたちの部隊はその年の九月に、北フランスのカンブレーから出撃を開始しましたが、コードリー付近まで進軍したところ、敵の地雷がおびただしく敷設《ふせつ》してあって、わたしもそれにやられ、生き埋めの憂き目に遭いました。かなりの傷を負って、一昼夜のあいだ、無意識の状態で横たわっていたはずですが、気がついたときは、肩に大きな傷口をあけたまま、戦列のうしろのほうをほっつき歩いているのでした。誰かの手で包帯がしてあります。それでいて、手当てを受けた記憶がぜんぜんありません。長い時間をほっつき歩いていたらしくて、道路標識を見出すまでは、そこがどこなのか見当もつかぬ有様でした。しかし、やっと部隊に収容されて、さっき申しあげた野戦病院へ送られましたが、非常な高熱で、気がついたときはベッドに寝かされていて、看護婦が心配そうな顔で覗きこんでいるのです。隣りのベッドの男は眠っていたので、そのひとつ先のベッドの男に声をかけて、どこの病院なのか教えてもらいました。ところがそのとき、急に隣りのベッドの男が目をさまして、大声で叫びだしたのです。

『あっ、いたな、赤毛野郎！　いいところで出会った。もう逃がさんぞ！　おれの持ち物、どこへやった？』とです。

わたしはまたも、頭を殴りつけられた気持を味わいました。これもまた、一度も見たことのない男なんです。その男が食ってかかって、人非人呼ばわりをするのです。看護婦がとんできて、相手の男を鎮めてくれましたが、同室の人たちが残らずベッドの上に起きあがって、聞き耳を立て、なんのことかと見守っています。わたしとしても、あんなに驚いたことはありません。

そしてその驚きが、相手の怒りの原因を聞いて、いっそう大きくなりました。理由はこういうことでした。隣りのベッドの男の部隊が不意の敵襲に敗退して、彼もまた手傷を負い、近くの塹壕に転げこんだので、生命《いのち》だけはとりとめましたが、そこへまた一人、赤毛の兵士が逃げこんできて、二人はしばらく、その塹壕内にかくれていたそうです。ところが、彼の出血がはげしくて、躯も動かせなくなったと見ると、赤毛の兵士の態度ががらっと変わって、彼が身につけていた現金、時計、拳銃、そのほか金目《かねめ》の品を洗いざらい奪いとって、とび出していってしまったそうなんです。たしかに破廉恥《はれんち》な仕業で、隣りのベッドの男が怒るのも無理はありません。わたしも同情しましたが、ただ迷惑なことに、その赤毛の兵士がわたしにちがいないと、彼があくまでもいいはるんです。何をいうか！　おれときさまは、一日ちかくをひとつ塹壕内で、一緒にひそんでいたんだぞ！　その顔のどの部分にも見覚えがある。見まちがえるわけがあるか！　といった調子でした。そのうちに隣りのベッドの男が、たしかきさま、ブランクシャー部隊の所属だといったな、との言葉を洩らしました。そこでわたしは、さっそく身分証明書をとり出して、東ケント部隊の配属兵士であるのを裏付けてみせました。それやこれやのやりとりのあと、相手の男はどうにか納得した様子で、それじゃおれの見ちがいだったかと、言い訳めいたことを呟きながら、黙りこんでくれたのです。どっちみちこの男は衰弱がはげしくて、それから二、三日すると息をひきとったので、すでにその頃、意識がもうろうとしていたのだと、病室内の全員の意見が一致して、このおかしな事件も片がつきました。ブランクシャーと東ケントの両部隊は並列して戦線に出ていたので、兵士どうしが入り混じるのも考えられないことではありませんでした。ですからわたしは、ブランクシャー部隊にわたしと瓜二つの男がいるのじゃないか、調べてみようと思い立ちました。ところが、負傷がかなりひどかったので、本国への送還がきまってしまいました。そして、健康が回復して、もう一度戦線に復帰できる躯になったときは、休戦条約が締結されて、その必要がなくなっていたのでした。

戦争が終わると、わたしは以前の職場に戻って、その後しばらくは、万事が順調な日がつづきました。二十一の年に、おとなしくて、気立てのやさしい娘と婚約ができて、休日には庭仕事を楽しみにする生活が訪れたわけです。それが突然——わたしの身の上には、思わぬ事件が突発的におこるものときまっているようです！——母親に死なれました。それからのわたしは、下宿屋の一室で独り暮らしをしていたのですが、ある日、これも突然、婚約者の娘からの手紙が舞い込みました。この日曜日に、サウスエンドの通りで、わたしがほかの女と腕を組んで歩いているのを見かけたが、婚約者がいるのに、なぜあんな真似をするのかと、はげしい文句をつらねた詰問状なんです。その目撃事実だけで、彼女にとっては、婚約を破棄するのにじゅうぶんな理由でした。そして、わたしたちの仲は終わりを告げたのです。

その週末に、インフルエンザで寝込んでしまったので、彼女と会うことができなかったのです。患って、下宿の一室に独り寝込んでいるくらい侘しいものはありません。看病してくれる者がいないどころか、息をひきとったにしても、誰も気がつかないということもあり得ます。ことにわたしの場合は、部屋を家具付きで借りていたわけでなく、病気がどんなにひどくても、看護する者はおろか、見舞客もいない境遇だったのです。ところが、婚約者の手紙だと、高熱でうなされていたこのわたしが、その日曜日のサウスエンドの街筋を、どこかの女と腕を組んで歩いていたことになります。そんなばかなことはないと、いくら弁解したところで、彼女が聞き入れるとも思えません。わたしのほうにも、その日彼女が、なんのために独りでサウスエンドなんかへ出かけたのかと、反撃したい気持があって、実際、詰問の手紙を書きあげましたが、けっきょくは投函しないで、破り棄てました。まもなく婚約指輪が送り返されて、短かったこのエピソードも終わってしまいました。

しかし、エピソードは終わっても、その出来事がわたしを悩ましつづけたことに変わりはありません。わたしの心の動揺の理由は、その日わたしがサウスエンドを歩いていた事実を、かならずしも否定できないことでした。下宿屋の一室に、高熱でうつらうつらしていたつもりなんですが、そのときの記憶は霧がかかったようにもうろうとしていて、はっきりしたことは何も判りません。過去の経験からして、あり得ないことだといいきれないのが悩みの種なんです。たしかに夢を見ていました。しかもそれが、何時間ものあいだ、どこかの町をうろついていた夢でした。高熱に浮かされていただけだと、自分自身にいい聞かせてはみたものの、夢中遊行ってこともありますんで、否定する根拠もないわけです。そんないきさつで婚約者を失ったのは辛いことでしたが、わたし自身の頭の異状を怖れる気持がより以上強いことから、どうにか哀しみを克服できました。

それからかなりの期間、悪夢を見つづけました。夢の内容はだいたい似かよったもので、子供のころのわたしを脅やかしたものが、毎晩襲ってくるのでした。わたしの善良な母は、つつましい質素な暮らしをしていて、その唯一の楽しみが、ときたま映画を見に行くことでした。もちろん昔のことですから、最近の映画を見たひとの目には、論外に未完成な作品と映るでしょうが、それはそれとして、当時の人たちはじゅうぶん高く評価していたものです。あれはわたしが七つか八つのときでしたが、母が映画館へ連れていってくれました。詳しいストーリーは忘れましたが、題名をちゃんと覚えています。『プラーグの大学生』という時代物映画で、若い大学生が悪魔に魂を売ると、ある日、鏡に映った彼の姿が抜け出して、かずかずの凶悪犯罪をやってのけます。世間の人たちはそれを大学生自身の所業と考えます。少なくとも、映画を見ている少年のわたしはそう思いました。なにぶん古い昔のことなので、細かな部分は覚えていませんけど、いまだに頭から離れないのは、大学生の怪奇な姿が鏡から抜け出すのを見たときの恐怖感です。あまりの怖ろしさに、わたしは泣きだして、母が仕方なしに外へ連れ出してくれたのです。それからのわたしは、何か月も何年も、その夢ばかり見ていました。夢のなかのわたしが、映画の大学生と同様に、大きな丈長《たけなが》の姿見を覗きこんでいます。そしてしばらくすると、姿見に映ったわたしの顔がほほえみかけるので、わたしは左手を突き出して、姿見に歩みよります。鏡面の映像もまた、右手を差し伸べながら近よってくるのです。そして、手と手が触れあおうとした瞬間――それは怖ろしい瞬間でした――映像は急に背中を向けて、鏡の奥へ戻って行きます。うすら笑いの顔を肩越しに見せながら……それでわたしは、はっと気がつきます。鏡に映っているのが本当のわたしで、こちらに立っているのは、わたしの影なんだと。そして、映像のあとを追って、鏡のなかにとび込むと、そこは霧に包まれ半暗の世界で、その無気味さに目がさめます。わたしの軀は汗びっしょりなんです」

「薄気味わるい夢だな」とウィムジイもいった。「遠い古代から、各民族のあいだに、生霊《いきりょう》が本人の前に出現するドッペルゲンガー伝説がひろまっている。現代人でもその話を聞くたびに、身の毛のよだつおもいを味わうものだ。ぼくも子供のころに、乳母のトリックに脅やかされた。彼女に連れられて外出し、帰宅して家の者から、街で誰かに会ったかと訊かれると、乳母はきまってこう答えた。いいえ、あたしたちと同じ姿かたちのものには出会いませんでした、とだ。だからぼくは、乳母と二人で外出すると、よちよち歩きの子供でありながら、懸命に彼女のあとを追った。街角を曲がったとたんに、ぼくたちとそっくり同じ二人が向こうから歩いてくるのじゃないかとの恐怖心だ。それが子供の気持にどんなに怖ろしいことであったか、とても言葉では表現できない。子供とはみんな、そういったものなのさ」

小柄の男も、おっしゃるとおりでというように、うなずいてみせてから、

「その悪夢が復活してきました」とつづけた。「初めのうちは間隔がありましたが、しだいに頻繁になって、ついには毎晩、襲ってくるようになりました。目を閉じるが早いか、大きな姿見が浮かびあがって、例の映像がにやにや笑いかけます。わたしをつかまえて、鏡のなかにひきずりこみにかかります。そのショックで目のさめることもありましたが、たいていの場合は夢が長々とつづいて、何時間ものあいだ、無気味な世界をさまよっていなければなりません。あたり一面、霧に包まれた薄暗がりで、周囲の壁面が『カリガリ博士』の映画に見るように、異様な歪み方をしているんです。あれこそ狂気の世界の姿なんでしょうな。目を閉じるとそれが見えてくるので、眠るのが怖ろしくて、朝まで起きている夜がつづくのでした。だからといって、眠らないわけにもいきませんし、どうしたらいいのか、わたしは途方に暮れました。そして、夢遊病についての本を読んでみますと、病者自身は夢中遊行を懸念して、刃物など危険

な品を隠したりするが、目ざめているあいだの行動は、夢のなかでも覚えているものだとあるのです。したがって、夜中にさまよい出るのを防ぐために、ドアの鍵を隠したところで、意味のないことだと知ったのです」

「誰かに同じ部屋で寝てもらう手を打てなかったのか?」

彼は返事をためらっていたが、「打ちましたよ。その手で活路を見出しました」と答えた。

「つまり、同棲の相手を見出したんです。気立てのいい娘で、彼女が一緒に住むようになると、悪夢に襲われなくなって、それからの三年間、平和の夜がつづきました。その娘を、わたしは心底から愛しました。それだのに、彼女もまた、死んでしまいました」

小男はグラスをとりあげて、残りのウィスキーを一気にあおった。

「インフルエンザから肺炎になったんです。わたしは泣きました。心から悲しみました。せっかく、申し分のない娘と一緒になれたのに……その後はまた、独り暮らしが始まって、その淋しさが辛さに変わりました。例の悪夢がまた襲いだしたのです。こんどは前のより悪質で、夢のなかのわたしが、ずいぶんといろいろ、極端な真似をやってのけるのです。それをいちいち数えあげたところで、意味がありませんけど……

そして、こんどはそれが、真昼間に起きたんです。その日、わたしは正午の昼食時間に、ホウバンの通りを歩いていました。勤務先はやはりクライトン広告会社で、その頃は包装部の主任に出世していました。忠実に勤務してきた賜《たま》ものなんです。天候の悪い日で、みぞれがちらつき、昼間から薄暗かったのを覚えています。街を歩いていたのは散髪したかったからで、ホウバンの通りの南側に、行きつけの理髪店があったのです。たいていの理髪店がそうですが、階段を地下に降りたところが狭い通路で、その突きあたりに、鏡をはめたドアがあって、それに金文字で店の名が書いてあります。この辺のところは、申しあげるまでもなく、お判りでしょうが。

通路は電灯がともっていて、ドアの鏡に明るく反射しているので、近づくと、鏡の上にわたしの姿が、まるでわたし自身を迎えるように映っています。そのとき急に、いやな予感がしましたが、つまらぬことを気にするなと自分自身にいい聞かせながら、鏡のドアの把手に手を差し伸べました——左手でした。把手が左側にあって、わたしも左利きの習慣が身についているので、つい左手を出してしまったのです。

当たり前のことですが、鏡に映ったわたしは、右の手を差し出していました。ところが、よく見ると、その姿が、わたしの古い、つば広のソフト帽に、バーバリーのレインコートというでたちなんです。しかもその顔が——おお、神さま！——こちらのわたしににやにや笑いかけて、夢のなかにあらわれる無気味な相手と少しの変わりもないのです。そして、急にくるっと背を向けると、さっさと奥へひっこんで行きます。肩越しにうすら笑いの顔を見せながら……

わたしはいそいで把手に手をかけ、ドアを押し開けましたが、部屋にとびこむ前に、しきいにつまずいて、倒れてしまいました。

それから先は、何も覚えていません。気がつくと、ベッドに寝かされていて、そばに医者が立っているのでした。その医者の話だと、わたしは気を失って、道路上に倒れていて、ポケットに入っていた郵便物で身元が判り、わが家へ運びこまれたそうなんです。

わたしは一部始終を医者に語りました。すると医者は、きみの神経衰弱は相当に強度のものだ。屋内勤務をやめて、戸外の職場に移ったほうがいい、と忠告してくれるのでした。

クライトン会社の重役たちは親切な人たちばかりで、さっそく職場を、戸外広告部の主任に変更してくれました。ご承知でもありましょうが、町から町を巡回して、道路沿いの板囲いその他の貼布ポスターが破損していないか、貼布場所が適当であるかなどを調査し、報告する役目なんです。会社からモーガンの車を一台あてがってもらって、町まわりをやっているおかげで、近ごろではかなりの程度元気をとり戻しました。

悪夢の悩みも薄らぎましたが、まだ完全にとはいきません。数日前にも、ひとつ見ました。考えようによっては、いままでのうちでも最悪といえるやつで、わたしは漆黒の闇のなかで、例の悪魔と闘いました。つまり、もう一人のわたしを追いつめ、つかまえて、押し倒し、この指でやつの喉を絞めあげ、息の根をとめてやったのです――わたし自身を絞め殺したんです。

その場所は、ロンドン市内のようでした。わたしにはどうも、ロンドン市内にいるときに、不吉なおもいを味わう運命がつきまとっているようです。それからこの町へ出張してきたってわけでして……

以上の話でお判りいただけたでしょうが、わたしはこの小説に、特別の興味を感じました。四次元の世界そのものにです。もちろんわたしにとっては初耳のことですが、ウェルズというこの作家、ずいぶん詳しく知ってるようですね。もっとも、ウェルズにかぎらず、あんたみたいに、大学か何かで教育を受けたお方なら、じゅうぶんご承知のことでしょうから、ご意見をうかがわせていただきたくなったのです」

ウィムジイは答えて、「ぼくはこういいたいね。きみの医師の言葉を全面的に信頼すべきだとだ。みんな、きみの神経が生んだ妄想だよ」

「そうでしょうかね。しかし、神経衰弱だけじゃ、この悩みの原因の説明になりません。むしろ、さっきあんたのいわれた古代以来の伝説のほうが納得いくようです。昔の人は、あんがいものを知っていたんで、古い言い伝えもばかにできません。わたしのほかにも、悪魔に苦しめられた人たちの話をときどき聞きます。本人が悪魔にやられたと思えばこそ、そんな話がひろまるんでしょうよ。やっぱり、悪魔の存在を信じるほうが、理屈にあうんじゃありませんか。それはともかく、いまわたしがいちばん知りたいのは、この悩みが克服できて、元のまともなわたしに戻る日がくるのかどうかという点でして、その疑惑が心に重くのしかかっているばかりに、気持の休まるまのない毎日がつづいているんです」

「ぼくだったら、気にしないように心掛ける」ウィムジイがいって聞かせた。「新鮮な空気に触れる生活をして、なるべく早く結婚する。夫婦生活が軽率な行動を抑制して、悪夢も自然と見なくなるというわけさ」

「さよう、さよう、わたしも、それを考えました。だけど、いつか読んだ新聞に、一緒に寝ている細君を絞め殺した男のニュースが載っていました。それが夫婦者を見舞う最大の危険です。

たぶん亭主が夢をみている最中に……」

　小男は怖ろしそうに首をふって、暖炉の火をじっとみつめた。ウィムジイは少しのあいだ無言でいたが、ふと立ちあがると、バーのカウンターへ向かった。そこでは女主人と給仕人と給仕女が額を集めて、夕刊新聞に目をそそぎながら、何やら話しあっていたが、ウィムジイの足音を聞くと、口をつぐんだ。

　その十分後、ウィムジイは談話室に戻った。小柄の男の姿はなくて、運転用の上着だけが椅子の上に投げだしてあった。ウィムジイも階段をのぼって、寝室に入り、パジャマとドレッシング・ガウンにゆっくり着替えた。それから、小男の運転用の上着から抜きとってきた〈イヴニング・ニューズ〉をひろげて、第一面の報道記事をていねいに読みはじめた。読みおえて、少し考えた末、腹がきまった様子で、腰をあげ、ドアをそっと開いた。薄暗い廊下に、人影がなかった。ウィムジイは懐中電灯をともして、床に目をやりながら廊下を進んだ。客部屋の一つの前で足をとめると、ドアの外に出してある靴を確かめてから、把手を引いてみた。ドアは鍵がかかっていた。彼はかるくノックした。

　ドアが開いて、赤毛の頭が覗いた。

「入れてもらうが、差し支えあるまいな」ウィムジイが声を殺していった。

　小柄の男がうなずいて、ひっこんだので、ウィムジイはあとにつづいた。

「何かご用で？」ダックワージー君が訊いた。

「少し話し合いたいことがある」ウィムジイは答えて、「きみはベッドに入るがいい。時間のかかる話だ」

小男は怯えたように相手の顔をみたが、いわれたとおり、ベッドに戻った。ウィムジイはドレッシング・ガウンの前をかきあわせ、モノクルをしっかり目に押しあててから、ベッドの端に腰を下ろした。そして数分のあいだ、何もいわずにダックワージー君をみつめていたが、やがて口を開いて、

「いいかね、ダックワージー君。今夜ぼくは、きわめて異常な話を、きみの口から聞かされた。異常ではあるが、信じてよい理由もあると思った。それを信じるのは、ぼくがばかであるのを示すものだといわれるかも知れぬが、これもぼくの性格の一つで、相手を善良な男と見ると、その言葉を信じこんでしまう。そう生まれついたのだから、やむを得んことだが……ところで、きみはさっき、きょうの夕刊を読んだといったな？」

そして〈イヴニング・ニューズ〉を、さっき以上にぼんやりした顔つきのダックワージー君の手に押しやって、モノクルをかけた目を鋭く向けた。

夕刊紙の第一面には、若い男の顔写真が載っていて、その下段に読者の注意を促すように、枠に囲んだ肉太の活字が並んでいた。

上掲の写真は、先週木曜日の朝、バーンズ共用地《コモン》において、絞殺死体となって発見されたミス・ジェシー・ヘインズのハンドバッグの在中物で、裏面に「J・Hへ、愛するR・Dより」とある。原板に心当たりある人は、至急、ロンドン警視庁またはもよりの警察署

に届け出られたし。

ダックワージー君は顔をあげて、ウィムジイを見た。顔面蒼白、失神寸前の状態だった。

「どうだね?」ウィムジイが訊いた。

「とうとう、最悪のことが起きた」彼は泣き声で呟き、身悷いをし、新聞を押しのけるようにして、「いつかこんなことになるんじゃないかと怖れていたが……記憶はぜんぜんないんです」

「きみの写真にまちがいないな?」

「写真はそうです。でも、どうしてこんなものが! 写真なんか、何年も撮ったことがないんです。本当です。誓っていえます。クライトン会社の同僚たちと、大勢で撮ったのはありますが……さっきいった、自分で知らないうちのいろいろな行動――あれはやっぱり本当だった!」

ウィムジイは写真を本人と見くらべて、

「きみの鼻は――遠慮なくいうが――ちょっと曲がっている。右のほうへだ。この写真もやはりそうだ。左のまぶたがやや垂れ下がっていて、写真もそのとおり。写真の額は、左側がかなり腫れているように映っているが――印刷のミスかな」

「ミスじゃないんです」ダックワージー君は生えぎわの髪を掻きあげて、「こうするとはっきりします。もともとここが出張っていて――見苦しいので、前髪で隠しておくんです」

赤毛の頭髪が押しのけられると、写真と本人の相似がいっそう顕著になった。

「わたしは、口も少しゆがんでいます」

「たしかにそうだな。左側が吊りあがり気味で、笑うと目立つ。きみみたいなタイプの顔だと、とくにそうだ。さっきから気がついていたよ」

ダックワージー君はゆがんだ口もとに微笑を洩らした。

「ところで、きみはこのジェシー・ヘインズという娘を知っているのか？」

「夢のなかのわたしはどうか知りませんが、本人のわたしは、そんな名前は聞いたこともありません。もっとも、いまでは新聞で読んだから知っていますが……それにしても、この手が娘を絞め殺したとは！」

彼は両手を前に突き出して、悲痛な目つきで眺めやり、

「わたし、どうしたらいいんです？」といった。「もっと早く知ったら、逃げ出すことも──」

「いや、逃げのびられるものでない。この宿の者もすでに気づいて、階下に集まっている。数分のうちに、警察の連中が到着するだろう。これ、これ、動くんじゃないぞ」と、ダックワージーがベッドからとび降りようとするのを抑えて、「そのままでいることだ。下手に逃げまわったら、事態をいっそう悪くするだけだ。それよりも、気を鎮めて、ぼくの質問に答えてくれ。ああ、その前に訊いておくが、ぼくが誰だか知っているのか？　なに、知らん？　そうだろうな。ぼくの名前はウィムジイ──ピーター・ウィムジイ卿だ」

「探偵さんで？」

「だいたい、そんなところだ。では、質問にとりかかる。きみの住所は、ブリクストンのどこらへんだ？」

小柄の男は住所を述べた。

「母親は死亡したそうだが、ほかの身内は？」

「伯母がいました。サリー州のどこかに住んでいたはずで、スーザン伯母さん――わたしはいつも、そう呼んでいました。しかし、子供のころに会っただけです」

「既婚者か？」

「ええ――もちろん、そうです――スーザン・ブラウン夫人で」

「判った。で、きみの左利きは、子供のときからか？」

「ええ、最初はそうでした。それを母が直してくれたんです」

「そしてその癖が、空襲でぶりかえしたんだな。子供のころに、患ったことがあるか？　医師に診てもらったことがあるか、という意味だ」

「一度、風疹に罹《かか》ったことがあります。四つのときです」

「その医師の名前を覚えているか？」

「いいえ、診てもらったのは、総合病院なんで」

「なるほど。では、ホウバンの理髪店の店名は？」

この質問は意外だったとみえて、ダックワージー君は返事にとまどった。しかし、少し間をおいてから、ビッグズかブリッグズだったと思うと答えた。

ウィムジイは一瞬、考えこんでから、いった。

「訊いておきたいのは、そんなところだな。そうだ！　もう一つあった。きみのクリスチャン・ネームは？」

「ロバートです」

「さて、あらためて訊くが、きみは正常の意識のあいだには、この犯罪に手を染めていないといいきれるのか？」

「もちろんですとも」小柄の男は力をこめて答えた。「神に誓って、いえますよ。正気のときに、こんな怖ろしい真似をするわけがありません。ああ！　アリバイが証明できさえしたら！　それがわたしの救かる唯一のチャンスなんだが……でも、わたしがやったのかも知れないし……死刑になるんでしょうか？」

「正常の意識のときには、何も知っていないのが立証できれば、死刑は免れる」とウィムジイはいって聞かせたが、そのかわり後半生をブロードムア刑務所で過ごさねばなるまいと、付け加えるのは差し控えた。

「だけど、なんですね。わたしがこれからの一生を」と、ダックワージー君は呟いた。「こんなぐあいに、自分では知らないうちに、人殺しをしつづけているんだったら、いっそこの際、死刑にされたほうが、世の中のためかも知れませんね。考えただけで、ぞっとすることです」

「それはそうだ。しかし、まだいまのところ、きみが殺したとも断定できない」

「そうあってほしいですよ。ぜんぜん記憶がないんですから——おや、あれはなんだ？」

「警察官の到着だろう」ウィムジイはかるくいって、ドアにノックの音がしたときは立ちあがっていた。「おはいり！」彼はことさらに、明るくいった。

真っ先にホテルの女主人が入ってきて、そこにウィムジイがいるのを見て、意外そうな顔をした。

「さあ、さあ、みんな、はいりたまえ」ウィムジイは愛想よくいった。「ほう、部長刑事君か。かまわず通って。巡査君も一緒にな。で、用件は？」

女主人が先に、「みなさんがお寝《やす》み中なんで、なるべく騒ぎを大きくなさらないで。お願いしますわ」といった。

部長刑事はその二人に目もくれず、ずかずかとベッドに歩みよると、縮みあがっているダックワージー君に向かいあって立ち、

「まちがいなくこの男だ」といってから、「やあ、ダックワージーさん、夜分おそくの訪問で恐縮だが、きょうの夕刊にあったように、われわれはあんたの人相の男を探しておるんで、夜おそいからといって朝まで待ってはおれんのだ。われわれが知りたいのは——」

「わたしは何もしていません！」ダックワージー君が必死に叫んだ。「この事件のことは、なんにも知っちゃいないんです！」

巡査は手帳をとり出して、「質問以前に、何もしていないという」と記入した。

「というところをみると、きみはこの事件のことを承知しておるようだな」と、部長刑事がいった。

そばからウィムジイが口を出して、「もちろん、知っているさ。いまもぼくたち二人で、この事件について、ちょっと話しあっていたところだ」

「いったい、誰なんだ、きみは?」部長刑事はきめつけるようにいったが、相手が平気な顔でモノクルをいじっている様子に気を呑まれたのか、「誰なんです?」と口調を変え、喉につまったような声でいった。

ウィムジイは答えて、「こんな格好なんで、名刺を持っていないが、ぼくはピーター・ウィムジイ卿だ」

「ああ、さようでしたか。では、お訊きしますが、あなたはこの事件について、どこまでのことをご存知なんで?」

「訊かれたから答えるが、殺人事件のことは、何も知っていない。だが、このダックワージー君については知っている。といっても、彼が話してくれたことだけで、おそらく彼は、きみにも同じことを語るだろう。きみの訊き方が妥当なものであればだな。あらかじめいっておくが、強圧的な尋問は控えてもらうよ。手荒な扱い方は厳禁だ」

耳に痛いことを露骨にいわれて、部長刑事はいささかむっとした面持ちで、「被疑者の口から真相を引き出すのが、われわれ警察官の仕事でして——」と応じた。

「いかにもそのとおりだ」ウィムジイはいった。「そして善良な国民には、きみたちの質問に答える義務がある。しかし、いまは夜も更けた。質問を明朝まで待てぬこともあるまい。ダックワージー君は逃げ出しはせんよ」

「その確信は持てません」

「ぼくには持てるね。きみが質問したいときは、いつ何時でも出頭させる用意がある。それで支障はないだろう。まだいまのところ、どんな犯罪についても彼に逮捕状は出されていないはずだ」

「それはまだ、逮捕状までは——」

「よし、それできまった。万事、友好的に話し合いがついた。一杯、やっていくがいい」

部長刑事はややそっけなく辞退の言葉を述べた。

「おや、おや、目下、禁酒中か。気の毒に」ウィムジイは同情するようにいった。「悪いのは、腎臓かね？　肝臓かね？」

部長刑事は返事をしなかった。

ウィムジイはなおもつづけて、「今夜は、きみたちの訪問を受ける光栄に浴したが、あすの朝はこちらから出頭する。ぼくは午前中にロンドンに戻らねばならんので、途中、警察署に立ち寄るつもりだ。ただし、ダックワージー君の尋問は、このホテルの談話室で行なうのがよいと思う。そのほうが、質問するきみにも快適だろうからな。おや、もう帰るか。では、おやすみ」

ウィムジイは警察官二名を送り出したあと、ダックワージー君のところへひっ返してきて、「あすはロンドンに戻って、きみのためにひと骨折ってみる」といって聞かした。「午前中に事務弁護士に会って、ここまで出向いてくれるように依頼する。ぼくに聞かせたことを、この弁護士にも話して、警察の連中には弁護士が話してよいといったことだけをしゃべって、それ以上は何もいうな。彼らには供述を強制する権限はなく、逮捕状が出ぬかぎり、署へ連行できるものでない。もしかりに逮捕状が用意されたら、おとなしく出頭して、そのかわり黙秘をつづける。そして、どんなことがあっても、逃走を企てるな。それがきみの破滅であるのを忘れるんじゃないぞ」

翌日の午後、ウィムジイはロンドンに戻ると、ホウバンの通りを歩いて、問題の理髪店を探した。探し出すのは造作なかった。ダックワージーの説明どおり、狭い通路の奥にあって、丈長の鏡をドアにはめこみ、それに金文字で、《ブリッグズ理髪店》と書き入れてあった。ウィムジイは鏡に映る自分の姿を不愉快そうに眺めた。

「これが調査第一号だが」ウィムジイは口のなかで呟いて、無意識のうちに、ネクタイの歪みを直しながら、「好奇心に釣られてここまでおびきよせられたが、これもやはり、四次元の神秘のなせる業《わざ》か。さあ、ドアを押して、なかへ入ったらどうだ。怖じ気づいたのか、ウィムジイ。群れをなしたラクダは気安く入ってくるが、一頭だけだと戸口に踏んばって、押せども引けども動こうとしない、というやつだな。ラクダになるのは考えものだぞ。四、五日は酒がまずいし、テーブル・マナーも粗雑になる。見ろ、ドアの作りが、あの男の語ったとおりじゃないか。以前からこうなのか。なかへ入って訊いてみる必要がある。しかし、髭はけさ剃ったばかりだし……髪を刈ってもらうとするか」

彼はようやくドアを押して、それに仕掛けがないのを確かめながら、店内に入った。理髪師との会話は順調に進んだ。この男は話題が豊富で、口かずも多かった。しかし、記録に残すに足るのは、ひとつだけだった。

「以前に一度、この店で刈ってもらったことがある」ウィムジイがいった。「ああ、耳のうしろは、短めにしてくれ。で、あのときとは、店の様子がちがっているようだが、模様替えをしたのか？」

「ええ。スマートにしたつもりですが、いかがです？」

「入口のドア、あれも新しくとり替えたんだな」

「いいえ、あれはちがいます。あたしたちが引き継ぐ前からありました」

「鏡もか？」

「ええ、さようで」

「だったら、こっちの記憶ちがいだ。少し早いが、老人性認知症が忍びよってきたらしい。となると、チャールズ・ラムの詩の句じゃないが、『みんな、みんな、行ってしまう。なつかしい昔の顔が』という日がやってくる。仕方ないさ。毎年、一里塚を踏み越えているのだからな。しらがになるなら、見苦しくないしらがになれ、というやつだ。ああ、ヘア・トニックは要《い》らんよ。電気ゴテもだ。もともと巻毛なんだから」

　外へ出たものの、ウィムジイにはまだ納得しかねるものがあった。首をひねりながら、街路を数ヤードひっかえすと、喫茶店のガラス・ドアが目に入った。これもやはり、薄暗い道路の端についていて、《ブリジェット・ティ・ショップ》と金文字で書いてあり、こちらのガラスは素通しだった。ウィムジイは少しのあいだそれをみつめていてから、なかに入った。客席へは向かわずに、ドアを入ってすぐの場所に据えたガラスばりの小デスクに歩みより、レジの女に話しかけた。

ここでは遠まわしの戦法を用いずに、直接に問題の核心に触れた質問を試みた。何年か前になるが、この店の入口で、若い男が卒倒したことがあるのを覚えているかと訊いたのだ。レジの女は返事ができなかった。この店に就職して、三か月しか経っていなかったからだ。しかし彼女は、給仕女のうちには覚えているのがいるかも知れませんよと、わざわざ探しに行ってくれた。そして連れてこられた娘が、しばらく考えこんだうえで、甦らせた記憶を語りだした。聞き終えるとウィムジイは礼の言葉とともに、自分は新聞記者だと名乗った。意表外の質問をするときは、この手を用いるにかぎるのだ。そして彼女に半クラウン硬貨を握らせて、店を出た。

つぎの訪問先は、カーメライト・ハウスだった。ウィムジイは、フリート街のどの新聞社にも友人がいた。目当ての部屋を簡単に探しあてて入っていった。そこは掲載写真の保管室で、R・Dの顔写真を係員に出してもらって、

「これはこの社の者が撮ったのか?」

と、ウィムジイが訊くと、

「いや、警視庁からもらってきたんです、これがどうかしましたか?」

「べつに。ただ、撮した写真師の名前を知りたい。それだけのことだ」

「だったら、警視庁でお訊きになるんですな。ここでは判りませんよ。ほかにご用は?」

「何もない。ありがとう」

警視庁もまた簡単だった。首席警部のパーカーが、ウィムジイの親友の一人で、彼に訊くことで、写真師の名前がすぐに判明した。原板の下部に記入してあったのだ。ウィムジイはさっそく車を飛ばして、撮影した写真師の店をつきとめ、面会を求めた。

ウィムジイの予想どおり、警視庁の連中が先手を打って駆けつけ、写真師の知るかぎりの情報を入手していった。といっても、その内容はわずかなもので、写真師は繰り返して語ってくれたが、撮影したのは二年も前のことで、どんな人物を撮したのか、その記憶もさだかでないというのだった。だいたいわたしのところは、こんな小さな店ですから——と、写真師がいった——値段の安いのが特徴で、つまり、早撮り写真が専門なんです。修整の手間などかけていませんので……

そこでウィムジイが、原板を見せてくれというと、写真師は奥へひっこんで、少し探してから、とり出してきた。

ウィムジイはそれを検討したうえ、テーブルの上におくと、ポケットから〈イヴニング・ニユーズ〉をとり出して、そこに載っている写真と、いま写真師が持ってきたネガとを見くらべていたが、

「これはおかしい。どこか感じがちがっている」といった。

写真師も覗きこんで、さらにネガに目を移し、

「おっしゃるとおりだ」と大声を出した。「わたしの失敗でした」

「引き伸ばしのときのミスだな」ウィムジイがいった。

「ええ、さようで。ネガを裏返しに入れちゃったんです。実をいうと、このような失敗は、ときどきやらかします。ご承知のとおり、わたしたちの仕事は時間との闘いなんで、いそがされると、つい、こんなミスをおかしますが――それにしても不注意でした。これからは気をつけましょう」

「大至急、焼き増ししてもらいたい。裏返しでない、ちゃんとしたものをだ」

「承知しました。さっそくとりかかります」

「一枚は警視庁に送ってくれ」

「判りました。しかし、なぜこの男、気がつかなかったんでしょうね。わたしたち写真屋はカメラの位置を移動させて、三枚か四枚撮っておいて、そのうちの一枚を――」

「カメラ・アングルのちがうのがあったら、それもついでに見せてもらいたい」

「あいにくそっちは処分ずみで、一枚も残っていません。焼き付けたものの原板のほかは、みんな破棄してしまいます。ご覧のとおり店が手狭なんで、保管しておく場所に困るんです。焼き増し分の三枚は大いそぎで仕上げてお届けします」

「そうしてくれ」ウィムジイはいった。「早ければ早いほどいい。速く乾かして、修整は無用だぜ」

「判っています。一時間か二時間のうちには、かならずお届けします。それにしてもあの男、よくあれで文句をいわなかったものですな」

「驚くにもあたらんさ。彼はむしろ、よく写っているのを見て、満足だったのだろう。だいたい人間は、自分の顔を正面から見ることがない。毎日、見ているのは、鏡に映った顔で、左右が入れちがっている。つまり、あの写真さ。だから彼は、これが神さまから授かった自分の顔だと受けとった」

「そんなところでしょうね。なんにしろ、とんだ手落ちで、指摘していただいてよかったですよ」

ウィムジイは正しい写真の入手をいそぐことを繰り返して、写真店を出た。帰途、サマーセット・ハウスの登記所に立ち寄って、少しの時間を費やしたあと、その日の仕事は打ち切ることにきめ、邸へ戻った。


翌日、ウィムジイはダックワージーから聞いたことを頼りに、ブリクストンの町を尋ねまわり、青年とその母親の昔を知っている人々を探しあてた。その一人はかなりの年齢の女で、四十年以上前から、ダックワージーの家があった街筋に、小さな青果店を開いていた。読み書きのできない女によく見かけることだが、百科事典的な記憶力の持ち主で、ダックワージー一家が移ってきた年月日まで覚えていた。

「古いことで、ことしで三十二年になりますね。引っ越してきたのが、ミカエル祭の当日だったんで、日付もまちがっていませんよ。あの頃は母親のほうもまだ若くて、なかなかの器量よしだったが、とりわけその倅《せがれ》さんは、とても素直で、おとなしい子でしたから、うちの娘が目のなかに入れても痛くないくらい可愛がっていましたっけ」

「その子もやはり、この町で生まれたのかね？」

「ちがうんですよ、だんな。あの子が生まれたのは、もっとずっと南のほうで、その町の名は、どういうわけか、ついぞ母親の口から出ませんでした。あのひとはもともと内気な性分で、口かずも少なかった。たいていは家にひきこもっていて、人づきあいもろくにしなくて……うちの娘とは気があっていたほうだけど、それでも引っ越してくる前のことは、ついぞしゃべったことがなかったそうです。クロロホルムと聞くと、顔をしかめてたところからすると、大患いをしたことがあって、本人もそのいやな思い出を忘れようとしてたんじゃないかしら。あたしはそれを、あのひ弱な子を産んだときが、難産だったんだと睨んでいる。ご亭主も――これがまた、人の好いひとでしてね――あたしにいつもいうんでした。『頼みますぜ、アーボットルのおかみさん。うちの家内に、昔のことを思い出させないように』ってね。そればっかり、くどいくらい繰り返しましたよ。きっと、お産でひどく苦しんだのだろうけど、とにかくあの奥さんは、二度と子供を産まなかった。あたしは元気づけてやるつもりで、ときどきいってやりました。『お産の苦しみなんか、早く忘れなさいよ。丈夫にさえなったら、奥さんだってあたしみたいに、九人は子供を産めますからね』って。ところがあのひと、ほほえんでみせるだけで、けっして産もうとしなかった。一人もですよ」

「なるほどね。出産の苦しみは、じきに慣れてしまうものらしいな」ウィムジイはいった。

「それにしても、ミセス・アーボットル、きみが子供を九人も産んだとは考えられんね。いかにも若々しくて」

「軀に気をつけてるからですよ、だんな。おかげで、若いときよりも達者なくらいでさ。九人の子供を育てるんで、しょっちゅう軀を動かしたからかしら。なんにしろ、丈夫で暮らせるのが何よりです。そのかわり、少し肥りすぎましたね。いまのあたしを見たんじゃ、想像もおつきにならんでしょうが、娘のころのあたしは、蚊の脛《すね》みたいな痩せっぽちで、ウエストが十八インチちょっと、母親を心配させたものでした」

「美人であるのも、苦労が要るものだな」ウィムジイは如才なくいった。「で、その子は何歳だった？　ダックワージー夫人がこのブリクストンに引っ越してきたときは」

「何歳なんて、生まれて三週間かそこらでした。でも、可愛い赤ん坊でね。黒い髪の毛がふさふさして――ええ、そうなんです。あの子も生まれたばかりは黒い髪の毛でした。あとでは、ニンジンみたいな色に変わっちゃって――ママの赤毛に似たんでしょうけど、ママほどにはきれいじゃなかった。顔だってそうで、奥さんは美人なのに、それを受けつがないどころか、父親にも似ていなかった。奥さんにいわせると、母方の血が濃く出ているんだそうだけど」

「身内の誰かを見たことがあったかね？」

「ありますよ、奥さんの姉だっていうスーザン・ブラウン夫人を。これもまた、妹さんとは似ても似つかない、頑丈な軀つきで、いかつい顔の大女でした。住居《すまい》はイーシャムだとか――イーシャムだったら、あたしもよく知ってるんです。あの時分は、うちの野菜をあそこから仕入れていたのでね。それが最近は、町がひらけてしまって、野菜もろくにできなくなったけど、でもあたし、イーシャムと聞くと、スーザン・ブラウン夫人を思い出すんです。肩から上がちっちゃくて、下へゆくほどがっしりしてるところが、アスパラガスにそっくりなんでね」

ウィムジイはあたりさわりのない言葉で適当に謝意を述べると、次の列車でイーシャムの町へ向かった。車内での彼は、この捜査行をどこまでつづけねばならぬのかと、暗い気持に捕われていたが、案ずるより産むが易しで、あんがい簡単に目的を果たした。スーザン・ブラウン夫人はイーシャムの町の名士の一人だった。メソジスト教会派の信徒代表として、町の人々から敬意の目で見られていただけに、探しあてるのに苦労は要らなかったのだ。

青果店の女あるじの言葉どおりで、そのしかつめらしい様子が、謹厳実直な人柄を示していた。濃茶の頭髪を真中からきちんと分けて、後頭部できつく小さく結び、胴から下の太さにくらべて、頸筋から頭へかけてがかぼそい感じではあるが、アスパラガスに譬えるのは行きすぎだった。夫人はウィムジイを丁重な態度で迎えたものの、最近は甥の消息を聞いたこともなく、申しあげることは何もありませんと、きっぱり言い切った。そこでウィムジイは、ダックワージーが巻きこまれた殺人事件を打ち明けて、このままでは最悪の事態に立ちいたる怖れがあると説明したが、夫人は驚く様子も見せなかった。

「あの子の軀には、悪い血が流れています」夫人がいった。「そのうえ、わたくしの妹、ヘティが育て方を誤りました。甘やかしすぎたのです」

「ほう、そうでしたか！」ウィムジイは思わずいって、「たしかに、子供は厳格に育てるのにこしたことはないが、どの親も強固な意志の持ち主ではないので、ヘスターさんひとりを責めるのもどうかと思います。ぼくもまた意志薄弱のほうですが、遠まわしの話で貴重なお時間を無駄にするのもなんですから、率直に申しあげましょう。昨日、サマーセット・ハウスの登記所で、あなたの甥御のロバート・ダックワージー君の戸籍を閲覧したところ、アルフレッドおよびヘスター・ダックワージー夫妻の子としてサザークに生まれたとありました。イギリスの登記制度は世界に誇り得るものですが、やはり人間の仕事ですから、そこにときどきミスが生じるのもやむを得ないことです。さようお考えになりませんか、ブラウン夫人？」

彼女は皺の目立つ両手をテーブルの端に重ねあわせ、茶色の鋭い目に暗い翳をちらつかせていた。

「ご迷惑でなかったら、お聞かせねがえませんか――もう一人の名を」

両手が少し震えたが、彼女はしっかりした口調でいった。

「何のことやら、お言葉の意味が判りません」

「生まれたのは、双生児だったはずです。もう一人のほうを、なんという名で届け出ました？差し出がましい質問ですが、非常に重大なことなんです」

「双生児だなんて――どうして、そんな想像をなさいます？」

「想像ではありません。ただの臆測で、あなたを悩ます必要はありません。ぼくには、ロバートに双生児のきょうだいがあったのが判っています。そのきょうだいが、現在、どこで何をしているか……もちろん、あなたの口からお聞きしなくても、いずれは明らかになることですが」

「死にました」彼女はいそいでいった。

「お言葉を返すようですが、あなたの態度は賢明といえません。彼が死亡していないのは、あなた自身も知っておられる。事実、彼はこの瞬間も元気に生きています。ぼくの知りたいのは、彼の名前だけです」

「なぜそれを、わたくしが申しあげねばなりませんの？」

「その理由は」とウィムジイがいった。「お心を傷つけるのを承知のうえでいいますが、先日、殺人事件が起きて、その容疑があなたの甥のロバート君にかかりました。ぼくは偶然のことから、真の犯人が双生児のきょうだいであるのを知りました。それが、その男の居所を突きとめようとしている理由です。ぼくは元来、正確さを尊重する性格です。あなたのご協力で、真犯人の確認ができれば、ぼく自身の心が満足します。そうでないときは警察に実情を打ち明けねばなりますまい。そのときは、あなたも当然、証人として呼び出されます。殺人裁判の公判廷で、あなたを証言台に見るのは、ぼくにも好ましいことでありません。不愉快な噂のひろがるのが目に見えていますからね。しかし、ご助力によって真犯人を逮捕できれば、あなたとロバートが法廷へ呼び出されずにすむように、ぼくが責任をもって計らいます」

ブラウン夫人は数分のあいだ、苦渋の表情で考えていたが、

「判りましたわ」と答えた。「みんな、お話ししましょう」

その数日後、ウィムジイが警視庁の首席警部である友人のパーカーに語っていた。「この殺人事件は、ダックワージーの体内組織が左右入れちがっているのを知ることで、全貌が明らか

になったはずなんだ」

「判るよ。そのはずだ」パーカー首席警部もうなずいて、「これ以上単純明白なことはない。しかし、それでもやはり、きみがその推理過程を聞かせたくてうずうずしているのが判るから、喜んでご教示にあずかることにするよ。双生児の肉体は、みんなそのようなものなのか。そして、左右対称の二人はみんな、双生児の相手方とみてまちがいないのか？」

「イエスでいてノー、いや正確には、ノーでいてイエスといえる。二卵性双生児と、ある種の一卵性双生児は、どちらもまったく正常なものだ。そして、一個の受精卵の分裂によるいわゆる一卵性双生児は、鏡の映像のように完全に類似して生まれてくる。一個の受精卵の分裂した結果だから当然のことで、おたまじゃくしと馬の毛が一本あれば、きみにだって実験できるのだ」

「そういうものか。だったら、さっそく実験方法のメモをとらせてもらうよ」パーカー首席警部が真面目くさった顔でいった。

「何かで読んだことがあるが、臓器の位置が入れちがっている者がいたら、一卵性双生児の片割れとみてまちがいないそうだ。そこでぼくは、同情すべきわがロバート・ダックワージー君が、映画『プラーグの大学生』と四次元の世界についてしゃべるのを聞いているうちに、この男には双生児のきょうだいがいるなと思いついた。

この事件は次のような経過をたどった。ダートという姓の家に、三人の姉妹がいた。年齢順に並べると、スーザン、ヘスター、エミリーがそれで、長姉のスーザンはブラウンという男と、次姉のヘスターはダックワージーと結婚して、末の妹のエミリーだけが未婚だった。人間の世界は小さなアイロニーがみちみちているもので、その表われの一つが、彼女たちの運命なのだ。三人の姉妹のうち、ベビーを産める軀に恵まれたのが、未婚の末娘エミリーだけだった。その埋めあわせでもあるまいが、なんと彼女、双生児を産んでしまった。

エミリーは妊娠を知ると（もちろん彼女は、胎児のパパに捨てられていた）、この秘密を姉たち二人に打ち明けた。両親はすでに死亡していたのだ。長姉のスーザンは気の強い女で、一クラス身分の上の男を夫に持ったこともあって、上流社会の仲間入りをしたい夢をあたためていた。そこでもっともらしい口実をもうけて、妹の失敗の後始末を拒否した。次姉のヘスターは優しい心の持ち主だったので、ベビーが生まれたら、養子にして育てると約束した。ところが、生まれてきたのは双生児だった。

これには、夫のダックワージーが驚いた。養子の件は承知したが、二人まではいわなかったと苦情をつけたので、けっきょく、一人だけ引き受けることで話がついた。そして、どちらのベビーを採るかはヘスターの意向にまかせられて、心優しい彼女は、虚弱そうに見えるのを選んだ。それがあの青年——鏡の映像ないしは瓜二つの容貌の男と、おのれ自身の姿に悩まされていたロバートなんだ。片方のベビーは実母のエミリーが育てることにきまって、産後の経過も順調に、元の健康に戻った彼女は、ベビーを連れて、オーストラリアに渡り、その後はまったく消息を絶った。

エミリーの育てた子は、母親の家名のダートを姓にし、洗礼名はリチャードで届け出られた。

リチャードとロバート、名前までよく似ていた。ロバートはヘスター・ダックワージーの実子で登録された。いまだったら、医師か助産婦の出生証明書が必要なところだが、当時はそんなやかましい規則がなかったので、簡単に処理できたのだ。しかし、ダックワージー夫妻は、世間の口を怖れて、住居をブリクストンに移した。だからロバートは、ダックワージー家の子と町の人々から信じられて、成長した。

エミリーはオーストラリアで死亡したとみてまちがいないだろう。十五歳の少年だったリチャードは、船賃を稼ぎながらロンドンへ渡ってきた。彼はその頃から、あまり善良な性格とはいえなかったようだ。そしてその二年後、はからずも彼の人生行路がロバートのそれと交錯しだして、ついには空襲の夜のエピソードを発生させたのだ。

養母のヘスターが、ロバートの臓器の位置の異常を知っていたかどうかは定かでないが、いずれにせよ、ロバート本人は何も知らなかった。しかし、爆弾落下のショックで、本来の左利きの傾向がいっそう強まったのは確かだ。しかもそれに、なお新しく、記憶喪失という厄介なものが加わって、空襲によるショックと同じ条件の下におかれると、その発作が始まるようになったらしい。そして、これらの悩みが彼の心を蝕《むしば》んで、それがしだいに昂じた結果、強度の夢中遊行患者になってしまったとみてまちがいない。

一方、リチャードは自分と生き写しの男の存在を知って、それを利用しようと考えだした。そうみることで、鏡の挿話劇の意味が理解できる。ロバートは記憶の混乱から、理髪店の鏡ドアと喫茶店のガラス・ドアをとりちがえていたのだ。で、リチャードがその店を出ようとして、たまたま双生児の片割れに出くわし、相手に自分の存在を知られるのを怖れて、あわてて姿を隠したのが事実だろう。出会いは偶然だが、状況操作はリチャードの手中にあった。そして彼ら二人が、よく似たつば広のソフト帽とバーバリーのレインコートのいでたちだったのも、あのような雨もよいの薄暗い日であったのを思えば、かくべつ驚くにもあたるまい。

それから、写真の問題が生じた。あの過ちの責任は、むろん写真師にあるのだが、裏返しに焼き付けられた写真の利用を思いついたのは、リチャードの悪がしこい頭脳だ。そしてそれがロバートの肉体が左右入れちがっているのを、彼が知っていたのを証明している。どんな手段で知ったのかは判りかねるが、リチャードにはそのチャンスがいくらでもあった。ロバートは入隊したのだから、軍医がその事実を知っていたはずで、おそらくは噂がある程度ひろまっていたのだろう。だが、この点はあまり強調しないことにしておくよ。

もうひとつ、かなり奇妙な事実がある。ロバートが女の頸を絞める夢を見たことだ。しかもそれが、われわれが調査したかぎりでは、リチャードがジェシー・ヘインズを絞殺した当夜と完全に符合するのだ。ぼくはこれをこう解釈している。一卵性の双生児は、肉体も心理もつねに相互に緊密な影響を及ぼしあうものだそうで、たとえば、一方が何かを考えると、相手方もそれを感じとるし、同じ日にまったく同じ病気に罹るといわれている。この二人の場合、リチャードのほうがより頑健なだけに、ロバートに対する影響力も強かったのだろう。ただし、この結論はぼくの臆測にすぎないので、あるいはナンセンスな考えかも知れないが、要は、これでわれわれが、彼の逮捕に踏みきってよい根拠をつかめたことだ」

「そのとおりだ。一応手掛かりをつかんだからには、あとの処置に困難はない」

「そういうわけだ。では、クライトン・レストランへでも出かけて、食事をとるとしようか」

ウィムジイは腰をあげて、鏡の前でネクタイの歪みを直しながら口のなかで呟いていた。

「それにしても、この鏡というやつは、何かこう、薄気味わるさを感じさせるね。ちょっと神秘的で——パーカー、きみはそう思わないか?」

ピーター・ウィムジイ卿の奇怪な失踪

The Incredible Elopement of Lord Peter Wimsey

「ああ、あの家かね、セニョール」宿のあるじが質問に答えた。「あれには、アメリカのお医者が住んでおいでだ。奥さんが――おお、聖徒さま、あたしらにご加護を！――悪魔に取り憑かれちゃってね」そしていそいで十字を切ると、かみさんも娘も同じしぐさをした。

「なに、悪魔が取り憑いた？」ラングレーは眉をくもらせた。彼は齢若《としわか》ながらも民族学の権威で、このピレネーの山岳地帯を訪れたのも、これが初めてではなかった。しかし、この小さな村から先の奥地へは、足を踏み入れたことが一度もなく、この小村にしたところで、峨々たる高峰のむき出しの岩肌に、わずかばかりの人家が岩生植物のようにしがみついているにすぎなかった。ラングレー教授はこのところ、バスコンガダス――バスク地方の民話についての著作を完成する計画中で、それに必要な資料の秘められた宝庫がこのあたりの土地だと睨んでいた。そしていまも、宿のあるじの口から、古い民話のいくつかを聞き出そうと努めているのだった。

「で、どうしてそんなことになったんだね？」教授は質問をつづけた。「誰かに呪いをかけられたのか？」

「さあ、そこまでは知らんけど」宿のあるじは肩をゆすって、「セニョールは知っていなさるかね、この地方のことわざに『金曜日に質問した男は、土曜日に墓石の下』ってのがあるのを？　それよりか、セニョール、そろそろ食事になさったら？」

ラングレーには、あるじがその答えを避けているのが判った。これ以上追及するのは、依怙地《いこじ》な沈黙を招くだけである。しばらく滞在して、もっと打ちとけて話しあえるようになれば、たぶん――

教授の食事も、家族の者と同じテーブルに並べられた。油がぎらぎら浮いて、こしょうのきいたシチューが一皿――教授はこれによく馴れていた――それに、この地方独特のどぎつい味の赤ブドウ酒が添えてあった。家族の者は、バスク語で教授に話しかけた。バスク語はあらゆる語属から孤立した特異なもので、彼らはそれを、最初に人類がエデンの園で使っていた言語だと信じていた。食卓での話題は豊富だった。この地方の冬の苛烈な気候のこと、エステバン・アラマンディは強健で敏捷な若者、球戯《ペロータ》にかけては村いちばんの腕だったが、落石に傷ついて足を悪くし、松葉杖を頼りに歩いていること、当家でもっとも貴重な財産の山羊が三匹も、先日、クマにさらわれたこと、今年は夏の乾期の直後に、未曾有の豪雨が山脈の尾根を洗い流して、この村にまで被害をおよぼしたこと、この季節は雨が絶え間もなく降りつづいて、夜間は烈風が無気味な吠え声をあげること……たしかにここは人間の住みつける土地でない。それだけに、外国人の身で足を踏み入れる者は絶無というに近かったが、にもかかわらずラングレー教授は、この地方の四季を通じての風土を愛していた。いまも彼は、農夫相手の粗末な安宿に腰を落ち着けて、遠くケンブリッジ大学の、カシ材の鏡板をはりめぐらしたホールを思いやって微笑し、学者風の鼻眼鏡の奥の目を愉快そうにきらめかしていた。彼は肩書のいくつもつく教授にしては齢が若かった。そして大学の同僚からは、年齢のわりには老成した感じで、身ぎれいで整頓好きなだけに、とりすました気障《きざ》な性格と見られていたが、そのラングレー教授がたまたまの休暇を利用して、ニンニクをかじりながら、切り立ったような岩山の小径を騾馬の背にゆられて進むのを好むとは、不思議な現象だと噂されていた。

そのとき、入口のドアにノックの音がした。

「マルタだよ、きっと」とかみさんがいった。

そして彼女がかけ金をはずすと、とたんに雨しずくを含んだ烈風が吹きこんで、蠟燭の火を揺るがした。それと同時に、戸外の闇から小柄の老婆が、風に突きとばされたような格好で、転げこんできた。頭から肩掛けをかぶっているのだが、その下に乱れたしらがのぞいていた。

「おはいり、マルタ」かみさんがつづけていった。「ひどいお天気だね。温まっていったほうがいいよ、その椅子にかけて。小荷物は届いているよ。朝のうちに、うちのひとが町まで出かけて、受けとってきたのさ。出しなに、熱いミルクとブドウ酒を飲んでいくがいいね」

老婆は礼をいって、喉をぜいぜいいわせながら、椅子に腰を下ろした。

「マルタ、あんたのとこ、みなさん無事かい？　先生はお達者？」

「ああ。ご丈夫だよ」

そばから娘がちいさい声で、「奥さんは――？」

と訊くと父親が渋い顔で首をふって、あとの言葉を抑えた。

老婆は答えて、「あのひとは、毎年のこの季節と同じさ。だけど、あと一と月で死者の日がくるから、気の毒なだんなさんの辛抱ももう少しのあいだだ。よく我慢しておられるよ」

「いいひとだからな」あるじのドミニクがいった。「あんな偉いお医者でも、魔物だけはどうにもならんとみえる。で、マルタ、こわくないのか？」

「こわがることがあるものかね。魔物は、わしなんかには用がない。器量よしで、知恵のあるひとだけを妬んで、取り憑くんだ。それに、わしの軀《からだ》は、この聖遺物が護ってくださるし」

老婆は皺の多い指で、胸の護符に触れた。

「すると、おばあさんは、あの高いところの家からきたのか？」

とラングレーが訊くと、老婆は疑わしげに教授の顔を見上げて、

「セニョールはこの村のひとじゃないね」といった。

「このセニョールは偉い学者さんだ」宿のあるじが説明して聞かせた。「イギリスのお方だが、この国のことに詳しくて、わしらの言葉を、わしら同様にしゃべりなさる。世界じゅう旅行しておられるんだ。あのアメリカのお医者みたいにだよ」

そこでラングレーが、「おばあさんの雇主の名はなんというんだね？」と訊いてみた。アメリカ国籍の医師が、ヨーロッパ大陸のこのような僻地に隠れ住んでいるのはめずらしいケースで、ことによったら彼もまた、民族学に興味を抱いているのかも知れない。そうだとしたら、共通の話題を愉しめると思ったからである。

「うちのだんなさんの名はウェザーオールだよ」

老婆の発音が不明瞭だったので、はっきり聞きとるまでには、何回か繰り返させねばならなかった。

「ウェザーオール？　じゃ、スタンディッシュ・ウェザーオールじゃないのか？」教授はあきらかに興奮していた。

宿のあるじが身を乗り出して、

「あのだんなの名前だったら、これにちゃんと書いてありますぜ」と、手もとの品を差し出した。

それはロンドンの製薬会社から郵送してきた小荷物で、荷札の宛名が、『医学博士スタンディッシュ・ウェザーオールさま』としてあった。

「やっぱりスタンディッシュだ！」ラングレー教授が叫んだ。「それにしても奇遇だな。奇跡といってもいい。ぼくには面識がある。ウェザーオール夫人のほうも知っているんだ！」

教授はそこで言葉を切った。老婆がまたも十字を切ったからだ。

「話してくれ！」彼は興奮のあまり、自制心を失ったように叫びつづけた。「夫人が悪魔に憑かれたといったな。その夫人がぼくの面識のある女性と同一人物かどうかを知りたい。彼女は背が高かった。金髪で青い目の、聖母マリアを思わせる美人だったが――」

しばらく沈黙が支配した。老婆は首をふりふり、何かぼそぼそと聞きとりにくい言葉を呟くだけだったが、宿の娘がちいさな声でいった。

「そうだわ。そのとおりだわ。あたし、一度しか見ていないんだけど、いまお客さんがいったとおりだったわ」

「口を出すんじゃないぞ」父親が叱った。

「セニョール」老婆がいった。「わしらは、神さまのおぼしめしどおりになっておるんだよ」

そして立ちあがると、肩掛けを頭にかぶりはじめた。

「待ってくれ」ラングレーは手帳をとり出して、何やら走り書きしてから、「これを主人の医師に渡してほしい。ぼくの名と、いまこの村に滞在していること、久しぶりに顔を見たいから、訪問しようと思うが、都合はどうか、とだけ書いておいた」

そばから宿のあるじが、不安気な顔でささやいた。「あの家へは行かんほうがええですよ、セニョール」

「こちらから行かなければ、彼がここまで降りてくるはずだ」そして教授は、なおも老婆に二、三の言葉をいい添えて、ポケットの硬貨を一枚とり出しながら、「この手紙を届けてくれるだろうね」といった。

「ええ、ええ、いいとも。届けるよ。だけど、セニョール、大丈夫かね。あんたは外国のお方のようだけど、神さまのご加護を受けておられるのかね?」

「ぼくはクリスチャンだ」

そのひと言に安心したとみえて、老婆は手紙と硬貨を受けとると、大事そうに、内ぶところの奥深くへしまいこんだ。そして、腰の曲がった老体に似合わしからぬしっかりした足どりで、戸口へ向かって歩きだした。

そのあとラングレー教授は、しばらくのあいだ考えこんでいた。彼にとって、これ以上の驚きはないのだった。まさか、ピレネー山脈の谷あいで、スタンディッシュ・ウェザーオールの名を聞こうとは、夢にも思っていなかった。三年前の短いエピソードは、きれいさっぱり片付いたものと信じていたのに、その登場人物の全員が、いまこの山間に顔を揃えることになろうとは！　当時のスタンディッシュは、ニューヨークでも名声の高い外科医として幸福の絶頂にいて、その妻アリス・ウェザーオールは金髪のきらめく繊麗な女性美の極致――その夫妻が、文明社会と隔絶したバスクの山村に、世人から忘れられてひそんでいようとは！　しかしラングレーは、驚くと同時に、彼女との再会を思って胸がときめいた。陶磁器を連想させる美しさを、これ以上目にしているのは賢明な態度でないと心に決めて、アメリカの土地を去ったのは三年前のことだが、若さがもたらしたあの愚行も、いまは過去の思い出となった。とはいうものの、リヴァサイド・ドライヴ沿いにそびえ立つ白亜の大邸宅と、それを背景にしたアリスの容姿が、ややともすれば眼前に浮かんでくるのをどうしようもなかった。そこには翅をひろげた孔雀がいて、スイミング・プールと金色の尖塔と屋上庭園があった。スタンディッシュの父は自動車王ハイラム・ウェザーオールで、大富豪だった。その一人息子である彼が、こんな僻村で何をしているのか？

ラングレー教授はしきりに思い出していた。彼の知るかぎりでは、ハイラム・ウェザーオール氏は死亡して、その全財産は一人息子のスタンディッシュが相続したはずだ。彼とアリスは格別のトラブルも起こさずに結婚できたが、そこに世人の噂の種になるだけのものがあった。

アリスは〝西部のどこか〟の町で、身寄りのない孤児として育った少女で、両親も家系も定かでなかった。そのアリスをスタンディッシュが、何かの急場から救うか、病気を癒すかしてやったのだが、その後もひきつづき教育費を提供して、学校へ通わせておいた。その頃はスタンディッシュ自身も、西部の医学校を卒業したばかりの駆け出しの医師だったのだ。そして彼が四十歳、彼女が十七歳になったとき、ニューヨークへ連れ戻って、結婚した。

ニューヨークでの結婚生活は短かった。スタンディッシュ・ウェザーオールは、大邸宅と大財産と名声高い専門医の位置を放棄し、大西洋を越えたスペインのバスク地方に移り住んだ。そこはいうなれば未開の土地で、住民はいまだに黒魔術を信じ、バスク語のほかには、訛りの強いフランス語とスペイン語の片言《かたこと》をしゃべるだけ。——しかも彼の住みついたこの村の民たるや、付近一帯の素朴な住民にくらべても、とりわけて素朴な連中ばかりなのだ。ラングレーは手紙を持たせてやったのを後悔しはじめた。何か隠れて住まねばならぬ理由があるにちがいない。聞かされるだけで不愉快になる秘密が……

宿のあるじ夫婦は家畜の世話をしに出ていった。娘は火のそばでつくろい物を始めて、教授の顔を見ようともしなかった。しかし、その素っ気ない振舞いが、実際は何かをしゃべりたくて、うずうずしている気持を示していた。

「話してごらん」ラングレーはやさしくいった。「ぼくの旧友の二人のことだな。何に苦しめられているのか、その理由を」

「ええ、そうなの」娘は素早く教授を見上げると、膝の縫い物越しに両手を差し伸べて、「父さんもいったように、あの家へ行っては駄目よ。村のひとたちだって、この季節には、だれもあの家に近づかないわ。トマソだけはべつだけど、あの男はもともと頭がおかしいのよ。それからマルタ、あのおばあさんは――」

「何なのだ?」

「マルタは――聖者みたいなおばあさんだから、心配ないの」娘はいそいでいった。

「あの家の奥さんは、ぼくの知っている頃には――」

「きれいだったって、いうんでしょう。知ってるわ、あたしだって。見てるんだから。でも、この話、父さんには内緒よ。しゃべったのが判ると、叱られるのよ。三年前の六月だったわ。あのアメリカ人のお医者が、奥さんを連れて、この村にやってきたの。その時分の奥さんは、いまお客さんがいったみたいに、とてもきれいなひとだったわ。楽しそうな笑顔で、村の人たちの話に仲間入りをして。でも、しゃべるのはあのひとのお国の言葉ばかり。スペイン語もバスク語もぜんぜん知らなかったのね。それが、その年の死者の日に――」

娘は言葉を切って、十字を切った。

「死者の日とは、万聖節のことだな」

「そうよ。その日に、どんなことが起きたのか、あたしたちには知らせてくれなかったけど、あの奥さん、闇の魔物につかまったらしくて、それからあとは、まるでちがったものに変わっちゃったの。怖ろしい叫び声が聞こえて――聞いただけで、だれだって、ぞっとしないでいられないような叫び声よ。そしてだんだんに様子がおかしくなって……この頃では、マルタおばあさんのほかには、だれもそばに近寄らないし、奥さんのほうも顔を見せようとしないの。村の人たちの噂だと、いまあの家に住んでいるのは、人間の女じゃないそうよ」

「気がちがったのか？」

「いいえ、気違いなんてものじゃないわ——魔物に取り憑かれたのよ。この村に移ってきてから二年経った復活祭の日に——あら、父さんかしら？」

「ちがう、ちがう。つづけて話してくれ」

「お陽さまが照っていたけど、冷たい風が谷間から吹きあげていた日よ。復活祭だから、一日じゅう教会の鐘が鳴っていたわ。その夜、うちのドアを、だれかが叩くのよ。父さんがあけてみると、あの奥さんが聖母マリアさまそっくりの格好で立っているの。教会の聖像みたいにまっ青な顔で、ブルーの外套を頭からすっぽりかぶって。そして泣きながら、あたしにはなんのことだか判らない言葉をしゃべって、谷間の小径を指さすの。そこで父さんが、馬小屋へ駆けていって、騾馬に鞍をつけはじめたので、あたしもやっと気がついたわ。悪王ヘロデにつかまるのを怖れて、マリアさまが逃げだしたことを思い出してね。そしたらそこへ、アメリカ人のお医者があらわれたの。よっぽど急いで駆けてきたみたいで、はあ、はあ、息を切らしていたわ。奥さんはお医者の顔を見ると、とても悲しそうな声を出して、逃げようとなさったの」

ラングレーの胸を、怒りが大きな波となって襲った。あの男が、彼女をそうまで苛酷に扱っているのなら、少しでも早く手を打たねばならぬ。そして娘に、話の先を促した。

「お医者はそのとき初めて、奥さんに悪魔が取り憑いているのを話して聞かせたの。でも、復活祭の期間中は魔物の力が弱まるので、奥さんはそのあいだに、できるだけ遠くへ逃げようと考えたのだと説明して。だけど、復活祭の期間がすぎたら、奥さんをつかまえてる呪いが戻るので、一人にしておくのはかえって危険だとおっしゃるの。父さんと母さんはそれを聞くと、あたしたち一家が悪魔の虜になるのが怖ろしくなって、いそいで聖水の壜をとり出して、騾馬にふりかけたわ。でも、そのときはもうおそくて、魔物に取り憑かれた騾馬があばれだして、父さんを蹴とばしたの。可哀そうな父さんは足の骨を折っちゃって、一と月も寝込んでしまったわ。アメリカ人は奥さんをとり戻して、連れて帰っていったきり、あたしたちの前には、姿を見せなくなったってわけよ。このごろはマルタにしたって、いつも奥さんを見ているのでもないらしいわ。だけど、魔物の力は一年の時季によって、強くなったり弱くなったりするらしくて、いちばん悪いのが万聖節の日、復活祭が近づくと、呪いがだんだん解けてくるのよ。だから、いまは時季が悪いし……セニョール、生命《いのち》が大事なら、あの家へ行くんじゃないわ！　……あら、黙って！　父さんと母さんが戻ってきたわ」

　ラングレーはさらに詳しいことを聞きたかったが、宿のあるじ夫婦が入ってきて、疑わしげに娘を見やると、さっそく燭台をとりあげて、ラングレーを寝室へ導いた。教授はその夜、不快な夢を見つづけた。痩せて黒いオオカミの群れに追いまわされて、血の臭いのみなぎる夢だった。

　翌朝、彼の手紙の返事が届いた。

ラングレー君——きみの推察どおり、ぼくはスタンディッシュだ。きみのことは忘れていない。会いにきてくれたら、こんな嬉しいことはない。アリスは以前のアリスでないが、ぼくたちを襲った不幸を語りだすと長くなるので、顔を合わせたうえで聞かせよう。ぼくの家は、彼女の治癒に必要な迷信的な道具が並べてあるので手狭だが、きみに食事を提供するだけの余地はある。今夜七時半ごろ、きてくれないか。道案内にマルタを差し向ける。

スタンディッシュ・ウェザーオール

医師の家は小さくて古く、山腹の岩棚の上にしがみつくような格好で建っていた。夜目には見てとれぬが、渓流の轟音が谺《こだま》して、脚もとを洗うかのごとき錯覚を起こさせる。ラングレーが案内の老婆に導かれて通ったところは薄暗い真四角な部屋で、一方の壁の大きな暖炉に火が燃えて、そのすぐ前には、風よけ蔽いの付いた安楽椅子が据えてあった。マルタは何か言い訳めいた言葉を呟きながら、ラングレー一人を薄暗がりのなかに残して、ひき退《さ》がっていった。暖炉で薪《たきぎ》の焔が躍るたびに、壁のあちらこちらが明るくなるが、すぐにまた元の薄暗がりに戻るのだ。しかし、目が慣れるにつれて、室内の様子が見えてきた。中央の場所を食事のためのテーブルが占めて、四方の壁には多くの絵画が飾ってある。そのうちの一つが、どこか見慣れた感じなので、歩みよって、目を凝らすと、ニューヨークで最後に見たときのアリス・ウェザーオールの肖像画だった。画家は最盛期のサージェント（ジョン・シンガー・サージェント、一八五六―一九二五。アメリカの画家。ボストン公立図書館の壁画を描く）である。そこにはラングレー自身の姿も描かれていて、野の花を思わせる彼女が彼のほうへ身を傾けて、美しい顔でほほえみかけている。

薪の一つが音を立てて崩れ、いちだんと明るい焔をあげた。すると、その小さな音と光に誘われたように、暖炉の前の大型椅子の上で、何かの音がした。いや、音を聞いた気がしただけなのかも知れないが、とにかく彼は一歩進み出た。だが、その足は立ちどまらざるを得なかった。何も見えてはいないのだが、けものの呻きに似た異様な音が低く聞こえて、ぞっとするほど無気味にひびくのだ。犬や猫の声でないのは確かで、ぺちゃぺちゃと何かを吸いとるような、たらたらとよだれを垂らすような、胸がむかむかしてくる不快な音がつづいたあと、それがけっきょく、鼻を鳴らすというか、きいきい泣くというか、言葉では表現しかねる奇妙な響に終わって、室内にふたたび静寂が戻った。

ラングレーはあとじさりをして、戸口へ向かった。この部屋には、彼のほかに何かがいる。おそらくは、見ただけでも身の毛のよだつ奇怪なものであろう。彼は逃げ出したい衝動に駆られた。だが、その瞬間、マルタが古風な大型ランプを手にして入ってきたので、やむをえず踏みとどまった。老婆のうしろにウェザーオールが立っていて、にこやかな顔で、よくきてくれたな、ラングレー君、といった。

聞き覚えのあるアメリカ語が、ラングレーの身辺に凝集しはじめていた不安の雰囲気を消散してくれた。彼もまた明るい表情で、握手の手を差し伸べて、

「こんな場所で再会できるとは、予想もしなかったよ」といった。

「世界はそれほど狭いものなのさ」とウェザーオールは応じてから、「それだけに、面白味が

ないともいわざるを得ないが、きみに会えたのは嬉しいことだ」と、異様なほど力をこめて付け加えた。

　老婆はテーブルの上にランプをおいて、食事を出してもいいかね、と訊いた。ウェザーオールは肯定の言葉で答えた。スペイン語とバスク語をないまぜて使うので、老婆にもよく理解できたように思われた。

「きみがバスク語学者とは知らなかった」ラングレーがいった。

「学んだわけではないが、ここに住んでいると、おのずから身についてしまう。ほかの言葉をしゃべる村人はいないのだからな。そういえば、バスク語はきみの畑だったね」

「まあ、そんなところだ」

「村の連中から、この家の噂を聞いただろうが、それについてはあとで触れる。ところで、ぼくのこの住居をどう見た？　かなり快適に模様替えをしたつもりだが、まだ少し、現代調の家具の揃え方が不足しているかも知れない。しかし、古風なところが、いまのぼくたちにはふさわしいともいえるのさ」

　ラングレーは機会を捉えて、話題をウェザーオール夫人のことに向けた。

「なに、アリス？　ああ、そうか。忘れていたよ。きみはまだ、彼女を見ていないのだな」ウェザーオールは皮肉な微笑を顔に浮かべて、鋭い視線でラングレーをみつめ、「あらかじめいっておくべきだった。きみは——昔のアリスの讃美者なんだから」

「ぼくひとりじゃない。みんなが彼女の讃美者だった」

「それはそうだ。当然といえばいえることだったからな。おお、食事の支度ができたらしい。そこへおいてくれ、マルタ。食べおえたら、ベルを鳴らして知らせるよ」

老婆は、ガラスと銀の食器に盛った料理をテーブルの上に並べて出ていった。ウェザーオールは暖炉の前の大型椅子に歩みよって、一歩わきにより、ラングレーをちらっと見てから、椅子へ声をかけた。

「アリス！　お立ち！　きみの昔の讃美者が訪ねてきた。きみたち二人には、なつかしい対面だろう。立ちあがって、迎えるがいい」

椅子の上に、衣《きぬ》ずれの音と、子犬がくんくんいうような声がした。ウェザーオールは身をかがめて、わざとらしいほど誇張した丁寧さで、そこの何かを助け起こした。瞬間、その何かが、ランプの光のなかで、ラングレーと向きあった。

それは金色の繻子《しゅす》地にレースをあしらった厚手のガウンを着て、むくんだ青白い顔、だらしなくひらいた口、しまりのない唇のすみから糸になって垂れるよだれ、頭髪が抜け落ちて、地肌の半分がむき出しになったところが、わずかの毛の束を残した古人形の頭にそっくりだった。

「どうした、アリス」ウェザーオールがいった。「ラングレー君だぞ。ご挨拶をしないのか」

奇妙な生きものがまたたきを繰り返して、人間の声でない異様な音を発した。そして、ウェザーオールの腕に支えられて、のろのろと生気のない手を差し出した。

「思ったとおり、きみのことは忘れていなかった。さあ、アリス、握手をするんだ」

ラングレーは襲ってくる吐き気と闘いながら、死人のもののような手を握った。じっとりとねばついて、それでいてざらざらしたその手は、彼の力をこめた握手にも、応《こた》える様子を示さなかった。ラングレーが放すと、その手は少しのあいだ宙に浮いたままだったが、やがてだらんと下がった。

「驚いたろうな」ウェザーオールがいった。「ぼくも慣れるまで手間どった。だが、いまではもちろん、苦にならない。他人ではないからな。いや、きみにしたって——他人ではないのだろう。これは——正確な専門語を知らないが——俗にいう統合失調症というやつらしい。きみがその患者を以前に見たことがないのなら、ショックを受けたのも無理でない。それから、ラングレー君、ここでは何をしゃべってもいいんだぜ。いまのアリスには、何も理解できぬのだから」

「こんなふうになった原因は？」

「それは、ぼくにも判らん。症状が徐々にあらわれた。ぼくはぼくなりに手段を尽くしてみたが、悪化する一方だった。そこでこの土地に移ってきたのさ。知人ばかりのアメリカで、人目にさらしたくはないものな。サナトリウムに入れる気にもならなかった。健康体であろうが、精神異常者であろうが、ぼくの妻であるのに変わりはないのだ……さあ、アリス、食事にしよう。料理の冷めてしまわぬうちに」

彼はその妻を導いて、テーブルに向かって歩きだした。彼女も食事の皿を見たとたんに、うつろに濁った目が、明るい光を走らせた。

「椅子にかけて、好きなだけお食べ。（その言葉は、彼女にも理解できたようだ）ああ、ラングレー君、彼女のテーブル・マナーを咎めだてないでくれ。見よいものではないが、きみだって、じきに慣れるだろうよ」

そしてウェザーオールは、妻の首のまわりにナプキンを結んで、グレービーソースを入れた深皿を近づけてやった。彼女は飢えたけものさながらに、深皿をひっつかむと、喉を鳴らし、よだれを垂らしながら、指ですくって食べはじめた。顔と両手がソースでべとべとになった。

来客用の椅子は、彼女と向かいあったかたちで、ラングレーはたちまち食欲を失った。この処置は、訪問客である彼にも、哀れな女性にも、腹立たしい侮辱である。アリスの席の真後ろの壁に、サージェント画伯描くところの肖像画がかけてあって、ラングレーの目は、いやでも両者を見くらべる位置にあった。

ウェザーオールは友人の視線を追っていたが、「なるほど、くらべてみたら、あまりの相違に驚くだろうな」といった。そして彼自身は健啖ぶりを発揮して、あきらかに食事を楽しみながら、「自然の悪いいたずらはめずらしいことでないが、その鋒先を向けられた者は災難さ」と付け加えた。

「いつもこんな状態なのか？」

「そうでもない。いまが彼女の体調のもっとも悪い時季なんだ。一年を通じてこんな状態ではなくて、ほとんど正常な人間に復帰するときもある。要するにこれは医学上の単純な現象なんだが、未開の土地に住む村人たちは、正常な判断能力を欠くことから、彼らなりの解釈によるいろいろな噂をとばすのだ」

「全快の希望はあるのかね?」

「ないだろうな。一時的にはよくなるかも知れないが、完全な本復は無理だと思うよ。それはそうと、ラングレー君。いっこうに食事がはかどらんじゃないか」

「ぼくの食事? そうだな。ショックがちょっと大きすぎたようだ」

「ブドウ酒でもやってみるがいい。きみを招いて、こんなものを見せるんじゃなかったと、後悔している。正直なところぼくは、同じ文明に浴した友人と、たまには話しあいたいものとの誘惑に負けたのだ」

「気の毒に。きみも辛いおもいをしているのだな」

「いまはすっかり諦めた。おやっ、アリス。行儀がわるいぞ!」

アリスが深皿の中身を半分ほど、テーブルの上にぶちまけたのだ。ウェザーオールは怒りもしないで、後始末をしてから、ラングレーへの話をつづけた。

「この村に住んでいるあいだは、こんな境遇にも耐えられる。未開の土地だけに、どんな異事でも不自然なことでないと思われる。ぼくの身内はみんな死んでしまったので、ぼくが好き勝手な生活をしていても、どこからも文句が出ないのだ」

「アメリカ国内の資産はどうなっている?」

「ときどき帰国して必要な手を打っておく。実をいうと、来月には帰国の予定だったので、きみの来訪が少しおくれたら、行きちがいになっていた。運がよかったんだな。もちろんアメリカの連中は、この村でのぼくの淋しい生活を知ってはいない。夫婦揃って、ヨーロッパ大陸のどこか快適な都会で、安穏無事《あんのんぶじ》な毎日を送っているとみているのだ」

「アメリカの医師には診《み》せなかったんだな？」

「診せなかった。最初の徴候があらわれたのは、夫婦でパリに滞在しているときだった。つまりきみが、ニューヨークのぼくたちの邸を訪問してくれた直後のことだ」この言葉を口にしながら、医学者の目に、異様な光がきらめいた。ラングレーにはなんと名付けてよいか判らぬ、ある種の感情の表われだった。「ぼくはその徴候をぼくなりに判定した。そしてその診断を、ヨーロッパの優秀な医師たちが確認した。そこでぼくたち夫婦は、このバスクの僻村に隠れ住むことにきめた」

ウェザーオールがベルを鳴らして、マルタを呼ぶと、老婆はシチューの皿をさげて、かわりにプディングの皿をおいた。

「あのマルタはぼくの右腕みたいなものでね」とウェザーオールがいった。「あの女がいないことには、ぼくたち夫婦は生きていくのもおぼつかないくらいだ。ぼくがこの村を留守にするときは、あの婆さんがアリスの世話を母親同然の気持でしてくれる。もっとも、アリスの世話がとても厄介だというわけじゃない。食事をあてがって、寒いおもいをさせず、軀を清潔にしておくだけでいいのだが、この最後のやつ、軀を清潔にしておくのが、かなり骨の折れる仕事なんだ」

彼の言葉には、ラングレーの神経をさか撫でするような響があった。ウェザーオールはその反応を見とどけてから、さらにつづけた。

「正直にいうと、ぼく自身でさえ、ときどきはうんざりする気持になる。だからといって、放っておくわけにもいかないし……おい、ラングレー君、ぼくにばかりしゃべらせないで、最近のきみのことも聞かせてほしいね」

ラングレーはできるだけの朗らかさを装って、その学業を語り、話題をしだいに深刻さの少ないものへ移していった。すると、かつてはアリス・ウェザーオールであった悲惨な生きものが、椅子の上でもじもじしはじめ、例のくんくんいう子犬のような声を出した。

「寒くなったんだな」ウェザーオールがいって、「火のそばへ戻ろうな、アリス」と、手ぎわよく、アリスを暖炉のそばへ連れていった。彼女は大型椅子にうずくまると、何かぶつぶつ呟きながら、暖炉の火に手を差し伸べた。そのあとウェザーオールは、ブランディの壜と葉巻の箱をとり出して、

「ぼくは文明社会との連絡を維持することに考慮を払っている」としゃべりだした。「たとえばこの小荷物で、わざわざロンドンから送らせ、新刊の医学雑誌や各種の報告書のたぐいの入手も怠らない。実をいうと、ぼくの専門分野の研究結果を著書のかたちで発表する計画なんだ。それによって、人生を徒費しているのでないのが証明できる。こんな未開の土地に暮らしていても、実験が不可能なわけじゃない。実験室だってかなり広いものが作ってある。アリスという素材で、生体実験をやっているようなものだが、文明社会とかけ離れた土地のおかげで、禁止法規で処罰される怖れがない。その意味で、ここも結構な場所だ。ところで、ラングレー君。こんどの滞在は、長期間の予定か?」

「いや、それほどでもない」

「もしも長期にわたる予定なら、ぼくの留守のあいだ、この家を自由に使ってもいいぜ。村の安宿よりは、居心地がいいはずだ。きみをアリスと二人だけにすることになるが、ぼくは疑念を抱かんよ——あんな姿に変わった彼女だものな」

ウェザーオールはその最後の言葉に力をこめ、そして笑った。ラングレーには、なんのことだか判らなかった。

「この提案は、あの頃のきみならとびついたはずだ。そしてそれが、ぼくのなにより怖れたところだ。そんな昔もあったんだな、ラングレー。きみはチャンスを狙っていた——ぼくの妻と二人きりになれるチャンスを」

ラングレーがとびあがって、叫んだ。

「なにをいいだすんだ、ウェザーオール！」

「なんでもないさ。ぼくはただ、ピクニックの途中で、きみと彼女が見当たらなくなったときのことを思い出しただけだ。きみも忘れてはおらんだろう。そうだとも、おたがいに忘れるはずのないことだ」

「怪《け》しからん言葉だ！」ラングレーはいい返した。「あの哀れな魂をそばにおいて、よくそんな怖ろしいことがいえたものだ！」

「哀れな魂か。しかし、それを見ているきみだって、哀れな魂の仲間じゃないのか？」

そしてウェザーオールは、急に女のほうに向き直った。その動作に脅えたらしくて、彼女は身を慄わせ、遠のこうとした。

「悪魔め！」ラングレーが叫んだ。「アリスは脅えている。いつも、ひどいめにあわせているんだな？　どんな手段で、こんな姿に変えたんだ？　それを聞きたい！」

「落ち着けよ、ラングレー」ウェザーオールはいった。「こんな姿のアリスを見たからには、興奮しだすのも無理ではないが、ぼくと彼女のあいだに割りこむことは許さんぜ。しかし、きみは忠実な男だな。こんな姿のアリスに、いまだに恋ごころを捨てぬとは驚きだ。あのころのぼくだって、その熱烈な気持に気づかぬほどの間抜けじゃなかった。さあ、ラングレー、ここでおもいを果たしたら、どうだ？　彼女にキスをし、抱きしめて、ベッドへ連れていったら？　――ぼくの美しい妻をだ！」

憤怒がラングレーを盲目にした。慣れぬ手つきで、拳を嘲笑する相手の顔に叩きつけた。だが、一瞬早く、その腕をウェザーオールにかかえこまれたので、攻撃を断念した。同時に、彼自身が異様な恐怖心の虜になり、ラングレーは家具につまずきながら、家の外へとび出した。必死に逃げる背後に、ウェザーオールの落ち着きはらった笑い声が聞こえていた。

パリ行きの列車は超満員だった。ラングレーは発車まぎわにとび乗ったが、車室はすでにいっぱいで、通路に割り込むのがやっとだった。スーツケースをおくだけの余地を見出して、その上に腰を下ろし、それまでの経過をふり返ってみた。なにがゆえに、ああも恐怖におののいて、逃げださねばならなかったのか。その原因はどこにあったのか。頭をかかえて考えようとしたが、意識を集中することもできなかった。

「失礼します」と、頭の上で、品のよい声がした。

顔をあげると、グレーの服を着た金髪の紳士が、モノクルをつけた目で、彼を見下ろしていた。

「前を通らせてもらいたい」金髪紳士がつづいていった。「車室へ戻るところだが、この混雑で、埒があかなくて困っている。こんなに詰めこまれると、同じ人間どうしが不快なものに見えてくるものだ。お見受けしたところ、だいぶ疲れておられるようだが、もっと楽な場所に陣取ったらどうなのかね？」

ラングレーは説明して、乗りこむのがやっとのくらいで、席がとれなかったのだといった。

金髪紳士は少しのあいだ、憔悴しきったラングレーの髭も剃っていない顔をみつめていたが、意外なことをいいだした。

「いっそ、ぼくの車室へ移られたら？　食事もとっておられぬようだが、空腹は長旅に禁物だ。人混みを掻き分けることになるが、車室にたどりついたら、スープぐらいにはありつける。失礼なことをいうようだが、きみの様子はまるで、懸命な努力のあげく、大事な仕事をやり損じたといったところだ。もちろん、他人のぼくが口を出すことじゃない。しかし、とりあえず何かを食べて、腹を満たす必要のあることは確かだ」

ラングレーとしては、いらぬお世話だといいたかったが、極度の空腹は事実であるし、拒絶するだけの元気もなかった。けっきょくは勧告に従って、通路を歩むのもやっとのおもいで、たどりついたのは一等寝台車だった。そこでは、見るからに礼儀正しい貴族の従僕が主人のために、淡紫色の絹地パジャマと銀の柄のブラシを揃えているところだった。

モノクルの貴族が従僕にいった。「バンター、この紳士が頭痛に悩んでおられるので、ここまでお連れした。おまえの世話で、元気を回復していただこうと思ってな。至急、食堂車のボーイに、スープ一皿と、ブランディか何かを一壜、持ってこさせてくれ」

「かしこまりました、御前」

ラングレーは力尽きて寝台に転げこんだ。しかし、食事が運ばれると、いそいでとび起き、無我夢中で食べて、飲んだ。食べるものを最後に口にしたのが、いつのことだったかも覚えていない状態だった。

「実際のところ、何よりもこれにありつきたかったのです。お心づかいにはお礼の言葉もありません。いままでのぼくを、よほどぼんやりした男とご覧になったでしょうが、あまりにも大きなショックを受けたからで――」

「そのいきさつを聞きたかった」と、見知らぬ貴族がいった。

どうせ貴族のことだから、大した知力の持ち主ではあるまいが、親切な心構えであり、正しい常識を具えているのは疑いなかった。しかし、それだけにまた、異常すぎるこの話を、どこまでまともに受けとってくれるかが心配でもあった。

そこでラングレーは、とりあえずいってみた。「ぼくはあなたにとって、なんの関係もない男ですから、話をお聞きになったところで、興味がおありとは思えませんが」

「ぼくもきみにとっては、見も知らずの人間だ。赤の他人のいいところは、どんな秘密を打ち明けたにしても、きみの生活圏に伝わらんことだ。そう思わんかね？」

「それはまあ、おっしゃるとおりで――」ラングレーは、渋々ながら語りだした。「実はぼく、ある怖ろしいものから逃げのびてきたところです。なんとも奇妙なことで――いや、こんな話をお聞きになっても……」

金髪の貴族はラングレーの横に席を移して、その華奢《きやしゃ》な手を彼の腕において、

「待ちたまえ」といった。「話したくないのなら、無理に聞かなくてもいいのだぜ。だが、ぼくの名はウィムジイ――ピーター・ウィムジイ卿といって、異常な事件と聞くと、とたんに興味が湧いてくる男だ」


怪しい男がこの村に居をかまえたのは、十一月も半ばをすぎた頃であった。奇怪な人物は痩身で顔面蒼白、ほとんど口をきくことがなく、黒頭巾で深々と顔を蔽っていることもあって、出現の当初から、その身辺に神秘的な雰囲気をみなぎらせていた。住みついたところは村のホテルでなくて、山の中腹のかなり高所にぽつんと建つ、久しいあいだ空家のままだった一軒家である。従者を一名ひきつれ、五匹の騾馬に謎めいたかずかずの荷物を運ばせてきた。従者もまた、主人に劣らぬ奇怪な男だった。スペイン人ではあるが、バスク語を達者に駆使することができて、必要に応じては主人のために通訳者の役目をつとめた。彼もまた口かずが少なく、陰気な感じの顔にしかつめらしい表情を崩さず、ときどき洩らす短い言葉が、村人をいっそう

不安に陥れた。彼のいうところによると、主人は音に聞こえた魔法使で、つねに古代の書物を読み、かつて魚類を口にしたことがなく、凡人どもにはとうてい測り知り得ぬ偉大な人物である。十二使徒の言語を理解し、イエス・キリストによって墓場から甦ったラザロと語りあい、深夜に独居しているときは、天使たちの訪問を受け、神の恵みに溢れた会話をとり交わすというのだった。

これは村人たちを脅えさせるのにじゅうぶんなニュースだった。たちまち、その山腹の一軒家に——とりわけ夜間には——近づく者がいなくなった。ごく稀にではあるが、蒼白な顔をしたこの人物が、黒い長衣をひるがえし、腕に幾巻かの魔法の書物を抱えて、山径を下ってくるのを見ると、女たちはあわてて子供たちを家に押しこめ、十字を切った。

しかし、皮肉なことに、その子供たちの一人が、最初に魔法使と近づきになった。それは、エチェヴェリー後家のせがれで、年端《としは》もいかぬのに度胸がよくて、好奇心の強い腕白小僧だった。この腕白小僧がある夜、おとなたちが怖れて近づかぬ地域に入りこむ冒険を行なった。姿が見えなくなって二時間も経ったので、母親の後家は心配のあまり狂乱状態になり、村の人たちに捜索を頼み、教会の神父さまを呼びに行ってもらった。聖職者は幸運にも、所用で町に出かけていたので、この騒ぎに巻き込まれないですんだ。すると突然、その小せがれが、いつも以上に元気そうな顔で帰ってきて、にこにこしながら、奇怪な経験談をしゃべりだした。

小せがれは魔法使の家ちかくに忍びこんで（母親が思わず叫んだ。「呆れた子だ！　こわいもの知らずにもほどがある」）、家のなかが覗いてみたくて、庭の巨木に登った（「おお、聖母マリアさま」)。窓から明かりが洩れて、部屋のなかを奇妙な姿のものが歩きまわり、壁のあちらこちらに、異様な影が動いていた。小せがれがなおも覗きこんでいると、どこからともなく快い音楽の調べが流れてきて、満天の星がいっせいに歌いだしたかのような妙《たえ》なる響で、腕白小僧の心を恍惚感にいざなった(「まあ! あたしの大事な宝物を! 魔法使のやつ、この子の心を奪いとったんだわ。おお! イエスさま」)。ひきつづき一軒家のドアが開いて、魔法使が背後に多くの精霊をひきつれて、姿をあらわした。精霊には、天使のように翼があって、未知の言葉をしゃべるのもいたし、身丈がおとなの膝までしかない侏儒《こびと》のくせに、くろずんだ顔に白い顎ひげを垂らしたのもいた。侏儒の精霊は主人の肩にちょこなんと乗っかって、耳もとで何ごとかをささやいている。天上の音楽はいよいよ大きく、いよいよ美しい妙音を響かせ、魔法使の頭のまわりには、教会の画像に見る聖徒のように、青白い円光がきらめいていた(「おお、コムポステラの聖ヤコブさま! この子をお護りください! で、それからどうしたの?」)。さすがの腕白小僧も震えあがって、つかまらないようにと、神に祈った。だが、侏儒の精霊が素早く見出して、樹幹にとびつくと、彼を追ってよじ登ってきた――なんという速さか!――小せがれはもっと上に逃れようと焦ったが、そのはずみに手をすべらして、地上に落下した(「まあ、可哀そうに! 怪我はなかったかい?」)。

魔法使が歩みよって、小せがれを助け起こした。そして、聞いたことのない言葉で呪文を唱えると、大地に叩きつけられた激痛が、一瞬のうちに消え去った(「奇跡だわ! ほんとに痛くなくなったのかい?」)。それから魔法使は、小せがれを家のなかへ連れこんだ。屋内は金色に輝いていて、話に聞く天国の光景とそっくりだった。総勢九人の精霊たちが暖炉の火を囲んで坐っていて、音楽はすでに聞こえなかった。魔法使の従者が、銀の鉢に盛った不思議な果物を運んできた。エデンの園に実ったのか、かぐわしいその美味はこの世のものと思えなかった。小せがれはそれを食べ、赤と青の宝石を飾った台付きの酒杯から、芳醇な異国の飲みものを飲んだ。そして――壁ぎわを見ると、そこには大きな、とても大きな十字架が立てかけてあり、その前にランプの火が燃え、復活祭の日の教会堂の内部のように、馥郁《ふくいく》たる芳香を発散させていた。

(「十字架がかい？　おかしいね。してみると、その魔法使、そんなに悪いやつじゃないのかも知れないよ。で、それから？」)

それから魔法使の従者が、こわがることはないといい聞かせ、名前と年齢を訊いたうえで、主の祈りを唱えられるかと質問した。主の祈りとアヴェ・マリアの祈りはむろん大丈夫、使徒信経だって途中までなら、と答えると、その三つを唱えさせられた。実際、使徒信経は長すぎるので、『天に昇りて、全能の父なる神の右に坐し』から先は覚えていなかったが、魔法使に助けられて、どうにか全文を唱えきった。つづいて魔法使が、なんら躊躇する様子もなく、聖者たちの御名とお言葉を誦しおわると、この儀式も完了した。そのあと従者から、親ときょうだい、そして家庭のことを話せといわれて、このあいだ黒い山羊が死んだこと、家にお金がないので、姉のいいなずけが彼女から町の商人の娘に乗り換えてしまったことなどをしゃべった。聞いていた魔法使が笑いながら、従者に何かささやくと、従者がそれを伝えた。「わが師からありがたいお言葉があった。忘れずに、おまえの姉に聞かすがいい。《愛なきところに富はなし。そしていま、なんじの勇気を愛《め》でて、富を授ける》とおっしゃった。ちゃんと覚えておくんだぞ」従者の言葉が終わると、魔法使が立ちあがって、さっと空中に手を突き出した。するとそこから——嘘でなく、空中からだった！——一つ、二つ、三つ、四つ、五つと、五枚の金貨が出現した。その全部を目の前に並べてくれたが、腕白小僧はこわくて手を出せなかった。しばらくみつめていてから、金貨の上で十字を切り、それが消えてなくなりもせず、火の蛇に変わる様子もないのを見届けてから、おずおずとポケットに入れて、持ち帰った。ほら、これがそうだよ！

村人たちは本物の金貨かどうかをあらためて、恐怖に震えながらも、嘆賞の叫び声をあげた。それから年寄り連中の意見に従って、五枚の金貨を聖母像の足もとにおき、聖水をふりかけて、お祓いをした。夜が明けても、金貨に変わりがなかった。村の司祭が顔を出して、昨夜は町の用事が長びいてと言い訳を始めたので、問題の授かり物を見てもらうと、まちがいなく本物のスペイン金貨だと教えてくれた。そこで、その一枚を教会に奉納し、残りの四枚は少年の一家が自由に使用するのを許された。そのあと司祭が山腹の一軒家を訪問に出かけたが、一時間ほどして朗らかな顔つきで戻ってきて、魔法使についての次のような知らせをもたらした。「みんな、心配することはないぞ」司祭が村人たちにいって聞かせた。「あの魔法使は良きキリスト教徒で、神の正しい教えを守っておいでだ。わしたちはいま、この村の教化について話しあってきたが、学問もおありで——あんな上物のブドウ酒を貯えておいでなのを見ても——

高貴なご身分のお方なのが判る。使い魔だとか焔の精霊だとか、そんなものはぜんぜん見かけなかったよ。壁には、この子の話どおり、大きな十字架が立てかけてあったし、金と五彩の挿絵入りの聖書もちゃんと備えてあった。あの方の出現は、イエス・キリストのありがたいおぼしめしとみてまちがいないぞ」

そして彼は、にこにこしながら司祭館へ帰っていったが、はたせるかなその冬に、教会堂の祭壇に新しい聖餐掛けが寄進された。

それからというものは、毎夜、村人たちの小グループが一軒家から適当な距離をおいた場所に集まって、魔法使の部屋の窓から流れ出る音楽に聞き惚れるようになった。ときどきは向こう見ずの腕白連中が軒端に近づき、鎧戸の隙間に目をあてがって、屋内の奇跡的なもののかずかずを盗み見ようとした。

魔法使の滞在がひと月余りつづいたある夜、食事のあとで、彼と従者が話しあっていた。魔法使は黒頭巾をうしろに撥ねのけているので、つややかな金髪と、ひょうきんな気味のあるグレーの目と、いささか皮肉な感じで垂れ下がったまぶたが見てとれた。かたわらのテーブルの上に、一九〇八年物のコバーンのグラスをおいて、肘かけ椅子の腕では、赤と緑の色を交えたオウムが、まばたきもしないで暖炉の火をみつめていた。

魔法使がしゃべっていた。「ジャン、これは愉快な仕事にちがいないが、だいぶ日数を費やしたことも確かだ。もうそろそろ、例の婦人との交渉が始まってもいい頃と思うのだが」

「そうですね。しかし、わたしが村のあちらこちらで、病人の治療やなにかに奇跡を行なう尊いお方だと言い触らしていますから、いずれは訪ねてくるにちがいありません。今夜あたりと睨んでいますよ」

「そうあってくれたらありがたいんだが。ウェザーオールが戻ってくる前に片付いてしまわぬと、こっちが苦しい立場に追いこまれる。かりに計画が思いどおりに運んでも、この村を引き揚げるまでには数週間かかるだろうし……おや、あれはなんだ?」

ジャンが腰をあげて、奥の部屋へ入っていったが、すぐにキツネザルを連れて戻ってきて、「ミッキーのやつが、あなたのヘア・ブラシをおもちゃにしていたんです」そして、キツネザルを叱りつけた。「いたずら者め! おとなしくしてるんだ!……ところで、もう少し練習に精を出さんといかんでしょう」

「たしかにそうだ! かなり上手になったつもりだが、肝心なときに仕損じたら、みんなご破算だからな」

ジャンは白い歯を見せて笑った。そして、ビリヤード用の玉、硬貨、そのほか手品の道具をひと揃えとり出すと、いとも無造作な手つきで、その一つひとつを掌のうちに隠したり、何倍にも殖やしてみせたりした。つづいてそれを魔法使の手に渡して、レッスンが始まった。

「おっと、またやり損なった!」魔法使の練習中、消えてなくなるはずのビリヤード用の玉が、指のあいだから滑り落ちてしまったのだ。彼はそれを床から拾いあげながら、「山径を登ってくる足音が聞こえるぞ」

いいながら彼は、長衣を顔のあたりまでひき上げ、いそいで奥の部屋へひき退がった。ジャンはにやにやしながら、酒壜やグラスを片付けて、ランプの火を消した。部屋が薄暗くなると、高い椅子の背の上に乗ったキツネザルの大きな目が、暖炉の火を映して、きらきら煌めいた。ジャンは書棚から二つ折り判の大型書物をテーブル上に移し、奇妙な形の銅製の壺で匂い高い香料を燃やしたうえで、炉にかけてあった鉄鍋を前に引き出して、その周囲に薪を積み終えたところで、ドアを叩く音がした。ジャンがドアをあけに行くと、キツネザルがあとにつづいた。

ドアの外に、老婆が立っていた。

「何か用かね?」ジャンがバスク語で訊いた。

「魔法使さまはおいでかね?」

「肉体はご在宅だが、魂は目に見えぬ精霊たちと話しあっておられる。とにかく、お入り。お願いしたいことがあるのなら」

「あんたとの打ち合わせどおり、やってきましただ——だけど精霊とお話の最中じゃ、あたしのお願いなんか、聞いてくださるかどうかが……」

「いや、いや、神さまは精霊も人間も区別なく扱っておられる。あの方にしても同様だ。さあ、こわがらんでなかに通って、お願いしてみたらいいだろう」

老婆は促されて、おずおずと部屋に通ると、

「お願いしたいのは、このあいだあんたに打ちあけておいたことだが、魔法使さまに申しあげてくださったか?」

「お話ししてある。おばあさんの女主人の病気と——その看病に悩む彼女の夫のことだった

な？」

「魔法使さまはなんとおっしゃった？」

「何もおっしゃらんで、書物を読んでおられた」

「奥さんの病気が癒せるかしら？」

「そこまでは判らん。彼女に取り憑いた呪いは非常に強力なものだ。だけど、おれの主人もまた、人間には測り知れぬ力を持っておられる」

「会ってくださるかしら？」

「お願いしてみよう。しばらくここで待っていてくれ。何ごとが起きようと、怖れるんじゃないぞ」

「頑張りますだ」老婆はいって、数珠《じゅず》をつまぐった。

ジャンが奥へひっこむと、そのあとは、神経にヤスリをかけられているような時間だった。暖炉に躍る焔ひとつの明かりのなかに、キツネザルがまたも椅子の背に跳びあがり、きいきい啼きながら、ぶら下がってみせた。部屋の片隅では、オウムが首をかしげて、しわがれ声で何か叫びつづけている。大鍋が香り高い湯気を発散させはじめた。すると、どこからともなく、白ネコが三匹、四匹……七匹と、足音も立てずにあらわれて、赤い火の燃える暖炉の前に半円状にうずくまった。楽の音がかすかに聞こえてきた。数マイルも先から響いてくるかのように……突然、暖炉の薪が爆《は》ぜて崩れ落ちた。そしてその焔がひらめいた瞬間、壁ぎわに据えた飾り戸棚に鏤《ちりば》めた金文字が揺れ動いたように見えた。

そのときだった。半暗の部屋のどこからか、すすり泣きのような、そしてまた、遠雷を思わせる異様な声が響いてきた。

マルタはわれ知らず、その場に膝をついた。そして、ひれ伏していると、暖炉の前の七匹のネコが、ゆっくりした足どりで、身のまわりに集まってきた。顔をあげると、すぐ鼻の先に、片手に書物を、もう一方の手には銀の杖を持った魔法使が立っていた。顔の上半分は黒い頭巾が匿《かく》しているので、唇の動きが見えるだけだった。その唇が放つ深味のあるしわがれ声が、薄暗い室内いっぱいに、重々しくとどろきわたった。

ὦ πέπον, εἰ μὲν γὰρ, πόλεμον περὶ τόνδε φυγόντε,
αἰεὶ δὴ μέλλοιμεν ἀγήρω τ' ἀθανάτω τε
ἔσσεθ', οὔτε κεν αὐτὸς ἐνὶ πρώτοισι μαχοίμην,
οὔτε κέ σε στέλλοιμι μάχην ἐς κυδιάνειραν . . .

荘重な響のギリシア語が朗々と唱えられていたが、やがて魔法使は口を休めて、静かな口調で付け加えた。

「ホメロスの偉大さには、いまさらながら感じいるよ。《悪魔でさえ恍惚として聞き惚れる壮麗な詩句》というやつだ。で、次は何をしたらよいのかな」

従者がすでに戻ってきていて、マルタの耳もとでささやいた。

「さあ、お願いしろ。魔法使さまが、助けてやってもいいといっておられる」

その言葉に勇気づけられて、マルタはおずおずと、願いごとの趣旨を述べはじめた。悪魔に取り憑かれた女主人を救いたい一心が、言葉の端々にあらわれていた。捧げ物としては銀貨を一枚、そして堅焼きビスケットとブドウ酒を一壜持参していた。銀貨一枚が老婆の全財産であり、後者ふたつが調達できる最上の品だった。主人が留守のうちに、家のなかの物を持ち出したくなかったのだ。そしてそれを、老婆はうやうやしく差し出した。

魔法使は聖書をわきにおいて、おごそかな手つきで、まず一枚の銀貨を受けとった。そしてたちまち魔法の力で、それを六枚の金貨に変え、テーブルの上においた。つぎに、堅焼きビスケットと一壜のブドウ酒をどうしたものかと考えていたが、けっきょく、重々しい律動で知られたラテン語詩の一行を誦しながら、堅焼きビスケットを一つがいの鳩に、ブドウ酒の壜を金属鉢に植えた水晶のように透明な木に変身させて、金貨のわきに並べた。マルタは驚きで眼球をとび出させんばかりにしたが、そばから従者が励ましていった。

「この奇跡は、捧げ物が受納されたしるしだ。魔法使さまは満足しておられるのだ。あっ、静かに！」

甲高い調べを奏でていた音楽が止んで、魔法使の力強い声が、ギリシア語の章句を誦しはじめた。ただしその内容は、ホメロスの長詩の一節、船名を羅列した個所にすぎなかった。そして長衣の袖から、古風な指輪をはめた、白い、ほっそりした手を差し伸べると、光り輝く青銅の小箱が、空中に出現した。

従者がまたも、老婆にいって聞かせた。「魔法使さまのお言葉はこういう意味だ。あの小箱のなかの聖餅を、女主人の食事ごとに、一枚ずつ与えよ。全部を食べ終えたら、もう一度訪れよ。そして朝と夕に、アヴェ・マリアの祈りを三回と主の祈りを二回、忘れずに唱えるときは、信仰と精励の力によって、女主人の健康はかならず回復する。ゆめゆめ疑うな、とおっしゃっておられる。さあ、頂戴するがいい」

マルタ老婆は震える両手で、小箱をおしいただいた。

魔法使はしずしずと、奥の暗い部屋へ歩み去って、謁見の儀式が終了した。

「効き目は出てきているだろうな?」魔法使がジャンに訊いた。

あの夜から五週間のあいだに、山腹の一軒家における荘厳な祭儀をともなう聖餅授与式が、五回にわたって行なわれていたのだった。

ジャンはうなずいて、「大丈夫、効果はじゅうぶんです。知力が戻ってきて、軀もしっかりしたし、頭髪だって生えだして――」

「それはよかった。闇に鉄砲を射つような方法で、実際のところ不安だったが、験《げん》が見えてきたとはありがたい。ところで、ウェザーオールはいつ帰ってくる?」

「三週間後だそうです」

「だったら、きょうから二週間後に、この劇のグランド・フィナーレを行なうことにしよう。その間に、騾馬の用意をして、ヨットを呼び寄せる電報を打ちに、町まで出かけてもらわねばならぬ。よろしく頼むぜ」

「承知しました」

「それで残りが一週間だが、そのあいだにこの動物たちと荷物を片付ける――まだ、あったな。マルタだよ。あの老婆をあとに残しておくのは危険だと思う」

「そうですね。では、われわれと一緒に、この土地を離れるようにいい聞かせましょう」

「そうしてくれ。あの主人おもいの老婆を不幸な目にあわせたくない。相手は一種の犯罪狂で、何をやりだすか判らぬ男だからね。いや、ぼくもこの事件が片付いたらせいせいするよ。早く、人間らしい服装に戻りたいものだ。こんな格好をバンターが見たら、なんというかな」

そして魔法使は朗らかに笑って、葉巻をくわえると、蓄音機を鳴らしだした。


予定どおり、二週間後に、大詰の幕が切って落とされた。

マルタを説きつけて、女主人を魔法使の家に連れてこさせるのは、骨の折れる仕事だった。超自然的能力を誇るわが魔法使にしても、老婆の心を動かして、彼の意図どおりに運ばせるには、神の怒りを演出してみせたり、エウリピデスの悲劇のコーラス部分を、まるごと二つも吟唱したりしなければならなかった。最後の極め手はナトリウムの焔だった。暗夜の一軒家でその青白い焔が、彼の顔に死人さながらの凄絶さを与え、さらに加えて、サン・サーンスの交響詩『死の舞踏』の音楽を伴奏に、怪しげな呪文を声高らかに誦することで、老婆マルタの恐怖心を最大限に盛りあげるのに成功したのだ。

マルタはようやく、女主人を同行してくることを約束した。魔法使はやれやれと安堵し、護符を持たせて老婆を帰した。護符は羊皮紙に呪文を書きつけたもので、それを女主人に読ませたうえで、白絹の袋に収め、彼女の頸に懸けておくようにと言い渡した。

それに記された文字は、奇跡をあらわすにしては平凡な言語、つまり英語であり、内容にしても、小児が容易に理解できるものだった。

なんじは長患いに苦しみおるも、われらはその治癒に力を惜しまぬ。疑うなかれ。怖れるなかれ。万事、マルタの指示どおりに行動すべし。健康を回復し、幸福をとり戻す日の近きことを信ぜよ。

そして魔法使が従者にいった。「あの文言なら、かりに彼女が真意を読みとれなくても、危険の生じることはまずあるまい」

あの夜の奇怪な出来事の噂が、たちまち村じゅうにひろまった。村人たちは各自の家の炉辺で、マルタがどのようにして女主人を魔法使のところへ連れ出したか、あの山中の一軒家で、女主人がいかにして悪魔の呪縛から解き放されることになったかを、声をひそめて語りあった。それは嵐の荒れくるう闇夜で、強風が轟音を立てて山々のはざまを吹きぬけていた。

女主人はその頃すでに、五週間にわたる魔法使の祈禱の不思議な力でやや健康を回復し、常態の人間に戻りつつあった――あるいはそれも、悪魔の狡智のなせるわざで、誑《たぶら》かしにすぎぬと見るべきだったのかも知れないが――いずれにせよ彼女は、小児のような素直さでマルタの指示に従い、人目を避けて、闇夜の山径を魔法使の家へ向かったのだ。トマソの監視の目を逃れるのは、相当に気を遣わねばならぬ仕事だった。この下男は主人のアメリカ人の命令を忠実に守って、彼女が一歩でも家から外へ踏み出すのをぜったいに許さなかった。したがって、このような結果の生じたことを、トマソ自身は魔法の眠りに陥っていたからだと弁明していたが――はたしてそうか？　真相はおそらく、二人の女の巧みな誘いで、ブドウ酒を飲みすぎたのであろう。マルタという老婆の知恵はなかなかのもので、魔女のそれを上まわると評する者もいたくらいだった。

それはともかく、マルタと女主人は無事に山の一軒家に辿りついた。魔法使は異様な言語でさまざまなことを語り、女主人も同じ言語で受け答えをした。長い期間、けもの同様の唸り声を出すだけだった彼女が、この魔法使には人間並みの会話をしているのだ。それから魔法使が、彼自身と彼女のまわりの床の上に、奇妙な形の記号をいくつも描きつけた。そしてランプの火を消すと、床の記号がそれ自体の放つ光で、青白く煌めいた。魔法使はつづいて、マルタの周囲にも呪術の輪を描いて、この輪の外へ出てはならぬと言い渡した。

しばらくすると、大きな翼が羽搏くような音がして、小精霊たちが残らずとび出てきた。そのうちの一つ、黒い顔に白い顎ひげを伸ばした侏儒がカーテンを駆けのぼって、高い棒の上から跳躍してみせた。そしてどこからともなく、「お出かけだぞ！　ご出発だぞ！」との叫びが聞こえると、魔法使は輪の中央にある細長い衣裳戸棚に歩みよって、金文字を鏤めた扉を開き、女主人を促して足を踏み入れ、なかから扉を閉ざした。

翼の羽搏く音がいっそう大きくなり、精霊たちがけたたましい声をあげつづけたが、突然、雷鳴のような大音響とともに電光が走ったかと見ると、衣裳戸棚がいっきょに崩壊した。そして、見よ！　魔法使とマルタの女主人の姿が掻っ消えていて、その後は二人の消息を聞くこともなかった。

以上が、その翌日、マルタが村人たちに語った出来事だった。その怖ろしい一軒家から、どうやって逃れてきたのか、老婆にはまったく記憶がなかった。話を聞いて数時間後に、村人の小グループが勇をふるって、一軒家を訪れてみたところ、以前同様裸の空家に戻っていた。マルタの女主人と魔法使はもちろんのこと、従者、精霊たち、家具、荷物、袋のたぐいまで、あらゆるものが跡も残さずに失くなって、わずかに床の上に、マルタの話にあった神秘の記号と線とを見るだけだった。

これはあきらかに、今の世の奇跡だった。そしてさらに奇怪なのは、それから三日後の夜、マルタそのものまでが、姿を消してしまったことだ。

その翌日、アメリカ人の医師が帰ってきて、火の消えた暖炉を見出し、村での噂を聞いた。

「ヨット、やあい！」

真暗な海上に〈アブラカダブラ〉号の船体がくろぐろと浮かびあがって、その甲板の手摺り

越しにラングレーが、不安げな視線を水面に投げていた。最初の乗船者が甲板を踏むと、ラングレーはいそいで迎えて、

「万事、順調にいきましたか？」と訊いた。

「上首尾だ。いまの彼女が常態でないのは当然で、気遣うにはおよばぬ。小児同然の状態だが、一日ごとに回復に向かっている。心配は無用だよ、ラングレー君——彼女と顔を合わせたところで、ショックを受ける怖れはまったくない」

ひきつづき、頭から外套をかぶった女が船上にひきあげられると、ラングレーはためらいがちに歩みよった。

「話しかけたらいい」ウィムジイがいった。

「きみを覚えてはいまいが、あんがい、気がつくかも知れないぜ」

ラングレーは思いきったように、手を差し伸べて、「久しぶりですね、ウェザーオール夫人。ぼくが誰だか判りますか？」といった。

女は外套から顔を出して、気恥ずかしげにランプの光で彼をみつめるうちに、唇に微笑が浮かんできた。

「ええ、判りますわ。もちろん、判ります。あなたはミスター・ラングレー——お会いできて嬉しいですわ」

そして彼女は、両手で彼の手を握りしめた。

ピーター・ウィムジイ卿はサイフォン壜の炭酸水をラングレーのグラスに注いでやりながら語りだした。「これは、ラングレー君、予想以上に凶悪な残虐行為だった。ぼくの宗教心はいささか頼りないものだが、あのウェザーオールという男が、死後に地獄に堕ちるのはまちがいないと信じている。その話をして聞かせるから、まあ、一杯飲みたまえ。

ぼくはきみの異常な経験を聞いているうちに、腑に落ちぬ点がいくつかあるのに気づいた。いうなれば捜査の手掛かりを事前につかんでいたようなものだ。ぼくが調べあげた結果を順序を追って説明すると、こういうことになる。

彼女の二十代半ばのことだが、突如、精神の荒廃状態に陥った。きみがウェザーオール家を訪問した直後のことで、滞在がもう少し長引いたら、きみもその様子に気づいたはずだ。いや、滞在中にも、彼女の感受性が異常なほど鋭くなっていたのでないかな。そして調査の結果、従来もそのような状態が、年に一回かそこら、きまって彼女を襲っていたのが判明した。しかもそれが通常の脳神経障害とはちがって、誰かの手の工作によるもののように見えたそうだ。

ここで忘れてならぬのは、ウェザーオールが医学者なので、彼女は初めから、夫以外の医師の診察を受けなかった点だ。身内も、友達も持たぬ彼女だから、その病気の原因が夫にあると思いつく者など一人もいないのだ。そのうちにウェザーオールは彼女を連れて、バスク地方の山村に移り住んでしまった。そこはまったくの無医村で、彼女は決定的な孤独状態におかれ、正気に戻る時期があっても、話しあって理解してもらえる相手を見出せなかった。そしてさらに奇怪なことには、文明社会と遮断されたこの僻地が、もともときみの研究対象で、いつかかならず調査にくる。それでいやでも、醜悪なものに変わった彼女の現在の姿を目撃するのが予測されていた。ああ、まだあったよ。ウェザーオールの専門分野は早くから学界に知られていて、その実験の必要資材をとり寄せるとの理由で、ウェザーオールはロンドンの薬局との連絡を絶やしたことがなかったのだ。

これらいくつかの事実から、ぼくは一つの仮説を組み立てた。しかし、それが正しいと確信するには、テストしてみねばならなかった。そして、ウェザーオールがアメリカに帰国したときが、そのチャンスだった。もちろん彼はマルタとトマソに、自分の留守のあいだ、誰も家へ出入りさせてならぬと、かたく言いおいていった。そこでぼくは、マルタの心を動かすのが先決だと考えた。なんらかの方法で、女主人おもいの老婆を威圧し、ウェザーオールの厳命に背く覚悟をかためさせる必要があったのだ。おお、神よ、善良なるマルタの魂を救いたまえ！かくしてピーター・ウィムジイ卿は退場して、魔法使の登場となった。そしてこの方法が功を奏して、彼女と魔法使は昇天し、救出作業が完了した。

これ、これ、ラングレー君、いまさら、かっかすることはない。事件はすでに片付いたのだ。アリス・ウェザーオールは先天性の甲状腺機能障害に悩む不幸な人々のひとりなのだ。知ってのとおり、われわれの喉頭部にある甲状腺がホルモンを分泌して、肉体のエンジンを燃やし、脳の活動を促す。この作用が適切に機能しないのがいわゆるクレチン症で、身心の発育が停止する。しかし、甲状腺刺激ホルモンを与えれば、正常な状態に復帰する。快活で、美しく、知的で、コオロギのように生き生きした健康体にだ。ただし、刺激ホルモンを与えつづけねばならぬ。そうでないときは、痴愚状態に戻ってしまうのだ。

ウェザーオールは甲状腺医学を専攻して、学生当時からその研究に没頭した。二十年以前のことだから、実験報告も微々たるもので、彼はいわばこの分野の先駆者だった。そして、実験対象の一人に少女アリスがいた。彼女を素材にした治療の結果はきわめて良好で、当然ながらウェザーオールを有頂天にした。彼は喜びのあまり、アリスの身柄を引きとり、教育を施し、美貌に惹きつけられて、最後には結婚した。要するに甲状腺機能の障害とは、病気と呼ばねばならぬほどのものではない。刺激ホルモンの服用を怠らぬかぎり、あらゆる点で健康体を維持し、日常生活に支障がなく、健全な子供を産むことも可能なのだ。

いうまでもないことだが、アリスの甲状腺の機能低下を知る者は、彼女自身とその夫を除けば、一人もいなかった。したがって、ウェザーオール夫妻の結婚は平穏無事にすぎていった。きみという男が出現するまではだな。そしてきみの出現で、ウェザーオールは烈しい嫉妬に苦しみだした」

「とんだ濡れ衣です」

ウィムジイは肩をゆすって、

「そうかも知れない。しかし、彼女がきみに、夫に対する以上の好意を持たなかったとはいいきれない。その点に深く立ち入るのはやめておくが、いずれにせよ嫉妬に駆られたウェザーオールは、医学者としての自分の力で、もっとも異常でもっとも残酷な復讐を果たそうと考えた。そこで彼女をピレネーの山村に連れて行き、医療施設その他あらゆる救助方法から遠ざけた。

あとは甲状腺機能促進剤の施用を絶って、成り行きを見守っていればいい。ウェザーオールがその意図を、彼女にいって聞かせたことも疑いない。もちろん彼女は、必死になって無実を訴えた。だが、それも残虐な彼を楽しませるだけで、日夜、荒廃状態に陥っていくのを、ことさらに意識させられた。一日ごとに、一時間ごとに、けものにも劣る何かに変わっていくことを――」

「なんという残酷な！」

「たしかに、このうえなしの残虐行為だ。数か月のうちに、彼女は自分の軀に起きていることも判らなくなる。そのような彼女を見守って、ウェザーオールは満足感を味わった。――皮膚がかさかさになり、軀の動きが鈍り、頭髪が抜け落ち、目はうつろに、言葉のかわりにけものの呻き声、思考能力を失って、昼も夜も椅子にうずくまるだけ――」

「もう、たくさん！　やめてくれ！」

「その全部を、きみはその目で見た。しかし、彼はまだ満足しなかった。ときどき薬剤を与えては、彼女の知力を少しだけ復活させて、彼女自身の荒廃状態を意識させた」

「あいつがここにいたら、生かしてはおかぬところだ！」

「いまさらその必要があるものか。ある日――彼女にとっては天の恵みだが――わが純情なるラングレー君が訪問した。彼女の現状を見ることで――」

またしてもラングレーは叫び立てて、あとの言葉をさえぎった。

「面舵《おもかじ》！」ウィムジイは船員に命じてから、「それにしてもウェザーオールの計画は精妙なものだった。単純でいて、巧緻なこと、考えれば考えるほど、感心させられる。しかし、残虐ぶりの手のこんでいるところが、けっきょく破綻につながった。ぼくはきみの話を聞いて、すぐにそれを甲状腺機能低下の徴候だと気づいた。そしてぼくは、これだけでは推測にすぎぬ。行動を起こすには、裏付けが必要だと考えた。そこで、きみが小包の荷札に見ておいたロンドンの薬局を訪れ、警視庁の人間を装うトリックで口を割らせた。ウェザーオールの依頼で、ピレネーの山村の家に、甲状腺ホルモンのエキスを何回か送付したことをだ。それでぼくが、この推測にまちがいないと確信したのを判ってもらえると思う。

ぼくは医師の指導を受け、必要な薬物を用意した。そしてスペイン人の腕利きの手品師を雇い入れ、芸当を仕込んだネコその他の小動物をとり揃え、完全な変装のうえで、あの山村に乗り込んだ。トリックの一つの衣裳戸棚は、有名な奇術師のデヴァント氏が考案したものだ。魔法使の役割はぼく自身が演じて、うぬぼれかも知れないが、かなりの出来だったと自負している。もちろん、あの村人たちの迷信深さが仕事を楽にしてくれて、蓄音機のレコードも一役買ってくれた。おどろおどろしい雰囲気を盛りあげるのには、シューベルトの『未完成』が第一級の楽曲だし、夜光塗料と、ぼくの貧弱な古典語の知識も、大いに役立った」

「ところで、彼女は元の健康な軀に復帰できるのでしょうか？」

「絶対確実だ。そして、アメリカの裁判所が、虐待を理由にする彼女の離婚を認めることも疑いない。それから先は——きみの責任さ」

ピーター・ウィムジイ卿がロンドンにふたたび姿をあらわすと、友人たちは喜びと驚きで迎えた。

「ずいぶん長いあいだロンドンを留守にしておられたようだが、どこで、何をしておられた?」と、フレディ・アーバスノット爵子が訊いた。

「ある人妻と駆落ちしましてね」青年貴族は答えたが、そのあといそいで付け加えた。「ただし、言葉どおりにとられては困りますよ。ぼくの役割は道化役、それを善意でつとめただけで、事件そのものは、ぼく自身には無関係のことです。そんな話より、散歩がてらにホウバン・エンパイアへでも出かけて、ジョージ・ロビーでも観るとしませんか?」

盗まれた胃袋

The Piscatorial Farce of the Stolen Stomach

「なんだね、それは？」ピーター・ウィムジイ卿が訊いた。

トマス・マクファーソンは、紙片とワラの詰め物のあいだから、細長いガラス容器をとり出して、慎重な手つきで、テーブルの上のコーヒーポットと並べておくところだった。

「ジョゼフ大伯父の遺産なんだ」

「誰だい、ジョゼフ大伯父というのは？」

「母の伯父だ。ファーガソンは変人中の変人ともいうべき人物だったが、ぼくは彼に気に入られていた」

「だからこそ遺産を贈られたのだろうが、しかし、その遺産なるものは、これで全部なのか？」

「そうなんだ。中身は彼の胃袋だが、強い消化力こそ、人類のもっとも貴重な財産だ、というのが大伯父の持論だった」

「名言だよ。消化器官の頑健なことに、よほど自信を持っていたのだな」

「そういうわけだ。ジョゼフ・ファーガソンは九十五歳まで生きた。一日も寝込んだことがなくてね」

ウィムジイは興味をおぼえた面持ちで、ガラス容器を眺めていたが、

「で、なんの病気で死んだ？」と訊いてみた。

「病死じゃない。六階建てのフラットの最上階にある自室の窓から、身を投げたのだ。心臓発作を起こして、医者に診《み》てもらったところ、発作自体は大したこともないが、高齢だから用心しないと危険だと注意された。それがショックだったんだな。実際には、注意されたと、彼自身が思いこんだだけなのかも知れないがね。遺言があって、健康息災で九十五まで生きてきた軀《からだ》が、いまさら患いつくとは考えられぬとしてあった。そんなわけで、ショックによる一時的な精神異常で自殺をはかったとみられているが、ぼくはその見方に反対なんだ。ジョゼフ・ファーガソンは死の瞬間まで完全な正気だったと信じている」

「なるほど、で、その大伯父氏の職業は？」

「実業人だ。古い昔のことなので、ぼくも話に聞いただけだが、造船業者の一人だったらしい。事業から手を引いたのは三十年も以前のことで、それからは、いわゆる隠遁者生活を送ってきた。グラスゴーの六階建てフラットの最上階に住みついて、誰にも会おうとしなかった。ときどき、数日間、姿を見せないことがあったが、その間、どこで何をしていたのかは誰も知らない。ぼくは年に一回、ウィスキーの壜をひっさげて訪問することにしていた」

「資産には恵まれていたのだろうな？」

「そいつは判らない。金に不自由はしなかったはずだが――いや、それどころか、引退したときは、かなりの金を握っていた。ところが、死亡して、遺産の調査を始めると、グラスゴー銀

行の預金残額がわずか五百ポンド、ほかに財産らしいものは見当たらなかった。銀行の帳簿で明らかになったのだが、隠退後の三十年間に、預金の大部分を引き出していた。その間に、大銀行が破産する事件が二度もつづいたので、銀行預金に信頼感を失ったものらしい。しかし、引き出した金をどう処置したのかは、ぜんぜん判っていないのだ」

「古靴下か何かのなかに匿《かく》してあるのじゃないか」

「そうであってくれるのを、いとこのロバートが必死に願っているだろうよ」

「いとこのロバート？」

「いとこといっても、ぼくとの血のつながりはきわめて薄い。ファーガソン姓を名乗っているのはこの男ひとりで、残余財産受遺者になっている。遺産総額がたった五百ポンドと知ったときの彼、もの凄い荒れようだったよ。もともとこのロバートという男、金使いが激しくて、いつも手もとに数千ポンドおいておきたいタイプなんだ」

「判ったよ。遺産の話は承ったが、朝食のほうはどうなったんだい？　ジョゼフ大伯父の件は、いずれゆっくりうかがうとする。ぼくには大して関係のないことだからな」

「きみは解剖学の標本に興味を持っていると思ったが――」

「興味があるのは確かだが、朝の食卓で拝見するのにふさわしいしろものでない。ぼくの祖母の好きな文句に、〝どんな物にもふさわしい場所がある。物はその場所におかねばならぬ〟というのがあった。マギーだって、食卓にこんな物を見たら、ショックで卒倒するのじゃないかな」

マクファーソンは朗らかに笑って、ガラス容器を戸棚にしまいこみながら、

「マギーは標本類に不感症になっている。ぼくが休暇をこの別荘で過ごすときは、かならず骨や何かの標本を持ち込むからだ。あの研究論文も、ようやく完結に近づいた。マギーはこれを研究材料の一つと考えるだろう。では、ウィムジイ。ベルを鳴らしてくれ。昨日の獲物のマスが、どんなふうに料理されたかを見るとしよう」

ドアが開いて、話題にのぼった家政婦のマギーが、鉄灸《てっきゅう》で焼いたマスにフライド・スコーンを添えた皿を盆に載せて入ってきた。

「ほう！　うまそうなマスだな、マギー」ウィムジイはいって、椅子を食卓にひきよせ、鼻をくんくんいわせた。

「はい、ウィムジイさま。いいマスだけど、あんまり小ちゃいんで――」

そばからマクファーソンが口を出して、「文句をいわんでくれよ、マギー。マス一匹というけれど、これでも昨日いちにち、湖で大奮闘した成果なんだ。太陽に照りつけられ、ボートを強い東風に躍らされて、死ぬ思いをさせられた。くたびれきって、けさは髭を剃る元気もなかった」と、その苦しさを思い出したかのように、赤く日焼けのした顔を手で撫でて、「小山のような波が、一日じゅうつづいたよ。ビスケー湾顔負けの波がだぜ」

「ご苦労さまというところだな。しかし、もう少しの辛抱だろう。ひと雨さっときてくれたら、快適な陽気になる。晴雨計を見れば判るはずだが、そろそろ雨に恵まれていい頃なのだ」

「季節の移り変わりは正直なものだが」マクファーソンがいった。「いまのところは、小川が

ほとんど干上がって、フリート川の水位の低下もひどいものだ」と、窓の外へ目をやった。庭のはずれの石の上で、いつもは小さな流れが音を立てているはずなのだが……「あと四、五日の我慢か。そのかわり、ひと雨きてくれたら、大漁は疑いなしだぜ」

「ぼくがロンドンへ帰ると、とたんに降りだすのじゃないか」

「滞在を一週間延ばしたらいい。きみにも海マス釣りの楽しみを味わってもらいたいのだ」

「気持は嬉しいが、水曜日にはロンドンで、のっぴきならぬ用件が控えている。ぼくのことは気にしないでくれ。久しぶりに新鮮な空気を吸って、楽しい時間を過ごした。ゴルフも堪能するまでやったしな」

「もう一度出直してきてもらおう。ぼくはもう一か月、この別荘にいる予定だ。実験と論文作成のために、体力を貯えておく必要があるからだ。きみの再訪がそれまでに間に合えばいいが、無理なようなら、八月まで延期して、キジ猟を試みるとしよう。要するに、ウィムジイ、きみにこの別荘を自由に使用してもらいたいのさ」

「ありがとう。ぼくのこんどの用件は、あんがい早く片付くかも知れぬ。そのときは、もう一度出かけてくる。ところで、きみのジョゼフ大伯父が死んだのはいつだ？」

マクファーソンは相手の顔をじっと見て、「この四月だよ。何日だったかは、はっきり覚えていないが、なぜそんなことを訊く？」

「なんでもない——ちょっと気になっただけだ。きみは彼のお気に入りだったといったね？」

「そんなところだ。たぶんあの老人、ぼくが年に一回の訪問を欠かさなかったのを、嬉しく思っていたのだろう。老人というものは、ちょっとした心配りを喜ぶものなのだ」

「そうかも知れんね。で、名前はなんといったっけ？」

「ファーガソンだ——正確には、ジョゼフ・アレグザンダー・ファーガソン。しかし、きみはジョゼフ大伯父にひどく興味を持ったようだな」

「彼の財産についての話を聞いているうちに、ロンドンへ戻ったら、造船業関係の知人に会って、ジョゼフの預金の投資先を知っていないかを訊いてみようと考えた」

「それができたら、あのロバートが感謝感激して、ガーター勲章を贈呈するだろう。しかし、冗談はさておき、きみが本当に、この問題の捜査に乗り出して、得意の推理力を発揮してみる気持になったのなら、グラスゴーの彼の部屋を調べてみたらどうなんだ？」

「それも一案だな。その所番地は？」

マクファーソンは大伯父の住所を教えた。

「書きとめておくよ。何か判ったら、ロバートに連絡する。彼の住所は？」

「ロバートはいま、ロンドンに住んでいる。クロスビー・アンド・プランプ法律事務所で連絡できるはずだ。その事務所は、ブルームズベリーのどこかにある。ロバートはスコットランドの弁護士が志望で勉学中だったが、ごたごたを惹き起こして、イングランドへ追い払われたかたちなんだ。父親はエディンバラ市の高等民事裁判所の法廷弁護士だったが、二年前に死亡した。ロバートがぐれだしたのは、それからだった。悪友たちと遊び歩いて、遺産の大部分を使い果たしてしまったようだ」

「嘆かわしいことだな。スコットランド人が郷里を離れて、ロンドンへ出てくるのは感心したことでない。ところで、きみは大伯父の遺産の胃袋をどう処置するつもりだ？」

「さあ、どうしたものかな。とにかく、もうしばらく保存しておく。ぼくはあの老人が好きだった。だから、その自慢の消化器官を棄ててしまう気にもなれない。医師の診察室にはふさわしいものであるしな。ぼくも近く、医師の資格をとる。開業したら、診察室に飾っておく。そして患者たちに説明して聞かすのだ。奇跡的な手術に成功して、喜んだその患者が、感謝のしるしに残しておいたのだとね」

「グッド・アイデアだな。胃の移植手術か。かつて試みられたことのない手術、外科技術の極致――たちまち評判になって、患者が殺到すること疑いなしだ」

「そうなったら、ジョゼフ大伯父のおかげだ。ひょっとしたら、一財産作れるかも知れないぞ」

「そうだとも。楽しみにしているがいい。それから、きみの手もとに、老人の写真か何かないか？」

「なに、写真だと？」マクファーソンはまたも目をみはって、相手の顔を凝視して、「すっかりジョゼフ大伯父がきみの情熱を呼び起こしてしまったようだな。しかし、老人はこの三十年間、一枚の写真も撮らなかったと聞いている。もっとも、それ以前のものなら、つまり実業界から引退したときに撮したのが一枚あるはずだが、それはロバートが保存していると思うよ」

「それは残念《オックス・アイ》な！」ウィムジイはスコットランドの言葉でいった。

その日の夕刻、ピーター・ウィムジイ卿はスコットランドを離れて、夜どおし車を走らせ、ロンドンへ向かった。車内の彼はひどく熱心に考えこみ、ハンドルを握った手が機械的に動くだけだった。それでも、ヘッドライトの光に驚いたウサギが逃げだすと、その緑色の目を避けて、無意識のうちにハンドルを、右に左に切っていた。車の運転で、道路上のものに直接の関心を奪われているときが、彼の頭脳は最大限に働くというのが、ウィムジイのつね日頃、口にしている文句だった。

月曜日のウィムジイは、午前中にロンドンにおける用務を片付けて、考慮を要する仕事から解放された。そこで、造船業界の知人を訪ねて、引退後のジョゼフ・ファーガソンについてのいくつかの事実を聞き出し、ロンドン当時の彼の写真のコピーを入手した。これはグラスゴーの某会社のロンドン支店長が探し出してくれた。その頃のファーガソンは業界でも手腕家で知られていたそうで、写真に映った彼は、輪郭の整った顔に頬骨が高く、口がひきしまり、いかにも強固な意志の持ち主らしく、厳しい表情を示していた。このタイプの顔立ちは、老齢に達してもあまり変化のないものである。ウィムジイはその写真を満足げに見やって、ポケットにすべり込ませると、さっそくサマーセット・ハウスの登記所へ向かった。

彼はいそいで遺言書保管室にとびこんだが、なぜかしばらくのあいだ、怖じ気づいたような格好で、室内をうろうろ歩きまわっていた。係員が見かねて、用件はどんなことかと訊いた。「やあ、親切に、よく質問してくれた」と、ウィムジイは大げさに喜んでみせて、「ぼくはこういう場所へくると、いつもきまって、おどおどしてしまうのだ。大きなデスクがずらっと並んでいるのが圧迫的で、しかも、万事がビジネスライクなところに気圧されたりして……気が弱いんだな。用件は大したことじゃない。先日死んだ知人の遺言書をちょっと覗いてみたいだけだ。話に聞いたところだと、誰の遺言書でも、一シリング提供したら、内緒で見せてくれるそうだが、きみの手ではからってもらえるかね」

「いいですよ。お見せしましょう。誰の遺言書で?」

「しかし、ぼくがいうのもなんだが、考えるとおかしなはなしだね。死亡したとたんに、赤の他人がやってきて、プライバシーにかかわることを探りだす——財産が誰に、いくら分けられたか、女友達はなんという名前か、といったことをだ。感心できないことだな。プライバシーの侵害行為じゃないか」

係員は声に出して笑って、

「死んでしまえば、同じことじゃありませんか」といった。

「それはまあ、そうだ。きみのいうとおり、本人は死んでいるのだから、プライバシーも問題じゃない。しかし、身内の者にとっては大問題だぜ。故人の放蕩生活が世間の評判になり、弥次馬連中の興味を惹けば惹くほど、家族みんなの不快感が増す。気をつけないと、ぼくの場合もそうなる怖れがある。ええと、なんの話をしていたっけ? そう、そう、遺言書だった。ぼくはこのようなうっかり者で、いつも肝心な話がどっかへ行ってしまう。遺言者の名前を聞かないことには、きみも動きようがなかったね。それは、先日グラスゴー市で死亡したジョゼフ・アレグザンダー・ファーガソンというスコットランド人だ。きみ、グラスゴーを知っているだろうな。市民はみんなお国訛りが強すぎるんで、同じスコットランド人にも通じない、という土地だ。といったわけで、きみに格別の手間をかけさせないですむようなら、ジョゼフ・アレグザンダー・ファーガソン氏の遺言書を見せてほしい。さあ、これがきみの一シリングだ」

係員は引き受けたが、遺言書の内容は記憶するだけにとどめ、書き写すのは遠慮《さ》してもらうと、条件をつけた。ウィムジイは問題の文書を受けとると、奥まった片隅にひき退がって、しばらくのあいだ読みふけっていた。

文面は簡単で、自筆でしたためてあり、日付は昨年の一月になっていた。きまり文句の前文のあとに、少額の現金といくつかの装身具を知人たちに贈るのを明記したあと、次のような主文がつづいていた。

——そして死亡後に、余の消化器官の全部、食道より肛門にいたるまでをとり出し、その両端を付属物とともに、強靭な結紮《けっさつ》糸にて結び、医学標本保存用のガラス容器に収めたうえで、わが甥の子のトマス・マクファーソンに贈るものとす。住所はカークーブリシャー、ゲイトハウス・オブ・ザ・フリートのストーン別荘なれど、現在はアバディーン大学にて医学を研鑽中のはずなり。今は彼の研究と将来の医療設備充足の一助として、余の消化器官をその付属物とともに贈る。この消化器官は九十五年間の長きにわたって、なんらの欠陥も示さずに余に奉仕してきた。余はこれを遺贈するにあたって、強靭な消化力こそこの世の最大の富であるゆえんを、彼トマス・マクファーソンが理解するのを希望する。

これを損傷せずに保存し、胃袋に無用の薬剤を注入せず、堅実にして節度ある生活態度で、この優れて貴重な消化力の恵みを、将来の患者のために活用することを志せば、神の摂理にかなうものであるのを信じて疑わない。

遺言書はこの特異な一節につづいて、個々の物品についてはとくに明記せずに、残余財産受遺者にロバート・ファーガソンを、そして遺言執行者には、グラスゴー市の某法律事務所を指定してあった。

ウィムジイは遺言書の文面を睨んで、しばらくのあいだ考えこんでいた。用語からしてこの文章が弁護士の助言によって書かれたものでなく、ジョゼフ・ファーガソン独自の文章であるのが明瞭で、その行間に遺言者自身の心積もりと意向を知る手掛かりがはっきり読みとれた。ウィムジイは満足して、三つの点を心にとめた。第一には、《消化器官とその付属物》という文句が、強調の言葉をともなって、二回も繰り返されている。第二には、その両端を結紮糸で結んでおくことと、とくに注意してある。そして第三には、遺言者の希望として、受遺者がこの遺品を将来の医療活動に役立て、その時のくるまで、保管の費用と手間とを惜しむべきではないと説いている。ウィムジイの顔に微笑が浮かんできた。彼もまた、ジョゼフ大伯父と呼ばれる人物が好きになった。

ウィムジイは席を離れて、帽子と手袋とステッキをとりあげると、遺言書を手に係員のところへ戻った。係員の前では、激昂した青年が何ごとかを論じたてていた。

「おっしゃることは判ります」係員は弁明に努めていた。「しかし、先に申し込まれた紳士にしても、そういつまでも読んでおられるわけではないでしょう。少しお待ちになれば——」そしてふり返って、ウィムジイが近づいてくるのを見ると、ほっとしたように、「戻ってこられました！」と叫んだ。「あれが、その紳士です」

若い男は、赤毛の頭髪と尖った鼻、深酒に濁ったような目の持ち主で、キツネを思わせる容貌だった。ウィムジイが近よってくるのを不快げな顔つきで迎えた。

青年貴族は澄ました顔で、係員に訊いた。

「何か起きたのかね、ぼくに関係したことが？」

「ええ、そうなんです。おかしなことが起きました。あの遺言書を、こちらの紳士もご覧になりたいそうなんで。わたしはここに十五年間勤めていますが、こんなことは初めてです」

「そうだろうな」ウィムジイがいった。「遺言書保管所で閲覧者がかちあうなんて、めったにあることでないからな」

若い男も会話に加わって、「たしかに異例だ」と、不快な気持をこめた声でいった。

ウィムジイはあいかわらず澄ました顔で、「きみは遺言者の家族ですかな？」と訊いた。

「もちろん、家族の一員です」キツネを思わせる顔の青年は答えて、「そして、あなたはどうなんです？　お聞かせねがえますか、故人と関わりあいがあるのかないのか——？」

「いうまでもないことだ」ウィムジイははっきりいった。

「考えられませんね。お見かけしたのは、いまが初めてだし——」

「ちがう、ちがう。誤解しないでもらいたい。いうまでもないことだ、といったのは、関わりあいの有無じゃなくて、質問しても差し支えないとの意味だ」

若い男はとたんに歯をむき出して、「では、うかがいましょう。あなたはどんな理由から、ぼくの大伯父の遺言書に興味をお持ちなんです?」

ウィムジイはにこりと笑って、紙入れから名刺を抜きとり、差し出した。ロバート・ファーガソンはちらっと見ただけで、顔いろを変えた。

ウィムジイは平然としてつづけた。「ぼくがどういう男か知りたければ、きみの親戚のトマス・マクファーソンに問いあわせたら判る。好奇心が人一倍強くて、いうなれば、人間性の研究者といったところかな。最近、マクファーソンの口から、きみの尊敬すべき大伯父の遺言書に、異様な文句が並んでいるのを聞かされた。胃袋とその付属物といった言葉だ。ぼくは当然、興味を持った。そこでわざわざ出かけてきて、性来の特殊な嗜好を満足させようとした。実をいうと、ぼくはいま、『奇妙な条項とその影響』と題する著述を計画中で、出版社はかなりの販売部数を予定している。きみが閲覧にこられたのは、もっと切実な必要からであろうが、ぼくの気儘な資料集めが、その妨害にならぬことを願っておく。いずれそのうち、またお会いすることになろうが」

言い捨てて、ウィムジイはその場を離れたが、鋭敏な彼の耳が、憤懣やるかたないファーガソン氏の怒声と、係員が慰める次のような言葉を聞きとっていた。「とても変わった紳士ですね。たぶん、頭のどこかが狂っているんでしょう」どうやらピーター・ウィムジイ卿の犯罪学者としての名声も、俗世間を超絶したサマーセット・ハウス登記所の吏員の耳には達していなかったのであろう。「だが」とウィムジイはひとり言を呟いていた。「つまらぬ場所でかちあったばかりに、警戒と考慮の種をロバートに与えてしまったな」と。

ウィムジイもまた警戒心に促されて、少しの時間も空費せずに、タクシーをハットン・ガーデンへ走らせた。訪問先の老紳士は、鼻の先が上向きかげんで、まぶたが腫れぼったい感じだが、チェスタトン氏の分類における上品なユダヤ人のうちに所属する。名前もモンターギュとかマクドナルドといったありふれたものでなくて、ネイザン・エイブラハムズと、古風でおごそかなものだった。彼はピーター・ウィムジイ卿を迎えるのに、最上級の歓待ぶりをもってした。

「ようこそおいでくださいました。さあ、さあ、おかけになって。ただいまお飲み物を。本日のご光来は、いよいよ未来のレディ・ピーターさまのために、ダイヤモンドのお選びというわけですな」

「それが、まだなんだよ」ウィムジイが答えた。

「まだですって？　それはいけません。お急ぎになる必要があります。よき夫として、家庭人になられる時期が到来しておられるのですから。わたくしが、花嫁衣裳を飾る光栄な男にご指定いただきましたのは、すでに数年前のことです。あのとき以来、良質のダイヤを仕入れますたびに、これこそピーター・ウィムジイ卿にふさわしい石だといいつづけてきました。ところが、いっこうにご用命がございません。そこでやむをえず、そのつどアメリカ人に——価格の高いことを喜ぶだけで、石の美しさを見る目を持たないアメリカ人に売ってしまいました」

「レディ・ピーターの候補者をみつけ出してからでも、ダイヤのことを考える時間はじゅうぶんあるさ」

エイブラハムズ氏は両手を大きくひろげて、

「ピーター・ウィムジイ卿ともあろうお方が、とんでもないお考えちがいです。それでは急場しのぎの間にあわせ仕事になりかねません。いそぐんだぞ、エイブラハムズ！　とあなたさまがおっしゃいます。おれは昨日、恋に落ちた。明日が結婚式だ！　とですな。しかし、あなたさまにふさわしい石を見出すには、数か月、いや、ひょっとしたら数年を必要とするものでして、きょうあすの間にはあいません。けっきょく花嫁のレディ・ピーターさまは、どこかの宝石店のレディ・メイドの石で、婚儀の席にお臨みになることになります」

ウィムジイは笑いながらいった。「妻を選ぶには、三日もあればじゅうぶんだ。そのうちの一日を、ネックレスの購入用にあてたらいい」

「それはキリスト教徒のやり方です」ダイヤモンド取引の専門家は、売り込みを半ば諦めた顔つきで、「だいたいあなたさまは投げやりなところがおありで、将来のことをお考えになりません。妻を選ぶのに三日間とは何ごとです！　離婚裁判所が忙しいのも当然です。わたくしの息子のモーゼズが、来週、嫁をもらうことになりましたが、この結婚がまとまるまでには、一族のあいだでの話しあいが、十年ちかくかかりました。嫁はレイチェル・ゴールドスタインといって、素直ないい娘で、父親もいちおうの財産のある男です。われわれ一族は、この結びつきに満足しております。モーゼズはよく出来た息子ですから、挙式と同時に、うちの店の共同経営者に昇格させてやるといってあります」

「それはよかった。おめでとう」ウィムジイは心からの祝福の言葉を述べて、「きみの若い二人は、きっと幸福になるよ」

「ありがとうございます、ピーター卿さま。おおせのとおり、あの二人は幸福になります。レイチェルは気立てのやさしい娘で、子供好きです。器量もよくて――もちろん、器量が家庭生活の全部ではありませんが、近ごろの若い者には、これがなかなか効果的に働きます。男のほうも、器量良しで善良な妻にふさわしく、家庭生活を大事にするようになるものです」

「たしかに、きみのいうとおりだ」とウィムジイはうなずいて、「ぼくも妻選びにあたって、きみの教訓を心に留めておくよ。では、繰り返して、若い二人の仕合わせを祝わせてもらおう。きみも間もなく、祖父になるわけだな。祖父といえば、ぼくはこのところ、ある老人のことが気にかかってならんのだが、きみに訊いたら、彼がどんな人物か判るかも知れないな」

「なんでもお尋ねください。わたくしの知識がお役に立つのでしたら、喜んで申しあげます」

「これがその老人の三十年前に撮した写真だが、きみだったら、記憶を甦らすことができるのじゃないか」

エイブラハムズ氏はべっ甲縁の眼鏡をかけて、ジョゼフ大伯父の写真を眺めていたが、

「ええ、ええ、忘れるわけがございません。でも、この方の何をお調べなんです」と、用心深

い視線をウィムジイに送った。

「彼に不利益なことじゃない。第一、この人物はすでに故人だ。ただ、ぼくは考えた。彼はその生前に、きみのところで宝石類を購入したことがあるのじゃないか、とだ」

「お顧客《きやく》さまのことを洩らしますのは、わたくしどもの職業倫理に反することでして──」

「では、ぼくがなんのために質問するかを説明しよう」とウィムジイは、ジョゼフ・ファーガソンの経歴をかいつまんで話して聞かせたうえで、次のようにつづけた。「ぼくはこの問題を、こんなぐあいに判断した。人は銀行に信頼感を失ったとき、その預金をどう処理するだろう。まず考えられるのは、何かの物件に換えることだ。地所あるいは家屋がそれだが、そのときは賃貸料が入ってきて、銀行預金がまた殖えることになる。次の方法は金塊か債券類を買い込むことだが、どちらも嵩《かさ》ばる品だ。彼の場合、死後の調査で何も発見できなかった。そこでぼくの結論は、宝石類を選択したにちがいないとなった。といったわけで、肝心のその宝石がみつからないと、遺産相続人たちが大きな損失を蒙《こうむ》る結果が生じるのだ」

「判りました。そのような事情でしたら、お話し申しあげたところで、お顧客さまにご迷惑をかけることもないでしょう。あなたさまの高潔なお人柄を尊重して、あえて、職業道徳を無視することにいたします。このウォーレスとおっしゃる方は──」

「なに、ウォーレス？　彼はそう名乗っていたのか？」

「本名ではありませんでしたか？　なるほど、そうかも知れませんな。ご老人はとかく、おかしなくらい秘密主義におなりになるもので、べつに意外なことではございません。ことに、宝石類をお求めになる方が、盗難防止のために、ちがったお名前をお使いになるのはめずらしいことでございません。さよう、それに相違ありません。このウォーレスさまには、ずいぶん長いあいだ、ご贔屓《ひいき》にあずかりました。大型のダイヤを十二個お探しになっておられて、その全部が、品質は最高級、しかも大きさが揃っているのが条件でした。とり揃えるまでに、ずいぶん長い年月を費やしたこともお判りいただけるでしょう」

「判るとも」

「わたくしはあのご老人のために、二十年からの歳月をかけて、良質のダイヤを七個揃えてさしあげました。ほかにも協力した同業者がありまして、この業界であのご老人を知らぬ者はおりません。最後の一個を探し出したのもわたくしでして――ええと、あれはたしか、昨年の暮のことで――じつに見事な石でした！　あの方はそれに、七千ポンドをお支払いになりました」

「七千ポンドとは相当な石だな。どのダイヤも同程度のものだとしたら、彼のコレクション全体はかなりの金額になるね」

「それはもうたいへんなものでして、数字をあげるのも困難なくらいです。総計で十二個のダイヤが、ちゃんと大きさを揃えてありますので、コレクション全体のお値段となれば、個々の石のものの合計をずっと上まわることになります」

「当然、そういうわけだ。で、差し支えなかったら、彼がどんな方法で支払ったかを聞かせてもらいたい」

「いつも現金――イングランド銀行の紙幣でいただきました。そのかわり――」と、エイブラハムズ氏はくすくす笑って、「現金で払うのだから、値引きをしろとおっしゃって」と付け加えた。

「彼はスコットランド人なんだよ」ウィムジイは説明して、「これで、預金の全部がダイヤモンドに換わったのがはっきりした。そしてそのダイヤを、どこか安全な場所にしまいこんだにちがいない。宝石のコレクションが完成したので、遺言書の作成にとりかかったことも、空に輝く太陽のように明白だ」

「それにしても、あれだけのコレクションが、どんなふうに始末されるのでしょうか?」エイブラハムズ氏は宝石業に携わる者のつねで、問題のダイヤモンドのこれからの動きが気にかかる様子だった。

ウィムジイはその質問に答えて、「その点は、ぼくにも判る。いずれ、受遺者の手で処分される。この重大な事実が判明したのは、きみの情報によるものだから、ぼくはそれを深く感謝している。遺産相続人もまた、同じ感謝の気持を抱くものと考える」

「あのダイヤをふたたび市場に出すような運びになりましたら――」

と、エイブラハムズ氏が本心を口にしかけると、ウィムジイは即座に、

「ダイヤの処分は、かならずきみの手を通じて行なうようにとりはからうよ」といった。

「ありがとうございます」エイブラハムズ氏は喜びを示して、「ビジネスはビジネスで、ご処分のお手伝いをさせていただくのは、業者としてのわたくしの最大の喜びです。しかし、ウィムジイさま、あれほど良質の石を十二個も揃えるのは、そう簡単にできることではありません。

なろうことなら、あなたさまご自身が買い手になられるのが、もっとも願わしいことと考えますが、いかがでしょうか。わたくしの手数料は特別料金で結構ですが」

「ありがとうよ、エイブラハムズ」ウィムジイはいった。「だが、まだいまのところ、ぼくにはダイヤを必要とする挙式の時期がきていないのだ」

「残念でございますね。しかし、わたくしの申しあげたことがお役に立ったようで、こんな嬉しいことはございません。それはそれとしまして、ちょうどいま、最上級のルビーの出物がありまして、何をおいてもウィムジイさまにご覧いただかねばと考えていたところでして――」

宝石商はしゃべりながら、さりげない手つきでポケットから、落日の緋色に燃えるルビーを一個とり出した。

「指輪にお仕立てになれば、最高の品です。エンゲージ・リングでございますな」

ウィムジイは笑いにまぎらして、なんとかその場を逃げ出した。

彼は最初、タクシーを警視庁へ走らせ、ジョゼフ・ファーガソンの遺産問題の処置を打ち合わせておきたかった。しかし、翌日のオークションの呼び物がカタルス（ガイウス・ヴァレリウス・カタルス。古代ローマの叙情詩人）の原稿であるのを思いおこすと、はりきった気持も鈍らざるをえなかった。カタルスの直筆原稿は、彼が長年、蔵書に加えるのを念願にしていたもので、糶《せり》を業者にまかせておくのが不安だったのだ。そこで彼はとりあえずトマス・マクファーソンに電報を打っておき、探偵仕事のほうは一日だけ延期することに方針を変更した。

至急ジョゼフ大伯父ヲヒラクコト　ウィムジイ

女局員が電文を声に出して読んで、怪訝《けげん》そうな顔をした。
「それでいいんだよ」ウィムジイはいって、電報局の建物を出ると、ジョゼフ大伯父の問題は忘れることにした。

翌日は、売り立て場における愉快な一日だった。業者たちのグループが諜《しめ》しあわせて臨んでいるのを見てとると、とたんにウィムジイは、本職の連中をノックアウトしてやりたい気持に駆られた。一時間ばかりは、大理石像のうしろの席で静観していたが、いよいよ目当てのカタルス草稿が登場して、妥当な価格の十分の一ほどの金額で、落札の木槌が振り下ろされようとした瞬間、ウィムジイのよく澄んだ声が響いた。桁違いに大きな付け値が、あまりにもタイミングよく提示されたので、業者たちのグループは啞然とすると同時に、いきり立った。スクライムズ古書店の主人が体勢を立て直して、五十ポンドを上乗せした。この業者はいつかの売り立てで、ウィムジイとユスティニアヌス帝時代のローマ詩人の稿本を争ったことがあり、それ以来彼に敵意を抱いていた。しかし、相手は即座に、上乗せ額を倍増しにした。スクライムズがさらに五十ポンドを追加させると、ウィムジイは思いきりよく、百ポンドとびあがらせて、最後の審判の日が訪れるまで糶りあげていくぞ、といわぬばかりの意気込みを示した。スクライムズは顔をしかめて黙りこんだ。ほかの業者が入れかわって、さらに五十ポンドと叫んだが、ウィムジイがその上に数ポンドを付け足したことで、落札が決定した。

この勝利に気をよくしたウィムジイが、その後の糶の主導権を握ったかたちになって、次の売り立て物件の『恋のからくり』はすでに蔵書の一つで、格別欲しいものでもないのに、勢いにまかせて付け値を糶りあげていった。敵はいま勝利に酔って、前後の見さかいもない心理状態に陥っている。思わぬ敗北に屈辱感に悩むスクライムズは、唇を嚙みしめながら考えた。この気分を煽り立てて、本来の価値をはるかに上まわる高値で買いとらせてやるのも復讐のうちだろうと。はたせるかな、調子に乗った青年貴族は、付け値を上乗せするのに無我夢中になっていった。業者たちは古書収集家としての彼の名声を知っているだけに、この掘出し物には彼らの知らぬ特別の価値があるものと思いこみ、一緒になって付け値を吊りあげ、場内を熱狂の渦に巻きこんだ。しかし、あまりの高値に、業者たちも徐々に脱落して、またしても競争者がスクライムズとウィムジイの二人だけになった。そしてウィムジイは、競争相手の声に一瞬のためらいを聞きとると、鮮やかに身を引いて、法外な糶り値に上昇した買い物をスクライムズの手に残した。

かさねがさねの失敗に気落ちした業者グループは、暗い顔つきで口かずも少なくなり、事実上、糶への参加を諦めた。そして、売り立てに未経験らしい素人の男が急に主役に躍り出て、十四世紀のミサ典書の保存のよい美本を、バーゲン・セールのような値段で落札した。われながら意外な成果に、驚きと興奮とで顔をまっ赤にしたその小男は、支払いをすますのもそうそうに、貴重な獲物を奪いとられるのを怖れるかのように抱きかかえて、脱兎のごとく部屋をとび出していった。そのあとウィムジイはふたたびまじめな表情に戻り、印刷術発明初期の刊本の数冊を手に入れると、月桂冠と憎悪を額に、おもむろに売り立て場をあとにした。
ウィムジイは満ち足りたおもいで愉快な一日をすごしたが、マクファーソンが電報を打ってよこさぬのに、漠然とだが、心を傷つけられた気持を味わった。当然、喜びに有頂天になっているところを伝えてきてよいはずなのに……しかし彼は自分の推理がまちがっていたとは考えたくなかった。おそらくマクファーソンは、その喜びを電文では表現しきれないので、手紙で報告してくるのであろう。そうだとしたら、明日まで待たねばなるまい。だが、翌朝の十一時に届いた電報は、次のような内容だった。

電報受ケトッタガアノ品ハ昨夜盗マレ犯人ハ逃ゲタ　大伯父トハ何ノコトカ詳シク知リタシ

ウィムジイは兵隊だけが口にする品の悪い言葉を呟いた。ジョゼフ大伯父を奪いとったのがロバートであるのはまちがいない事実だ。しかし、彼をつかまえて犯人ときめつけたところで、肝心の遺産が永久に失われていたのでは、なんの意味もない。ウィムジイはかつて経験したこともないほどの怒りと絶望感を味わって、古代ローマの詩人カタルスにさえ文句をつけたい気持だった。その稿本を落札したいばかりに、昨日いちにちを売り立て場で過ごしていなかったら、彼自身がスコットランドに赴いて、この問題を処理していたであろうのに……

どうしたものかと思案している最中に、第二の電報が舞い込んだ。その文面は――

大伯父ノガラス容器ノ破片フリート河原デ発見　犯人ガ逃走中ニ落トシタモノナラン　中身ナシ　アア！

ウィムジイはこんごの処置を考えた――

犯人はすでに大伯父をとり出して、ポケットに収めておいたのかも知れない。そうだとしたら、味方の決定的な敗北で、いまさら打つ手の考えようもない。ひょっとしたら、犯人は大伯父も捨てて、中身だけをポケットに入れていたのかも知れない。しかし、電文に、犯人が逃走中に落としたものならんとあるのをみると、大伯父の全体が、そっくりそのまま水中に落ちたとも考えられる。マクファーソンも気のきかない男だ。なぜもっと詳細な内容を打電してこないのか。料金が一ペニーか二ペニー高くなるだけではないか。やはり、自分で出かけないことには埒があかないようだ。そしてあの土地に到着しだい、マクファーソンをとびまわらせてやる。当の本人がのうのうとおさまりかえっていたのでは、どうもならんじゃないか。

彼はデスクの引き出しから頼信紙をとり出して、次の電文を書きつけた。

容器中ノ大伯父ガ水中ニ落チタノナラ川底ヲ浚エ　ソウデナケレバ躊躇ナク犯人ヲ捕エヨ

犯人ハオソラクロバート・ファーガソン　ボクハ今夜発ツカラ到着ハ明朝　コノ重大事件ノ委細ハ会ッテ話ス

その日の夜行列車が翌早朝、ピーター・ウィムジイ卿をダムフリース駅に下車させた。卿はハイヤーをとばして、朝の食事時にストーン別荘に到着した。玄関の扉を開いて迎えたのは家政婦のマギーで、

「さあ、さあ、お入りになって、ウィムジイさま。みんなして、お待ちしておりました。だんなさまもじきにお戻りのはずです。長旅でお疲れでしょうけど、お寝《やす》み前にお食事をなさったら？　卵とベーコン、なんでしたら、オートミールも用意します。マスだけはあいにくなんで、昨日は魚釣りにもってこいの日和《ひより》だったのに、あなたさまの電報が届いたことから、だんなさまはマスどころじゃなくなって、一日じゅう大忙しでとびまわっておいででした。つまりその、あたしの亭主のジョックと二人で、泥棒が持ち出したあの標本を――だんなさまはあれを、そんなふうに呼んでおられましたが――なにがなんでも探し出すんだって、川浚いに夢中だったのです。ジョックがだんなさまから聞いたところだと、仔牛の臓物にそっくりだそうで、そんなものになんであんな大騒ぎをなさるんでしょうね？」

「そうだったのか」ウィムジイはいって、「で、泥棒はどんなぐあいに忍び込んだんだね、マギー？」と訊いた。

「あれにはあたしもびっくりしました。月曜と火曜のだんなさまは、湖の突堤でマス釣りをし

ておられました。土曜から日曜いっぱい、二日つづきの大雨だったので、だんなさまがあたしの亭主におっしゃいました。『おい、ジョック、あすは大漁だぞ。雨がやんだら、突堤へ出かけよう。夜は番人小屋に泊めてもらうんだ』って。いいぐあいに、月曜の朝には雨がやんで、風のない、あたたかい日になりました。そこで二人が出かけていくと、そのあとにあの電報が届いたんです。あたしはそれを、だんなさまが戻られたら、すぐ目につくようにと、暖炉のマントルピースの上にのっけておきました。そんなわけで、これはあたしの考えですけど、あの電報が盗難に関係があるのかも知れませんよ」

「あるいは、その考えが正しいのかも知れないね、マギー」ウィムジイは厳粛な顔つきでいった。

「そうですとも。きっとそうです」マギーは卵とベーコンの皿をテーブルにおいてから、ふたたび話の先をつづけた。「火曜の夜、あたしは台所で、だんなさまとジョックの帰りを待っていました。また雨が降りだしたんで、おやおや、可哀そうに、びしょ濡れになったんじゃないか、闇夜なんで、沼地にはまりこまなけりゃいいが、などと気を揉みながら、玄関の扉の開くのを待ちかまえていると、客間で何かが動きまわる音が聞こえたんです。玄関の扉には、だんなさまのお帰りが判っていたんで、鍵をかけずにおきました。おや、お帰りになったのかしら。扉の開く音がしなかったけど。あたしはそんなことを考えただけで、湯沸しが火にかけてあったからですが、すぐには腰をあげませんでした。するとこんどは、がちゃんと大きな音がしたんで、あたしは声をかけました。『だんなさまですか？』ってね。ところが、返事がないんです。そしてもう一度、がちゃんと大きな音がしました。これはおかしい！　あたしはいそいで客間へ駆けつけました。ちょうどそのとき、そこのドアが開いて、男がとび出してきて、あたしを片手で突きとばして玄関から逃げていきました。あたしが大声で叫ぶと、ちょうどジョックが帰ってきたところで、庭の木戸のところから、『なんだ？　どうかしたのか？』と訊きました。『大変よ、ジョック！』あたしは叫びつづけました。『泥棒が入ったんだよ！』そのあいだも泥棒は、庭を走りぬけて、川のほうへすっとんでいくんです。あたしの大事なキャベツ畑やイチゴの苗床を踏んづけて――あのろくでなしの泥棒めが！」

ウィムジイは大まじめな顔で、同情の意を表わした。

「せっかく丹精した畑をめちゃめちゃにされて、口惜しくてなりません。だんなさまとジョックはあとを追いかけて、デイヴィー・マレーの牛があばれだしたときみたいな大騒ぎ。でも、水が大きくはねる音がして、あとは静かになりました。泥棒はフリート川へとび込んで、行くえをくらましてしまったそうです。あたしが、『盗られたのは何だ？』と訊かれて、『判りません。泥棒だと気づいたときは、あの男、逃げ出していたんですから』と答えますと、だんなさまは『何が失くなったか、調べてみよう』とおっしゃって、それからあたしたち三人で、家じゅうを見てまわりましたけど、客間の戸棚がこじあけてあるだけで、失くなっていたのは、標本が入っていたガラス容器だけでした」

「ああ！　やっぱりあれが盗まれたのか！」ウィムジイが残念そうにいった。

「それからだんなさまが、ジョックに懐中電灯を用意させて、もう一度、川まで出ていかれましたが、じきに戻ってこられて、『こう暗くてはどうもならん。万事は夜が明けてからだ。おれは疲れたから寝る。おまえたちも休んだほうがいいぞ』とおっしゃいました。あたしはすぐに、『こわくて、眠れるものですか』といいましたが、ジョックがそばから、『びくびくすることはないさ。泥棒だって、今夜はわしらが見張っていると思うから、引っ返してはきやせんよ』といいますんで、家じゅうのドアと窓に鍵をかけて、あたしたちみんな、ベッドに入りました。だけど、あたしは朝まで、一睡もできませんでした」

「そうだろうな」ウィムジイがうなずいた。

マギーはなおもつづけて、「あの電報を、だんなさまがご覧になったのは夜が明けてからのことで、とたんに困ったような顔になられて、返電を打ちに郵便局へ行かれました。そしてその帰りに、河原の石のあいだにガラス容器のかけらを発見なさったとかで、こんどは長靴ばきで、長い釣り竿を道具に、ジョックと二人して、河原へとんでいかれました。いまだにお戻りにならんのは、石のあいだの水溜まりをかきまわしている最中なんでしょうね」

そこまでマギーがしゃべったところで、頭の上にどすんどすんという足音が三回ひびいた。

「あっ、しまった！」マギーが叫んだ。「お気の毒な紳士のこと、すっかり忘れちゃって！」

「誰だね、その紳士は？」

ウィムジイの質問に、マギーは答えて、

「そのひと、フリート川の河床に倒れていたんです。見てきますから、少しお待ちになって」

彼女はいそいで二階へあがっていった。ウィムジイはコーヒーを三分の一ほど飲み、パイプに火をつけた。

　だが、思いついたことがあったとみえて、ウィムジイは残りのコーヒーを飲みおえてから――彼はいついかなる場合でも、食後のコーヒーなしではすまぬ男だった――マギーのあとを追って、二階へ向かった。階段をのぼりきったところが客間の寝室で、彼もこの別荘に滞在中、あてがわれていた部屋だった。ドアが半分ほど開いていた。なかへ通ると、ベッドの上に赤毛の男が横になっていた。額から左のこめかみにかけて、斜めに白い包帯が巻きつけてあるのだが、キツネを連想させる面長《おもなが》の額の醜さを隠しきれていなかった。

　ベッドわきのテーブルに、朝食の皿が載せてあった。ウィムジイは歩みよって、握手の手を差し出し、

「おはよう、ファーガソン君。また会ったね」といった。

「おはよう」ファーガソン君の返事は素っ気なかった。

　ウィムジイはベッドの端に腰を下ろして、「一昨日会ったときは、まさかこの家でまた顔をあわせるとは、考えもしなかったよ」とつづけた。

「足の上に腰かけんようにして！」病人は苦情をいった。「膝の皿を割ってしまったんだから」

「ほう！　それはたいへんだ。さぞかし痛むことだろうな。膝蓋骨を割ったとなると、かりに癒るにしても、元の状態に戻るには、数年かかるだろうよ。いわゆるポット氏骨折だ。ポットというのがどんな男か知らないが（パーシバル・ポット、一七一四―八八。イギリスの外科医）、相当の重傷なのはまちがいない。どうしてこんなことになった？　魚釣りでかね？」

「ええ、あの憎らしい川で、足をすべらしました」

「よくあることだよ。するときみは、魚釣りが趣味だったのか、ファーガソン君？」

「まあ、そんなところです」

「だったら、ぼくと同趣味だ。ぼくも機会さえあれば、魚釣りを楽しむことにしている。で、この地方だと、蚊針《かばり》は何を用いたらいい？　いまのところ、グリーンアウェイを考えているが――みんな、あれを使っているんじゃないかな」

「さあ、どうですかね」ファーガソン君の返事はあいかわらず無愛想だった。

「ピンク・シスケットのほうがいいという連中もいるそうだが、きみはあれを使ったことがあるか？　蚊針便覧にあたってみるか。きみ、持ってきたんだろう？」

「持ってはきたが、落としてしまいました」

「かさねがさねの災難だったね。ブックがなければ、きみの経験を聞こう。どうだね、ピンク・シスケットの効果は？」

「最高です」ファーガソン君が答えた。「ぼくはあれで、ちょいちょいマスを釣りあげます」

「それはすばらしい」ウィムジイはいたって自然にいってのけた。ピンク・シスケットは咄嗟に思いついた名で、まともに受けとってもらえるとは予期していなかったのだ。「しかし、きみは思わぬ災難で、このシーズンの楽しみを棒にふってしまったわけだ。残念なことだね。ぼくは大物を狙っていて、きみにも、この怪我さえなければ、手を借りるところだった」

「何を釣るんです？　マスですか？」

「そうだ——きみは知らんだろうが、このフリート川には評判の大物が一匹棲みついていて、水の淀んだ個所にときどき姿を見せる。ぼくは以前からこいつを狙っていて、きょうもマクファーソンと一緒に出かける予定なんだ。彼はこの方面ではなかなかの腕達者で、ぼくたち釣り師仲間では、ジョゼフ大伯父というニックネームで知られている。おや、どうした、きみ？ そんなふうに軀を動かさんほうがいいぞ——膝がしらを痛めているのだろう？ きょう一日は、おとなしく寝ていることだ。欲しいものがあったら、持って帰ってあげるから」

ウィムジイがにやにや笑いながらしゃべっていると、階段の下から呼ぶ声が聞こえた。

「やあ、ウィムジイ、きていたのか？」

「このとおり、きているよ。で、獲物は？」

階段をマクファーソンが、一度に四段もとびあがらんばかりの勢いで駆けのぼってきた。ウィムジイは素早く寝室をとび出して、踊り場でこの家の主人を迎えた。

「ウィムジイ、あの部屋に寝ている男、誰だと思う？ あれがロバートなんだ！」

「知ってるよ。ロンドンで見かけた。だが、彼のことはどうでもいい。肝心の大伯父が見つかったか？」

「いや、まだだ。しかし、これはいったい、どういうことだ？ ロバートはなんのために、こんな場所をうろついているんだ？ きみの電報に、犯人は彼だとしてあったのは、どういう意味だ？ なぜジョゼフ大伯父が重要なんだ？」

「質問は一つずつにしてくれ。なにはともあれ、大伯父を探し出すのが先決だ。けさ、きみは何をしていた？」

「あの電文を読んで、きみもとうとう、頭がおかしくなったな、と思った（ウィムジイは舌打ちをした）。しかし、実際に大伯父を盗みにきたやつがいるので、何か意味があるのかも知れんな、と考え直した（手間のかかることだ、といった顔をウィムジイがした）。そこで、もう一度川へ出かけて、そこらじゅう歩きまわった。見つけられる自信があったわけじゃない。二日つづきの大雨のあとで、川の流れが凄まじいものだった。しかし、ぼくは夢中で、河原のあちこちを突《つつ》き歩いた。ついでだからいっておくが、ジョックを一緒に連れていったので、あの男、うちの主人は気がちがったなと考えたかも知れないよ。この土地の者は余計なおしゃべりをしないから、口に出してはいわなかったがね」

「ジョックもいい迷惑だったわけだな」

「そうこうするうちに、ひょいと見ると、その凄まじい流れのなかを、釣り竿と魚籃《びく》を手に歩きまわっている男がいるのだ。だが、ぼくは注意して見ることもしなかった。きみのおかしな言葉が気にかかって、ほかのことまで気をまわす余裕がなかったのさ。すると、ジョックがぼくにいうんだ。『あそこに、おかしな釣り師がいますぜ。釣りをしておるにしては、様子が変ですぜ』とね。で、よくよく見ると、これがロバートなんだ。膨れあがった流れの上に蚊針をひらひらさせながら、水中の石を踏んで歩きまわり、流れの淀んだところをみつけては、覗きこんで、鉤竿《かぎざお》で突いている。ぼくは声をかけた。彼はふり向いて、ぼくの姿を見てとると、ちょっとあわてて、鉤竿をひっこめ、リール糸を伸ばしはじめた。その手つきがなんともぶざまで、見ちゃいられなかった」その最後の評語を、マクファーソンはいっぱしの釣り師らしく付け加えた。

「そうだろうな」ウィムジイはうなずいて、「ピンク・シスケットでマスをつかまえる男だから、当然のことだよ」

「ピンクなんだって？」

「なんでもないよ。ただ、ロバートは本物の釣り師じゃないといいたかっただけだ。で、それからどうした？」

「あの男、釣り竿をふりまわすうちに、リール糸が何かに絡んでしまった。彼はあわてて、むやみにひっぱるのだが、水が跳ねかかるばかりで、どうにもならない。そして急に、その辺をかきまわして、流れを波立たせたかと見ると、逃げだした。ぼくはかっとなって、そのあとを追った。彼がふり返ったので、『ロバートじゃないか。なぜ逃げるんだ？』と叫んだものだ。しかし、彼は釣り竿をほうり出して、なおも逃げつづけ、その結果はぬらぬらした石に足をすべらして、大きな音を立ててぶっ倒れることになった。ぼくとジョックが走りよって、助け起こし、家まで運んできた。頭をひどく打って、膝蓋骨を砕いていた。いい気味だと思ったよ。本来なれば、ぼく自身が手当てしてやるべきところだが、そんな気にもなれんので、ストラッハン医師にきてもらった。彼は親切な男だからね」

「なんにせよ、あの男をつかまえたのは、きみの運が強かったのだ。残された問題は、大伯父を見出すことだけだ。川の捜査は、下流のどの辺まで行った？」

「大して遠くまでじゃない。ロバートを家へ運び入れて、膝蓋骨の手当てや何かをやるだけで、昨日いちにち潰《つぶ》れてしまった」

「またしてもロバートか！　早くしないと、間に合わんぞ。悪くすると、いまごろは海に流れこんでしまったかも知れない。さあ、出かけよう」

ウィムジイは傘立ての釣竿をひっつかんで（『それはロバートのだぞ』とマクファーソンが叫んだ）、いそいで外へとび出した。川は増水に泡立って、石でさえ小さいのは押し流していたが、水が渦巻いた個所は洩れなく突いてみる必要があった。ジョゼフ大伯父はどんな小さな穴にも潜りこむ可能性があったからだ。ウィムジイは見落とすのを怖れるあまり、いたるところで足をとめて、いっこうに歩みが捗らなかった。だが、突然、ジョックにふり返って、

「この川も一直線に流れているわけではあるまいから、カーブしている個所がいくつかあって、そこではかならず、流れてきた物がひっかかるはずだ。いちばん近いカーブはどの辺だ？」と訊いた。

「そうでしたね。バッテリ・プールがそれですよ。一マイルほど下流にあって、そこにはたいていの物がひっかかります。カーブしてるところが深い水溜まりで、そこの岸はちょっとした砂州になってるんです。いわれて気がついたが、きっとあそこですね。請け合うとまではいいきれませんが」

「とにかく、行ってみよう」

マクファーソンも、聞いたとたんに明るい表情になった。こんな厄介な捜査をいつまでつづ

けねばならぬのかと、うんざりしていたところなのだ。

「グッド・アイデアだぞ、ウィムジイ。流量調節小屋まで車をとばせば、あとは耕地を二つ横切るだけで行き着くんだ」

車はすでに雇ってあって、別荘の前に駐めてあり、運転手はマギー手製のスコーンの相伴にあずかっていた。三人は彼を急き立て、流量調節小屋への道に車を走らせた。

そして、第二の耕地を横切っているとき、前方を見やったウィムジイが、「カモメの群れがせわしなく飛び交っている。何かをみつけたのかも知れないぞ」といった。事実、カモメの群れが黄色の砂州の上で、白い翼をひるがえしながら、しだいに旋回の輪を狭《せば》めつつあり、耳ざわりな鳴き声が風に乗って流れてくる。ウィムジイが無言のまま指さした。そこに、黄褐色の細長い袋状の物が、醜いかたちをさらしていた。思わぬ闖入者の出現に、カモメの群れは高く舞いあがり、怒りを示すぎゃあぎゃあ声を立てた。ウィムジイは走りよって、かがみこんでいたが、ふたたび腰をあげたときは、指の先に細長い袋をぶら下げていた。

「これがたぶん、ジョゼフ大伯父だろう」といいながら彼は、帽子の端をちょっとあげて敬意を表わす古風なしぐさをやってみせた。

ジョックがそれを見て、「カモメのやつ、少しずつだが、あちこち突きまわしたな」といった。「だけど、堅すぎたとみえて、破れてる様子はありません」

「早く開いてみたらいいじゃないか」

とマクファーソンがじれったそうに急き立てたが、ウィムジイは首をふって、いった。

「ここではまずい。小さな物だから、失くなる怖れがある」と、それをジョックの魚籃に入れて、「ひとまず家に持ち帰って、ロバートに見せてみるのも面白いじゃないか」

彼らを迎えたロバートは、結果を知りたい焦燥を隠しきれなかった。

ウィムジイが上機嫌の声でいった。「漁の結果は、この可愛らしい小魚一匹だが」と、獲物の重さを手のなかで量ってみせながら、「この小魚のなかに何が入っていると思うね、ファーガソン君?」

「ぜんぜん判らない」ロバートがいった。

「だったら、なぜきみはこれを釣りに出向いてきたんだね?」ウィムジイはいよいよ愉快そうだった。そしてマクファーソンに向き直って、「外科手術用のメスがこの家にあるか?」と訊いた。

「あるとも——さあ、これだ。いそいでやってくれ」

「それはきみにまかせる。注意してやってくれよ。ぼくだったら、胃袋からはじめるが」

マクファーソンはジョゼフ大伯父をテーブルの上において、慣れた手つきでメスを入れはじめた。

マギーが主人の肩越しに覗きこんで、「おお、神さま!」と小さく叫んだ。「こんな物に何が入っているんです?」

ウィムジイはほっそりした人差し指と親指を胃袋の内部に差し入れた。「一つ——二つ——

三つ――」きらきら煌めく宝石がテーブルの上に並べられた。「七つ――八つ――九つ。これで全部らしいな。マック、もっと下まで切り裂いてくれ」

驚きのあまり、マクファーソンは言葉もなく、その遺産を切開していった。

「どうしてこんな物のなかに入っていたんだろう」ロバートがばかみたいなことを呟いた。

「豆を莢からとり出すように単純明白なことだ。ジョゼフ大伯父は遺言書を書きあげると、このダイヤモンドを呑みこんで――」

「ダイヤを呑みこむなんて、思いきったことをしたものね」マギーは感じ入ったようにいった。

「――そして、窓から身を投げた。以上の経過は、遺言書を読んだ者なら、誰だって推察できる。マック、遺言書には、きみの研究のために胃袋を遺《おく》るとしてあった」

ロバート・ファーガソンが呻き声をあげて、

「何かはいっているなと、ぼくも気づいていた。だから、もう一度遺言書を見にいったのだが、あんたと出遭って、推察が誤っていないのを知った。(それだけに、なおのこと残念だ!)しかし、まさかそれがダイヤだとは――」

彼は目をぎらぎらさせて、ダイヤモンドを見つめた。

ジョックが口を出して、「この石の値段はいくらぐらいなんですかね」と訊いた。

「それぞれが七千ポンドぐらいだが、これだけ同じ大きさのが揃うと、セットとしての価値はずっと上まわる」

ロバートが腹立たしげに叫びだした。「あの老人は精神の異状をきたしていたんだ。訴訟を

かになる」

「止めておいたほうがいい。藪を突いて蛇というやつで、きみの家宅侵入罪と窃盗未遂が明らかになる」

マクファーソンは手のひらの上でダイヤモンドをもてあそびながら、夢を見ている男のように、「驚いた！　驚いた！」と叫びつづけた。

「七千ポンドとは、大したしろものだ」ジョックもまた叫びだした。「するってえと、あのカモメのうちの一羽がいま、七千ポンドの値打ちの石を三つも呑みこんだまま飛びまわっておるわけですな。考えただけで震えてくる。こうしちゃいられませんよ。失礼させてもらって、ジミー・マクタガートの猟銃を借りに行ってきます」

完全アリバイ

Absolutely Elsewhere

ピーター・ウィムジイ卿は、〈ライラック荘〉の書斎に、警察官ふたりと顔を揃えていた。二名の警察官とは、ロンドン警視庁犯罪捜査課《CID》の首席警部パーカーと、ハートフォードシャー州ボールドックの警察署長のヘンリー警部である。

パーカー首席警部がまずもって、「そこで結論は」といった。「容疑者と見る可能性のある者の全員が、凶行時にぜんぜん別の場所にいたことになるんだな」

「ぜんぜん別の場所とはどういう意味だ？」ウィムジイがずけずけした口調でいった。朝の食事もすまさぬうちに、友人のパーカー首席警部に駆り出されて、グレート・ノース街道のウェイプレーくんだりまで連れてこられたのが、この青年貴族の不機嫌の原因だった。「秒速十八万六千マイルなんていうスピードがうんぬんされている世の中だぜ。どんな場所にいたところで、凶行時までに犯罪現場に到着するのは不可能だったと断言しうるものじゃない。要するにそれは、比較的離れた土地で、表面上別の場所というだけのことだ」

「エディントン（アーサー・スタンレー・エディントン、一八八二－一九四四。イギリスの天体物理学者）の学説を論じてる場合じゃないぜ、ウィムジイ。人間の言葉でいえば、容疑者の全員が完全なアリバイを備えていて、われわれ警察官は、フィッツジェラルド（ジョージ・フランシス・フィッツジェラルド、一八五一－一九〇一。イギリスの物理学者）の収縮仮説なんかに頼らずに、そのアリバイを突き崩さねばならぬ立場におかれているのだ。各容疑者を個別に尋問してみるより方法がないだろう。ヘンリー警部はすでに彼らの説明を聞いているのだから、新しい答弁に最初のと矛盾したところがあれば、即座にそれを指摘できるはずだ。だが、尋問にとりかかる前に、いちおう執事の話を聞いておこう」

　この土地の警察署長のヘンリー警部が、ホールへ首を突き出して、「ハムワージー、ちょっときてくれ」と、執事を呼んだ。

　あらわれたのは中年の男で、天体学説さながらのしかつめらしい顔つきだった。もともと大ぶりなその顔が、青ぶくれに膨れあがって、体調がおもわしくないように見えたが、証言を求められるとためらうこともなく、詳しい経過を述べたてた。

「はい、わたくしはご当家に二十年ものあいだ勤めさせていただいて、グリムボールドさまを申し分のないご主人と考えておりました。ご商売柄、お仕事の処理はきわめて事務的に、そしてきびしい態度をおとりでしたが、わたくしどもには、とてもご親切で思いやりがおありで……生涯独身ですごされたこともあって、甥のお二人、ハーコートさまとネヴィルさまを、実子同様に育ててあげられ、とても可愛がっておいででした。はあ？　ご職業ですか？　ええ、それは……金融業とでも申しましょうか。

　で、昨夜の出来事を申しあげますと、七時三十分には、家じゅうの戸締まりが終了しておりました。だんなさまはきちんとしたことがお好きなだけに、毎日の生活が時間どおりに行なわれないと、ご機嫌がお悪いのです。昨夜もわたくしが、階下の窓の全部に鍵をかけてまわりました。それが冬のあいだの習慣でして、鍵をかけ忘れた窓は一つもないと断言できます。窓には鍵のほかに、差し金の設備もあります。そして最後に、玄関の扉に鍵をかけ、差し金をおろし、チェーンをはめました」

「温室のドアは?」

「あれはエール錠で、ひねってみましたら、たしかにかかっていました。いいえ。差し金はおろしません。あそこはいつも、そのようにしておきます。だんなさまがお仕事でロンドンへお出かけになりますと、お帰りがおそくなることがおありで、わたくしどもを起こさなくてもすむようにしてあるのです」

「だが、昨夜グリムボールド氏は、ロンドンに用件がなかったはずだが」

「はい、ございませんでした。でも、それがいつもの習慣でして――そのかわり、エール錠ですから信頼がおけます。そしてその鍵はだんなさまがお持ちでした」

「鍵は一個だけか?」

「そ、それは」執事は咳ばらいをして、「はっきりしたことは存じませんが、たしかもう一個ございまして、はい、あるご婦人がお持ちのようで、このご婦人は現在、パリにおいでなんです」

「なるほど。グリムボールド氏は六十歳ぐらいだったな。ちょうどそのくらいの年配だ。で、その婦人の名前は?」

「ミセス・ウィンターです。ウェイプレーにお住まいですが、先月、ご主人がお亡くなりになって、それからはずっとパリに滞在しておられます」

「そういうわけか。よし、判った。ヘンリー君、その婦人の名前、書きとめておくべきだな。あとは二階の窓と裏口のドアだが」

「二階の部屋の窓も、同じように戸締まりをしておきました。ただ、だんなさまの寝室、料理女の部屋、それからわたくしの部屋、この三つは別です。でも、梯子をかけないことには、そのどれにも入りこめません。そして梯子は、鍵のかかる道具小屋にしまってありました」

ヘンリー警部が口を添えて、「その点はまちがいない。昨夜、事件直後に、われわれの手であらためてみた。道具小屋には、たしかに鍵がかかっていたし、梯子を立てかけた壁と梯子とのあいだに、蜘蛛が巣をはっていて、それが破れていなかった」

「いま申しあげたように、七時半にわたくしが全部の部屋を見てまわりましたが、どこにも異常はありませんでした」

「その点は保証する」ヘンリー警部がまたも口を出して、「どの鍵穴にも突《つ》いた跡がなかった。さあ、ハムワージー、話を進めるがいいぞ」

「はい、わたくしが戸締まりをあらためておりますと、だんなさまが二階から降りてこられて、書斎にお入りになりました。食前酒をお飲みになるためです。七時四十五分に、スープの用意ができたので、だんなさまを食堂へお呼びしました。だんなさまはいつものように、配膳口と向かいあうかたちで、食卓の端にお着きになって——」

パーカー首席警部が、前においた部屋の見取り図にしるしをつけながら、「つまり、書斎に背を向けた位置だな」といって、「で、書斎とのさかいのドアは閉まっていたのか?」

「はい、そのドアも、どの窓も、閉めてありました」

こんどはウィムジイが口を入れた。「この食堂は隙間風がかなり吹きこむだろうね。ドアが二つにフランス窓が二つ。配膳口まであるのだから」

「建て付けがいいので、それほどでもありません。窓は全部、カーテンが引いてありましたし」

青年貴族は立ちあがって、書斎とのさかいのドアに歩みより、開いてみて、「なるほど」といった。「頑丈な造りだけあって、足音も立たんな。静かすぎて、無気味なくらいだ。絨毯は厚いのにかぎるが、当家のは度がすぎている感じだ」そして、音も立てずにドアを閉めると、元の席に戻った。

「だんなさまはスープを五分ほどで召上がり、魚の皿をお出ししました。料理はみな配膳口から受けとりますし、ワインの壜は――はい、シャブリ白ブドウ酒で――最初から食卓に載せてありますので、わたくしはお給仕のあいだ、食堂を離れることがございません。魚はカレイの切り身で、これもまただんなさまは、五分かそこらでお召上がりになりました。次はキジのローストで、その皿に野菜を添えておりますと、電話のベルが鳴りました。だんなさまは『わしが出るが、その前に、誰がかけてよこしたのか、聞いてこい』といわれました。電話の応対はわたくしの役目で、料理女にまかせるわけにいきません。そこでわたくし、食堂を離れることになりました」

「ほかに使用人はいないのか？」

「昼のあいだは洗濯婦がおりますが、通いでございます。わたくしは電話機のところへ行って、うしろのドアを閉めました」

「つまり、電話はそこにあるのでなくて、ホールにあるやつだったのだな？」

「さようでございます。わたくしは、ご書斎におりますときは別として、ホールの電話を使用することにしております。かけてこられたのは、甥御のネヴィル・グリムボールドさまで、ロンドンのお宅からでした。あのご兄弟は、ロンドンのジャーミン・ストリートにフラットを借りておられます。で、ネヴィルさまのお声で――お声はもちろん承知しております――『ハムワージーか。兄貴と代わるよ。話があるそうだ』とあってから、すぐにハーコートさまがお出になって、『今夜、伯父に会いに行く。ご在宅なんだろうな？』とおっしゃるので、わたくしはお伝えしておきます、とお答えしておきました。あのご兄弟が夜分においでになるのはめずらしいことでなくて、いつも寝室を用意してあります。ハーコートさまがつづいておっしゃるには、『いますぐ出発するから、九時半までには到着できるだろう』とのことでした。そしてそのお言葉のあいだに、あちらのお宅の柱時計が大きな音で八つ打つのが聞こえて、ほとんど同時に、こちらのホールの時計も八時を打ちはじめ、電話交換手の声が『三分です』といいました。ですからあのお電話は、八時三分前にかかったものにちがいありません」

「それで救かった。時間のチェックの手間が省けたよ。それから？」

「ハーコートさまが継続を申し込まれて、『もう一度、弟に代わるよ。用があるそうだ』と、ネヴィルさまと交替なさいました。そのご用件は、近くスコットランドへ出かけることになったので、至急、服と靴下とワイシャツを送るようにというのでした。送ってよこす前に、服をクリーニングしておけとか、そのほかいろいろと細かな指図をなさっておいでのうちに、また三分間がすぎました。こんども継続を申し込まれましたが、そのときが八時三分すぎということになります。そしてそのあと、一分ほど経ったところで、玄関のベルが鳴りました。でも、お話がつづいていますので、受話器をおくわけにいきません。訪問者を待たしたままにしておきますと、八時五分すぎに、またベルが鳴りました。わたくしはネヴィルさまにお願いして、玄関へ向かおうとしたところ、ちょうど料理女が台所から出てきて、ホールを玄関へいそぐのが見えました。それで電話を切らずにすみましたが、ネヴィルさまはなおも、言い付けたことを復唱してみろと、くどくどおっしゃるのです。そして交換手が、また三分経ったといったので、やっと電話をお切りになりました。で、ふり返りますと、料理女が書斎のドアを閉めたところで、彼女が、『ペインさんよ。だんなさまにお会いしたいんだって。書斎に通しておいたけど、なんだかうす気味わるい顔つきだったわ』と、心配そうな様子なんです。そこでわたくしが、『気にせんでよろしい。あとはわたしがよろしくあしらうから』と安心させると、料理女は台所へ戻っていきました」

「ちょっと待て」パーカー首席警部が話をさえぎって、「ペインというのは何者だ?」と訊いた。

「だんなさまのお取引相手の一人です。ここから耕地越しに五分ほど行ったところに住んでいて、以前にも訪ねてきたことがありまして、そのときは、ちょっとしたごたごたを起こしました。だんなさまから借りたお金の返済を、しばらく猶予してほしいというわけで――」

「その男なら、いま、ホールに待たしてある」ヘンリー警部が言い添えた。

「ああ、あれがそうか」ウィムジイがいった。「髭も剃らずに、仏頂面をして、アッシュのステッキを抱え、服が血だらけの男?」

「さようで」と答えておいて、執事はパーカー首席警部に向き直り、「わたくしは書斎へ歩みかけましたが、赤ブドウ酒をお持ちしてなかったのに気がついて、さぞかしだんなさまがお待ちかねだろうと、いそいで調膳室へひっ返しました。調膳室の位置はお判りだと存じます。赤ブドウ酒は火のそばで温めてありましたが、お盆が見当たりません。うっかりして、夕刊紙を載せてしまったのです。でも、一分かそこらで見つけ出して、すぐに食堂にお持ちしたところ、だんなさまが――(と執事の声がちょっとためらって)――食卓に俯伏せになられて、お顔を皿の上に押しつけておられます。気分がお悪くなったのかと、あわてて近よりますと――もはや縡切《こときれ》れておられました。背中に怖ろしい傷を負って……」

「凶器は落ちていなかったか?」

「わたくしの見た範囲には落ちていませんでした。大変な出血で、それを見たわたくしは、ショックで卒倒しかけたくらいで、しばらくは呆然としておりました。でも、気をとり直して、配膳口から料理女を呼びました。駆けつけた彼女も、ご主人を見たとたんに、けたたましい悲鳴をあげて、へたへたとその場に坐りこんでしまいました。わたくしは、ペインさんが訪ねてきているのを思い出して、書斎とのさかいのドアを開けますと、あのひとはそこに突っ立っていて、いきなりわたくしを、いつまで待たせておく気だ、と怒鳴りつけるのです。そこでわたくしが、『怖ろしいことが起きました！　だんなさまが刺されました！』と叫びますと、あのひとはわたくしを押しのけるようにして、食堂へ駆けこみました。そして最初にいった言葉が、『窓はどうなっている？』で、書斎にいちばん近いカーテンをひきあけますと、そこのフランス窓が開け放しになっているのです。『ここから逃げたにちがいない』あのひとはそういって、庭へとび出ようとします。『いけません！　出ないでください！』わたくしはあわてて、ひきとめました。逃げられてはいけないと考えたからです。あのひとはわたくしをさんざん罵って、『なぜ、とめる？　ぐずぐずしてたら間に合わんぞ。犯人を捉《つか》まえるのが先決だ』と叫び立てます。そこでわたくしが、『じゃ、一緒に行きます』というと、あのひとも、『いいだろう、そうしろ』とうなずきました。わたくしは料理女に、電話で警察へ報せろ。何にも手を触れるんじゃないぞ、といいおいて、調膳室へ懐中電灯をとりに行きました」

「そのあいだ、ペインは何をしていた？」

「調膳室まで一緒にきました。それから二人して、お庭じゅうを探しまわりましたが、建物の周囲と庭木戸までの小径がアスファルトで舗装してあるので、足跡は見当たりません。凶器も落ちていませんでした。するとペインさんが、車を出して追跡しようといいだしたので、わたくしは反対して、そんな手間をかけてるあいだに、犯人は逃げのびてしまうといいはりました。なぜかといいますに、車を始動させるには五分から十分かかります。庭木戸からグレート・ノース街道へ出るまでの距離は四分の一マイルそこそこで、いったん国道へ出られてしまったら、追跡はもはやお手上げです。するとペインさんも、そうかも知れんなとうなずいて、わたくしと一緒に屋内へ引っ返しました。ちょうどそこへ、ウェイプレーの巡査が駆けつけてくれて、それからまた少しのちに、ここにおられる警部がクロフツ医師を同道して、ボールドックから到着なさいました。警察の人たちは捜索のあと、いろいろと質問をなさって、わたくしは知っているかぎりのことを答えました。ですから、これ以上付け加えて申しあげることはございません」

だが、パーカー首席警部はなおも質問した。「そのときのペイン氏の軀《からだ》に、血痕は認められなかったのか?」

「ええ、はっきりとは申しあげられませんが、付着していなかったようです。最初に見たときは書斎の電灯の真下に立っていたのですから、血痕があったとしたら、目についたはずだと思います。でも、なにぶんわたくし、気が動転していましたので……」

「ヘンリー君の捜査に手抜かりはなかろうが、この部屋からは、血痕、凶器、血の付着を避ける手袋、その他証拠の品は、何ひとつ発見されなかったんだな?」

ヘンリー警部が代わって答えた。「さよう、さよう。ずいぶん念入りに捜査したんだがね」

「では、ハムワージー、きみがグリムボールド氏の食事に付き添っているあいだに、犯人が二階から降りてきたとは考えられないか?」

「ありうることです。それには、忍び込んだのが七時半以前で、それから二階のどこかに隠れていたことになりますが、犯人はたぶん、その方法をとったのでしょう。裏手の階段を利用したとは考えられません。それだと、台所を通り抜けねばならんので、料理女に気づかれますし、勝手口の外には板石が敷いてあるので、足音がひびきます。ところが、正面の階段ですと、わたくしみたいな者が申しあげるまでもないことですが――」

「どうやって忍び込んだかは、そのときの状況しだいだが」とパーカー首席警部がいった。

「いずれにせよ、きみの責任ではないのだから、悄《しょ》げることはないんだぜ、ハムワージー。犯人が隠れているのを予想して、毎日の夕方ごとに、家じゅうの戸棚を調べてまわる者など、いるわけがない。手掛かりをつかむためには、二人の甥に会ってみるのが捷径《はやみち》かも知れないな。彼らと伯父とのあいだは、円満にいっていたのか？」

「もちろんのことです。言い争いなど、一度も聞いたことがありませんし、この夏、だんなさまがお患いになったときの、お二人の心配ぶりはたいへんなものでした」

「ほ、ほう。グリムボールド氏は大患いをしたのか？」

「はい、七月でしたが、心臓の発作を起こされました。危険な状態でしたので、ネヴィルさまをお呼びしました。でも、奇跡的に回復なさいました。ただ、その後は以前みたいな快活なご様子が見られなくなりまして――たぶん、お齢《とし》を意識なさりだしたのでしょうな。それにしても、まさかこんな死に方をなさるとは……」

「ところで、遺産の処分はどうなっている？」

「お聞きしたわけではありませんが、甥御お二人のあいだで分けられるのだと思います。お二人とも、かなりの資産をお持ちのはずですが……さようですな。遺産についての詳しいことは、ハーコートさまにお尋ねになったらよろしいでしょう。遺言執行人はあの方ですから」

「ああ、そうか。あとで訊いてみるとしよう。で、兄弟仲はどうなんだ？」

「それはもう、申し分のないもので、ネヴィルさまはお兄さまのためなら、なんでもなさいますし——ハーコートさまにしても、同じお気持に相違ございません。あんなに仲のいいご兄弟もめずらしいのではありませんか」

「やあ、ハムワージー、大変参考になった。さしあたって訊いておくのは、これくらいだろう」そしてパーカー首席警部はほかの二人にふり向いて、「何か質問があったら、どうぞ」といった。

ウィムジイが入れ代わって、質問を開始した。「グリムボールド氏は殺されるまでに、キジのローストをどのくらい食べていたね、ハムワージー？」

「あまりたくさんではございません。もっともそれは、お皿全体の分量からしてはの意味でして、いつものスピードから判断しますと、食べはじめられて三分か四分すぎたところと考えます」

「食べだしたところで、妨げられた形跡はないのか？　たとえば、フランス窓を開けて誰かが入ってきたとか、グリムボールド自身が立ちあがって、招じ入れに行かねばならなかったとか」

「わたくしの見たかぎりでは、そんな様子はございませんでした」

ヘンリー警部も口を添えて、「われわれが到着したときも、被害者の椅子は食卓にぴったり寄せてあって、ナプキンは膝の上に、ナイフとフォークは手のすぐ下に、背中を刺された瞬間にとり落としたままのように見えた。ハムワージー、死体を動かしはしなかったんだろうな」

「はい、ぜんぜん動かしてありません。もちろん、お傷の程度を確かめはしましたが、お背中を見ただけで、致命的なものと判りましたから、お顔を少し持ちあげただけで、すぐにまた、元どおりにしておきました」

「判ったよ、ハムワージー。では、ハーコート君を呼んでくれ」

ハーコート・グリムボールドは三十五、六のきびきびした感じの男だった。自分は株式仲買人、弟のネヴィルは厚生省の官吏で、それぞれ十一歳と十歳のときから、伯父の手もとで育ったと説明し、伯父は事業のうえで大勢の敵を作っているが、家庭生活では——たとえば、ぼくたち二人の甥にたいしては——人一倍思いやりのある好人物だったといって、

「しかし、この怖ろしい出来事については、ぼくはお役に立ちそうもありません。昨夜、この家に到着したのが九時四十五分で、凶行のときからかなり経っていましたので」

「到着予定時刻より少し遅れましたね」

「ほんの少しです。ウェリン・ガーデン・シティとウェリンのあいだで、電灯が消えてしまったことから、巡査に見咎められて、ストップを食ったのです。そこでウェリンの修理工場に立ち寄りました。接続がゆるんでいただけなので、すぐに直りはしましたが、それでもそこで数分間を費やしました」

「ロンドンからここまでは、だいたい四十マイルの距離ですな」

「もう少しあるでしょう。その走破時間を、夜間であれば、門口から門口までで一時間十五分とみてあります。ぼくはスピード・マニアではありませんのでね」

「自分で運転なさるんですか?」

「運転手は雇ってありますが、伯父の家へくるときは、ぼくが自分で運転します」

「昨夜、ロンドンを出たのは何時でした?」

「八時二十分ごろだったと思います。ネヴィルが電話を切ると、すぐにガレージへ車を出しに行ってくれました。ぼくはそのあいだに、歯ブラシなどをカバンに詰めて――」

「出発前にグリムボールド氏の死を聞いてはいなかったのですね?」

「ええ、聞いてはいません。この家の者が、電話でぼくたちに報せるのを思いつかなかったのでしょう。少なくとも、ぼくが出発するまでには、報せがありませんでした。その後、警察の人たちが、ネヴィルに連絡しようとなさったらしいのですが、あいにく弟はクラブか何かへ出かけて、家を留守にしていたのです。ぼくが到着後に、その居場所を突きとめて、報せてやりました。ですから、ネヴィルは、けさになってやってきたわけです」

「ところで、ハーコートさん、グリムボールド氏死後の事務上の問題を説明していただけますか」

「伯父の遺言書の件ですな。ウィリアム・グリムボールドの死によって、利益を得る者は誰かという問題? いいでしょう。申しあげますよ。その一人はぼく、もう一人は弟のネヴィル。そしてそれから、ミセス――ミセス・ウィンターのことは、すでに聞いておられるんでしょうね」

「大たいのところは、ですよ」

「この三人が、それぞれ遺産の三分の一を均等に相続します。もちろん、執事のハムワージーにも、料理女にも、少額の遺贈があります。それから、ロンドンにある伯父のオフィスの事務員に現金五百ポンド。以上の少額遺贈を除いた全資産が、ぼくとネヴィルとミセス・ウィンターに遺されています。その金額ですか？　それについては、ぼくにも見当がつきかねますが、かなり巨額であるのはまちがいありません。伯父は生前、その資産の規模さえ口にしたことがなくて、ぼくたちもまた、敢えて聞き出すような真似はしませんでした。ぼくには株式取引の手数料が入ってきますし、ネヴィルは勤務先の役所から、納税者の負担によるサラリーを受けとっています。したがって、ご質問の件には、アカデミックな関心しか持っておりません」

「執事のハムワージーは、自分が受遺者の一人であるのを知っていたのですか？」

「知っていますとも。伯父はその点、きわめてオープンでした。ハムワージーの受遺分は、現金が百ポンドに、その後の終生、二百ポンドの年金です。もちろん条件つきで、伯父の死亡時に、当家に勤めていなければなりません」

「解雇を予告されていたようなことはありませんか？」

「されていたといえないこともありませんが、現実には、問題にするにあたらないのです。つまり、伯父は使用人の全部と、だいたい毎月、雇傭契約を作り直す習慣でした。勤勉に働かせるのが狙いで、実際に解雇する気持があってのことではありません。『不思議の国のアリス』

に出てくるハートの女王といったところですな」

「なるほど。しかし、その点はいちおう、ハムワージー本人に確かめてみます。次はミセス・ウィンターという婦人ですが、あなたは彼女のことを、どの程度までご存知なんです？」

「彼女はよく出来た女性で、数年来、ウィリアム伯父の愛人の立場におりました。だからといって、その身持ちをとやかくいうのは不当です。夫のウィンターがアルコール中毒で、廃人同様だったからなんです。彼女には、けさ、電報を打っておきました。これがその返電で、いま届いたところです」

と彼は、パリからの電報を、パーカー首席警部の前に差し出した。次のような電文だった。

『ワタシヲ襲ッタ最大ノ悲シミ　スグ帰国シマス　ルーシー』

「あなたもやはり、彼女とお親しいようですな」

「当然のことですよ。ぼくたちみんな、彼女に同情の気持を抱きつづけてきました。ウィリアム伯父は彼女の身柄を、どこかほかの土地に移す計画を立てていたのですが、彼女自身がウィンターを捨てるところまで踏みきれなかったわけです。しかし、伯父と彼女のあいだには、ウィンターが死にさえしたら、正規に結婚する話し合いがついていたように思われます。彼女はまだ三十八かそこらで、いわば女盛りの年配です。それがいままで、独身女同様のおもいをしていたとは、哀れなものです」

「すると彼女は、遺産の件は別として、グリムボールド氏に死なれたことで、あまりにも大きなものを失ったわけですね」

「何もかも失ったも同然でしょう。もっとも若い男との結婚を望んでいたとか、遺贈にあずかる権利を奪われるのを怖れていたのなら別ですがね。しかしぼくは、彼女の伯父への愛情は真実だったと信じています。それはともかく、彼女には殺人が不可能でした。パリにいたのですから」

「ふーん！」パーカー首席警部は唸って、「たしかにそういうことになる。しかし、いちおう確かめてみなければならんので、警視庁に電話して、到着港に見張りをつけさせます。ああ、ヘンリー警部、この部屋の電話は、交換局に直接つながるのか？」

ヘンリー警部は答えて、「通じるよ」といった。「ホールの電話に切り換える必要はない。この家の電話の接続は並列式で交換局に通じている」

「では、この電話を使おう。ハーコート君の証言はこの程度で結構だ。次の証人は、ロンドンへの電話をすませたあとにする……もし、もし、電話局だね？　ロンドン・ホワイトホール局一二一二番を呼び出してくれたまえ……それから、ヘンリー警部、昨夜のハーコートの電話をチェックしておいたかね？」

「抜かりはないよ、パーカー君。かけてよこしたのが七時五十七分。八時ちょうどと八時三分すぎとに、継続を申し込んでいる。用件のわりには、手間と経費をかけたものだ。巡査のほうも確かめておいた。尾灯が消えていたので、車を停め、修理工場まで連れていった巡査だ。それで、ハーコートの車がウェリンの町に入ったのが九時五分、出ていったのが九時十五分と判っている。プレート・ナンバーにもまちがいはない」

「そうだとすると、あの男はいちおう容疑者から除外していいな。しかし、チェックには万全を期すべきだ……ああ、警視庁か？　ハーディ首席警部につないでくれ。こちらはパーカー首席警部だ」

ロンドンの警視庁との電話連絡がすむと、パーカーはネヴィル・グリムボールドを呼びにやった。この人物の外見は兄のハーコートそっくりで、ただ、もう少し痩せ型であり、公務員にふさわしく、物の言い方にそつがなかった。彼の証言は、兄の語ったところを裏付けたにすぎず、付け加えたものは何もなかった。そして、彼自身の昨夜の行動については、八時から十時までを映画館ですごし、それからクラブへまわったので、伯父の死を知ったのは真夜中ちかくなってからだと説明した。

次の証人は料理女で、これは能弁にまくしたてたが、内容のあることはあまりなかった。ハムワージーが赤ブドウ酒をとりに調膳室へ向かうところは見かけなかったそうだが、そのほかの執事の証言は事実にまちがいないのを確証した。ただし、犯人があらかじめ、階上のどこかの部屋に潜伏していたとの推測はあたまから否定した。なぜかというに、通いの洗濯婦のミセス・クラッブが、だいたい食事の時刻が近づくまで二階にいて、戸棚の全部に樟脳袋を入れていたからである。料理女は、グリムボールド氏を刺したのは《あの悪漢のペインという男》とかたく信じて疑わなかった。あと、尋問を必要とするのは、凶悪な殺人者ミスター・ペイン一人となった。

ミスター・ペインは、むしろ積極的にしゃべりまくった。強悪なグリムボールドにいかに苦しめられたか。法外な高利が利に利を産んで、またたくまに借入額が元金の五倍に膨れあがったこと。しかもその取り立てに容赦がなく、すでに期日が到来したから抵当権を行使するという。要するにグリムボールドの狙いは、ペインが担保に入れた不動産、彼の居住している家屋と土地にあったのだ。そして、それがいっそう苛酷な処置であるのは、ペインの借入金はある事業に投資してあって、その事業がようやく好転しだして、前途は明るく、あと六か月もあれば、借入金の全額を返済できる目鼻がついているのに、無慈悲なグリムボールドは一日の猶予も与えようとしない――極悪非道の高利貸の意図はもともとペインの不動産を奪いとることにあったのだ、等々……

グリムボールドの死で、わたしはこの窮地から脱出できる。死後の始末にとりまぎれて、抵当権行使の手続きが遅れるからだ。投資した事業が、それまでに息を吹き返すのはまちがいない。できることなら、この手であいつを殺してやりたかった。だが、殺したのはわたしじゃない。わたしは背中を刺すような卑劣な男とちがう。あの高利貸が若かったら、正面からつかみかかって、頸の骨をねじ折ってやっただろうが、しかし、殺さなかったのは事実で、信じてもらえるかどうかはともかく、わたしは嘘はつかん。それから、あのばかな執事、ハムワージーに邪魔されなければ、まちがいなく犯人をつかまえられたはずだ。ハムワージーがあんなばかな男とは知らなかった。この血痕かね？　こいつはあんた、執事の服に付いていたんですよ。フランス窓のところで、あの男と押しあったとき、こっちの服まで汚れてしまったんでさ。ハムワージーは書斎に入ってきたとき、両手が血でまっ赤だった。死体に触ったからでしょうな。ハ服が血だらけなのを知りながら、このままでいるのは、うっかり着替えでもしたら、何か隠したと疑われかねないからですよ。だから、殺人のあと、わたしはこの邸を離れなかった。自宅に帰してくれと、頼むこともしなかった。そしてミスター・ペインは付け加えて、土地の警察署員の態度を非難攻撃した。何を根拠に犯人あつかいするのか、敵意を持っているとしか考えられぬ、というのだった。署長のヘンリー警部は、すべてペイン氏の誤解であるとだけ答えておいた。

「ペインさん」と、ピーター卿が口を入れた。「ひとつだけ、うかがっておきたい。食堂での騒ぎ、料理女の悲鳴、その他のざわめきを聞きながら、なぜあなたは、食堂内にとび込んで、何が起きたかを知ろうとしなかったのです?」

「なんですって?」ミスター・ペインは口を尖らして、「わたしの耳には、なんの音も届きやしませんよ。それが理由でさ。執事のやつが戸口に姿を見せたんで、初めてそれと知ったってわけだ。血だらけの手をふりまわして、わめき立てたんでね」

「は、はあ!」ウィムジイがいった。「あのドアは、それほど頑丈なのか。ひとつ、試してみよう。誰か――ご婦人がいいが――向こうの部屋で金切り声をはりあげてみてくれ。食堂の窓はあけ放しておくことだ」

ヘンリー警部がその手配に部屋を出ていって、あとの全員はそのままそこで、耳を澄まして待ちかまえた。悲鳴はもちろん、なんの音も聞こえてこなかった。ヘンリー警部が首を突き出して、「どうでした?」と訊いた。

「何も聞こえんよ」パーカー首席警部が答えた。

ウィムジイがつづけて、「たしかに建て付けのいい頑丈な建築だ」といった。「食堂の窓から洩れた音も、温室があいだにあるので、書斎に届かなかったのだろう。判りましたよ、ペインさん。悲鳴も聞こえないくらいだから、犯人の動きの音が耳に入らなかったのは当然のことだ。ああ、チャールズ、きみの証人はこれで全部か？　だったら、ぼくは先に帰らせてもらう。ロンドンに用があるんだ。犬のことで、ある男に会わねばならんのだ。二つだけ、言い残しておく。一つは、この家の周辺四分の一マイルの距離内に、昨夜、七時三十分から八時十五分まで駐めてあった自動車を探し出すこと。第二は、今夜、きみたち全員がこの食堂に集まって、ドアと窓を閉ざし、フランス窓を見守っていることだ。八時ごろに、ぼくがパーカー君に電話する。では、温室の鍵を貸してくれ。ぼくには、この事件について、仮説がひとつ組みあがった」

首席警部が温室の鍵を手渡すと、青年貴族は食堂を出ていった。

その夜のグリムボールド家の食堂内には、事件の関係者全員が顔を揃えていた。各自のおもいはばらばらで、実際のところ、会話がはずむのは警察の連中のあいだにかぎられて、彼らだけが釣りの思い出か何かをしゃべりつづけていた。ペイン氏は不機嫌に黙りこんでいるし、グリムボールド家の兄弟は、つぎからつぎと煙草をすい、料理女と執事の二人は、椅子の端に腰を浮かせて、落ち着くこともできない様子だった。そのようなとき、電話のベルが鳴って、みながみな、ほっとした。

パーカー首席警部が立ちあがった。腕時計をちらっと見て、「七時五十七分か」と呟き、電話機の場所へ向かいながら、「フランス窓から目を離さんでくれよ」といった。執事がハンカチで、唇がぴくぴく動くのを隠すのが見えた。警部はホールの電話機に歩みよって、「もしもし」といった。

「パーカー首席警部ですか？」と、彼のよく知っている声がしゃべりだした。「わたくしはピーター・ウィムジイ卿にお仕えする者ですが、この電話を、ロンドンのご主人のお部屋からおかけしております。そのままでお待ちいただきます。ピーターさまと代わりますから」

受話器をおいて、またとりあげる音を、パーカーの耳が聞いた。ウィムジイの声が流れてきて、「やあ、パーカーだね？　例の車はみつかったか？」

首席警部は声を低めて答えた。「グレート・ノース街道の旅館前に、一台駐めてあったそうだ。この家から、徒歩で五分の距離のところだ」

「その車のプレート・ナンバーは、ＡＢＪ２８か？」

「そうだ。どうして知っている？」

「推察だよ。その車は、昨日の夕方五時に、ロンドンで借り出されて、十時ちょっと前に、戻ってきている。ミセス・ウィンターの調査はすんでいるか？」

「すませたよ。きょうの夕方、カレーからの連絡船でやってきた。彼女のアリバイはオーケーとみてまちがいない」

「それも察しがついていた。ところで、ハーコート・グリムボールドが金に困っていたのを知っているか？　この七月に、破産寸前の状態に陥った。しかし、たぶんウィリアム伯父だと思うが、救済の手があらわれて、どうにか最悪の事態を免れたらしい。もっとも、興信所の人間が内々で教えてくれたところだと、まだまだ楽観を許さぬ現状だそうだ。暴落したビガーズ・ウィトロウ株を大量に買い込んでいたのだよ。もっともこれからは、金策に苦しまなくてすむ。伯父の遺産が入ってくるからだ。しかし、七月の彼の失敗は、ウィリアム伯父にかなりのショックを与えたらしくて――」

そのとき突然、パーカー首席警部の受話器に妙《たえ》なる響が聞こえてきて、ひきつづき時計が八時を報せる音を立てた。

「聞いたか、あの音を？　なんの音だか判るだろうな？　ぼくの居間の大型柱時計が時を刻んだのさ……なに？　三分すぎた？　もう三分だ……ああ、パーカー、ぼくの話は終わったから、バンターと代わるよ」

受話器をおく音がして、そのあとを執事のバンターの物柔らかな声が引き継いだ。

「御前さまに代わって申しあげます。この電話をすぐに切って、まっすぐ食堂にお戻りねがいます」

パーカー首席警部は電話の指示どおりに行動した。食堂に戻りながら、残しておいた六人の様子を観察したが、彼らはいぜんとして、半円を作って椅子にかけたまま、フランス窓に目をそそいでいた。するとそのとき、書斎とのあいだのドアが音もなく開いて、ピーター・ウィムジイ卿が入ってきた。

「あっ！」さすがのパーカー首席警部も、われにもあらず叫び声をあげた。「どうしてきみ、いま、この家に?」ほかの六人が、いっせいに振り向いた。

「光波に乗ってきたのさ」ウィムジイは頭髪を撫でつけながら答えた。「秒速十八万六千マイルのスピードなら、ロンドンから八十マイルの距離も一瞬のうちだ」


ハーコート・グリムボールドも、弟のネヴィルもその場で逮捕された。兄は死に物狂いで抵抗したが無駄だったし、弟はブランディの力で、かろうじて失神を免れた。

ウィムジイは説明を開始した。「ぼくには最初から、この二人の行動が判っていた。彼らの計画は、二つの条件のもとに成り立っていた。凶行時における完全アリバイ——絶対に隔絶した場所にいたことの証明がその一つだ。殺人を七時五十七分から八時六分までのあいだに行なって、その時間内にロンドンにいたことを立証する。ロンドンからの通話を二回も延長させた理由はそこにあり、ハーコートはこの家に姿を見せると、さっそくそれを口にした。次の条件は、七時五十七分以前に、書斎に忍び入っていることで、被害者自身の手でフランス窓から入れてもらえぬかぎり——その見込みは絶無のように思われた——ホールで姿を見られる怖れがあったのだ。

この二つの条件のもとに、彼らの計画が組み立てられた。ハーコートは貸し自動車を自分で運転して、六時ごろにロンドンを出発した。当地に到着すると、なにか適当な口実をもうけて、街道沿いの旅館の前に、車を駐めた。たぶん彼は、旅館の従業員に顔を知られていなかったのだろう」

「そうですよ」ヘンリー警部がいった。「あの旅館は、先月開店したばかりなんです」

「ハーコートは旅館からの四分の一マイルを歩いて、七時四十五分にこの家にたどりついた。闇夜だし、ゴムのオーバーシューズをはいていたので、庭木戸から建物までのアスファルト道を歩いても、足音を聞きとられることがなく、合鍵で温室に入りこむことができた」

「その合鍵は、どうして手に入れたのです?」

「七月にウィリアム伯父が、愛する甥の株式相場での失敗がショックで、心臓発作を起こし、病床についた。そのあいだにハーコートは、伯父のポケットから鍵束を盗み出し、合鍵を作っておいたはずだ。彼はすでに伯父の信用を失っていた。株式投機の借財は、伯父の手で完済してあったのだろうが、同じ失敗を繰り返したら、二どめの尻拭いをしてもらえるとは考えられない。ウィリアム伯父が倒れたとき、呼ばれたのがネヴィルだけだったのが、彼の信用喪失の事実を示している。完済してもらうについても、なんらかの条件がついたはずだ。そしてウィリアム伯父がミセス・ウィンターと結婚する気でいるのも判っていた。結婚後には、遺言書が書き改められるであろうし、実子の生まれる可能性がないともいいきれない。状勢の一変したハーコートの考えることは明瞭で、伯父に少しでも早く、この世を去ってもらいたいのだ。そこであらかじめ合鍵を用意し、おもむろに計画を練った。ネヴィルは兄のためならどんなことでもする忠実な弟だから、この計画に加担した。これはぼくの推測だが、ハーコートには、株式相場の失敗で伯父に迷惑をかけたことのほかにも、もっと悪質な内緒ごとがあったのではないか。そして、ネヴィルはネヴィルで、やはり伯父に知られたくないことを——いや、話が横道にそれたが、どこまで説明したのかな？」

「温室のドアへたどりついたところだ」

「そうだったな――今夜のぼくも、ハーコートと同じ方法をとった。庭に忍びこんでいれば、ウィリアム伯父が食堂に入ってくるのが判る。書斎の灯が消えるからだ。ハーコートはこの家の様子を知りぬいていた。彼は暗闇の書斎に歩み入って、外側のドアに鍵をかけ、ネヴィルがロンドンから電話してくるのを待った。そして呼び出し音が鳴りだし、執事がホールの電話に出て、ベルが鳴りやむと同時に、ハーコートは書斎の受話器をとりあげた。ネヴィルが簡単な前置きを話しおえたところで、ハーコートがしゃべりだした。書斎のドアは完全に防音されているので、声が室外に洩れる怖れはないし、それがロンドンからのものでないのを、ハムワージーに聞きとられる気遣いも要《い》らぬ。いや、実際上、ロンドンからの通話といっていえないことはない。この家の電話の接続は並列式で、同じ交換局を経由してくるからだ。そのうちに八時になって、ジャーミン・ストリートの家の大型柱時計が時を刻んだ。その音が、通話がロンドンからのものであることの証拠だ。ハーコートはその音を聞くと、あとの会話をネヴィルにまかせ、あちらの受話器の上げ下げの音に紛らして、こちらの受話器をおいた。その後はネヴィルが、服のことか何かで無意味な言葉をしゃべりつづけ、ハムワージーをホールの電話機にひきつけているあいだに、ハーコートは食堂に忍び入り、ウィリアム伯父の背中を突き刺し、フランス窓から逃げ去った。車を駐めてある場所までは、五分かそこらで到着できる距離だし――ハムワージーとペイン氏がたがいに相手を疑いあって、追跡に移るのに数分手間どったこともあり――彼は無事にたどりついて、車を走り出させた」

「彼はなぜ、忍び入ったときと同様に、書斎から温室を抜けて逃げ出さなかったんだ？」

「犯人の侵入口をフランス窓だと思わせたかったのだろう。一方、ネヴィルはハーコートの車で、八時二十分にロンドンを出発した。狡猾にも、途中ウェリンの町を通過するとき、尾灯の件で巡査の注意を惹き、修理工場の男にまで、プレート・ナンバーを覚えさせた。そして、あらかじめ打ち合わせておいたウェリンの町はずれで、ハーコートと落ちあい、尾灯のエピソードを教えたうえで、車を交換した。ネヴィルは貸し自動車でロンドンへひっ返し、ハーコートは自分の車で、あらためてこの家へやってきた。凶器、合鍵、血に染まった手袋と上着などは、もちろんネヴィルが持ち帰った。いまさら探してみたところで、見つかるかどうかは疑問だよ。ロンドンには、テムズという大きな河が流れているからね」

銅の指を持つ男の悲惨な話

The Abominable History of the Man with Copper Fingers

ロンドンでもっとも心のやすらぐ場所といえば、《エゴティスト・クラブ》の名をあげるのが至当であろう。たとえば、昨夜見た奇妙な夢を語って聞かすとか、上手な歯科医を発見した手柄話を披露するのに、これ以上に適当なところはないのである。気儘に手紙を書いていてもよいし、ジェーン・オースティン（一七七五―一八一七、イギリスの女流小説家）のような中庸の精神を楽しむこともできる。沈黙を厳守しなければならぬ部屋など一つもなくて、いや、むしろ、会員仲間に話しかけられたとき、忙しそうな顔つきで、返事をおろそかにするのは、このクラブの作法《マナー》に反するのである。ただし、ゴルフと魚釣りの話は厳禁だった。そして、次の総会でフレディ・アーバスノット爵子の動議が採用されると（それは目下のところ、妥当な意見とみられている）、ラジオを話題に載せるのも許されなくなる。ピーター・ウィムジイ卿の言葉を借りれば、当クラブで話題にして差し支えない事柄は、あらかじめ喫煙室での討議を経たものにかぎられているのだ。その他の点では、きわめて自由でかつ解放的なクラブであり、我《が》を張りすぎる性格か極端に寡黙な男でないかぎり、誰にでも会員資格取得の門戸が開かれている。もっとも、加入を認められるには、ある種のテストに合格しなければならぬ。そのテストの性質を実例で示すと、かつて有名な探険家が加入を望んだが、資格審査の席上で、一八六三年物のポートワインを飲みながら、強烈な臭いのインド葉巻をふかしだした。それだけのことで、この男は失格の憂き目を見た。それと対照的なのがわが親愛なるロジャー・バント老の場合で、この人物は行商人から身を起こして、〈サンデー・シュリーク〉紙提供の二万ポンドの当たり籤を資本に）インググランドの中部地方に巨大なレストラン・チェーンを築きあげた成功者だが、いとも率直に、わしが好きなのはビールとパイプ煙草だといってのけたのが好感をもたれて、全員一致で合格した。もう一度ピーター・ウィムジイ卿の言葉を借用すると、「ぼくたちのクラブでは、粗暴なマナーを気にすることはないが、それが残忍の域に達するのは許されぬ」のである。

その夜、キュービスト派の詩人のマスターマンが、ヴァーデンという会員外の男を同伴してきた。ヴァーデンはその人生をプロの運動選手で出発したが、心臓を痛めたことから、短かった華やかな経歴を打ち切って、持って生まれた美貌と見事に均整のとれた肉体を生かすべく、映画界に身を投じた。いま、ロスアンジェルスからロンドンまで出向いてきているのは、彼の主演映画『マラソン』の宣伝のためだった。マスターマンが連れてくるビジターは、評判のよいのと悪いのが半々ずつで、この男はどうかとクラブ員は観察したが、朗らかな性格で、これといった欠点のないのがすぐに判って、みなは胸を撫で下ろした。

茶系統の色彩で統一されたその部屋に顔を揃えたのは、ヴァーデンを含めて、八人の男だった。周囲の壁の鏡板、蔽いをかけた電灯、厚いブルーのカーテン。このクラブに半ダースほどある喫煙室のうちでも、いちばん居心地がよくて、落ち着ける小部屋であった。会話は雑談から始まって、アームストロングがその日の午後に、テンプル駅で奇妙な小事件を目撃したと語ると、ベイズがそれをひきとって、彼がたまたま霧の深い夜のユーストン・ロードで出会った出来事はもっと奇妙なものだったといったのがきっかけで、話題が各自の異様な経験談に移っていった。

　マスターマンはまず、ロンドンの閑静な住宅地には、あんがい多くの異常事件が溢れていて、物語作家を喜ばせるものだと前置きしてから、死んだサルを抱えて泣きながら歩いている女と行きあった話をした。つぎにジャドソンが、ある夜更けに、人通りの途絶えた郊外の道路上で、女の死体を見かけたことがあると語りだした。女の横腹に短剣が突き刺さっていて、すぐそばに巡査が立っているので、彼が巡査に、手を貸そうかと申し出ると、巡査はただひと言、「あたしがあんたなら、余計なお節介は控えますよ。この女は、当然の報いを受けただけなんでさ」と答えた。彼はいまだにこの出来事が忘れられないといった。次は医師のペティファーの番で、ある日の夜間診療時間中に、ぜんぜん未知の男が迎えにきて、ブルームズベリーのとある家へ連れ込まれた。そこでは女がストリキニーネの中毒に苦しんでいた。ペティファー医師はさっそく解毒手当てにとりかかり、彼を連れてきた男は、手慣れた動作で助手をつとめた。手当てには朝までかかったが、患者がようやく危険状態を脱すると、未知の男は何もいわずにその家を出ていって、二度と戻ってこなかった。そして驚いたことに、あの男は誰だと女に訊いてみたところ、女は意外そうな表情で、今夜顔を見たのが初めてで、先生の助手だと思っていたと答えた。

「ぼくもひとつ思い出しましたよ」と、つづいてヴァーデンがしゃべりだした。「ニューヨークで出会ったことですが、相手が気違いなのか、ただの悪じゃれだったのか、それとも実際に、ぼくが窮地に陥れられて、危機一髪のところで救かったのか、いまもって実情が判明しないのです」

面白そうな話なので、みなは語り手に、もっと詳しい説明を要求した。

「かなり以前のことで」と映画俳優はしゃべりだした。「アメリカが大戦に参加する直前ですから、あれから七年経っているわけですね。ぼくが二十五歳のときで、映画界へ入って二年と少し過ぎたころ、当時のニューヨークではかなり名を知られたエリック・P・ロウダーという男と近付きになったのです。彼は彫刻の才能に恵まれていたが、あり余る資産があるので――それが世間の噂で――毎日を遊び暮らしていたのです。もっとも、ときどきはハイブラウな連中だけを目当てに個展を開いて、とくにそのブロンズ像は好評を博していたようです。ああ、マスターマン、きみなら、あの男のことを知っているだろうな」

詩人は答えて、「彼の個展は見たことがないが、『明日の美術』に載った写真で知っている。器用に仕上げてあるが、頽廃的なにおいがぷんぷんする作品だった。金と象牙をふんだんに使用しているのが、高価な素材に負けない技術を具えていると誇示したいだけなのが歴然としていて――」

「まあ、そんなところだ。たぶんそれが彼の狙いだったのだろう」

「しかし、腕はあったな。ただ、あれだけ精妙な技術も、出来あがった作品がリアルでありすぎて、かえって醜悪な感じを与えた。ことにルシーナと呼んだ群像にその傾向が強かった。しかも、あろうことか、純金で鋳造して、邸の正面ホールに並べ立てておいたそうじゃないか」

「それだよ！　ぼくはあれを見て、いやらしいと思っただけで、なんらそこに芸術的なアイデアを感じとれなかった。リアリズムか！　そう呼ぶのに異存はないが、絵画にしろ彫刻にしろ、ぼくの趣味に合っているのは、感じがよくて、人生に意義のあるものだ。もっとも、ロウダーの作品には、奇妙に魅惑的なところがありはしたがね」

「彼とは、どんなことから知り合いになった？」

「ロウダーがたまたま、『アポロン、ニューヨークへ行く』を見た。きみたちの記憶にもあると思うが、あれはぼくが初めて主演の役をもらった映画だ。古代ギリシアの神アポロンの彫像が生命を吹きこまれて、二十世紀のニューヨークを訪れる筋で、例のルーベンズゾーンがプロデュースした。当時はまだ芸術至上主義の製作者がいたもので、あの作品にしても、冒頭から最後の場面まで非の打ちどころがなくて、全巻が優雅な趣味に統一されていた。もっとも、最初の登場場面のぼくは、腰に布切れみたいなものをまとっただけの全裸にちかい姿で——つまり、古代の神像をそのまま写していたものだ」

「ヴァチカン宮殿内の絵画館にあるやつだな」

「そういうわけだ。ところで、この映画を見たロウダーが、ぼくに手紙を寄越した。彫刻家として、ぼくの肉体に興味をおぼえたと、軀《からだ》の均整がとれているのを賞めたてた末、ニューヨークへ出てくる機会があったら、彼の邸に立ち寄ってくれとしてあった。ぼくはロウダーがどういう人物なのかを調べて、宣伝用に役立つ男と知った。そこで、契約の更新で軀が空《あ》いたときに、東部まで出向いて、彼の邸を訪問した。ロウダーは喜んでぼくを迎え、都合がつくようなら、ひと月ほど彼のところに滞在して、ゆっくりニューヨーク見物をしたらどうかといってくれた。

ロウダーはあの大都会から五マイル離れた土地に、素晴らしい邸宅をかまえていた。そこには、絵画、彫刻、骨董品のたぐいが、驚くほど詰まっていたよ。年配は三十五歳から四十歳のあいだと見た。色の浅ぐろい、つやつやした肌の持ち主で、動作がきびきびして、全身に活気がみなぎり、見聞が広く、話題も豊富なかわりに、他人の意見はいっさい聞こうとせず、自分ひとりでしゃべりまくった。もっとも、話が面白いので何時間聞いていても飽きることがなかった。実際、彼はあらゆる種類のゴシップに通じていて、ローマ法王からシカゴのボクサー、フィネアス・E・グルートにいたるまで、どんな男の裏話でも話題に載せることができた。ただ、反道徳的なことを臆面もなく、いや、むしろ好んで口にするのには困った。もちろんぼくは、食後の世間話が嫌いじゃない。そして、道徳家ぶった気どり屋とも思ってもらいたくないのだが、それにしても、彼がぼくの顔に目を据えて、その不道徳行為をやってのけたのがぼくだといわぬばかりにしゃべりだすと、かなりのショックを受けたものだ。女には、あのような悪趣味の持ち主がいないわけじゃない。男でも、女が話し相手だと、わざといやらしい言葉を聞かせて、きまりわるがるのを見て娯しむやつがいる。だが、男どうしの会話で、あんな話題に興味を持つのはめずらしい。もっとも、その点を除けば、ぼくの知るかぎり、ロウダーは最高に魅力的な男だった。そして、さっきもいったが、邸宅は想像を絶して壮麗なものだし、第一級の料理人を雇い入れていた。

ロウダーは何ごとによらず、最上のものを好んだ。その一つが女性で、相手にするのは申し分のない美人にかぎった。そして、当時の愛人マリア・モラノは、じゅうぶんその資格をそなえていた。映画界に身をおいていると、女性美の標準がずいぶんときびしくなるものだが、あれほどの美人は、あとにも先にも見たことがない。大柄な軀つきで、ゆったりした動作のうちに、なんともいえぬ優雅さを示すタイプで、明るい微笑を絶やしたことがなかった。あのタイプの美人がアメリカ生まれのはずはないから、おそらく、どこか南方の国に生まれて育ったのだろう。ロウダー自身は、キャバレーのダンサーのうちに彼女を見出したと話していて、彼女もそれを否定しなかった。前身はともかく、ロウダーはとてもこの女性を自慢し、マリアも彼女なりの仕方で、ロウダーに忠実に仕えていた。彼の彫刻のモデルでもあった。制作が始まると、ロウダーは彼女をアトリエ内に連れこみ、イチジクか何かの葉一枚だけの全裸にさせて、正確にその肉体を写していった。彫刻家ロウダーの目に映った彼女の肉体は、一つの個所を除けば、完璧の美だった。その唯一の欠点とは、左足の第二指が、第一指よりも半インチほど短いことだった。いうまでもなく、彼の制作した彫像では、その欠点が修正してあった。ロウダーがぼくに、それを正直に打ち明けるのを、彼女はむしろ嬉しく思うかのように、おだやかな笑顔で聞いていた。だが、ぼくはその笑顔のかげに、女の哀しみを見たように思った。そんな目でしか見てもらえぬことの屈辱感であろう。それがあってか、彼女はぼくと二人だけになる機会をつかむと、将来の夢を語って聞かせた。レストラン経営の夢なのだ。真白なエプロンを着けた腕達者なコックが大勢に、ぴかぴか光る電動式調理台がずらりと並んで、キャバレー・ショーを売り物にした店……『お店が持てたら、結婚して、男の児を四人と女の児をひとり産むの』といって、その子供たち全部の名前を並べてみせるのだった。ぼくはそのような彼女に、パセチックなものを感じた。彼女の打ち明け話の終わりごろ、ロウダーが入ってきた。うすら笑いを浮かべていたので、たぶん立ち聞きしていたのだろう。彼女がどんな夢を抱こうと、問題にする彼ではなかった。しかしそれは、あの女性の心を実際に理解していなかったからで、おそらくロウダーという男は、彼女にかぎらずどんな女でも、あのような人生を強いられていると、いつかその束縛から逃げ出したくなるものなのを考えてもみなかったのだろう。いっそ、もっと独占的な態度で彼女を扱っていたら、彼女に恋人が出現しなくてすんだのかも知れないが……いずれにせよ、ロウダーの侮蔑的な物言いと、彼女をモデルにした作品の醜悪さにもかかわらず、彼が彼女に夢中になっていたのは確かで、彼女もそれを知っていた。

そのような経過で、ぼくはだいたい一か月を、彼らと一緒に過ごした。その滞在が楽しくなかったといえば嘘になる。ロウダーという男は、制作衝動が断続的に襲ってくるタイプとみえて、ぼくの滞在中にも、二回それがあった。仕事に熱中しだすと、数日のあいだアトリエに閉じこもって、モデルのほかには誰もそこに入れなかった。そしてその期間がすぎると、豪華なパーティがもよおされて、彼の友人や取巻き連中が作品拝見に集まってくるのだ。そのとき彼が制作していたのはニンフ像で（あるいは女神像というべきか）、銀で鋳造することになっていたらしい。モデルはもちろんマリアだった。制作期間以外の彼は、どこをほっつき歩いているものか、腰を落ち着けていることが少なかった。

滞在の終わりごろは、正直にいって、ぼくはうんざりしていた。ちょうどそのとき、大戦が勃発して、アメリカ合衆国も参戦を宣言したのを知り、ぼくは軍の徴募に応じることを決意した。心臓の持病があるので、前線出動は許されぬだろうが、請願を繰り返せば、なんらかの軍務を与えてくれるはずだ。ぼくはそれを期待して、荷物をまとめ、ロウダー邸を出発した。ロウダーは、再会の日が一日も早く訪れるようにとくどくど述べながら、送り出してくれた。しかし、それが彼の本心でないのは、ぼくにも判っていた。ぼくは病院勤務を拝命して、ヨーロッパ大陸に派遣された。そして、ふたたびロウダーに会ったのは、一九二〇年になってからだった。

彼はその以前に手紙を寄越していたが、ぼくは戦後そうそう映画界に復帰していたので、一九一九年のうちに完成させねばならぬ二つの大作につかまっていた。しかし、その翌年には、新作映画の宣伝のために、ニューヨークへ出向く用件ができた。ロウダーも手紙で、そのときは彼の邸に泊まって、モデルもつとめてくれといってきた。気持は進まなかったが、彼の知名度を利用すれば宣伝にも役立つので、招きに応じることにした。

ちょうどその頃、ぼくはマイストフィルム会社の新作映画に出演がきまった。ストーリーがオーストラリアの原住民に絡んでいるので、現地へ出張ロケをする必要があった。ぼくは電報で打ち合わせをして、四月の第三週にシドニーでロケ隊と合流することに決め、それまでをロウダー邸で過ごそうと、ニューヨークへ向かった。

ロウダーはあたたかく迎えてくれた。しかし、驚いたことに、彼は意外なほど老いこんでいた。動作もひどく神経質になり——なんと表現したらよいのか——何かを思いつめているかのように、真剣味に溢れたものに変わって、彼の身についた冷笑的な言葉までが、ただの皮肉ではなくて、本心からのものと聞きとれた。そのかわり、誰かれの容赦なく、あからさまに名前をあげて、痛烈な罵言を浴びせた。ぼくはそれまで彼の人間不信感を、芸術上のポーズにすぎぬと見ていたが、それも誤解であったように思えてきた。彼は実際に不幸なのだ。そしてその理由も、彼の車でその邸へ向かうあいだに、マリアについて質問したことで、はっきりした。

『あの女は、ぼくを捨てて、出ていってしまったよ』と、ロウダーは答えた。

ぼくは驚いた。正直にいって、あのおとなしそうな女に、そんな思いきった行動がとれるとは、考えてもいなかったからだ。『本当かね』ぼくはいった。『じゃ、念願にしていたレストランを開業したのか』

『ほう！　きみには、レストラン経営の希望を話していたんだな。なるほど、きみみたいな男には、女が秘密を打ち明けたくなるものらしい。しかし、ばかな真似をしたものだ。利口じゃないよ、あの女』

ぼくはなんと応対してよいのか判らなかった。彼が愛情を裏切られて、感情ばかりか、自尊心まで傷つけられたのが明瞭だった。ぼくはその場逃れの言葉を呟いたあと、彼女に出ていかれては、制作にも支障をきたすだろうねと付け加えた。ロウダーはそのとおりだと答えた。

それからぼくは、ぼくの出征前にとりかかっていた作品は完成したのかと訊いてみた。彼は答えてこういった。『ああ、あれは完成して、次の制作にとりかかったが、それもまた出来あがった——これはぼくの作品中、もっとも独創的なもので、ぼく自身はとても気に入っている』

ロウダー邸に到着して、食事が始まると、彼は近くヨーロッパへ行く予定だと話しだした。ぼくがオーストラリアへ出発して数日後だというのだ。食堂の壁の凹んだ個所に、例のニンフの像が据えてあった。見事な出来で、ロウダーの作品に目立つ、これ見よがしのけばけばしさがなくて、不思議なくらいマリアに似ていた。ぼくの席がその正面にもうけてあるので、食事のあいだ、いやでもそれが目につき——実際は、いやでも目につくどころか、ぼくの視線が吸いつけられて離れなかった。彼もまた、その出来に自信まんまんの様子で、気に入ってもらえて嬉しいと、幾度となくいいつづけた。どうやら彼、同じ言葉を繰り返す癖を身につけてしまったようにみえた。

食事がすむと、ぼくたちは喫煙室に席を移した。そこは模様替えがしてあって、最初に目についたのは、暖炉の前にひき寄せた大型のソファだった。座の位置は床から二フィートほどのところ、背凭れが比較的高めで、オーク材に銀の象眼入りの、古代ローマの寝椅子を思わせる品なのだ。そしてその上に、銀で鋳造した女人像が横たえてあった。実物大で、仰向けの姿勢をとり、両手を左右に伸ばしている。いくつかの大きなクッションが載せてあるのは、女人像の上に腰を下ろさせるつもりらしいが、おそらくは安定性を欠いて、坐り心地がいいとは思われない。だが、舞台の上の小道具とみれば、このような品には金に糸目をつけぬこの家のあるじの気質を遺憾なく示して、その意味では効果的だといえた。ところが、ロウダーはいきなり女人像の上に腹匍いになって、暖炉に手をかざした。ぼくにはショックだったが、ロウダー自身は、それがとても気に入っている様子で、

『これだよ、さっきいった独創的な作品というのは』といった。

彼にいわれて、目を凝らして見ると、まごうかたなく、マリアをモデルに写したものだった。ただ顔の輪郭が――こういって判ってもらえるかどうか――ややスケッチ風に感じられた。おそらく彼は、始めから家具の一つに使うつもりでいて、奔放な手法を用いたのであろう。

ぼくはその寝椅子を見た瞬間に、ロウダーの頽廃的な性向がいちだんと強まっているのを感じとった。そしてそれにつづく二週間のうちに、彼と一緒にいることの不快度が増大していった。実際、日いちにちと、彼の挙動のいやらしさが目立ってくるのだ。たとえば、その制作のモデルをつとめていると、彼は作業のあいだ、絶えず反道徳的な言葉を吐きつづけて、しかも、その反応いかんと、こちらの顔に目を据えている。もちろん、ぼくをもてなす態度はいたれりつくせりで、それに文句の言いようはないのだが、オーストラリアの原住民と暮らすほうが、もっと落ち着けるだろうと思いだしたものだ。

そして、あの異様な出来事が起きた」

聞いている全員が身を乗り出して、聴き耳を立てた。

ヴァーデンはつづけた。「それは、明日はいよいよニューヨークを発たねばならぬと決まっている夜だった。ぼくはロウダー邸の喫煙室にひとりでいたのだが――」

そこまでヴァーデンが語ったとき、茶色の部屋のドアが開いて、新しい人物が入ってきた。ベイズが目配せで、話の邪魔をしないようにと注意すると、入ってきた男は無言で大型椅子に腰を下ろし、音を立てぬように気を遣いながら、グラスにウィスキーを注ぎはじめた。

ヴァーデンはつづけて、「ぼくは喫煙室で、ロウダーが戻ってくるのを待っていた。広い邸に、ぼくひとりだった。召使たちはロウダーの許可が出たので、映画を見にか、講演を聞きにか、とにかく全員が外出していた。そしてロウダー自身も、数日後にせまったヨーロッパ旅行の必要品を買いととのえたり、留守中の財産事務の打ち合わせで人に会ったりするので、その日いちにちとび歩いていた。

ぼくはうつらうつら、居睡りをしていたらしい。気がついてみると、日が暮れきっていて、しかも驚いたことに、すぐ目の前に、若い男が立っているのだ。

泥棒とは見えなかった。もちろん、幽霊ではない。こういってよければ、街を歩いている一般人と少しの変わりもない男だ。イギリス仕立てのグレーの服を着て、明るい色の軽外套を腕にひっかけ、ソフト帽をかぶって、ステッキを手にしていた。つやつやした金髪の持ち主で、鼻は高いが、これといって目立つところのない顔立ちだが、モノクルをかけている。ぼくは思わず、その男を凝視した。玄関の扉に、鍵がかけてあるのは確かで、どうやって入ってきたのかと怪しんだわけだ。しかし、こちらの考えをまとめる前に、相手の男がしゃべりだした。奇妙なほどためらいがちな嗄れ声で、イギリス風のアクセントが耳立った。

『きみがヴァーデン君かね?』

『ヴァーデンですが、あなたは？』

彼はいった。『突然、とび込んできて、失礼した。失礼ついでにいわせてもらうが、きみは即刻、この家から離れるべきだ。早ければ早いほうがいい。判ったね？』

『いったい、それ、なんの話です？』

彼はいった。『いやがらせでいっているわけじゃない。ロウダーは決してきみを赦さぬのを知るべきだ。たぶんきみは、帽子掛けか電気スタンド、そんな物に変えられるだろう。ぼくはそれを怖れている』

気違いだな、この男、とぼくが思ったのは、いわなくとも判るだろう。冷静な声で、異常な様子はまったくないのだが、しゃべる言葉は非常識すぎて、とりあげるのもばからしいとしかいいようがない。人間は気が狂うと、腕力まで超人的になると聞いているので、あわてて呼鈴へ手を伸ばした。とたんに、ぼくは恐怖で身慄いした。いまこの邸にいるのは、ぼく一人だと気がついたからだ。

『どうやってここに入りこめたんです？』ぼくは平静を装って、訊いてみた。

『ドアの鍵をこじあけただけさ』彼は名刺で名前を明らかにできないのを詫《わ》びるように、『ロウダーがいつ戻ってくるか判らない。だから、できるだけ早く立ち去るべきだと思うね』

『しかし』とぼくはいいはった。『あなたは誰なんです？　何を狙っているんです？　ロウダーが決してぼくを赦さぬとは、なんの意味です？　ぼくの何を赦さぬのです？』

『理由は――』と彼は答えた。『きみのプライバシーに立ち入るようであいすまぬが、マリア・モラノに絡んだことだ』

『マリアが？』ぼくは叫んだ。『彼女のことを、どうしてご存知です？　彼女は、ぼくの出征中にいなくなりました。その彼女が、ぼくになんの関係があるんです？』

『やあ！　それは失礼した』奇怪な若い男がいった。『ロウダーの判断を正直に受けとったのが、ぼくのミスだったかも知れないな。たしかに常識はずれの考え方だ。しかし、その話を聞いたときのぼくは、彼に誤解の可能性があるとは思えなかった。それはともかく、彼はきみが、先年この家を訪れたとき、マリア・モラノの愛人になったものと信じこんでいる』

『マリアの愛人？　ばかばかしい！　彼女は——どんな男か知らないが——情夫と一緒に姿を消した。その相手がぼくでないのは、ロウダーだって判らぬわけはない』

『マリアはこの家を出ていきはしない』若い男はいった。『で、きみはいますぐここを出ていかないと、永久に立ち去れないことになるのだぜ』

ぼくは苛立ってきて、思わず叫んだ。『ますます話が判らない！　なんのことです？』

すると若い男は寝椅子にふり向き、青い色のクッションを床に投げやって、

『きみはこの彫像の足の指をあらためたことがあるのか？』と訊いた。

ぼくは呆気にとられて、『とくに気をつけて見たことはないが、足の指がどうかしたんですか？』と問いかえした。

『ロウダーは彼女をモデルに多くの鋳像を制作したが、左足の第二指が第一指より短いのはこれだけだ』

いわれてぼくは、初めて気をつけて見たが、たしかにその男の言葉どおりで、左足の第二指が短かった。

『なるほど』ぼくはいった。『しかし、大したことじゃないと思うが』

『大したことでない？』若い男は唖然としたような顔でいった。『ロウダーがマリア・モラノをモデルに制作した鋳像のうち、彼女の肉体と完全に合致しているのはこれ一つだ――きみはその理由を知りたくないのか？』

いいながら彼は、暖炉の火掻き棒をとりあげて、

『見ているがいい！』

と叫ぶと、華奢《きやしや》な姿からでは想像もつかぬ力強さで、火掻き棒の先端を寝椅子の上に横たわる鋳像めがけてふり下ろした。そしてそれが、腕の肘関節あたりを粉砕し、破片を四散させ、ぎざぎざの穴をあけた。つづいて彼が、肘から先の部分をねじ折って投げ捨てると、腕の内部は空洞だった。そしてそこに、まぎれもない白骨が、ひからびて細長く見えていたのだ！」

ヴァーデンはちょっと口を休めて、グラスのウィスキーを飲んだ。

「それで？」聞き手がいっせいに叫んで、話の先を促した。

「もちろんぼくは」とヴァーデンがつづけた。「銃を持った猟人の足音を聞いた雄ウサギみたいに、あの邸をとび出した。外に車が駐まっていて、運転手が扉を開けてくれた。ぼくは車内にころげ込んだ。だが、その瞬間、これはみんな罠なんじゃないかとの考えが浮かんで、車をまたとび出し、トロリー・バスの停留所まで夢中で走った。ロウダー邸においてきたぼくの荷

物は、翌朝、駅に届いていて、太平洋航路の発着港ヴァンクーヴァー行きの荷札が付けてあった。

ぼくは落ち着きをとり戻すと、何もいわずに姿を消したぼくの態度に、ロウダーがさぞかし気を悪くしたことだろうと考えたが、たとえ毒を呑まされたところで、あの怖ろしい家に戻る気にはなれなかった。そして、翌朝、ニューヨークを発ってヴァンクーヴァーへ向かってからは、二度とあの出来事の関係者の顔を見ていない。突然あらわれた金髪男が誰なのか、あのあと彼がどうなったのか、もちろん知るわけがない。ただ、その後の風の便りで、ロウダーが死んだことを聞いた──何かの事故死であったらしい」

少し間をおいてから、聞き手が一度にしゃべりだした。

「面白い話でしたよ、ヴァーデン君」アームストロングがまず口を切った。彼自身が、絵画であれ彫刻であれ、美術とあれば何にでも手を染めるアマチュアであり、そしてまた、クラブ内でラジオ・ニュースを話題にするのを禁じるアーバスノット氏の提案の賛同者であるだけに、美術に絡んだこの異常事件に、特別の興味を抱いたのであろう。「すると、その銀の鋳像の内部に、完全な姿の人骨が入っていたというのかね？　そうだとしたら、ロウダーは鋳造にさいして、鋳型の芯に骸骨をまるごと入れたことになる。考えられんことだな。危険だよ、それは。どんなはずみで、鋳造作業を行なう連中の目に触れぬものでもない。見られでもしたら、彼の運命はそれまでだ。それから、鋳像は実物大よりかなり大きくなるはずだ。人体全体を鋳物でくるむ必要があるからさ」

そのとたんに、ヴァーデンの椅子のうしろの薄暗い場所から、落ち着いた嗄れ声がひびいた。「そうじゃないのだよ、アームストロング。ヴァーデン君の語り口が、無意識のうちにきみを誤解させたのだ。あの鋳像の材料は銀ではなかった。人体に銅を薄くかぶせて、電気メッキしてあったにすぎない。彼女の肉体そのものに、いわゆるシェフィールド鍍金を施したのだ。肉の部分は、ペプシンか何かの調合剤で、作業の完了後に溶解してしまったのだと思う。そこまで自信をもって言いきるわけじゃないがね」

「なんだ、ウィムジイじゃないか」アームストロングがいった。「話の途中で入ってきたのは、きみだったのか。しかし、中途から聞いたにしては、確信があるみたいな言い方だな」

ウィムジイの嗄れ声がヴァーデンにおよぼした効果は、驚くべきものがあった。彼は跳びあがらんばかりにして立ちあがり、電灯の光をウィムジイの顔に向けた。

「しばらくだったな、ヴァーデン君」ピーター・ウィムジイ卿がいった。「これまで機会がなかったが、もう一度顔をあわせて、あのときのぼくのぶしつけな行動を詫びたいと思っていたところだ」

そして握手の手を差し伸べると、ヴァーデンはそれを握りしめたが、何もいえなかった。

そばでベイズが叫びだした。「じゃ、ヴァーデン君が出遭った未知の男はきみなのか。なるほど。謎を追っかけて歩くミステリー狂といわれるだけあるな」そして付け加えて、「いわれてみれば、たしかにきみだ。気がつかなかったわれわれがどうかしていた。ヴァーデン君が、あんなに如実に描写してみせたのだから」と、無造作にいってのけた。

つづいて、〈モーニング・エル〉紙の編集長であるスミス・ハーティントンがいった。「いいところへきてくれた。話の続きをしてくれるだろうな？」

「あれはウィムジイ君の冗談だったのか？」これはジャドソンの質問だった。

ピーター・ウィムジイが答える前に、ペティファーが口を挟んで、「そんなわけがあるものか。わがウィムジイ君は、怪奇事件なら飽きるほど見てきている。いまさら、それらしいものをでっちあげて、時間を無駄にすることはないはずだ」

ベイズもうなずいて、「まったくだ。持って生まれた推理力その他に駆り立てられて、あばき立てなくてもいいことにまで首を突っこんでいる男だ。そのウィムジイがわざわざ乗り出したからには、怖ろしい真相がひそんでいたにちがいない」

「そんなところだよ、ベイズ」青年貴族がいった。「あの夜ぼくが警告しなかったら、ヴァーデン君はどうなっていたか判らない」

「そこだよ。そこのところを詳しく知りたいのだ」スミス・ハーティントンが説明を促した。「さあ、ウィムジイ、勿体ぶらずに話してくれ。われわれは、真相を知らねばならぬのだ」

「真相の全部をだぜ」ペティファーも付け加えていった。

「ただし、真相だけだ。余計なおしゃべりを封じるために、こういったものは片付けておく」などといいながらアームストロングが、ウィスキーの壜や葉巻の箱を、ピーター・ウィムジイ卿の鼻の先から手際よく取り除《の》けてしまった。「さあ、話してくれ。話しおえるまで、葉巻にもウィスキーにも手を触れさせないからな」

「残酷だぞ！」青年貴族は悲しげな声を出したが、すぐに口調をかえて、「実をいうと、これは世間に知られたくない話で、ぼくが苦しい立場へ追い込まれる怖れがあるのだ。殺人罪で起訴される可能性がだ」

「本当か？」ベイズが叫んだ。

「心配するな」アームストロングがいった。「外部の人間が聞いてるわけじゃない。われわれとしては、きみをこのクラブのメンバーから失いたくない。スミス・ハーティントンには、この件に関しての報道本能を抑圧してもらうよ」

各自が秘密厳守を確認したので、ピーター・ウィムジイ卿はようやく腰を落ち着けて、語りだした。

「この地上には、われわれ小さな人間の意志を超えた不思議な力が働いている。神の摂理とか、運命とか呼ばれるものがそれで、その現われの一つが、エリック・P・ロウダーの奇怪な事件なのだ」

「前置きはその程度にして、早く本題に入ってくれ」ベイズがいった。

ピーター・ウィムジイ卿は苦笑して、あらためてしゃべりだした。

「ロウダーという男のことで、ぼくのせんさく癖が動きだしたきっかけは、ニューヨークの出入国監理局の役人が何気なしに洩らした言葉だった。ぼくがビルト夫人の事件で、あの役所へ調査に出向いたときで、その役人が話の合間に、こんなことをいった。エリック・ロウダーは、オーストラリアなんかへ何をしに行くんでしょうね。ヨーロッパへ行くのなら、話が判りますが、とだ。

オーストラリアへ行く？　とぼくは訊きかえして、きみの聞きちがえじゃないのか。ぼくは先日、彼と会ったばかりだが、近く三週間の予定で、イタリアへ行くといってたぜ、というと、役人は首をふって、イタリアなんてとんでもない。きょうもこの役所へやってきて、シドニーへ行きたいが、どんな手続きを践《ふ》んだらいいのかと、必要な提出書類のことなど、詳しく質問していきましたよ、と答えるのだった。

ぼくはひとまず、たぶん彼は太平洋航路の船に乗って、途中でシドニーを訪問する考えなんだろうと応じておいたが、そうだとしたら先日会ったとき、なぜそのようにいわなかったかと怪しんだ。イタリア行きのことははっきり口にして、海路をヨーロッパへ向かい、パリ経由でローマに入ると話していたのに……

ぼくは好奇心を掻き立てられて、その二日後の夜、ロウダーを訪問した。

彼はぼくの来訪を喜んで、ヨーロッパ旅行のことをいろいろと語った。そこで、どういうルートにするのかと訊くと、パリ経由だと明瞭に答えた。

その話はそれだけで打ち切った。どっちみち、ぼくに絡んだことではないからだ。そして雑談に移ると、ヴァーデンが近くオーストラリアへロケ旅行に出かけるが、その前に少しの期間をこの邸に滞在して、モデルをつとめてもらうことになったと語り、『あんなに均整のとれた肉体は見たことがない、前にも一度、モデルになってもらう段どりをつけたが、大戦に妨げられた。彼が出征してしまったからだ』といい添えた。

彼はそのとき、ぼくとの会話のあいだ、あのいやらしい寝椅子に腰かけて、くつろいだ姿勢でいたのだが、ぼくはたまたま彼の目のうちに、何か異様な残忍さとでも表現したいような煌めきを見て、正直なところぎょっとした。あの男、寝椅子においた鋳像の頸筋を撫でながら、にやにや笑いを浮かべているのだった。

そこでぼくは話題を鋳像に移して、『シェフィールド鍍金は手間のかかるものだと聞いたが』といってみた。

するとロウダーは、そうですよとうなずいて、ぼくはこの女人像を制作しながら、対になる男子像を考えていた。《眠れる競技者》とでも名付ける作品をね、というのだ。

ぼくはさっそく、その作品は鋳造するだけで、メッキは省いたほうがよくないかな。こんなに厚い肉付けをしたのでは、細部の微妙な美しさが損ねられる、といってやった。

彼ははたして、むっとした表情に変わった。芸術的手腕にケチをつけられたととったのだ。『これは試作品さ』と彼はいった。『次の作品は文句のつけようのない傑作になる。期待してもらってまちがいない』

それからぼくたちの会話が制作論に移りかけると、執事が入ってきて、風雨が強くなったので、泊まっていったらどうか、寝室の用意をしますが、というのだ。ニューヨークを出るとき、空模様が怪しいなと思いはしたが、天候のことは気にしなかった。しかし、執事にいわれて、窓の外を眺めると、文字どおり車軸を流す豪雨だった。ぼくの車は小型のスポーツ・カーだから屋根がないし、外套も用意してこなかった。どしゃ降りの雨に打たれながら、五マイルのあいだ車を走らせるのは嬉しいことでない。ロウダーも泊まっていくように勧めるので、ぼくはそうさせてもらうと応えた。

ぼくは少し疲労を感じていたので、すぐ寝室へ行くことにした。ロウダーはまだ少し、アトリエで仕事をしたいというので、廊下で彼と別れた。

さっき神の摂理という言葉を用いて叱られたから、偶然の出来事だといっておくが、ぼくは夜中の二時に目をさました。ベッドが冷たい水溜まりになって、寝ていられなかったのだ。執事が気を利かして湯タンポを入れてくれたのはいいが、久しく使わなかったとみえて、栓がゆるんでいたのだ。ぼくは十分間ほど、みじめな思いで我慢していたが、勇をふるって、応急手当てを施そうと決意したが、とうてい見込みのないのがすぐに判った。シーツ、毛布、マットレス、すべてみな水に浸っている。そして、室内を見まわして、安楽椅子を見たとたんに、素晴らしいアイデアが浮かんだ。アトリエ内に手頃なソファがあって、大きな毛皮といくつかのクッションが載せてあったのを思いだしたのだ。今夜をあそこで過ごしても悪いことはあるまいと、ぼくはいつも携帯している小型の懐中電灯を手に、寝室をぬけ出した。

アトリエは無人だった。ロウダーは仕事を終えて、寝に行ったのだろう。記憶のとおりソファがあって、衝立のむこうに半分ほど見えている。ぼくは歩みよって、毛皮の下にもぐりこみ、ひとねむりしようとした。

快い眠りが訪れたとき、足音を聞いた。廊下のほうでなくて、部屋の奥からだった。ぼくは驚いた。そちら側に出入口があるとは知らなかったからだ。ぼくは身をひそめた。やがて、ロウダーが作業道具を入れておく戸棚から、一筋の光線が洩れてきた。そしてその光線の幅がひろがって、懐中電灯を手にしたロウダーがあらわれた。彼は音を立てぬように戸棚の扉を閉め、アトリエの中央へ近づき、画架の前で立ちどまり、覆いをとりのけた。衝立に割れ目があって、彼の動きが見てとれた。彼は数分のあいだ、画架の上の描きかけの絵をみつめていたが、なんとも無気味な笑い声をあげた。ぼくは最初、断わりもなしに寝場所をそこに移したのを弁明する気でいたのだが、あのような異様な笑い声を聞かされては、思いとどまらぬわけにいかなかった。彼はふたたび画架に覆いをかけて、ぼくが入ってきたドアから出ていった。

廊下を彼の足音が遠ざかるのを確かめてから、ぼくはそっと——こういってよければ、異常なほどそっと起きあがって、忍び足に画架に歩みより、画家自身をああまで喜ばしている絵がどんなものか見ようとした。それが《眠れる競技者》の下絵であるのは一目で判った。そして、見ているうちに、先ほどからの怖ろしい臆測が誤っていなかった確信に変わり、それと同時に吐き気に似た嫌悪感が込みあげてきて、胃の腑から頭髪の根もとに達した。

ぼくはいつも好奇心が強すぎると、家族の者にたしなめられてばかりいるが、そのときもまた、道具戸棚のなかを覗いてみたい気持を抑えることができなかった。そこから凶悪な何かがとび出してきて、ぼくに襲いかかるのではないか。真夜中の出来事だけに、ぼくもたしかに興奮していた。そこで思いきって、扉の把手に手をかけた。

意外なことに、鍵がかかっていなかった。ぼくはすぐさまひき開けた。なかは棚が場所を占めていて、ロウダーを収容しておくだけの余地がない。

ぼくは頭に血が昇ってきた。どこかにスプリング錠があるはずだ。さぐってみると、案外たやすく発見できた。奥の板が音もなく開いて、そこが幅の狭い階段の降り口になっていた。

ぼくはがむしゃらに突き進まず、その出入口が内部からだけ開閉できる構造なのを確認し、棚の上の乳棒の武器になりそうなのを選びとってから、出入口の板を閉ざして、かなり古びた階段を、妖精のように軽やかな足どりで降りはじめた。

降りきったところに、またひとつドアがあったが、かなり興奮していたぼくは、戸棚のなかのときの慎重な態度を捨て、乳棒をかまえただけで、勢いよくドアを押しあけた。

内部はがらんとした部屋になっていて、人かげはなかった。懐中電灯の光を受けて、何かの液体がきらっと煌めいたが、壁のスイッチはすぐにみつかった。

電灯に照らし出されたそこはかなり大きな真四角な部屋で、作業場風にしつらえてあった。右側の壁に大きな配電盤、その下に作業台、そして天井の中央から垂れ下がった投光照明灯が、縦七フィート横三フィートのガラス槽を照らし出していた。ガラス槽のなかには暗褐色の液体が満たしてあって、ぼくはそれを銅メッキに使用する硫酸銅とシアン化物の溶液と見てとった。

部屋の一方の側に、蓋をあけかけた荷箱がおいてあり、覆いを除けてみると、銅の陽極の束がたくさん詰めてあった。人間大のものに四分の一インチの厚さの銅被膜を行なうのにじゅうぶんな量である。そのそばにもう一つ、少し小ぶりの荷箱があって、これはまだ釘付けのままだが、重量と外見からして、その後の作業用の銀塊が入れてあるらしい。作業上、まだほかにも必要な品があったが、それもすぐに探し出せた――かなりの量の黒鉛と、大きな壜に入れたワニスである。

これだけの品を証拠に不正な作業が行なわれていると断定するのは無理だとしても、ロウダーがその奇抜な思いつきを満足させるために、石膏模型にシェフィールド鍍金を施していたことは推察できる。だが、もしここで、非合法なものを発見できたら……

作業台の上に、長さ一インチ半ほどの卵形の銅板がおいてあった。これがロウダーの深夜作業の対象にちがいない。とりあげてみるまでもなく、アメリカ領事館の印章を電気製版したものだった。捜査当局に顔を知られた犯罪者は、パスポートの写真をすり換えることで、国外脱出を企てる。それを防ぐのに、旅券課では写真に割り印を捺す。その印章がこれなのだ。

ぼくは作業台の椅子に腰かけて、ロウダーの企みを細部にわたって考えてみた。結論は三つの点に要約できる。その第一は、ヴァーデン君のオーストラリア行きを確かめることだ。彼にその予定がないことには、ぼくの仮説は成立しなくなる。第二は、彼の頭髪がロウダーと同様に茶色であること。パスポートの記載と合致する必要があるからだ。映画でアポロンの神像に扮したヴァーデン君は金髪だったが、おそらくカツラを使用していたのだろう。しかしこれは、ぼくがニューヨークにもうしばらく滞在していれば確かめられる。彼がそのうちロウダー邸を訪問するのが予定されていたからだ。そしてもちろん第三には、ロウダーがそれほどまでにヴァーデン君を憎む理由があるのかどうかを調べあげることだ。

そのときのぼくは、作業場にとどまっていられる時間を計算した。ロウダーがいつ戻ってこないものでもない。電気槽に満たした硫酸銅と青酸カリは、好奇心の強すぎる来客を片付けるのにじゅうぶんなものがある。いくら酔狂なぼくでも、ロウダーの家具の一つに変身するのは厭だからな。だいたいぼくは変身というやつが嫌いで、ディケンズの作品をビスケットの罐みたいな装幀の本では読みたくないし、ぼく自身の葬式に注文をつけておく気はないが、悪趣味に流れぬようにやってもらいたいと願っている。といったわけで、ぼくの指紋を残らず拭いとって、アトリエに戻り、ソファを元の状態に直した。ぼくがアトリエ内に入ったことを知っただけでも、ロウダーはなんらかの行動に出るにちがいないからだ。

もう一つ、確かめておきたいことがあったので、ぼくは廊下を忍び足で戻って、喫煙室に入った。懐中電灯の光に、例の銀の寝椅子が煌めいた。ぼくは最初に見たときの五十倍もの嫌悪感に襲われた。しかし、気をとりなおして、鋳像の足に目をやった。マリア・モラノの足の第二指についての噂を聞いていたからだ。

それから朝までは、与えられた寝室の安楽椅子ですごした。

しかし、その後のぼくは、ビルト夫人の事件その他、あれやこれやの調査に忙しくて、ロウダー家の問題に手を着けるのがかなり遅れた。そのあいだに、マリア・モラノという美女が姿を消す以前に、ヴァーデン君が一か月ちかくロウダー邸に滞在していた事実を知った。やあ、ヴァーデン君、きみのプライバシーに立ち入って、申し訳ないことをした。しかし、そこに原因がひそんでいると考えたものでね」

「お詫びになることはありませんよ」ヴァーデンがいった。「どうせぼくたち映画俳優は、こと女性問題となると、世間からそんな目で見られがちですからね」

「皮肉かね?」ウィムジイはちょっと気を悪くした様子で、「謝罪だけはいわせてもらう。が、それはともかく、ロウダーに関するかぎり、ぼくの臆測のまちがっていなかったのが判った。だが、ぼくはあわてなかった。極め手となる証拠を手に入れておきたかったし、だいたい電気メッキという作業は——ことに、その対象がぼくの推測しているような物だとすると——一晩やそこらでやってのけられるものでないので、無理にいそぐこともなかった。それにまたロウダーとしては、ヴァーデンが出発予定の日までニューヨークで生きていることを、世人に見させておく必要があった。彼がスケジュールどおりにニューヨークを発って、実際にシドニーに到着したと立証してみせるのが、ロウダーの狡智な計画の眼目だったのだ。つまり、偽のヴァーデンが、本物のヴァーデン君の身分証明書とパスポートで、太平洋航路の汽船に乗り込む。パスポートの添付写真はすり換えてあるが、正しい印章で割り印が捺してある。そしてシドニーで静かに姿を消し、これまた完全に正規のパスポートで渡航してきたエリック・ロウダー氏に変貌するのだ。ところで、この計画を実行するには、マイストフィルム会社に電報を打って、ヴァーデンは都合により、一便おくれた船に乗ると知らせておかねばならない。ぼくはその調査を、うちの従僕のバンターに一任した。このような仕事だと、彼は素晴らしい才能を発揮するのだ。はたしてあの男、それからの二週間、ロウダーのあとを蹤《つ》けまわして、ついに、ヴァーデン君の出発予定日の前日、ロウダーがブロードウェイの電報局へ立ち寄るのを突きとめた。そして、もう一度、神の摂理がわれわれに幸いしたのを強調しなければならぬが、局に備えつけてあった頼信紙用の鉛筆が、怖ろしいほど硬質の芯だったのだ」

「そうだったのか！」ヴァーデンが思わず叫んだ。「ぼくは出発にあたって、電報のことで何か訊かれたが、ロウダーと結びつけては考えなかった。だから会社の連中には、ウェスタン電報局員の手ちがいだろうと答えておいた」

「ぼくはバンターの報告を聞くと、錠前あけの道具とピストルを用意して、ロウダー邸へいそいだ。バンターを同伴して、ぼくの戻りが遅いようなら、電話で警察官を呼ぶようにいいおいて、屋内へ忍び入った。それから先は、さっきのヴァーデン君の話のとおりだ。外に駐めてあった車の運転手はバンターだった。しかし、あの状況では無理のないことだが、ヴァーデン君に信用してはもらえなかった。そこでわれわれの仕事は、ヴァーデン君のかわりに、荷物だけを駅へ運ぶことに変わったのだ。

あの日、ロウダー邸へ向かう途中、ニューヨークへ向かうあの家の召使たちの車とすれちがった。それでこちらの行動が正しい軌道に乗っているのを知って、狙った仕事はあんがい簡単に片付くものと思った。

ヴァーデン君との出遭いの模様は、きみたちがすでに聞いたとおりで、訂正する個所も付け加える事実もない。ぼくは彼と会って、怖ろしい罠から抜け出させると、そのあと、アトリエへ入ってみた。誰もいないのを見きわめてから、秘密のドアを開いて、階段の上に立つと、予期したとおりに、ずっと下の作業場のドアの隙間から、糸のような光線が洩れていた」

「じゃ、あの日、ロウダーは外出していたんじゃないのですね？」

「もちろん彼は在宅していた。ぼくは小型ピストルを握りしめ、静かにドアを開いた。ロウダーは電気槽と配電盤の中間に立って、ひどく忙しそうに見えた。忙しすぎて、ぼくが入って行ったのに気がつかないのだ。両手を黒鉛でまっ黒に染め、その大きな塊を床に敷いたシーツの上にひろげ、銅線のスプリング・コイルの長いのを変圧器につなごうとしているところだった。『ロウダー！』ぼくはいった。

ふり向いた彼の顔は、とうてい人間のものとは思えなかった。『ウィムジイか？』彼はわめいた。『こんなところへ、何しにきた？』

『驚くことはない』ぼくは答えた。『悪事の報いがどんなものか、教えにきた』そして彼にピストルを突きつけた。

彼は大きく叫んで、配電盤に走りより、照明灯を消した。ぼくは狙いを失い、彼のとびかかってくる音を聞いた。その次の瞬間、暗闇のなかに、何かが砕け、水が跳ね、怖ろしい悲鳴がひびきわたった。大戦中の五年間にも聞いたことがなく、これからも二度と聞きたくない凄惨な悲鳴だった。

ぼくは手探りに配電盤に近づこうとした。照明灯のスイッチを探りあてるまでに、あらゆる物につまずき、跳ねとばした。そして、やっとスイッチを押して――投光照明灯の白い焔のような光線が、電気槽の上に降りそそいだ。

彼がそこに横たわって、まだぴくぴく動いていた。青酸ほど効果が強烈で、迅速なものはない。歩みよってみるまでもなく、絶命しているのが明瞭だった――青酸死であり、溺死であった。彼をつまずかせた銅線のコイルが、一緒に電気槽に落ちこんでいた。ぼくは考えもなしにそれに触れて、強烈なショックによろめいた。それで、ロウダーの死の原因を知った。照明灯のスイッチを探るあいだに、電流を通じさせてしまったのだ。ぼくはもう一度、電気槽のなかを覗きこんだ。ロウダーは槽のなかに転がりこむと同時に、夢中で銅線をつかんだ。コイルが固く指に巻きついて、電流が自動的に、その手の全面に銅の被膜を作り、黒鉛がそれを黒く覆っているのだった。

ぼくにだっていちおうの分別があるから、ロウダーに死なれると、こちらの立場が苦しいものになるのが判った。ピストルを突きつけて脅かしたのはぼくなんだからな。

そこで作業場のなかを探しまわって、ハンダをみつけ出し、階段を登って、バンターを呼んだ。彼はヴァーデン君の荷物を駅へ運ぶのに、ニューヨークまでの往き帰り十マイルの距離を、レコード・タイムで往復してきたところだった。で、彼と二人で喫煙室へいそぎ、打ち砕いた鋳像の腕をハンダでつなぎ、ぼくたちの技倆の及ぶかぎりの修理をすませた。その仕事に使用した道具はそっくり作業場に戻し、指紋その他、ぼくたちの侵入した形跡を手落ちなく拭いとったが、照明灯の光線はそのままにしておいた。ニューヨークへの帰路は、極端なほど迂回の道を選んだ。

ロウダー家から持ち出した品は、役所の印章の写真製版だけで、これは河へ投げ捨てた。

ロウダーの死体は、次の朝、執事によって発見された。新聞の報道では、電気メッキの作業中、あやまって電気槽に落ちたとしてあり、次の怖ろしい事実を伝えていた。死人の両手が銅の被膜で厚く覆われていて、無理にひき剝がせば、手が砕けてしまうので、そのまま埋葬したというのだ。

ぼくの話は以上で全部だ。さあ、アームストロング君、ウィスキー・ソーダを飲ませてもらえるだろうな?」

ややあってスミス・ハーティントンが、「で、銀の鋳像はどうしたね?」と質問した。

ウィムジイは答えていった。「ロウダー家の調度品の売り立てで、ぼくが買いとった。そして、知り合いの司祭に、秘密厳守を条件に、真相のいっさいを打ちあけた。情に厚くて、ものの道理の判るこの司祭が、ぼくの希望を容れてくれたので、月の明るい夜に、バンターと二人がかりであの品を、ニューヨークから数マイル離れた小さな教会まで運び、墓地の片隅に、キリスト教徒として埋葬した。それが、ぼくにできる最良の処置だったと思ってね」

幽霊に憑かれた巡査

The Haunted Policeman

「何をいいだすんだ！」ピーター・ウィムジイ卿が驚いていった。「これがみんな、ぼくのせいだというのか？」

「ええ、そうですわ。証拠がそれを示していますもの」夫人が答えた。

「どんな証拠か知らないが、このような結果の生じるほど強力なものがあるとは思えんよ」

このやりとりを、そばで聞いていた看護婦が、自分なりに解釈して、非難の口調でいった。

「おふたりとも、何をおっしゃるんです！　お生まれになったのは、とてもおきれいなお坊ちゃまですわ」

「ほう、そうかね」ピーター・ウィムジイはいって、眼鏡をかけ直し、「専門家の意見だから尊重はするけど、はたしてそういえるものか——どれ、抱かせてみせてくれ」

看護婦は、このひとにちゃんと抱けるのかしらと、不安げな様子で、生まれたばかりの嬰児を差し出したが、ピーター卿があんがい慣れた手つきで受けとるのを見て、ほっとした。彼を未経験者とみるのはとんだ間違いで、叔父として、姉や兄たちの嬰児を扱いつけているのだから、驚くにはあたらないのだ。ピーター卿は慎重に、ベッドの端に腰を下ろして、

「これで標準に達しているのかね?」と、なおも心配げに訊いてから、夫人に向かって、「もちろん、きみはどんなことでもそつなくこなすよ。だけど、協力者の努力を認めようとしない」

「いいえ、認めていますわ」ハリエットは眠そうな顔つきでいった。

「認めてくれれば、それで満足さ」ピーターはいってから、急に看護婦に向き直って、「もういいぜ。あとは召使たちにもやってのけられるだろう。これは些少だが、きみたちへのチップだ。請求書は郵送してくれたらいい」そして夫人に向かって、「出産はたいへんな仕事だと判ったよ。だけど、ハリエット、そばで見ているのも楽じゃなかったぜ」といった。その声は実際、疲労で少し震えていた。陣痛が始まってから出産がすむまで、まるまる二十四時間のあいだ、彼の人生における最大の不安に脅えていなければならなかったからだ。

隣りの部屋で、医師がまだ何かしていたが、ピーターの最後の言葉を聞き咎めて、部屋に入ってくるなり、明るい声でいった。

「何をいうんだ、ウィムジイ、きみが心配するようなことはぜんぜんなかった。見たとおり、きみの愛児は無事に誕生した。きみはもう、この部屋に用はないよ」と、ドアのほうを指さして、「ベッドに入ったがいい。だいぶ疲れたように見えるぜ」友情に溢れた口調だった。

「疲れてなんかいないぞ」ピーターはいった。「ぼく自身は何もしなかったんだから――それから」と、挑戦的に隣室を指さして、「きみの看護婦たちにいってくれ。ぼくはあの児を抱きたくなったら抱く。母親がキスをしたいといったら、キスさせる。わが家流の育て方をする。きみたちの七面倒な育児法をこの家へ持ち込むのはご免だとね」

「いいだろう。ご自由に、といっておく。ただ、これはぼくの信念だが、人間の健康は、揺籃期に決まると思っている。抵抗力を付けることだぜ。なに、酒？　遠慮しておくよ。もう一か所、まわらなけりゃならんので、息がアルコール臭いと、医師の信用にかかわる」

「まだ仕事か？」ピーターは唖然とした顔でいった。

「すでに入院中の産婦の一人が産気づいている。いっておくけど、今夜の出産は、ウィムジイ家だけじゃない。一分ごとに、一人は生まれてくるのさ」

「驚いたな。人口が増えるわけだ」

二人は、幅の広い階段を降りた。ホールで、召使の一人が大欠伸《あくび》をしていた。

「ウィリアム、ご苦労だった」ピーターがいった。「寝に行っていいぜ。戸閉まりはぼくがする」そして、医師を送り出して、「おやすみ——いろいろ骨を折らした。気に障るようなことをいって、すまなかったな」

「どこの亭主も同じようなものだ」医師は哲学者めいた返事をして、「じゃ、おやすみ。ぼくはあとで、もう一度、診《み》にくる。容態が心配だからじゃない。診察料を稼ぐためだ。しかし、ウィムジイ、きみは健康な女性と結婚してよかった。祝福させてもらうよ」

医師の車は寒夜の道路に長いあいだ駐めてあったので、エンジンのかかりが悪かったが、けっきょくはピーター・ウィムジイ卿ひとりを戸口に残して、走り去った。すべてが片付いて、寝室へ行っていいわけだが、彼はなぜか目が冴えて、眠る気になれなかった。むしろパーティへでも出かけたいおもいで、鋳鉄の手摺りに背中を凭せ、街灯の光にぼんやり照らし出された広場を眺めながら、紙巻き煙草に火をつけた。そのときだった。彼が巡査を見たのは。

　青色の制服を着た男の姿が、サウス・オードリー・ストリートの方角から近づいてきた。その男も煙草をすっていて、受持ち区域を巡回する警察官のしっかりした歩調とはまるでちがって、道に迷った男のように、ためらいがちな足どりだった。そばまでくると、ヘルメット帽をうしろへ押しやって、何かを考えこんでいる様子で、頭を掻いた。そして、ピーター・ウィムジイ卿の姿に気がつくと、警察官の本能が甦ったものか、鋭い視線を送った。深夜の三時に、タキシードを着て帽子をかぶらぬ紳士が、玄関前のステップの上にぼんやり突っ立っているのに疑惑を感じたものらしい。しかし、酒に酔っているわけでなく、犯罪行為に出る気配もないので、視線を逸らして、通りすぎようとした。

「やあ、巡査君、おはよう！」その紳士が声をかけた。

「おはよう！」巡査が答えた。

「勤務時間が終わったようだが、立ち寄って一杯、飲んでいかないかね」ピーターは話し相手が欲しかったのだ。

「折角ですけど、いまは駄目なんです」巡査は用心深く答えた。

「そのいまだから勧めるんだ」ピーターは煙草の吸いさしを投げやった。それは空中に閃光の弧を描き、舗道に落ちて、火が消えた。

「いま、ぼくの子供が生まれたのでね」

「ああ、そうでしたか！」罪のない秘密を打ち明けられた巡査は、ほっとした顔つきになって、

「初めてのお子さんですか?」と訊いた。

「初めてで、最後の子さ。こういってよければね」

「あたしの兄貴も同じセリフを吐きますよ」と巡査はいった。「ひとり生まれるたびに、これが最後だって。それでいて、目下、抱えているのが十一人。おめでとうといわせてもらいます。あんたのご機嫌がいいのは判りましたが、ご馳走のほうは遠慮します。いま、巡査部長に、当分、酒を飲むなと言い渡されたところなんでね。いや、酔っぱらったわけじゃないんで。何に誓ったっていえますが、夕食のときのビールのほか、一滴だって喉を通していないんです」

ピーターは首を傾《かし》げて、巡査の顔をみつめ、

「巡査部長から、勤務時間中に酒を飲んだと咎められたのか?」

「そうなんです」

「で、飲んではいなかったんだな」

「もちろんでさ。あたしは確かに、あれを見たんです。部長に話したとおりのものをね。あたしが見たあと、消えてしまったにしても、あたしの見まちがえじゃない。酔ってなんかいなかったんだから――いまのあんたと同じで、まったくのしらふだったんでさ」

「するときみは」とピーターがいった。「ジョゼフ・サーフィス君のレディ・ティーズルへのセリフにある（両者ともR・B・シェリダンの喜劇『悪口学校』の登場人物）、自己の潔白意識に悩んでいるわけだな。巡査部長に、酒の飲みすぎだぞ、といわれたばかりに――まあ、いい。なかへ入って、ぼくと一緒に、『酒は赤く、盃のうちに泡立ち、滑らかにくだる』（旧約聖書、箴言、二三―三一）ところを味わうことにするさ。

かえって気が晴れるよ」

巡査はまだ躊躇して、

「それがやはり駄目なんで。正直なところ、ショックが大きすぎて――」

「ショックなら、ぼくも同じだ」ピーターがいった。「頼むから、ぼくの相手をつとめてくれ」

「いくらおっしゃられても――」巡査は辞退の言葉を述べながらも、一歩二歩、ステップを登っていった。

ホールの暖炉は薪が熾《おき》になりかけていたが、ピーターが火掻き棒で突《つつ》くと、新しい焰が燃えあがった。

「その椅子にかけて、待っていてくれ。すぐ戻ってくる」

巡査は腰を下ろして、ヘルメット帽をぬぎ、あたりを見まわした。広場の一角を占めるこの大邸宅の所有者は誰かと、記憶を甦らそうと努めたのだ。マントルピースの上に、紋章入りの大きな銀杯を飾り、暖炉の前に据えた二脚の椅子の背にも、同じ紋章が五色の糸で織り出してある。黒地に、白ネズミが三匹とび跳ねている図柄だ。彼がその輪郭を太い指でなぞっているところへ、ピーターが足音も立てずに、階段の下の薄暗いあたりから戻ってきた。

「ほう、きみは紋章学の研究家か」ピーターがいった。「あまり上出来とはいえないが、十七世紀の作品だ。ところできみは、この巡回区域に移ってきたばかりらしいな。ぼくの名はウィムジイだ」

そしてピーターは、テーブルの上に酒の盆をおいて、

「ビールかウィスキーがよかったら、そういってくれ。このボトルはとりあえず、ぼくのいまの気分に応えるためのものだ」

巡査はその壜の首の長いところと、銀紙で覆ったコルク栓を、物珍しげに見やって、

「シャンパンですか?」といった。「あたしは一度も味わったことがないんです。飲んでみたいとは思っていましたがね」

「きみにはアルコール分が少なすぎるかも知れないが、これでもいちおう、きみの人生史を語りだしたくなる程度に酔えるはずだ」

コルクの栓がポンと飛んで、大きなグラスに泡立つ液体がそそがれた。

「おめでとう!」と巡査が叫んだ。「お美しい奥さんと、新しく生まれてきたお子さんの、長命と幸福を祈って、乾杯! おお、リンゴ酒みたいな味ですね」

「まあね。口に合うようなら、三杯重ねて、きみの意見を聞かせてほしい。そのまえに、祝福の言葉に感謝しておく。きみも妻帯者か?」

「まだなんです。女房が持てるのは、巡査部長に昇進できてからのことでね。ただ今夜、あの部長に睨まれたんで——まあ、いいでさ。くよくよしたって始まらん。で、あんたは結婚して、よほどになるんですか?」

「一年とちょっとだ」

「そうでしたか! で、どうでした、結婚生活は?」

ピーターは笑って、

「じつをいうと、子供が生まれるまでの二十四時間、ぼくは考えていた。結婚は一生を左右する重大事だ。それをただ一回の実験に託したのは軽率すぎたのじゃないかとだ」

巡査は同情するようにうなずいて、

「おっしゃることの意味は判りますよ。だけど、人生なんて、そんなものですぜ。踏み出してみないことには、どうなるものか判らんし、その危険をおかしたところで、うまくいく保証があるわけじゃない。第一、たいていの場合は、あれこれ考えているより、行動のほうが先になるものでしてね」

「まったくだ」ピーターはいって、相手と自分と双方のグラスに、さらにシャンパンを注いだ。巡査がようやくショックから立ち直ってきたのが明らかだった。

さて、わがウィムジイ家の結婚生活はどうか？　平素は身分と教養にふさわしく行動しているつもりだが、ハリエットとの意見の相違で感情が激してくると、一般人と少しも変わらぬ状態に陥ってしまう。先日も、彼女との言い争いの途中、これ以上興奮すると危険だと思ったおれは、伝書鳩みたいな帰巣本能から、台所へ逃げこんで、気持を鎮めるために皿洗いを開始した。居合わせた執事その他の召使が、可哀そうな男と思ったものか、黙って見ていてくれたのだ。

ピーター・ウィムジイ卿は睡眠不足とシャンパンの酔いにもかかわらず、奇妙なことにかえって頭が冴えて、一九二六年物のシャンパンが巡査の意識におよぼす影響いかにと、相手の反応を見守っていた。巡査は最初の一杯で人生哲学を披瀝《ひれき》し、二杯目であたしはアルフレッド・

バートですと姓名を名乗ったうえで、署の上官である巡査部長への不平をほのめかし、そして三杯目にいたって、ピーターの予想どおり、その夜の奇怪な出来事の顚末を語りだした。

「さっきあんたが、あたしをこの地区に移ってきたばかりだろうと指摘なさったが、まったく図星で、この週の初めから巡回しはじめたところなんです。ですから、このお邸にかぎらず、ほとんどの居住者の方の名前が、まだ頭に入っておらんのです。ジェサップでしたら、知らぬ名前はありませんし、ピンカーにしたところで――もっとも、ピンカーは最近、ほかの署へ転勤がきまりました。ご存知でしょう、あのピンカーを。あたしの二倍はある大男で、赤色の口髭を生やしていて……ええ、ご存知のはずですよ。

　そんなわけで、現在のあたしは職場の知識を仕入れておる段階で、完全に手に入れるところまではいっていません。だから、間違いがないとまではいいきりませんが、あれを見たのはぜったい確かで、あのときのあたしが酔っぱらっていたなんて、とんでもない言い掛かりでさ。もっとも、番地のほうは読みちがえたかも知れません。間違いは誰にもあることですからね。それにしても、十三はとくべつ記憶に残りやすい数字で、それを見誤るとは、ちょっと考えられんことです。あんたの鼻みたいに、はっきりしてるんでね」

「鼻の話はよそうじゃないか」ピーターがいった。たしかに卿の中央に、見落とすには偉大すぎる鼻がそびえていた。

「メリマンズ・エンドって横丁をご存知ですか?」

「知ってるような気がするな。サウス・オードリー・ストリートの裏手で、袋小路になっているところじゃないか。片側だけに家並があって、反対側は高い板塀がつづいていたと思うが」

「そのとおりで。片側に、間口の狭い、ひょろ高い家が並んで、どこのポーチも奥行きが深くて、玄関前の柱の格好がまったく同じで、見分けがまったくつかんのですよ」

「そうだったな。ウェストミンスター地区のピムリコ通りのいちばんけばけばしい場所が移ってきたような感じのはずだ。片側町だから助かるが、向かい側の板塀のところにも俗悪な建物が並んだら、辟易すべき通りになるよ。ところで、ぼくのこの家はまじり気なしの十八世紀建築だが、きみの第一印象を聞かせてもらいたいな」

バート巡査は広いホールを見まわした――アダム様式の暖炉、優雅な刳形《くりかた》のある鏡板、幅の広い堂々とした階段、上部がペジメント形になっている戸口、同じく上部を円形にして、そこからの光線がホールと階上の回廊を明るくしている丈高い窓。バート巡査は賞め言葉を探していたが、やっと彼なりの文句をひねり出して、

「お偉方のお住居《すまい》ですね」といった。「これだけ広けりゃ、ほんとに伸び伸びできますよ。そのかわり、行儀よくしていなけりゃならんので」と首をふってみせ、「住み心地のほうはどうですかな。ワイシャツ一枚の格好で、燻製ニシンをかじっているわけにもいかんでしょう。つまりは上流社会のひとだけが住めるお邸でさ。ところで、前には思ってもみなかったが、お邸を拝見して判りました。メリマンズ・エンドの通りの印象が悪い理由がね。どの家も体裁をつくろっているが、なんにしても狭苦しい。あたしは今夜、ほとんどの家のなかに入ってみたが、一軒残らず、鼻がつかえるみたいに窮屈な感じでしたよ……おっと、しまった！　あたしの話

は、建築のことじゃなくて、今夜出遭った奇妙な事件でしたね。

ちょうど夜中の十二時でした。あたしはいつもの巡回コースをとって、メリマンズ・エンドの横丁へ入っていきました。突き当たりちかくまで進むと、片側の板塀のところで、こそこそ動いておる男を見つけたんです。あの板塀には木戸がいくつかあって、なかは庭か何かになっているのだが、その男、木戸のひとつから出てきたところと見ました。だぶだぶの古外套を着た柄《がら》の悪い男で、テムズの河岸をうろつく浮浪者みたいでした。もともとあの横丁には街灯が少なくて、しかも今夜は月がないんで、懐中電灯の光を浴びせても、古帽子を目深にかぶり、大きな衿巻きをしてるのが判っただけで、顔はよく見えないんです。ですがあたしは、こいつ、何か悪い事をたくらんでおるなと思って、おい、そんなところで何をしとる？　と声をかけたんですが、そのとたんに、なんともいいようのない無気味な叫びがひびきました。反対側の家並の一軒からなんです。助けて！　人殺し！　助けて！　と、ただそれだけですが、まさに地獄からの叫び声で、あたしの背骨は髄まで凍りつきました」

「男の声か、女のか？」

「男でしょうな。猛獣が吠えたみたいで、女だったら、あんな大きな声は出せませんよ。あたしはいいました。なんだ、あれは？　何が起きたんだ？　どの家だ？　とね。すると板塀の男が、何もいわずに一軒の家を指さしたので、あたしはその男と一緒に走りだしました。目指す家のなかでは、誰かが頸を絞められているみたいで、ドアにどすんとぶつかる音が大きくひびきました」

「ほ、ほう」

「あたしは叫んで、ベルを押し、なおもまた、おい、どうかしたのか？　と叫んで、ドアを叩いたが、返事がないんです。そこで、もう一度ベルを鳴らして、ドアを叩きつづけているうちに、一緒の男が郵便受けの垂れ蓋を押しあげて、家のなかを覗きました」

「屋内は電灯がともっていたのか？」

「いいえ、なかはまっ暗で、ドアの上に門灯がついているだけでした。だけど、その明るさはかなりのもので、あたしは番地札を見上げて、まちがいなく十三番地と読みました。そのあいだ、例の男は郵便受けから家のなかを覗いていましたが、急に、あっと息を呑んで、一歩あとへ退《さ》がるんです。どうしたんだ？——あたしはいいました——何かあったのか？　おれにも見せろ！　そしてあたしも、垂れ蓋に目を押しつけんばかりにして、覗いてみたんです」

　バート巡査は口を休めて、太い息を吐いた。ピーターは二本目の壜の栓を抜いた。

「信じてもらえても、もらえなくても、あのときのあたしは、いまとまったく同じのしらふでした。だからこそ、家のなかの様子を、壁に書かれた文字みたいに、はっきりと見てとれたんです。むろん、郵便受けの口から覗くんですから、見える範囲は限られています。だけど、横目を使うみたいにして、なんとかホールの内部を見てとったので、判ったかぎりのことをお聞かせしますから、そのひとつひとつを頭に入れておいてください。それがみんな、あとの出来事に関係していますんでね」

　と、バート巡査はポル・ロジェのグラスを口にして、舌をうるおしてから、話の先をつづけた。

「目の前にホールの床が、チェス盤みたいな白と黒との格子縞で、ずっと奥まで拡がっていて、ちょうど中ごろの左手に、赤い絨毯を敷いた階段が見えて、この階段の下には、青いのと黄色いのとの花を盛った大きな花瓶を捧げた女の裸身像が据えてありました。階段のすぐわきのドアが開いたままなので、その向こうの部屋が見透しで、そこは電灯が明るく輝いているのです。ただし、あたしのところからでは、食卓の端が見えるだけですが、銀やガラスの食器類がたくさん載っていました。そのドアと玄関のあいだに、大型の飾り戸棚がおいてあって、黒光りのする扉に金色の絵模様を描いたところが、博覧会か何かの陳列品を思わせました。ホールの裏手は、右側が温室になっているみたいで、内部までは見透せませんが、やはり電灯が明るく輝いているのです。左側は客間で、これは小ぢんまりしたものですが、淡青色の壁紙を貼って、額縁入りの絵がかかっています。絵といえば、ホールにも飾ってあります。そして右手のテーブルにおいた真鍮《しんちゅう》の鉢は、来客の名刺受けと見ました。以上があたしの見てとったところですが、実際にこの目で見たんじゃなければ、こんなにはっきり説明できないのが判ってもらえると思います」

「世間には、見たこともないくせに、実際にそれがあったように語って聞かす連中もいないわけでないが、描写してみせる対象の種類がちがうな。ネズミ、猫、蛇、ときには女の裸体といったもので、黒漆塗りの飾り戸棚やホールのテーブルの叙述を聞くのは、これが初めてだ」

「そうでしょうな」とバート巡査はうなずいて、「ここまでの話は信じてもらえたと思いますが、問題はそれから先でして、そのホールに男の死体が横たわっていたんです。ええ、そうですとも。死んでいたのはまちがいありません。大きな男で、髭をきれいに剃り、タキシード姿のまま、喉もとを突き刺されているんです。凶器は柄が見えるだけですが、食卓用の肉切りナイフのようで、傷口から流れ出る血が、床の格子縞をまっ赤に染めていました」

そして巡査はピーターの顔を見上げ、ハンカチで額をひと拭いすると、四杯目のグラスを飲みほして、話をつづけた。

「男の頭がテーブルのそばにありましたから、足をドアのほうへ向けていたはずですが、こっちは郵便受けから覗いているんで、受けカゴ《ワイヤ・ケージ》のなかの郵便物が邪魔になって、玄関に入ったあたりの床は見てとれません。だけど、そのほかの部分、つまり、正面から左右の壁にかけてのところは、せいぜい一分かそこら見ただけですが、頭に焼きついたみたいに、忘れようにも忘れっこないのです。ところが、その直後に、まるで誰かが元のスイッチを切ったみたいに、家じゅうの電灯が消えてしまったんです。あたしは、おや、怪しいぞと、あたりを見まわしました。すると、またも驚いたことに、そこにいたはずの衿巻きの男が、いつのまにか姿を消しているんです！」

「素早いやつだな」ピーターがいった。

「逃げられたと知って、あわてたばかりに、大きなミスをおかしてしまいました。肝心の殺人現場をおっぽらかして、まだ遠くへは行くまいと、男のあとを追ったのです。ところが、表通りへ出てみても、あいつの姿は見当たりません。いや、それどころか、人かげはぜんぜんなく、どこの家も灯を消して寝しずまって、よその事件に、夜中に起き出すような物好きじゃない、といってるみたいなんです。さっきの家で、あんなに激しくドアを叩き、大きな声で開けろと叫んだのに、近所隣りで、顔を出した者が一人もいなかったのも当然です。聞こえなかったわけではありますまい。かりに、階下の窓をあけたまま、暖炉の火をまだ消さずにいる家の前で、死人を生き返らすくらいの大声でわめいたにしても、熟睡してるのは目をさまさんし、目をさましたのがいても、煩《うるさ》いやつらだ。なんの騒ぎか知らないが、わが家に関係のあることじゃあるまいと、口小言をいうのがせいぜいで、いっそう深く毛布に首を突っこんでしまうだけでしような」

「それがロンドンというものさ」ピーターがいった。

「まったくですな。だけど、田舎はちがいますよ。ピンを一本拾っても、どこで手に入れたと訊かれます。ところがロンドン市民は、他人のことにはいっさい関心を持とうとしない……あのときのあたしは、どうしたものかと思案の末、呼び子を吹き鳴らしました。これはみんなの耳に届いたとみえて、あの道路の全部の家の窓が開きました。これもまた、ロンドンですね」

ピーターはうなずいて、「ロンドン市民は、最後の審判の日のラッパが鳴っても、平気で眠っているよ。人生行路に行き悩んでいる男も、晩年の人生に愚痴をこぼしていた老いぼれも、おれは有徳の士だ。最後の審判怖るるに足らぬとうそぶいている。しかし、神のほうもさるもので、人間どもの不遜《ふそん》な態度に驚きもせず、大天使に命令するはずだ。天使ミカエルよ、ラッパを吹け。高らかに吹き鳴らせ。警察官の警笛の音を聞けば、東の死者も西の死者もいっせいに甦らん、とだ」

「まったくで。あたしが呼び子を吹くと、そのとおりのことが起きたんです。まず、ウィザーズが――この男は隣りの地区が担当の巡査ですが――オードリー広場へ駆けつけてくれました。彼とあたしは、場所と時間はいろいろですが、毎晩かならず落ちあって、打ち合わせをすることにしているんで、今夜は十二時にあの広場でと決めてあったんです。だから、すぐにやってきてくれたんですが、そのときはもう、付近の家の窓が残らず開いて、なんだ？　どうしたのだ？　と吠えたてているんです。こいつはいけない、あたしはそう考えました。この連中がみんなして道路にとび出してきたら、犯人が人混みにまぎれてずらかってしまう怖れがあるんです。そこであたしが、なあに、大したことじゃない。向こうの家で、ちょっとした事故があっただけでさ、と答えていると、ウィザーズが顔を見せてくれたんで、正直なところ、ほっとしました。そして彼を表通りの中央まで連れ出して、耳もとでいいました。メリマンズ・エンドの十三番地の家のホールに、男が倒れている。どうやら殺されたらしいとね。するとウィザーズは、いきなりいうんです。なに、十三番地？　そいつはおかしい。見まちがいだぞ。メリマンズ・エンドに十三番地はない。あの横丁は偶数番地ばかりなんだ、とです。いわれてみればそのとおりで、あの横丁の片側は建築中で、角地を占める大きな邸が一番地なのを除けば、奇数番地の家は一軒もないんです。

　ウィザーズの指摘に、あたしはちょっとしたショックを受けました。だけど、番地を覚えていないからといって、責められては迷惑なんで、さっきもいったように、この地区を受け持ったのは、今週に入ってからなんです。だけど、明かりとりの窓からの光で見た番地札はたしかに13としてあって、読みちがえなど考えられんことです。18のわけはありません。あの横丁の番地は十六までしかないからです。16でもありません。十六番地ならいちばん奥で、問題の家は二軒の家にはさまれていたのが確かなんです。そこで残るのは14か12か10になります。そこであたしたち二人は、現場へ急行しました。

十二番地の家の調査は簡単にすみました。ベルを鳴らすが早いか、元気そうな老紳士が部屋着姿で出てきて、事件が起きたようだが、わしが何かの役に立つようなら、遠慮なくいうがいいと、進んで協力を申し出てくれたんです。そこでこちらは、夜分の訪問の詫《わ》びをいって、この横丁のどこかの家から、事件らしい物音が聞こえてこなかったかと質問しました。問題の家がこの十二番地でないのは、老紳士がベルに応えて玄関のドアをあけたとき、ちらっと見えたなかの様子で、判っていたのです。小さなホールは磨きあげた木の床で、壁はただの板羽目、きちんとしていますけど、調度品は少なくて、黒漆塗りの飾り戸棚も裸の女人像もありはしません。老紳士はこちらの質問に、こんなことを答えたんです——少し前だったが、うちの息子が、誰かがわめいてドアを乱打してるというので、二人して窓から首を突き出してみたが、何も異状は見られなかった。たぶん、十四番地の家のあるじが——これはいつものことなんだが——玄関の鍵を持たずに外出して、家の者を起こしていたんだろうよ、とです。あたしたちは老紳士に礼をいって、さっそく十四番地の家を訪問してみました。

その家に入れてもらうには、ちょっと骨を折りました。あるじは軍人あがりの癇癪持ちの男に見えたが、あとで聞いたところだと、退職前はインド駐在の官吏だったそうです。実際、インド人みたいに色が黒くて、太いだみ声でしゃべり、召使は本物のインド人でした。退職官吏はいきなり怒鳴りつけました。こんな夜中に、善良な市民の眠りを妨げるとはけしからん。どうせまた十二番地の倅《せがれ》が酔っぱらって帰ってきたんだろうと、えらい剣幕なんです。そこでウィザーズが、ひと言ふた言口答えをすると、こんどは本気になって怒りだしました。そこへインド人の召使が顔を出して、あたしたちを屋内へ招じ入れてくれたんですが、またしてもあたしたちは、詫びの言葉を繰り返さねばなりませんでした。だけど、それでホールの模様を見てとることができて、例の家のとは似ても似つかぬものなのを知りました。たとえば、階段にしてからが、反対側にあります。その下に彫像をおいてあるのは同じですが、こちらは頭と腕がいくつもくっついたインドの偶像なんで、その奇妙な格好は、お話ししませんでもご存知だと思います。それから、床の模様が白と黒の格子縞なのは同じでも、こちらはリノリューム張りなので、それだけ見ても別の家なのが明瞭でした。召使のインド人は薄気味わるいくらい丁寧な口調で、自分の寝部屋は二階の裏手にあるので、主人から呼鈴で起こされるまで、何も知らずに寝込んでいたと語るのです。主人の退職官吏も階段の降り口まで出てきて、外の道路に向かって、煩いぞ、黙らんか！　十二番地のどら息子だな。例によって、酔っぱらって帰ってきたんだろう。いいかげんに止めないと、きさまの親父を訴えてやるぞ、と叫んだそうです。そこで召使に、きみはその目で何か見たのかと訊いたところ、何も見なかったとの返事でした。そあたしたちはポーチで話しあっていたんですが、両側に色つきガラスが嵌めてあるんで、近所の家からは、その尋問の様子は見えなかったはずです」

ピーター・ウィムジイ卿は、しゃべりつづけるバート巡査の顔と、酒壜に残った量を見くらべて、相手の酔いの程度を推し測っていたが、慎重な手つきで、さらに二つのグラスにシャンパンを満たした。

バート巡査はそれで喉をうるおしてから、またしゃべりだした。「召使への尋問のあいだ、ウィザーズはあたしの顔を、咎め立てでもするみたいにみつめていたんですが、口に出しては何もいいませんでした。それから次に、十番地の家を調査しました。そこに住んでいるのはオールド・ミスが二人で、ホールには小鳥の剝製《はくせい》をたくさん並べ、花屋のカタログみたいな壁紙が貼ってあるんです。オールド・ミスの一人の寝室は道路にちかい正面にあるんですが、この女はまったく耳が聞こえなかったし、耳が満足のほうは奥の部屋に寝ていたんで何も聞かなかったといいます。次に二人の女中に訊いてみると、料理女のほうが、たしかに聞いた。助けて！という叫びで、また十二番地の家からだなと、頭から毛布をひっかぶって、祈りの文句を唱えていたというんです。だが、小間使は気丈な娘とみえて、窓から覗いてみても何も見えなかったが、これは事件にちがいないと、風邪をひかないように部屋へひっ返して、スリッパをつっかけ、もう一度道路ぎわの窓に戻って覗いてみると、ちょうど一人の男が駆けていくところだったそうです。猛烈なスピードで走っていながら、オーバーシューズをはいていたものか、足音がぜんぜんしないで、衿巻きの端がうしろに靡《なび》いている。表通りに出ると、右手へ走り去り、そのあとをあたしが追っかけていくのを、はっきり見たと答えました。ただ、残念なことに、目が例の男に注がれていたんで、あたしがどの家のポーチからとび出してきたのかは、気がつかなかったといいます。だけどこの答弁が、あたしの話がでっちあげでないのを、男の衿巻きを見たことで証明してくれたわけです。彼女はあの家に勤めだしたばかりで、まだ近所の者の顔を見知っていないんです。だから、最初に走っていった男が誰だか判らなかったのも無理はありません。そんなところで、二人の女中の尋問は打ち切りました。小間使のほうは、衿巻きの男についての有力な証人ですが、あの男そのものが人殺しの犯人ではありえないからです。なぜかって、人殺しって叫び声があがったときは、あたしと一緒に道路に立っていたんです。たぶん、ほかの何かでうしろ暗いことがあり、事件の巻き添えで、それまで明るみに出たんじゃばからしいと、あたしが屋内に気をとられているのを幸いに、逃げ出す考えになったのでしょう」

バート巡査はひと息ついて、

「だいぶながながとしゃべりましたな。これ以上くどくどお話ししてもご迷惑と思いますんで、あとはかいつまんで申しあげます。要するにあたしとウィザーズは、あの横丁の全部の家を調べてまわったんです。二番地から十六番地まで、全部の家をですよ。だけど、どの家のホールも、あたしとあの男が郵便受けの口から覗いたのとは似ても似つかぬものだし、参考になるようなことを新しく聞かせてくれる者は一人もいないんです。ところで、この長い話も実際に行なわれた時間はほんの僅かなものです。最初に叫び声が聞こえて、それが数秒間とつづかんうちに、あたしと例の男は道路を横切って、ポーチの上に立っていたんです。あたしがベルを鳴らし、ドアを叩いているあいだに、あの男が郵便受けから覗いて、あたしも同じことをしたんですが、これがせいぜい十五秒かそこらのこと。そしてあの男が逃げ出し、あたしがあとを追い、姿を見失って、呼び子を吹く。これも一分か一分半のことで、それ以上の時間は経っておらんのです。

それから、メリマンズ・エンドの家並を一軒残らず調査して歩いたあげく、キツネにつままれたみたいな気持になりました。ウィザーズはあたし以上に怪訝《けげん》そうな顔で、こんなことをいいだしました。おい、バート。これはきみの冗談だろう。冗談にしては、悪質すぎるぞ。そんな気持なら、いっそ巡査をやめて、ホウバン劇場の舞台に立ったらどうなんだ、とですよ。そこであたしは厳粛な口調で、この目で見たことをもう一度繰り返したうえで、衿巻きの男をつかまえたら、やっぱり同じことを証言するはずだ。それにまた、悪いいたずらでこんな真似をしたら、馘になる怖れがある。それを承知でやってのけるほど、おれは酔狂な男じゃないぞ、といってやりました。するとウィザーズのやつ、だからこそ判らんのだ、といいだしました。それから彼とのあいだに、こんなやりとりがつづいたんです。『きみが冗談に人騒がせをする男じゃないのを知っている。そうだとすると、見たのは幻覚としか考えられん』『幻覚だと？ばかなことをいうな！　おれはこの目で、頸にナイフが突き刺さった死体が横たわってるのをたしかに見た。物凄い光景だった。床じゅう血だらけで――』『なあに、本当に死んではいなかったんだ。みんなして、どこかへ運び去ったのさ』『なるほど。そのあとホールをきれいに掃除したってわけか』そこでウィザーズが、やわらかい口調ではあるが、こんなことをいうんです。『家のなかの様子を、その目でしっかり見たのか？　女の裸か何かが目に入って、空想が走りすぎたあげく、ありもしないものを見たような気になったんじゃないのか』とんでもないことです。あたしはいってやりました。『何をいうか！　この横丁で、何かけしからん悪事が行なわれていたにちがいない。こうなったら、とことんまで真相を突きとめてやる。ロンドンじゅうを歩きまわっても、あの衿巻きの男を探し出して、泥を吐かさぬことには気がすまん』『そうだろうな』とウィザーズは顔をしかめて、『その男に姿を晦《くら》まされたばかりに、おれまでが無駄骨を折らされた』そこであたしはいったのです。『だけど、あの男がおれの空想の産物でないのが判ってもらえたろうな。十番地の家の小間使が、たしかに見たと証言してくれたんだから。いや、実際、あの娘のおかげで助かったよ。あの証言がなかったら、おれはコウニー・ハッチ（著名な精神科病院）行きだと極めつけられるところだった』『そうだとも。当然、その運命だった。ところで、これからどうする？　署へ電話して、指示を仰いだほうがよくないか』

　あたしはウィザーズの意見どおりに、署に電話連絡をしました。巡査部長のジョーンズがとんできて、あたしら二人の報告を注意ぶかく聞いていましたが、そのあとゆっくりした足どりで、メリマンズ・エンドの通りを端から端まで歩いていきました。そして戻ってくると、『おい、バート。いまの話を——とくにホールの様子を、できるだけ詳しく繰り返してみろ』というんです。あたしはもう一度、つまりはあんたにお聞かせしたのと同じことを、繰り返してしゃべりました。すると部長は、いきなり怒鳴りつけるんです。『なんだと？　おまえ、それを本当に見たのか？　左手に階段があって、そのすぐわきが食堂で、銀やガラスの食器を載せたテーブルが見えていた。ホールの右側は客間で、絵画が飾ってあったというんだな?』あたしが答えて、『そうなんです、部長。たしかにそれを見たんです』というと、ウィザーズのやつ、おお! とかなんとか、おかしな声を出しました。顔には、おれにはちゃんと判っていた、といわぬばかりの表情が浮かんでいるんです。部長はつづけて、『おい、バート、しっかりしてくれよ。もう一度、この横丁を歩いてこい。どの家だって、玄関扉が正面のまん中でなく、どっちかに寄せて付けてあるのに気がつかなかったのか。つまり、正面ホールの両側に部屋のある家は一軒もないんだぞ』と叱りつけました」

ピーター・ウィムジイ卿は巡査のグラスに、壜に残った酒を全部注いでやった。

「いわれてみればそのとおりで、そんなことに気がつかなんだとは! と、あたしはショックで、呆然としていました。ウィザーズは気づいていたにちがいありません。だからこそ繰り返して、酔っているんじゃないか、頭がどうかしたんだろうと、いいつづけていたんです。だけど、それをこの目で見たことにはまちがいないんで、ですけど、部長さん、どこかに二軒を繋ぎ合わせた家があって、といいかけましたが、考えてみれば無意味な主張です。犯罪小説にあるみたいな隠しドアがあればともかく、さっき自分で、一軒残らず調べてまわったんで、そんな様子の家のないことが判っています。それでもあたしが、どっちにしろ、叫び声があがったのは確かで、何人かが聞いているんです。と頑張ると、部長も諦めて、そうまでいうのなら、もう一度おまえにチャンスを与えてやろうと、先に立って、戸別の調査を再開しました。面倒そうな十四番地はあとまわしにして、十二番地の家のドアを叩くと、こんど出てきたのは息子のほうでしたが、これも父親同様いちおうの紳士で、愛想よく応対してくれました。助けて！という叫びをたしかに聞きました。うちの父もやはり聞いていますよと答えてから、付け加えて、叫び声の出所はたぶん十四番地でしょう。あの家のあるじは気むずかしい変人なんで、可哀そうな召使を折檻《せっかん》したところで、べつに不思議じゃないのです。植民地で暮らしていたイギリス人はみんなあんなもので、それがわが大英帝国の前進基地の現状でもあるのですね。原住民に無慈悲で、すぐに殴りつける。カレー料理の食べすぎで、肝臓をやられていることもあるんでしょう。息子の話はそんなところでした。それから十四番地へまわりましたが、調査がさっぱり進展しないんで、部長はとうとう癇癪をおこして、バート、やっぱりおまえは酔っぱらっておったんだ。今夜はまっすぐ家へ帰って寝ろ。酔いがさめて署へ出てきたら、もう一度、話を聞いてやる。そのときは、筋のとおった説明をするんだぞと、たいへんな腹立ちなんです。あとはあたしが何をいおうと、耳も貸さずに引き揚げてしまうし、ウィザーズも担当の地区に戻って行きました。あたしはしばらく、そのあたりを行ったり来たりしていて、ジェサップが交替にきたので、家へ戻る途中、あんたに呼びとめられたわけなんです。

だけど、誓っていいますけど、あたしは酔っちゃいませんよ。いや、いまじゃなくて、あの事件のときはですよ。それにしても、シャンパンって、口あたりのわりには強い酒ですな。いまはすっかり酔いがまわりました。だけど、くどいようだが、あのときは酔ってなんかいませんよ。あたしは幽霊に出っくわしたんでさ。そうとしか考えられん。幽霊の仕業なんだ。ずっと昔のことかも知れないが、あの横丁のどこかの家で、人が殺された。その怨みが残っていて、今夜、あたしの前にあらわれたんでしょう。番地札も幽霊がとり替えたんだ。よく聞く話ですよ。殺された日がめぐってくると、現場は当時の状態に戻る。だけど、見せられたこっちは迷惑で、あたしの勤務表にマイナス点がつきました。いくら幽霊だって、罪のない人間に迷惑をかけるのは、けしからんことじゃないですか」

巡査の長話の終わった頃には、柱時計の針が五時十五分前を指していた。ピーター・ウィムジイ卿はこの話し相手をやさしい目で眺めていた。いつか同情と好意をおぼえだしていたのだ。酒の酔いも、どちらかといえば、彼のほうが激しかった。午後のお茶も摂らず、夕食に食欲を感じなかったからである。しかし、シャンパンで叡智をくもらされるわけでなく、興奮の度がいくらか増し、眠気が遠のいただけだった。彼はいった。

「郵便受けから覗いて、天井の一部とか、電灯とかが見えたのか?」

「いいえ、垂れ蓋が邪魔していましたからね。見えたのは、ホールのまっすぐ奥までと、右側と左側だけでした。上方はもちろん、床も手前のほうは見えなかったんです」

「その家を外から眺めたとき、明かりとりの窓からの光のほかは、灯火が少しも洩れていなかったといったね。それでいて、郵便受けの垂れ蓋を押しあげて、屋内を覗いたら、右側と左側と奥とのどの部屋も電灯が輝いていたのか?」

「そうなんです」

「で、あの横丁に建ち並ぶ家はみんな、勝手口がついているのか?」

「ええ。メリマンズ・エンドの横丁を出てきて、右へ曲がると、ちょっとした空地があって、そこからあの家並の裏手に通じる路地がつづいているんです」

「ほう！　きみの記憶力は素晴らしいものがあるな。もっとも、いまのは目で見たものだが、ほかの方面にもそれだけの記憶力があれば、この問題の解決も容易なんだが——たとえば、きみが調べて歩いた家のうちに、特殊なにおいのしていたのはなかったか？　とくに、十番地、十二番地、十四番地の三軒のうちでだ」

「においですか？」バート巡査は目を閉じて、記憶を呼びおこしていたが、「ありましたよ！」と叫んだ。「十番地でさ。二人のオールド・ミスが住んでいる家。あそこで、なんといったらいいか、ずいぶん古めかしい感じだけど、とてもいい匂いを嗅ぎました。名前を訊かれると困るんで、ラヴェンダーじゃなし……とにかく女たちがバラの葉や何かに混ぜて、壺のなかに入れておくもの……そうだ！　思い出しました。香壺《ポプリ》というやつ。あの匂いがしてたんです。それから十二番地——これはにおいがゼロでした。掃除が行き届いているせいですな。会って話を聞いたのは、親父と倅の二人ですが、よほどきれい好きな召使を雇っているんだなと思った記憶があるんです。床も壁板も、顔が映るくらいに磨きあげてありました。蜜蠟とテレピン油、それに努力で、材料ばかり揃えたって、毎日せっせと磨かぬことには、あんなにぴかぴか光りませんよ。清潔だといわれる家は、においのしないところに、清潔な感じがするものです。ところが、十四番地は大ちがい、鼻持ちならぬ臭いでした。インド人が偶像の前で焚《た》く香とかいうやつ——いやな臭いですな。だいたいあたしはあの臭いが大きらいなんでさ」

「その記憶はとても参考になったよ」ピーターはいって、指の先を重ねあわせ、最後の質問をした。「きみは国立美術館に入ったことがあるかね?」

「いいえ、ありませんね」バート巡査は意外な質問に驚いていった。「あんなところへ、なぜ入らなけりゃならんのです?」

「それもまた、ロンドンだな」ピーターがいった。「全世界でもっとも偉大なあの施設を、全世界の誰よりも利用しないのが、このロンドンに住むイギリス人なんだ。ところで、あの横丁のしたたか者の巣に入り込むには、どんな方法をとったものかな。訪問にはまだ時間が早すぎる。だが、打つ手はみな、朝食前に打っておかねばなるまい。早ければ早いほうがいい。きみが巡査部長に会う前に解決しておくに越したことはないのだ。さて、どんな手を用いたものか。そうだ——あの手にしよう。あの方法が効果的だ。変装だよ。時代劇《コスチユーム・プレイ》はぼくの領域じゃないが、どうせ今夜のぼくは、子供が生まれたばかりに、いつものルートから外れている。ひとつ外れるも二つ外れるも同じことだ。少し待っていてくれ。ひと風呂浴びて、着替えてくる。それでも時間が余るが、六時前の訪問は礼儀にかなわんだろう」

バスにはいれば、爽快な気分をとり戻せると考えたのは、とんでもない誤りで、熱い湯に軀《からだ》を浸したとたんに、思いもよらぬけだるさが全身にひろがってきた。シャンパンの酔いもその快さを失った。軀をひきずるようにして浴槽を出て、冷たいシャワーを浴びて、初めて元気づいた。衣裳選びにちょっと骨が折れた。グレーのフラノのズボンはすぐに見つかったが、まずいことに、折り目がきちんとついていて、彼の演じる役にはふさわしくなかった。しかし、そこまでは気がつくまいと、それで間に合わせることにした。問題はワイシャツだった。世間で評判になるほどの数量を揃えているのだが、どれもみな上品なものばかりで、この仕事にふさわしい、けばけばしくて安っぽい感じの品は一つもなかった。少しのあいだ、純白のスポーツ用開衿シャツを眺めて思案していたが、けっきょくブルーの割り合い派手なのに決めた。これは試験的に買ってみたのだが、失敗と知って、手を通さずにおいたのだ。ネクタイは真赤なのが適当だが、持ち合わせがなかった。考慮の末、妻のハリエットの所持品のうちに、オレンジ色を基調にした、かなり幅広のリバティ・タイがあるのを思い出した。あれならちょうどいいのだが、見つかるだろうか。彼女にはよく似合った。ただし、男の彼だと、眉をひそめたくなるはずだが、かえってそれがいいのだ。ピーターは隣室を探してみたが、案に相違して見当たらなかった。そのうちに奇妙な気持が襲ってきた。彼がこうして細君用の引き出しをかきまわし、そのあいだ彼女は二名の看護婦とともにこの家の最上階に隔離されて、生まれたばかりの嬰児の将来を夢見ながら眠っている……

化粧テーブルの前の椅子に腰かけて、鏡に顔を映してみると、一晩で人相が変わったような印象を受けたが、実際のところは、その日いちにち髭を剃らずにいたのと、酒の酔いが少し残っているだけだった。そのどちらも、これからの仕事には役立つのだが、愛児の父親にふさわしいものとはいえなかった。化粧テーブルの引き出しを残らずあけてみると、白粉《おしろい》とハンカチ用の匂い袋の嗅ぎ慣れた匂いが漂ってきた。つづいて、作りつけの大型衣裳ダンスを開くと、ここにはドレス、スーツ、下着のたぐいが入れてあって、彼を感傷的な気持にさせた。そして最後に、手袋とストッキングを入れた盆を見出した。これだ、これだ。このあたりにあるはずだ。はたしてその奥にネクタイの盆があって、探しているリバティ・タイが、華やかなオレンジ色を見せていた。ピーターはそれを頸に巻いて、鏡に映ったボヘミアン・スタイルを満足げに眺めてから、妻の部屋を出た。引き出しをひき抜いたままにしておいたので、泥棒に荒らしまわられた跡を思わせた。それから自室に戻って、着古したツイードの上着をとり出した。これはスコットランドのマス釣り用に作らせたものなのだ。つぎに茶色のズック靴をはき、ズボンのベルトを締め、つばが柔らかくて目立たぬ色のソフト帽のリボンからいくつかの蚊針《かばり》を抜きとり、上着の袖のなかでワイシャツの袖をたくしあげると、身支度がととのった。しかし、そこでまた思い出して、もう一度、妻の部屋へ戻って、ウールのネッカチーフを選び出した。幅が広くて、緑がかったブルーの色合いのものである。扮装が完了して、階下のホールへ降りると、バート巡査は口をあけ、いびきをかいて、眠りこんでいた。

ピーターはがっかりした。お人好しの警官に同情したばかりに、愛児の生まれた夜を犠牲にしているのに、肝心の本人には恩に着るだけの心遣いが欠けているのだ。だが、この男を起こしてみたところで意味がない。ピーターは大欠伸をして、巡査のそばに腰を下ろした。

六時半に、熟睡中の二人を起こしたのは、従僕のウィリアムだった。彼はホールで、異様な扮装をした主人が、大柄な警察官と一緒に眠りこんでいるのを見て驚いたが、行儀作法を身につけているだけに、音を立てぬように気をつかって、シャンパンの壜とグラスの盆を片付けにかかった。だが、グラスが触れあったかすかな物音で、ピーターが目をさました。彼はいついかなるときでも、猫のようにめざとかった。

「ああ、ウィリアムか」彼はいった。「つい、眠ってしまった。寝すごしたかな。何時だ?」

「七時二十五分前です、だんなさま」

「だったら、間に合う」そしてピーターは、この従僕が最上階で寝ていたのを思い出して、「西部戦線に異状はないか?」と訊いてみた。ウィリアムは笑顔を見せて、「ぜんぜん異状ございません。お坊ちゃまは五時ごろ、ひとしきりお泣きになりましたが、経過はいたって順調だそうで、わたくし、看護婦のジェンキンの口から聞きました」

「看護婦のジェンキン? ああ、あの若いほうの看護婦か。ところで、ウィリアム。ぼくのおかしな格好を見て、誤解しないでくれよ。バートというこの巡査のことで、ちょっとした仕事にとりかかるのだ。さあ、彼の側腹を突いて起こしてくれ」

メリマンズ・エンドでは、早朝の活動が始まっていた。袋小路の横丁から、牛乳屋が鈴を鳴らして出てくるし、家々の二階の部屋に灯火がともり、カーテンをひきあける手が見えた。十番地の家の前では、小間使がステップの上を掃いていた。ピーターはバート巡査を横丁の入口に立ちどまらせて、

「最初はひとりで行く。警官と一緒じゃまずい」といった。「手招きしたら、すぐにきてくれ。ところで、十二番地の愛想のいい紳士の名前は? たぶんその男が、参考になることを聞かしてくれるだろう」

「オハロランさんです」

バート巡査は期待をこめた目でピーターをみつめていた。いまや彼は、行動はとっぴだが、親切なこと疑いないこの貴族に全幅の信頼をおいて、すべてを任せきっている。ピーターは、古ぼけたソフト帽のつばを目の上までひき下げ、両手をズボンのポケットに突っ込んだ小粋な格好で、横丁をゆっくり歩いていった。十二番地の家の前で足をとめて、窓を眺めた。階下の窓は全部開けてあって、家内の者が起き出しているのが明らかだった。ピーターはかまわずステップを登って、郵便受けの垂れ蓋を押しあげ、ちらっとなかを覗いてから、ベルを鳴らした。小ざっぱりしたブルーの服に白いキャップをかぶり、エプロンをつけた女中がドアを開けた。

「おはよう」ピーターは古ぼけた帽子をちょっと持ちあげて、「オハロラン君はおいでかね？」と、大陸なまりのひびく口調でいった。「おやじさんのほうじゃなくて、若いオハロランのほうだ」

「おいでです」女中は疑わしげな目で彼を見て答えた。「でも、まだお目覚めでありませんけど」

「ああ、そうか！」ピーターがいった。「訪問時間が少し早すぎたか。だけど、至急、会いたいんだ。おれ——家でちょっとごたごたを起こしてね。どうだね、彼を目覚めさせてもらえんだろうか。なにしろ、ながい途のりを歩いてきたもので……」と、同情をひくようにいった。

「まあ、そうでしたの？」女中はすっかりひきこまれて、「ほんとうですわね。ずいぶんお疲れになったようですわ」と、同情の言葉をいい添えた。

「なあに、大したことはない」ピーターはいった。「ただ、夕飯を食べそこねただけさ。だけど、オハロラン君に会えば、それでいいんだ」

「おはいりになってください」女中がいった。「すぐにお起こししてきますから」と、疲れきった様子の見知らぬ男を屋内に通して椅子にかけるように勧めてから、「どなたさまでしょうか？」と名前を訊いた。

「ペトロヴィンスキーだ」ピーター・ウィムジイ卿はぬけぬけといってのけた。卿のあらかじめ推察していたことだが、聞き慣れぬ名前も、一風変わった服装も、桁外れに朝早い訪問も、女中はべつに異常とは思わぬ様子で、彼ひとりを板張りの小さなホールに残して、二階へあがっていった。

独りになるとピーターは、椅子にかけた姿勢を崩さずに、家具らしいものの一つもないホールを見まわした。玄関のドアのすぐそばに、天井から垂れ下がった電灯が点っていて、郵便受けの内側には、どこの家でも見かけるように受けカゴが備えてあり、その底に茶色のハトロン紙をきちんと敷いてあった。家の裏手からベーコンを揚げるにおいが流れてくる。

やがて、階段に足音がひびいて、若い男が駆け降りてきた。部屋着姿で、大声にしゃべっていた。「ステファンじゃないのか、女中はウィスキーさんがおみえだといってたが？　また、マーファに逃げられたんだな。そうでなけりゃ、こんな朝早くに――おや、人違いか。あんたは、どなたなんです？」

「ウィムジイさ」ピーターは静かにいった。「ウィスキーではなくて、ウィムジイだ――例の警察官の友人でね。きみの遠近画法の見事さを賞讃したくて、ちょっと立ち寄った。二次元の平面に三次元の奥行きを見せる技術の冴え。きみの前では、グラースやランブレーはもちろんのこと、巧緻な技法で知られたサミュエル・ファン・ホーホストラーテンだって顔色なしだ」

若い男は賞められて、満足そうな顔を見せた。目をひょうきんに輝かし、耳を半獣神のようにぴくぴくさせていたが、ちょっと気がとがめるような笑い声を洩らして、

「ぼくの審美的殺人も、ついに露見したか。あまり上出来すぎると長持ちしない、というやつだな」といった。「それにしてもあの警察官たちが、もう少し十四番地の男を苦しめてくれると思っていたが――しかし、あんたはどんなことからこの問題に介入することになったのです?」

ピーターは答えて、「ぼくはどうやら、思い悩む巡査に助けを求められるタイプの男に見えるらしい。なぜだか、その理由は判らんがね。そして、ブルーの制服に身をかためて、図体だけは頑強なお人好しの巡査が、ボヘミアン風の見知らぬ男に誘われて、郵便受けから屋内を覗いたと語るのを聞くうちに、当然のことながら、国立美術館の一室を思い出した。ぼくもそこで、小さな暗箱の内部を穴から覗いて、オランダ画家の優れた技術に感心させられたことが幾度かある。箱のなかの平面に屋内の光景が描いてあって、実物を見るような錯覚に襲われた。きみの場合も、あれに劣らず鮮やかだったようだが、それだけにかえって、光栄ある沈黙を維持するのが困難だ。いずれはきみ自身の舌がうずうずしだして、アイルランド訛りで自慢しないではいられなくなる。むろん召使たちには気づかれぬようにしてあるだろうが」

「話してくれませんか」オハロラン君はテーブルの上に斜めに腰かけて、「この地区の居住者全員の職業を知っておられるわけでもないでしょうに、ぼくの仕業とどうして判りました？」

ぼくは自分の絵に、本名で署名したことはないんですが」

「あの巡査は、シャーロック・ホームズ物語のワトスン博士と同様に、自分ではそれと知らずに、観察したところを通じて、真相を語ったのだ。この家の者の仕業と知ったのは、テレピン油の臭いがしていたこと――巡査が最初に訪問したとき、舞台装置がまだ、ホールのどこかにおいたままになっていたのだと思う」

「ひとまとめにして、階段の下に突っ込んであったのです」画家が答えた。「そのあとでアトリエへ移しましたがね。後片付けは父の役でしたが、警察の増援隊が到着する前に、道具をとりあえず目につかぬ片隅に押しこんで、玄関扉の上の番地札――ナンバー13としたやつですよ――をとり除くのがやっとのことで、ぼくがいま腰かけてるこのテーブルを元の位置に戻す時間もなかったんです。だから、あのとき巡査が、食堂を覗いてみる手間を惜しまなかったら、万事発見されてしまったでしょう。もっとも、父は素晴らしい運動神経の持ち主だけあって、いちおうはそつのない手際を見せてくれました。それに、沈着に処理してくれた精神力には、いまさらながら感心させられました。巡査を現場から遠ざけるために、ぼくが家々のまわりをぐるぐる駆けまわっているあいだ、城砦をしっかり固めていてくれましたしね。真相はお聞きのとおり簡単なことです。ただ、うちの父はアイルランド人なもので、権威に反抗するのが好きな性分から、警察官と見るとからかいたくなるのが欠点でしてね」

「一度、お会いしてみたいな。ところで、いまだにぼくに理解できないのは、こんなに手のこんだいたずらをした理由だ。まさか、警察官の注意をひきつけておいて、そのあいだに夜盗を企んでいたわけでもあるまいが」

「とんでもない。そんな大それたことは考えもしませんよ」若い男の声に、後悔のひびきが聞きとれた。「あの巡査は予定された犠牲者ではないんです。たまたま舞台稽古に登場しただけですが、あんまり具合よくいったので、こちらが調子に乗りすぎたんです。われわれの意図はまったく芸術上のものでして、それをこれからお話ししますが、ぼくの伯父に、王立美術院の会員リュシアス・プレストン卿がおります」

「ああ、そうだったのか！」ピーターがいった。「それで様子が判りかけた」

オハロラン君はつづけて、「ぼくの画風は、当然新しいスタイルです。伯父はそれが気に入らなくて、ことあるごとに、おまえの絵は基礎ができておらん。アカデミックな勉強が不足しておると、小言の連続なんです。そこで思いついて、反撃作戦に出ることにしました。明夜の晩餐に伯父を招いて、その席上で、昔、この横丁にあった十三番地の家の怪異談を語って聞かせます。いまでもときどき幽霊が出現して、異様な物音を立てるのだとですよ。そして伯父をひきとめておいて、真夜中ちかくなった頃、口実をもうけて、伯父を表通りまで誘《おび》き出す。すると突然、この横丁に叫び声があがるんです。ぼくと伯父はいそいで家へ駆け戻り、伯父が郵便受けから覗きこむと――」

「判ったよ」ピーターがいった。「リュシアス卿にショックを与えて、きみのアカデミックな技術の精密さを認めさせる狙いなんだな」

「うまくいってくれればと祈っているんです。舞台稽古は成功したが、本番はこれからなんでね」

と、やや不安げにピーターの顔を見ると、後者はうなずいて、

「成功を祈るよ。しかし、それと同時に、リュシアス卿の心臓が強壮であってくれることも祈っておく。一方、ぼくとしては、わが不幸なる警察官の心痛をとり除いてやらねばならぬ。彼は勤務中に酒を飲んだと疑われて、昇進のチャンスを失いかけているのだ」

「本当ですか！」オハロラン君は驚いて叫んだ。「そんなことになるとは考えてもいなかった。本人を連れてきてくれませんか」

夜、郵便受けから覗いたものと、朝の陽の光で見たものとが同一の品であるのを、バート巡査に理解させるのは骨の折れる仕事だった。カンバスに描かれたそれは、すべての姿と形が計算によって短縮され、歪められているからである。最後にそれを、カーテンをひいて暗くしたアトリエ内に立てかけ、光線を投射する方法で、巡査をようやく納得させることができた。

「なるほど、不思議なものですな」バート巡査はいった。「まるで、マスケリンとデヴァントの奇術を見るみたいだ（ジョン・ネヴィル・マスケリン、一八三九―一九一七、イギリス奇術界の大御所的人物。ディヴィット・デヴァント、一八六八―一九四一、前者のパートナー）。これを部長が見てくれさえしたら……」

「明晩、彼をここへおびきよせればいい」オハロラン君が即座にいった。「ぼくの伯父のボディ・ガードの役もつとめてもらうさ」そしてピーターにふり向いて、「この役はあんたにお願

いしますよ。警察の連中を扱うのはお手のものと見ました。ブルームズベリー・グループ（二十世紀の初頭にロンドンのその地区に集まって、知的な交流を楽しんだ作家、芸術家、学者のグループ）の誰かが腹を空かせてふらふらしてるようなところは、ぼくの透視画法のはるか上をゆく名演技でした。お願いできますね？」

「さあ、どうしたものかな」ピーターはいった。「じつのところ、この衣裳が苦痛になってきた。それに、警察官をからかったとみられると——いや、王立美術院会員のほうはきみの伯父だから、どんなに驚かせようがきみの自由だが、相手が法の守護者となっては——ただごとではすまなくなる！　ぼくはけさから父親になったので、家族の者に責任を感じだしたのさ」

不和の種、小さな村のメロドラマ

The Undignified Melodrama of the Bone of Contention

「このひどい雨と風、あなたがロンドンから持っていらしたみたいね」フロビッシャー・ピム夫人がふざけ半分に、ピーター・ウィムジイ卿にいった。「いいかげんに降りやんでくれないと、明日のお葬式が思いやられますわ」

ピーター・ウィムジイ卿は窓外の庭園へ目をやった。みどりの濃い芝生と植込みに、車軸を流すような豪雨が降りそそいで、月桂樹のぎっしり生え揃った葉を情け容赦もなく洗いつづけ、月桂樹そのものは防水合羽が突っ立ったように見えている。

「たしかに、雨に打たれながらの葬儀くらい、参列者にとって迷惑なものはありませんからね」

「おっしゃるとおりですわ。年寄り連中の愚痴が聞こえるみたい……こんな片田舎の小さな村だと、冬のあいだの楽しみといっては、お葬式しかないといっていいのです。ですからこの数週間、明日のお葬式の噂で持ちきりでしたのに……」

「ところで、いったい誰の葬儀が行なわれるのです?」

ウィムジイの質問に、初めて当家のあるじが口を出した。「やあ、ウィムジイ君、ロンドンという小さな村落に住んでいるきみだから、この村の事情に疎いのは無理もないことだが、明日の葬儀ほど大がかりのものは、かつてこの地方で行なわれたことがない。われわれの村としては、画期的ともいうべき大事件なんだよ」

「そんなに盛大な葬儀なのか？」

「そうなんだ。きみも、バードック老人の名は、聞いたことがあるだろう？」

「バードック？　たしかバードックといえば、この地方でも知られた大地主じゃないのか？」

「生前にはだ」と、フロビッシャー・ピム氏は訂正して、「しかし、いまは故人だ。三週間ほど前、ニューヨークで死亡した。そこで、遺体が送り届けられることになった。バードックは数百年以前からの郷士の家系の当主で、この村に先祖から伝わる大きな屋敷をかまえておった。したがって、先祖代々の者の遺体がみな、やはりこの村の教会墓地に埋葬されておる。もちろん、戦場で死んだ者の場合は別だがね。ところで、いまのバードック家の当主はアメリカで死亡したので、遺体に防腐処置を施したうえで送り返すと、彼の秘書が電報で知らせてきた。その船がけさ、サウサンプトンに入港して、きょうの夕方の六時半までに、柩がロンドン経由で到着する予定なのだ」

「すると、きみはそれを迎えに行くのか？」

「いや、わしは行かんよ。わしを必要とするようなことじゃない。しかし、その出迎えからして、村をあげての大騒ぎになっておる。ジョリフ家の連中なんかたいへんな張り切りようで、柩を運ぶために、モーティマーの馬を二頭借り受けたくらいだ。それでわしは心配しておるところさ。モーティマーの馬はとても気性が荒いから、あばれだしでもしたら、柩をひっくり返される怖れがあるのでね」

「でも、トム」と、フロビッシャー夫人がいった。「わたくしたちも顔を見せないと、バードック家の人たちに失礼になりはしませんの?」

「どうせわれわれは、明日の葬儀に参列する。それでじゅうぶんなんだ。村の連中が出迎えに集まるのも、バードック家の遺族に弔意を示すためで、あの老人への敬慕の気持から出かける者なんか一人もいるものか」

「だって、トム、いくらあの老人でも、亡くなったとなれば……」

「ところが、そこにまた、厄介な問題があるのだ。いいかね、アガサ。バードックという老人が、つむじ曲がりで、意地悪で、この村の嫌われ者だったのを、そうでないとつくろってみたところでなんの意味もない。彼は最後にひき起こしたスキャンダルで、この土地に居づらくなったからアメリカへ逃げ出したんだ。それまでにも、さんざんあくどいことをやってのけて、財産があったから、金銭で解決できたが、そうでなかったら、刑務所入りを免れなかっただろう。だからわしは、ハンコック牧師のやることが気に入らんのだ。彼がこの葬儀を執り行なうのに、司祭の資格を僭称するのは黙って見ておく。ウィース老人のときの先例があるからだ。もちろんこの老人は、じゅうぶんそのような葬儀に値する好人物だった。それからハンコックが、聖体祭儀《ユーカリスト》のときの聖服を着用するのも宥《ゆる》してやるつもりだ。着たければ、英国国旗《ユニオン・ジャック》を着たっていいんだ。しかし、バードックの柩を教会堂内の南側廊に安置して、そのまわりに蠟燭を立て並べ、《赤い雌牛》のハバードとかダギンズの倅《せがれ》なんかに半夜祈禱をあげさせるとはもってのほかだ。いくら牧師であっても、して良いことと悪いことがある。村民たちだって――ことに古い世代の連中は納得しないはずで、嬉しがってるのは若者たちだけだ。彼らは何かの娯楽を欲しておるからだ。とにかくバードックの小作人たちは、あの老人にいじめられておったことから、相当うるさく騒ぎ立てておるらしい。昨夜は小作人管理者のシンプソンが心配して、わしのところまで相談にきた。あれはしっかりした男でね。そのしっかり者が心配しておるので、わしはハンコックにいって聞かすと約束した。そしてけさ、本人に話してみたところ、あの若僧、聞き入れるどころか、鼻の先でわしをあしらいおった」

「近ごろの若い人たちは、自分は何でも心得ていると思いこんでいるものなの。そしてその代表的なのが、あのハンコックという牧師さんだわ。常識のある人なら、あなたの言葉をすなおに聞くはずなのに……あなたはずっと以前から、この地方一帯の治安判事を務めていらして、この教区のことにしても、新任の牧師さんなんかより、ずっとよくご存知だってことが、ああいった人たちにはぴんとこないのね」

フロビッシャー・ピム氏はうなずいて、「彼はおかしな立場におかれて、依怙地《いこじ》になっておるところもある。バードック老人が罪深い男であるならば、それだけ余計に祈ってやらねばならぬ、というのがあの牧師の論理だ。そこでわしは、それはそれで結構な考えだが、しかし、あの老人を天国に送りこむには、きみやわしの祈りじゃとうてい間に合わんだろうよ、と笑ってやった。すると、ハンコックはいうんだ。おっしゃるとおりです、フロビッシャー・ピムさん。ですからわたしはあの老人のために、徹夜祈禱者を八人呼び集めて、半夜祈禱でなく、終夜祈禱を捧げることに決めました、とだ。そこまでいわれたんじゃ、わしもお手あげの状態だった」

「まあ、徹夜祈禱者を八人も！」フロビッシャー・ピム夫人は驚いて叫んだ。

「全員が揃ってというわけじゃないと思う。たぶん、一度に二人ずつが、交替して当たるのだろう。で、わしはいった。八人も呼び集めるんでは、非国教徒も加わるんじゃないか。彼らに、与えなくてもいい機会《ハンドル》を与えることになりはしないか、とね。ハンコックはむろん、否定しなかったよ」

ウィムジイはマーマレードの壺をひき寄せながら考えた。思うに、非国教徒はいついかなるときでも、機会《ハンドル》を求めている。それがドアのハンドル、紅茶注ぎのハンドル、ポンプのハンドルと用途を問わず、なんでも利用しようと考えているのだ。彼は厳格な国教会の雰囲気のうちに育っただけに、かえって非国教徒の異様なほどの特殊気質を熟知していた。そこで、こんなふうにいってみた。

「このような小さな教区だと、哀れみが極端に走るものらしい。そしてそれが、頭の単純な村の長老たちや、娘が教会で聖歌隊をつとめる鍛冶屋などの心を掻き乱すことになる。それについて、バードックの家族の者はなんといっているのだね？　あの老人には、倅が何人かいるのじゃないのか？」

「いまのところ、二人だけだ。オールディーンというのがいたが、これは死んだ。マーティンはいま、どこか外国にいる。彼は父親と衝突して、国外へ出たまま帰国しないのだ」

「衝突の原因は？」

「スキャンダルが絡んでおる。マーティンがある娘を孕ませた。娘は映画の端役女優かタイピストかそんなところだが、マーティンはその娘と結婚するといいだした」

「それで？」

あとの話はフロビッシャー・ピム夫人がひきとって、「マーティンはあと先の考えなしに、そのデラプリムという娘と婚約してしまいましたの。眼鏡をかけたひとでしたわ。これがスキャンダルに発展しましてね。といいますのは、柄《がら》の悪い男たちが押しかけてきて——ええ、娘の親たちですわ——バードック氏に会わせろといってききませんの。でも、褒《ほ》めるわけではありませんけれど、簡単に脅やかされるような老人ではありません。敢然と立ち向かって、責められるのは娘のほうだ。マーティンを訴えたければ訴えるがいい。倅のことで、わしが恐喝されるいわれはないと、追い返してしまいました。当然のことですけれど、執事が戸口で立ち聞きしていて、そのやりとりをしゃべったので、話はたちまち村じゅうに広まってしまいました。その後しばらくしてマーティンが戻ってきて、父親と激しい言い争いになりました。何マイルも先で聞こえるほどの大声だったそうですわ。マーティンは、恐喝なんてみんな嘘だ、ぼくはあの娘と結婚すると言い張るのです。それにしてもマーティンは変わっていますす。恐喝するような両親を持った娘と結婚するなんて、どんな気持なのか、まったく理解しかねますわ」

「そういちがいに極めつけては、マーティンにも、娘の両親にも気の毒だ」と、フロビッシャー・ピム氏がやさしく諭すような口調で、妻にいいきかせた。「わしがマーティンから聞いたところだと、娘の親たちは恐喝するような人間じゃない。身分が一階級下なのはたしかだが、むしろ好人物のほうで、バードック老人に会いたがったのも、マーティンの気持を親の口から確かめたかったからだそうだ。あれがうちの娘の問題だったら、わしらだって、同じことをしたはずだ。もっとも、バードック老人がそれを恐喝と受けとったのも無理のないことで、あの老人たるや、世の中の問題は何ごとによらず、金銭が絡んでおると考えずにはいられない性分なのだ。おまけに、バードック家の後嗣の身分なら、働いて生活費を稼ぐような娘を孕ませたところで、身分柄、ちっともおかしくない、世間にはいくらでもあることだ、というのがあの老人の不遜《ふそん》な言い分だ。もちろんわしは、マーティンにそんな権利があるとは考えておらんが、しかし――」

夫人はすぐに言い返した。「あの父親の子ですもの、マーティンは若い娘を誘惑することなど、なんとも思っていませんわ。それでいて、けっきょくは結婚してしまったのを見ると、よほどの弱みがあったにちがいありません」

フロビッシャー・ピム氏も言い張った。「しかし、マーティン夫婦に子供は生まれておらんようじゃないか」

「そうかも知れません。でも、そうだとしたらなおのこと、娘と両親が諜《しめ》し合わせて、妊娠を装って恐喝したと見ていいのじゃありません？　だからマーティン夫婦はパリに住んでいて、この土地へ顔を出せない状態なのだと思いますわ」

フロビッシャー・ピム氏はうなずいて、「顔を見せないのは確かだ。要するにあのスキャンダルは、バードック家の不幸な出来事だった。それはともかく、老人が死んだので、わしらはマーティンの所在を探したが、いまだに突きとめられずにいる。いずれ戻ってくるのはまちがいないが、彼には彼で、すぐ戻ってはこられぬ事情がある。というのは、彼の現在の仕事は映画のプロデューサーで、目下、ロケーションに出張中なのだ。撮影を中断できないので、葬儀には間に合わないというわけだ」

「映画の撮影で、父親のお葬式に帰ってこられないなんて、理由になりませんわ」

「ああいう仕事には、きびしい契約があるんだよ。契約に違反すると、巨額な違約金が伴うもので、おそらく、マーティンに支払えるような生易しい金額ではないのだろう。勘当同然の彼だから、父親の遺産を当てにはできんのだ」

「するとマーティンは、二人兄弟の弟のほうなのか?」

と、ウィムジイが質問した。それと口には出さないが、どうやらこの問題に興味をおぼえた様子だった。田舎の小村にありがちな、かびの生えたようなメロドラマの筋書以上のものを感じとったらしかった。

「いや、彼は総領息子だ。あの荘園はもちろん、屋敷も地所も限嗣相続の対象だから、現金には換えられぬし、しかもバードック老人は不動産以外の資産をぜんぜんこの村においていなかった。大戦後のにわか景気のときに、あの老人、有り金の全部をゴム株に投資してしまったのだ。それがそのまま残っているらしいが、肝心の遺言書がいまもって見つかっておらん。だから、あの株券が誰のものになるのか判然としておらぬ現状だが、たぶん、ハヴィランドに遺されておるのだろう」

「そのハヴィランドというのが、弟のほうか?」

「そうだ。彼はロンドン・シティの実業人だ。たしか絹靴下の製造会社と聞いたが、その会社の重役の地位にある。もともとこの村にはめったに顔も見せない男だったが、こんどばかりは別もので、父親の死を聞くが早いかとんで帰ってきて、現在のところは、ハンコックの牧師館に泊まっておる。父親の広大な荘園屋敷は、あの老人がアメリカへずらかった四年前から戸締めになったままだ。ハヴィランドとしても、兄貴のマーティンの意向を聞くまでは、手を付けずにおいたほうがいいと考えたらしい。遺体を教会堂へ運ぶことにしたのも、理由はそこにあるのだ」

「葬儀に面倒がないこともあるな」ウィムジイがうなずいていった。

「そういうわけだ。しかし、ハヴィランドとしては、もう少し村人たちの気持を斟酌《しんしゃく》すべきだな。この村でのバードック家の地位を考慮する必要がある。あのような旧家の葬儀がすむと、参列者を招いて大々的なパーティを催すのが古くからの仕来たりで、誰もがそれを当然のこととして、心待ちに待ちかまえておる。ところがハヴィランドは、都会の実業人になりきったからか、伝統を軽視しすぎる傾向がある。そのくせ、父親の柩を教会堂に安置して蠟燭や何やかで飾り立て、終夜祈禱を行なってもらう。もっとも彼は牧師館に泊まっておるので、ハンコックの意向を無視するわけにもいかんのだろうが」

「そんなところですわ」フロビッシャー・ピム夫人が口を入れた。「でも、面識もないハンコックの牧師館などに泊まらないで、わたくしたちのこの家にすればよかったのに」

「おまえ、忘れたのか。わしとハヴィランド・バードックのあいだには、かなり激烈な争論があったのを。理由はあの男がわしの地所で、好き勝手に狩猟をやったからだ。争論は文書によるものだったが、その後この家を訪ねてきたとき、わしは顔も見せずに追い返してやった。父親のバードックにはわしの怒りが理解できたが、ハヴィランドのほうはあれ以来わしを恨んで、聞き捨てならぬようなことを言い触らしておったらしい。やあ、ピーター卿、つまらぬ噂話などお聞かせして、失礼した。こんな片田舎の小村のごたごたなど、きみを退屈させるだけだ。朝食がすんだら、庭を散歩しよう。この雨ですっかり荒らされてしまったのが残念だが、一年のうちでこの時季が、いちばん庭のきれいなときだ。それに、コッカー・スパニエルが仔犬を産んだ。見てもらいたいと思っていたところだ」

ピーター卿も、ぜひとも拝見したいといって、その数分後には、二人して砂利道を踏んで、犬舎へ向かっていた。

「人生の楽しみは田園生活にある」フロビッシャー・ピム氏は歩きながらしゃべりつづけた。「ロンドン暮らしの連中の冬の生活ぐらい味気ないものはあるまいな。何ひとつ楽しみがないといってよい。一日や二日は、劇場へ出かけるか何かをして時間を潰《つぶ》せるが、一週間も滞在するとなったら、どうしていいのか判らんくらいのものだ」

二人は蔓棚《パーゴラ》の下をくぐった。「プランケットに注意しなけりゃいかんな。刈り込みを怠っておる」フロビッシャー・ピム氏は呟きながら、伸びすぎて垂れ下がった蔦《つた》の茎を折った。蔓棚が怒ったものか大きく揺れて、ウィムジイの頸筋に雨水のシャワーを浴びせた。

厩舎のなかに大きな犬舎があって、コッカー・スパニエルと生まれたばかりの仔犬たちが、居心地よさそうにおさまっていた。半ズボン姿にゲートルを着けた若い男が二人を出迎えて、仔犬たちをひと抱えにして差し出した。ウィムジイはひっくりかえしたバケツに腰を下ろして、仔犬を一匹ずつ丁寧に観察した。母犬は初め、疑わしげにウィムジイの長靴の臭いを嗅ぎ、ちょっと吠えたりしていたが、どうやら信用してまちがいのない男と見たものか、彼の膝に軀《からだ》を擦りつけて、甘えてみせた。

フロビッシャー・ピム氏がいった。「生まれたのはいつだったかな？」

「十三日前です」

「母犬の乳はたっぷり出るか？」

「申し分ありません。だんなさまのご指示どおり、麦芽入りの飼料をあてがってますが、とても効果がありそうです」

「そのはずだ。プランケットは賛成しない口ぶりだったが、あの飼料の効果は世間一般の認めておることだ。だいたいプランケットは片意地なところが強すぎて、新しい実験はいっさい受けつけようとしないのだ。もっともそのほかの点は、彼の育て方を信用してまちがいない。ところで、そのプランケットの姿が見えんが、どこにおるんだ？」

「けさは軀の具合が思わしくないそうで、まだ寝ているはずです」

「それはいかんな。またリューマチが起きたのか？」

「いいえ、そうじゃないんで。プランケットのかみさんに聞いたところじゃ、ひどいショックを受けたんだそうです」

「なに、ひどいショック？　どんなショックだ？　アルフかエルシーが患いでもしたのか？」

「ちがうんです、だんなさま。なんでも彼、変なものを見たんだそうで」

「なんの話だ？　変なものを見た？」

「そうなんです——何か不吉なもの、死を知らせる前兆に出っくわしたそうです」

「死の前兆だと？　なんだ、それは？　ばかなことをいいだしたものだ。プランケットがそんなことを考えるとは意外だ。いちおうの常識をそなえた男のはずだが……で、具体的には、どんなものを見たといっておる？」

「さあ、なんでしょうか？」

「何を見たのか、しゃべって聞かせたんだろう？」

若いメリデューはだんだん依怙地な表情になって、「ほんとに知らないんです」と言い張った。

「放っておくわけにもいくまい。本人に会ってみよう。自分の小屋で寝ておるんだろうな？」

「そうなんです、だんなさま」

「では、これから行ってみる。ああ、ウィムジイ君、一緒に行ってくれるね。プランケットを患いつかせるわけにはいかんのさ。どんなショックか知らないが、医者に診《み》せなければなるまい。おい、メリデュー、おまえはこのまま仕事をつづけておればいい。母犬の面倒を頼むぞ。

ここは床が煉瓦だから、どうしても湿気がちになる。犬の健康によくないのは判っておるが、コンクリの床に直すには、費用がだいぶかかるのだ」

　そして彼はウィムジイを導いて、厩舎を出ると、温室のわきを通り、プランケットの小ぢんまりした住居へ向かった。その小屋は菜園の中央に建っていた。

「あの老人、寝ついてしまわなければいいが。なにぶん老齢なので心配だ。何を見たのか知らないが、あんなしっかりした男が死の前兆に怯えるとはおかしなはなしだ。たしかにこのあたりの連中は迷信が強すぎて、われわれには信じられぬようなことに怯えるものではあるが……まあ、村の酒場で飲みすぎて、家へ帰る途中、どこかの家の軒先に洗濯物がぶら下がっておるのを、そんなものと見まちがえたのだろうが」

「洗濯物ということはないな」ウィムジイが即座に否定した。彼の持って生まれた論理的な気質が、どんなつまらぬことについても、誤った推理の結果を聞かされると、訂正しないではいられなくなるものらしい。「なぜって、昨夜は篠突くような豪雨が降りつづいて、しかも木曜日だ。火曜と水曜は快晴だったから、洗った物はみな乾いていたはずだ。だから、昨夜の夜中に、洗濯物をとりこまずに、かけっぱなしにしてあったとは考えられぬことだ」

「なるほど、なるほど。では、ほかの何かだろう――ポストかな。でなかったら、ギデンズ婆さんのところの白いロバか。プランケットには、飲みだすと泥酔するまでやめない悪い癖がある。犬の飼育の腕達者なので、みんながその悪癖を大目に見ておるだけだ。それから、さっきもいったが、このあたりの連中は迷信家揃いで、ばかばかしいことを実際に起きるものと思いこんでおる。いうなれば、文明の本街道とはかけ離れた土地なんだな。ここから十五マイルほど行ったところに、アボッツ・ボルトンという村があるが、そこでは牝ウサギをぜったいに狩猟の獲物にしない。牝ウサギを殺すのは、人間の生命を奪うのと同様だと考えておるのだ。魔女伝説にしたって、ここではいまだに生きておる」

「驚くにはあたらんよ。ドイツのある地方では、人狼が実在しているのだからね」

「そういうわけだな。さあ、この家だ」フロビッシャー・ピム氏は小屋のドアをステッキで音高く叩いておいて、おはいりという声も待たずに、ドアを開けた。

「おはよう、ミセス・プランケット、はいらせてもらうぜ。突然やってきたが、いまメリデューに、プランケットの具合が悪いと聞いたので、とりあえず様子を見にきた。こちらはピーター卿──わしの旧友だ。ということはつまり、わしがこのひとの旧友ってわけだ。ハ、ハ、ハッ」

「おはようございます、だんなさま。おはようございます、ピーター卿さま。わざわざのお見舞い、プランケットもさぞかし喜ぶことでしょう。どうぞ、おはいりになって……あんた、ピムのだんなさまがお越しになったよ」

老人は暖炉のそばにうずくまっていたが、暗い表情の顔を向けて、額に手をあてがったまま、半ば腰をあげた。

「やあ、プランケット、具合はどうだ？」フロビッシャー・ピム氏は、患者を診る医師のあたたかい口調で話しかけた。これが荘園主の小作人を扱う態度なのだ。「外へも出られんようでは気の毒だな。持病の個所が痛むのか？」

「ちがうんで、だんなさま。そうじゃないんで。おかげで、リューマチのほうはすっかりいいんだが、昨夜、悪い知らせを見たんでさ。もう長いことはありませんよ」

「長いことはない？　ばかなことをいうんじゃないぞ、プランケット。きっと、消化不良だ。わしにも経験があるが、消化不良が昂じて肝臓が痛みだすと、憂鬱なんてものじゃなく、ちょっとやそっとの我慢では耐えられんものだ。あれにはなまじの薬より、ヒマシ油を呑んで、昔流に下してしまうのがいちばんだ。いやな知らせを見たとか、近いうちにこの世ともお別れだなんて、口にするものじゃないぞ」

「だけど、だんなさま。いまのおれには、薬なんか役に立たんのです。おれが出遭ったようなものを見た人間は、何を呑んだところで助かる見込みはないんでさ。ところで、ご親切ついでに、お願いしたいことがあるんですが」

「ああ、いいとも。なんでも引き受けてやる。どんなことだ？　いってみるがいい」

「遺言書を作ってもらいたいんで。前の牧師さんなら、お願いできたんですが、こんどの若い牧師じゃ、蠟燭を並べ立てたりなんかするだけで、遺言書となると、はなはだ頼りない。法律的にちゃんとしたのを作ってくれると思えんのでさ。おれが死んだあと、ごたごたがあったんじゃ困るんで、ペンとインキできちんと書いてくださると助かるんです。死んでいくときが迫っておるんで、早いところ、作っておきたい。その内容はこうなんです。おれの持ち物の全部を、そこにいる女房のサラに遺す。サラが死んだあとは、アルフとエルシーが半分ずつ分ける」

「判ったよ。いつでもいい。おまえの望むときに書いてやる。しかし、プランケット、死病に罹《かか》ったわけでもないのに、遺言書を作るなんてナンセンスだぞ。おまえが死ぬのは、わしの埋葬がすんで、よほど経ってからだ」

「とんでもない。おれはもう駄目です。お迎えがきたからには、行かんわけにいきません。死ぬ前には、かならず知らせがあるものだが、それにしても、死の馬車を見るのは怖ろしいことです。あの馬車には、墓場に落ち着けない魂が乗っていましてね」

「おいおい、しっかりしてくれよ、プランケット。おまえ、死の馬車なんてばかなことを、ほんとうに信じておるのか。おまえみたいに物の道理の判る男なら、もうちょっとまともなことをしゃべると思っておったが――そんなナンセンスをアルフが聞いたら、笑いだすぞ」

「若いやつらに何が判ります？　なんにも知っちゃいねえんでさ。神さまは、活字本に書いてあるのより、ずっと不思議なことをたくさんお創りになっているんでさ」

「それはそうだ」フロビッシャー・ピム氏はプランケットの言葉をいい切っかけにして、「おまえのいうとおりだ。ハムレットのセリフにも、ホレイショーよ、この天と地のあいだには、科学などの思いおよばぬことがたくさんあるのだ、というのがあるが、たしかにそのとおりだ。しかし、その考え方も現代では通用せんよ」と、矛盾した言葉を付け加えた。「二十世紀にもなると、幽霊なんてものは出現しなくなった。どんな摩訶不思議な現象でも、冷静に考えると、不思議でもなんでもないのが判る。いたって簡単に説明がつく。たとえばこういう話がある。うちの家内が、ある晩、夜中に目がさめて、ひどく怯えたんだ。誰かがわしらの寝室に入り込んで、ドアのところで首を吊っておるのを見つけたんだから、驚くのも無理はない。なに、わしはどうした？　わしは、家内の隣りのベッドに安らかに眠っておったよ。彼女にいわせると、いびきをかいておったそうだ。ハ、ハ、ハッ。しかし、考えたら、おかしなはなしなのがすぐ判るはずだ。首を括りたくなったからといって、わしらの寝室へ入り込むまでのことはないではないか。それはともかく、仰天した家内は、わしの腕をつかんで起こした。わしは仕方なしに、首吊り男をあらために行った。で、それが何だと思う？　ばかばかしいことだが、わしのズボンだった。わしが寝るとき、ズボン吊りをつけたまま、そこにひっかけておいたのだ。靴下までぶら下がっておったよ。そのあとわしは、さんざん叱言《こごと》をくらった。身につける物は、きちんと片付けてくれなくては困るとな」

そしてフロビッシャー・ピム氏は大声で笑った。プランケットのかみさんが素直にうなずいて、「それごらん。だんなさまだって、ああおっしゃる。つまらないことを気にしないほうがいいのよ」

といったが、亭主はかたくなに首をふって、

「気にするとかしないとかの問題じゃない。昨夜の死の馬車は、おれがこの目でたしかに見た。ちょうど教会の鐘が十二時を打っていた。そのときあの馬車が、修道院の塀沿いの道を走ってきた」

「そんな夜中に、なぜおまえはそこにおったのだ？」

「妹の倅が船乗りなんですが、上陸許可が下りて、家へ帰ってきたんです。それでおれは、会

いに行ったんです」

「で、甥の健康を祝って、グラスを重ねすぎたんだろう」フロビッシャー・ピム氏は人差し指を突きつけて、非難するようにいった。

「ちがいますよ。ビールのコップを一つか二つあけたことは否定しないが、正体のなくなるほど酔いはしませんよ。女房に訊いてくだされば判ることで、家にたどりついたときは、完全なしらふでした」

「そのとおりです、だんなさま。昨夜はそれほど酔っていなかったのです。嘘じゃありません」

「で、おまえ、どんなものを見たんだ？」

「だから、さっきからいってるように、死の馬車ですよ。車体全体が無気味に蒼白くて、車輪の音がぜんぜんしないんです」

「リンプトリーかヘリオッティングへ向かう大型荷馬車かなんかだろう」

「いや、そうじゃないんで——荷馬車なんかじゃなかった。ちゃんと馬をかぞえておいた。四頭の白馬で、それが蹄の音を立てないし、手綱の音もしなかった。いや、それどころか——」

「なに、四頭立ての馬車だと！　しっかりしてくれ、プランケット。それはおまえ、二台を一つに見たんだぞ。この地方で四頭の馬を馭せるのは、アボッツ・ボルトンのモーティマーだけだが、彼が夜中に馬を走らせるわけがない」

「四頭にまちがいありませんよ。この目ではっきり見たんでさ。モーティマーさんじゃないこともたしかで、あのひとのとは馬車がちがうんです。もっと大型の、駅伝乗合馬車風のやつで、

「灯火をいっさい消しているのに、車体が月光みたいに蒼白く光っていたんです」

「またばかなことをいう！　昨夜は月がなかった。闇夜だったぞ」

「ところが、馬車は月の光そっくりの光を放っていたんでさ」

「灯火をつけずに？　巡査がよく文句をいわなかったものだな」

「巡査は人間だから、あの馬車を停められるわけがない」プランケットは警察官をばかにするようにいった。「どんな人間だって、あんな怖ろしい馬車をまともに見ていられるものじゃない。もっと怖ろしいことは、その四頭の馬が――」

「蹄の音を立てぬように、ゆっくり走っていたのか？」

「ちがいますよ。駆歩《ギャロップ》で走っていた。ただ、蹄がまったく地面に触れないんで、音がしない。見ると、黒い道路と白い脚のあいだが、半フィートも離れているんです。それに、馬には首がなかった」

「なに、首がない？」

「そうなんです」

　フロビッシャー・ピム氏はまたしても笑いだして、

「おい、おい、プランケット。そんな話を、わしらが信用すると思うのか。いくら幽霊でも、首のない馬を走らせられるか！　手綱をどこに着けるんだ？」

「だんなさまは笑いなさるが、しかし、神さまにはどんなことでもおできになる。あの四頭の白馬は――この目ではっきり見たことだが――頸から上はなんにもなかった。それでいて、手綱が銀色に光って、軛《くびき》の鈴が鳴り、鈴から先では、手綱が消えてしまっていた。ぜったい間違いない。見誤りだったら、この場で死んでみせますよ」

「その奇妙な馬車にも、むろん馭者はいたんだろうな？」

「いましたよ、一人」

「そいつも首がなかったのじゃないか？」

「そうなんです。首なし馭者でした。少なくともおれの目には、上着から上には何も見えなかった。もっとも、肩に旧式なケープをひっかけていたのが目につきましたがね」

「しかし、プランケット、ずいぶん細かなところまで観察できたものだな。その幽霊馬車を、どのくらい離れた場所から見た？」

「あれに出遭ったのは、大戦記念碑のそばを通りかかったときで、そうですな、二十ヤードか三十ヤードは離れていましたね。そこで馬車は左へ曲がって、教会墓地の塀に沿って走り去ったんでさ」

「話がますますおかしくなってきたぞ。昨夜みたいな闇夜で、しかも二、三十ヤードも離れておったとしたら、おまえの目だって、どこまで信用していいのか。悪いことはいわんから、この件は忘れてしまうがいい」

「なんとおっしゃられても、駄目なものは駄目です。バードック家の死の馬車を見たからには、一週間以内にあの世行きになるのは、この土地の者なら誰だって知ってることで、どうあがいてみたって助かるものじゃない。だから、遺言書を作っていただきたいとお願いしてるんで、おれの持ち金がまちがいなくサラと子供たちに遺せるのが判ったら、安心して死んでいけるんです」

逆らったところで意味がないので、フロビッシャー・ピム氏は承諾して、叱言半分訓戒半分の言葉を呟きながら、遺言書を書きあげてやった。ウィムジイもまた立会人の署名をして、つぎのような言葉を付け加えた。

「ぼくがきみなら、馬車のことなど気にしないよ。これは確実にいえることだ。いいかね、プランケット。きみの見たのがバードック家の幽霊馬車なら、死んだ老郷士の魂を迎えにきたのだ。ニューヨークまで迎えに行くわけにもいかないからな。つまりそれは、明日の葬儀の準備だったのだ」

プランケットもうなずいて、「たしかに、そういうことになりますね」といった。「昔から、バードック家で誰かが死ぬと、かならずあのあたりに、死の馬車があらわれるときまっている。そしてそれを見かけた者に、不幸が訪れるのもまちがいない事実なんです」

そうはいうものの、馬車は葬儀の準備にあらわれたので、プランケットに関係ないとのウィムジイの言葉で、彼はやや元気づいた。見舞客二人は、くだらぬ妄想にいつまでもくよくよしているのじゃないぞと、くれぐれも言い聞かせておいてから、プランケットの小屋を出た。

「驚いただろうな、ウィムジイ君」とフロビッシャー・ピム氏がいった。「このあたりの住民は、あのように迷信ぶかい。とても頑固で、こっちが顔をまっ赤にして言いきかせたところで、とうてい納得するものじゃないのだ」

「そうらしいな。ところで、ぼくはこれから教会まで出向いて、現場の地形を見てみたい。プランケットの立っていた場所から、どれだけのものが目に入ったものかを知っておきたいのだ」

リトル・ドッダリング教会は、地方教会の多くがそうであるように、人家から離れたところに建っていた。ヘリオッティングの町からくる本街道が、アボッツ・ボルトンとフリンプトンの二つの村をすぎて、教会墓地の西門の前を通っている。そこは広大な墓地で、古い墓石がぎっしり並んでいた。墓地の南側に、鬱蒼と生い茂るニレの巨木が影を落とす細い道が走り、教会の敷地と、いっそう古い時代の跡を残すドッダリング僧院の廃墟とを隔てている。これがオールド・プライオリー・レイン（古僧院道）と呼ばれているもので、それがヘリオッティング街道に達する地点の少し先に、大戦記念碑が据えてある。本街道はそこからまっ直ぐ走って、リトル・ドッダリングの村を貫いてゆく。教会墓地の東側と北側に沿って、弓なりのカーブを描くもう一つの小道が通じていて、これを村の人たちは文字どおり『裏道』と呼んでいる。これがヘリオッティング街道から百ヤードほど離れた教会の北側の地点で、オールド・プライオリー・レインと合流する。そして後者の道はその先、シュータリング・アンダーウッド、ハムジー、スリプシー、ウィックなどの各村落を経て、迂回しながら遠くへ伸びているのだった。

フロビッシャー・ピム氏がいった。「プランケットのやつ、何を見たと思いこんでいるのか知らんが、それがシュータリングのほうからプライオリー・レインの道を走ってきたことは間違いない。『裏道』にはわずかな耕地と一、二軒の農家があるだけだし、フリンプトンの村の方角からきたのなら、本街道を走っていたはずだ。したがって、わだちの跡を見つけるには、

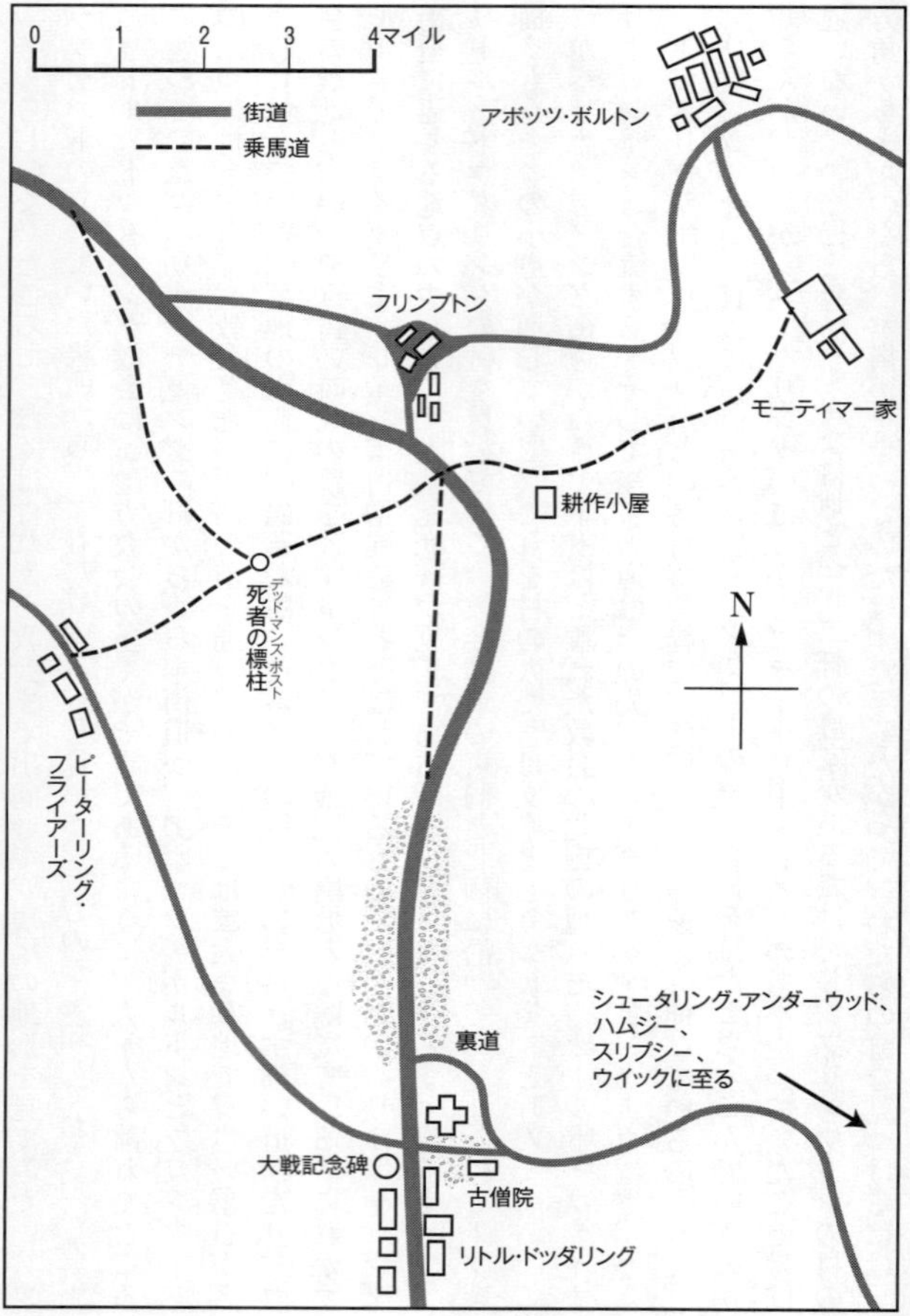
0
1
2
3
4マイル
街道
乗馬道
アボッツ・ボルトン
フリンプトン
モーティマー家
耕作小屋
死者の標柱《デッド・マンズ・ポスト》
N
ピーターリング・フライアーズ
シュータリング・アンダーウッド、
ハムジー、
スリプシー、
ウイックに至る
裏道
大戦記念碑
古僧院
リトル・ドッダリング

プライオリー・レインを調べねばならぬが、わが尊敬すべき名探偵ピーター卿の手腕をもってしても、困難な仕事といわねばなるまい。あの道はもともと砕石をタールで固めた舗装だし、昨夜の激しい雨が何もかも洗い流したあとだからな」

「そういうわけだ」ウィムジイがいった。「ことに、プランケットの話だと、幽霊馬車は大地に触れずに走っていたそうだから、わだちの跡は残っていないことになる。きみの推理は完全に正しいようだ」

「あれはたぶん、こうだと思う」フロビッシャー・ピム氏はつづけていった。「夜おそく市場に野菜を運ぶ荷馬車が二台、あの道を通った。それをプランケットが、一台の馬車と見誤った。そのほかのことはみな、あの男の迷信と、地酒のビールの酔いがもたらしたものだ。第一、馭していた男や馬の轭のことを、ああまで細かに見てとれるわけがない。おまけに、馬車は音を立てなかったというのに、どうして走ってくるのに気がついたのだ。彼は道路の合流地点を通りすぎて、反対方向へ歩いておったはずだ。要するに、彼は車輪の音を聞いた。そこまでは事実だろうが、それから先は、みんなあの男の想像だ」

「たぶん、そんなことだろうな」ウィムジイもいった。

フロビッシャー・ピム氏はつづけて、「しかし、荷馬車が無灯火で走っておったとあっては、至急、どこの荷馬車なのかを調査しなければならぬ。最近はオートバイを乗りまわす者が激増して、衝突事故の危険がいちじるしく高まっておる。つい先日も無灯火馬車をつかまえて、罰金を言い渡したばかりだが、もっと前から厳重に取り締まるべきだった。ところで、ウィムジイ君、教会の内部をのぞいてみたいのじゃないか？」

ピーター卿は地方へ出るたびに、その土地の教会を見るのを念願のようにしていたので、さっそくその熱心さを披瀝《ひれき》した。

治安判事のフロビッシャー・ピム氏は卿を西の入口に導きながらしゃべっていた。「近ごろこの教会は、どんな日でも、どんな時間でも、そして誰でも入れるようにしてある。教会とは、祈禱を捧げたい者にいつも開放されている建前だというのが、あの新任牧師の考え方なのだ。都会から移ってきた牧師が、そのように考えるのは無理もないことだが、このあたりの住民は農夫ばかりで、昼間はいつも耕地で働いておる。作業姿で泥に汚れた深靴のまま、教会を訪れるのは神を敬うゆえんでないというのが、村民たちの考え方だ。それもまた道理で、第一、昼間のうちの彼らは、耕作仕事で軀のあく時間がないのだ。だからわしは、新任牧師にいってやった。祈禱のチャンスを与えてやるのも結構だが、相手にその気がないのでは無意味じゃないか、とだ。あの牧師はまだ経験が浅い。これから経験を積んで、覚えなければならぬことがたくさんあるのだ」

彼はしゃべりながら、入口の扉を開いた。歩み入ると、湿った空気が饐《す》えたような香のにおいを伴って、顔を打った。ここにイギリスの教会の諸特徴が集約されていた。二つの聖壇が花と金鍍金で飾られて、ノルマン様式建築物に特有な威圧的な感じと重々しい影のなかに、ぎらぎらする煌めきを示していた。そこには、矛盾しあう二つの傾向が同じ強さの調べを奏でている。あたたかく人間的なものは、親しみの少ない異国風な感じであり、冷ややかで素っ気ない印象を与えるのは、この国土と民衆に本来のものなのだ。

「ハンコック牧師が婦人用礼拝堂と呼んでおるものが南側廊にあるが、これはもちろん新しく造ったもので、新設にあたって、村民たちは猛烈に反対した。しかし、この地方の司教は、教会の権威や儀式を重んじる高教会派にひどく寛容だ。寛容すぎると非難する者もおるくらいで、彼らの申し出なら、たいていのことは聞き入れる。たとえばこのわしは、聖餐台が一つであろうが二つあろうが、まったく同じに祈れるのに、なんのためにわざわざ二つを必要とするのか。もっとも、ハンコック牧師が若い男や娘たちの機嫌とりに巧みなのは、むしろいいことだと考える。若い連中がモーターバイクにばかり熱中するこの時代に、彼らの関心を宗教に惹きつけるのは、よい方針だと見ていいのだ。たぶん、その新しい礼拝堂に、バードック老人の柩が安置してあるはずだ。おお！　ハンコック牧師が出てきたぞ」

高い聖壇のわきのドアが開いて、長い僧服をまとった瘦せぎすの男が姿を見せ、二人のいるほうへ降りてきた。片手にカシ製の丈長《たけなが》の燭台を掲げていた。彼は職業的な微笑を浮かべて、二人に挨拶した。ウィムジイはこの人物が、きまじめで、小心で、しかし、かならずしも知性的ではないのを即座に見てとった。

新任牧師は簡単に自己紹介をすませてから、しゃべりだした。「燭台が、やっといま届きました。じつのところ、間に合うものかどうかと心配していたのですが、これで準備が完全にととのいました」

彼は燭台を柩のそばに据えて、近くの信者席においてある紙包みからとり出した蠟燭を真鍮《しんちゅう》釘に刺した。

フロビッシャー・ピム氏は黙って見ていた。ウィムジイは関心を示すのを義務と考えて、あたりさわりのないことをしゃべった。

それに元気づいたものか、ハンコック牧師が語りだした。「この葬儀の準備で、村の人たちが教会の行事に心からの興味を持ち始めているのを知って、嬉しい気持になっているところです。今夜の通夜には八人の終夜祈禱者が必要なんですが、簡単に見つかりました。通夜は十時から始めますが、二人ずつ交替で、明朝六時にわたしがミサを行なうときまで、祈りをつづけます。最初の組が十時から二時まで受け持って、それをわたしの妻と娘がひき継ぎます。そして四時から六時までは、ハバードさんとローリンソン青年が受け持つことを承知してくれたのです」

「ローリンソンというのは誰ですな？」フロビッシャー・ピム氏が質問した。

「ヘリオッティングの町のグレアムさんのところの事務員です。彼はこの教区の住民ではありませんが、この土地で生まれているのですから、資格はじゅうぶんあります。モーターバイクに乗ってやってくるはずです。それにグレアムさんは、ここ数年のあいだ、バードック家の顧問弁護士を務めていたのですから、なんらかの方法で弔意を示したい気持でいるのはまちがいありません」

「なるほど。ただその青年が、一晩じゅう眠らずにいることで、明日の仕事に差し支えなければいいと思う」フロビッシャー・ピム氏は無愛想にいってのけた。「ハバードのほうは使われている軀じゃないから、好きなようにやればいいが、それにしても、居酒屋のあるじが、変わった仕事を引き受けたものだ。もっとも、彼がその仕事に満足して、あんたはまた、彼に頼むことで満足しておられるのなら、わしが口出しをすることじゃない」

ウィムジイは空気が険悪になったのを察しとって、口論が始まらぬうちにと、いそいで口を挟み、「しかし、ハンコック牧師、あなたの管理しておられるこの教会、古雅で、美麗で、最高のものですな」と話題を逸らした。

「おおせのとおりです」牧師がいった。「後陣の美しさにお気づきでしたか？　村の教会で、ここほど完全なノルマン様式の後陣を備えているものはありますまい。これからご案内いたしますが、かならずご満足いただけるはずです」

彼は先に立って歩きだし、灯明のきらめく壁龕《へきがん》の前を通りすぎるときは、膝を曲げて十字を切った。

「しかもこの教会は特権を付与されております。病者たちのための聖餐留保を許されているのです」

牧師は二人を案内して、礼拝堂の内部を歩きまわりながら、上機嫌でしゃべりつづけ、とくにかつての修道僧用特免食堂のところで、いちだんと声をはりあげ、「ここが僧院付き教会であった当時の名残りですよ」と説明し、美しい彫刻入りの聖杯洗盤や聖物安置棚の前では、「これほど完全な状態に保存されているのはめったにあるものでありません」と得意げにいった。ウィムジイは彼を助けて、残りのいくつかの燭台を祭具保管室からとり出してやり、所定の位置にそれぞれを据えるのを手伝ってから、扉口でフロビッシャー・ピム氏と落ち合って、外へ出た。

昼の食事をすませて、二人が煙草をすっていると、治安判事がいった。「たしかきみは、今夜、ラムズデン家の晩餐に呼ばれているといってたな。何に乗って行くつもりかね？　きみの車を使いなさるか？」

「できることなら、お宅の馬を借りたい」ウィムジイが答えた。「ロンドン住まいだと、乗馬の機会に恵まれないのさ」

「それがいい。ただ、この雨は夜まで止みそうもないな。濡れるのを覚悟のうえなら、ポリー・フリンダーズに乗っていってくれ。あの牝馬、ここのところ運動不足の気味だから、さぞかし喜ぶことだろう。で、乗馬服はご持参か？」

「持ってきた――ぼくの荷物のうちに、古ぼけたズックのカバンがあるだろう。あれに入れてある。そしてこのレインコートを着たら、少しの雨は怖れることがない。それにラムズデン家から、平服のままでとわざわざ言ってきている。ところで、フリンプトンの村はどのくらい離れたところにあるのだ？」

「本街道を行って、九マイルの距離だ。そのあいだずっと砕石舗装で、馬を走らせるには具合が悪いが、さいわい道路の両側が、かなりの幅の草地になっておるから、そこを選んで行くことだ。それから、途中の一マイルかそこらは、共用地を通ることができる。あそこなら、馬を走らせるのにもってこいだ。で、何時に出発する？」

「だいたい、七時ごろと考えている。もっとも、その時間だと帰りがおそくなるので、フロビッシャー・ピム夫人に迷惑をかけるんじゃないかと心配しているところだ。ラムズデンとぼくは、戦地で一緒だった。だから、あの頃の話に華が咲くと、夜中まで話しこんでしまう懸念があるのさ。きみの家を、ホテル同様に考えていると思われてもまずいが、しかし――」

「その気遣いは無用だ。絶対に大丈夫。わしの家内に気兼ねはいらんから、心ゆくまで思い出ばなしを楽しんでくれ。玄関の鍵を渡しておくよ。チェーンを外したままにしておけと、いっておく。ただし、帰ってきても、誰も起きていかぬから、そのつもりでな」

「むろん、そうしてもらう。しかし、牝馬の始末はどうしたらいい？」

「メリデューにいっておくから、彼に始末させてくれ。あの男は厩舎の二階で寝ておるのだ。今夜をきみが楽しくすごすのを祈っておる。気になるのは晴雨計の針ひとつだ。明日の葬儀も雨らしいな。葬儀といえば、たぶん、きみは途中で、教会へ向かう柩の一行と出遭うはずだ。列車が延着しなければ、だいたい十時に教会に到着する予定なのだ」

　汽車が定刻どおりに到着したらしくて、ピーター卿が馬を走らせて、教会敷地の西門の前にさしかかったとき、柩を囲んだけばけばしい行列が門のところに停まっていた。馬車は二台で、うしろの馬車の馭者が馬を静止させるのに苦労していた。あれがモーティマーから借り受けたあばれ馬だな、とピーター卿は推理した。そして卿は、牝馬のポリー・フリンダーズを巧みに操って、一行のわきをすり抜けながら、柩が馬車から下ろされて、門のなかに運び込まれるのを観察した。教会の入口には祭服を着たハンコック牧師が、香炉を捧げた少年僧と二人のたいまつ持ちを従えて、出迎えに立っていた。せっかくの盛儀も、雨のために効果がやや損なわれていた。たとえば蠟燭の火が消えてしまっている。にもかかわらず、村民たちはこれを素晴らしいショーと見ている様子だった。黒のフロックコートにシルクハット姿の大柄の男が、喪服の上に毛皮外套をまとった婦人と一緒に、みなから悼《いた》みの言葉を浴びせられていた。あれが故人の末子、絹靴下製造会社の重役ハヴィランド・バードックにちがいない。たくさんの花環が捧げられて、聖歌隊がやや不揃いに讃美歌を斉唱するうちに、一行が列をつくって、教会内に入っていった。牝馬のポリー・フリンダーズが激しく首をふった。ウィムジイはそれを走りだしたい意思表示と受けとって、自分は帽子をかぶり、馬にはゆるやかな歩みを許し、フリンプトンの村の方角へ向かった。

　卿が馬を速歩にさせて、見事な木立の多い田園地帯を四マイルほど進むと、フリンプトン共用地の端に達した。街道はそこで大きなカーブを描いて、あとは共用地沿いにフリンプトンの村へ向かっている。ウィムジイはちょっとためらった。日が落ちきって暗さを増しつつあって、共用地の道も乗っている馬も未知のものだが、目の前に伸びているのは申し分のない乗馬道であるようで、けっきょく彼は、街道を離れて共用地の道を選ぶことに決めた。しかし、ポリー・フリンダーズはこの道をよく心得ているとみえて、躊躇することなく走りだした。それからは共用地を一マイル半ほど、これといった危険にも出遭わずに走りぬけて、ふたたび本街道に合流した。そこで本街道そのものが側街道と分岐していて、ウィムジイはどちらの道を採ったものかと迷ったが、懐中電灯の光で道路標識を発見して、その悩みを解消した。そして十分後には、目指すゴールに到着していた。

ラムズデン少佐は大柄な男で、明るい性格だった。大戦で片脚を失ったが、朗らかな人柄に少しの影響もなかった。夫人もやはり大柄で性格が明るく、子供たちもみな大柄で快活そのものなのだ。ウィムジイは大きくて明るい部屋の、元気よく焔をあげている暖炉の前に導かれて、ウィスキー・ソーダのグラスをあけながら、朗らかな一家の人々と愉快に話しあった。ウィムジイが話題にバードックの葬儀を持ち出し、幽霊馬車の件を語ると、ラムズデン少佐は声高らかに笑って、

「迷信ぶかいのはこの地方の人間の特徴ともいうべきもので、警察官までが例外でない」そして夫人にふり向いて、「覚えておるだろうな。ポグソンの耕作小屋に幽霊が出るという噂が立って、おれがとり鎮めてやったときのことを」

「忘れやしませんわ」夫人も力をこめて答えた。「あの当座、うちの女中たちが面白がって、その話で持ちきりでした。トリヴェットが――この村の駐在巡査ですわ――彼がある夜、この屋敷へとび込んできて、台所で気を失って倒れてしまいましたの。みんなして、声をかぎりに名前を呼んで、うちで最上のブランディを飲ませたりして、意識を回復させようと努めているあいだ、うちのひとが、トリヴェットが幽霊を見たという現場を調べに行きました」

「で、幽霊を見つけましたか?」

あとの話は少佐がひきとって、「見つけたのは、もちろん幽霊じゃなくて、一足の泥靴と豚

肉パイの食いかけだった。つまり浮浪者が入りこんでおったのだ。このあたりでは、そんな話がちょいちょいある。それに尾鰭《おひれ》がついて、噂がだんだん広まっていくのだ。昨夜は、共用地で夜中に火が燃える騒ぎがあった。もっともこれは、いまだに理由が解明されておらんがね」

「ジプシーの仕業よ」夫人がいった。

「そうかも知れん。しかし、誰もジプシーの姿を見かけておらんのだ。その火はたいていの場合、思わぬときに、思わぬ地点で燃えあがる。どしゃぶりの雨のなかのときもあった。そばへ近づくと消えてしまって、そこに黒く燃え跡が残っておった。それにまた、あの共用地には、動物も怖れて近よらぬ場所がある。死人の場所というのに近いね。日が暮れると、うちの犬だって怖れて近づかん。不思議なけものだよ、犬というものは。昼間のうちはなんとも思っていないのだからな。とにかく共用地には、いろいろとよくない噂がある。昔は追い剝ぎの稼ぎ場所だったし」

「バードック家の死の馬車の言い伝えは、追い剝ぎと関係があるのかしら?」

「いや、そうじゃない。あれは、ずっと昔のバードックの家にひどい道楽者がいて、それに絡んだ伝説だ。その男が地獄に堕ちて、いまだに魂が馬車に乗ってさまよっておるというのさ。村民たちはみんな、ほんとうのことと信じこんでおる。しかし、それはそれで、悪いことじゃない。召使たちが夜遊びを差し控えるからな。さて、そろそろ食事にしようか」

食後の会話——

「ウィムジイ君、覚えておるだろうな。半ごわれの水車小屋があって、そばの豚小屋を囲んでニレの木が三本立っていて――」

「覚えているとも。ぼくたちが、あれで眺望が妨げられてるというと、きみが即座に吹っとばしてしまった。おかげで眺めがよくなったが」

「なくなってみると、なんだか淋しいなんていいだしたりしたな」

「でも、思いきりよく吹っとばしてよかったんだ。あれはやっぱり目ざわりだった。きみが心残りだったのは、ほかのものだ」

「なんだ、それは?」

「豚さ。豚にありつけなくなったことだ」

「そうだ、図星だ。ところで、パイパーのやつが、それをつかまえてきたときのことを覚えておるか?」

「忘れるわけがあるものか。パイパーの名を聞いて思い出したが、きみも知っているパンソーンだが……」

彼ら二人にしか訳の判らぬ戦地の思い出ばなしがいつまでもつづくので、ラムズデン夫人がいった。

「わたし、退《さ》がらせていただくわ。どうぞ、ごゆっくり」

二人の会話はながながとつづいた。

「ポッパムの頭がおかしくなったとき、きみはたしか、いなかったね」

「そうだ、捕虜を護送するんで、前線を離れていた。だが、その話は噂で知った。あの男、その後どうなったんだ？」

「ぼくが本国へ連れ戻った。いまでは元どおりの軀になって、リンカーンシャーで暮らしている。結婚もしたのだ」

「彼がね？　まあ、あの男の頭がおかしくなるのも、やむを得んことだった。当時の彼は、少年兵といっていいくらい若かったんだ。ところで、フィルポッツはどうしておる？」

「フィルポッツか。彼は……」

「さあ、もう一杯、やってくれ」

「なに、もう帰る？　ばかなことをいうな。まだ宵の口だぞ」

「どうしても帰る気か。なぜ泊まっていかんのだ？　家内も喜ぶのに。ベッドの支度など、あっというまに用意させるよ」

「ご厚意は感謝するが、戻らぬわけにもいかんのさ。かならず戻るといって出てきた。玄関扉のチェーンのことまで打ち合わせてある」

「じゃ、好きなようにするがいいが、雨はまだ止んでおらんぜ。馬で帰ったんじゃ、びしょ濡れになるじゃないか」

「こんどのときはセダンに乗ってくるよ。雨は苦になるどころか、酔った顔の濡れるのが気持いいくらいのものだろう。ああ、召使を起こさんでくれよ。馬の鞍をおくのは、ぼくが自分でする」

「手伝うよ。造作ない仕事だ」

「大丈夫だ。一人でできる」

「遠慮するな。一緒に行って、手を貸してやる」

玄関の扉を開けると、雨を伴った風が吹きこんできた。夜中の一時をすぎていて、戸外は漆のような闇だった。ラムズデン少佐はもう一度ウィムジイに泊まっていくように勧めた。

「気持は嬉しいが、フロビッシャー・ピム夫人の感情を損ねるわけにもいかない。たいした雨ではないし、冷えるほどのこともない。ポリー、待たせたな。帰るんだ」

ウィムジイが牝馬に鞍を着けて、腹帯を締め直してやるあいだ、ラムズデン少佐が角灯で照らしていた。牝馬は秣《かいば》をあてがわれ、じゅうぶん休息をとったので、あたたかい放し飼い厩舎をとび跳ねるようにして出てくると、頸をまっすぐ伸ばし、雨のにおいを嗅いだ。

「じゃ、また訪ねてきてくれ。気をつけて行けよ。久しぶりに楽しい夜だった」

「奥さんによろしくいってくれ。庭木戸はあいているかね？」

「ああ」

「じゃ、ご機嫌よう！」

「また、会おうぜ！」

鼻面をわが家の方角へ向けられたポリー・フリンダーズは、九マイルの街道をひと息で駆け戻る意気込みを示していた。木戸を出て、樹木の生い茂った庭を離れると、雨はあいかわらず激しく降りつづいているものの、夜空はあんがいと明るかった。厚い雲のうしろの月がときどき光を洩らして、蒼白い染みのようなものを浮かびあがらせ、くろぐろとつづく街道に影を落としているのだった。馬上のウィムジイは思い出ばなしを反芻し、ウィスキーの酔いも手伝って、鼻唄をくちずさんでいた。

街道の分岐点をすぎるとき、彼は一瞬、躊躇した。共用地の道を採るか、このまま真直ぐ街道を進むか。考慮の末、共用地の道は捨てることにした。不吉な噂を怖れたわけでなく、車のわだちの跡とウサギの穴を避けたのだ。彼は手綱をしごいて、励ましの言葉を馬に言い聞かせ、街道を走りつづけた。右手は共用地、左手は生垣に囲われた畑地で、その生垣が降りしきる雨を防いでくれた。

坂を登りきって、共用地の乗馬道と街道の接点をすぎたところで、牝馬の軀がぐらっと揺らいだ。ウィムジイはいそいで馬の足を見やり、眉をひそめて、

「気をつけてくれよ、ポリー」と、叱るようにいった。

ポリーは首をふって進みだし、元の歩調をとり戻そうとした。「待て、待て！」ウィムジイは手綱を引いて、馬を立ちどまらせ、その背からとび降りながら、

「左の前脚がおかしいぞ」といった。「人家から四マイルも離れたこんな場所で、足の筋でも違えられたら、どうしようもないからな」

そのとき初めて、そのあたりがいかに淋しいところであるかに、ウィムジイは気がついた。一台の車も通っていなくて、アフリカ大陸の奥地にいるかのようであった。

彼は片手で、馬の左前脚を撫で下ろして、負傷の個所を探した。馬は痛がる様子もなくて、おとなしく立っていた。ウィムジイは怪訝《けげん》そうな顔をして、「石を踏んだのかも知れないが、それにしては——」

呟きながら彼は馬の足を持ちあげて、指先を懐中電灯の光で注意深く調べてみた。案の定、彼の推測は正しかった。通りすがりの自動車が落としていったと思われる鋼鉄ナットが、蹄鉄と蹄叉のあいだに固く食い込んでいた。ウィムジイはぶつぶついいながら、ポケットのナイフを探した。さいわいなことに、それは旧型のナイフで、刃とコルク抜きのほかにもいくつかの道具が付属していて、そのうちにはこの場の作業に適当な品があった。

ウィムジイがしゃがみ込んで、ナットを引き抜こうと努めているあいだ、馬は鼻先を彼に擦りつけて甘えていた。その仕事は少なからず厄介なものだった。なぜかというに、片手で蹄を持ちあげ、もう一方の手でナイフを扱わねばならぬので、懐中電灯は腋の下に差し入れておくことになる。彼は苦しい作業をつづけながら、ふと顔をあげて、前方へ目をやった。そのとき、街道のはるか先のところに、何かの動くかげを見た。そのあたりは、道路の両側から巨木が枝を差し伸べて、街道が共用地のなかに入りこんだ感じなのだ。自動車にしてはライトが暗すぎる。おそらく、薄暗い角灯を吊るした荷馬車であろう。しかし、それにしては動きが遅すぎる。ウィムジイは一瞬、不審に思ったが、また作業に戻った。

彼の努力にかかわらず、ナットは頑強に抜きとられるのを拒んだ。牝馬は痛いところに触れられるので、ややともすればあとじさりをして、脚を大地へつけようとする。ウィムジイは声をかけて宥《なだ》めすかし、頸筋をかるく叩いてやった。そのはずみに、腋の下に挟んでおいた懐中電灯がすべり落ちた。彼は舌打ちをして、蹄を地につけ、草地の端まで転がっていった懐中電灯を拾いにいった。そしてふたたび腰をあげたとき、街道の上に問題のものを見た。

雨水のしたたり落ちる木々の枝の向こうから、あるかなしかの淡い月光に照らされて、それが走ってくる。蹄、車輪、馬勒《ばろく》、なんの音もしなかった。つやつやした毛並みの白馬の肩に弱弱しい火の環のような首当てが見えているが、それに何ひとつ繋いでなく、前後に激しく動く手綱にしても、軛に結ばれているわけでない。脚がぜったい大地に触れず、蹄の音をまったく立てず、白い馬体が煙のように宙に浮いている。馭者は軀を前に乗り出して、しきりと鞭をふるっているが、顔がなくて、頭がなくて、それでいながら軀全体が、猛烈な勢いで急いでいるのを示していた。車体は降りしきる雨に包まれてもうろうと見えるだけだが、ウィムジイの鋭い目は、回転する車輪と、車の窓のなかに何やら白いものが凝固したように動かずにいるのを見てとった。首のない馭者と首のない馬、そして森閑と静まりかえった車体が、駆歩で彼のそばを走りすぎてゆき、あとにはかすかな音が――音というより空気の震動に近いものが残った。そして突然、吼え立てるような風が南のほうから吹きつけて、あたり一面、水しぶきの幕に蔽われた。

「なんだ、あれは!」ウィムジイは思わず叫んで、そのあと、「ぼくはあの程度のウィスキーで酔っぱらったのか」と呟いた。

そして彼は、ふり返って目を凝らし、街道を走り去る馬車のあとを追っていたが、急に牝馬のことを思い出して、ふたたびその脚を持ちあげ、懐中電灯の助けを借りるのももどかしく、手探りでナットの抜き取り作業を再開した。こんどはナットの抵抗も少なくて、即座に彼の手のなかに落ちた。ポリー・フリンダーズは、鼻を鳴らして、感謝の気持をあらわした。

ウィムジイは馬を促して、二、三歩歩かせてみた。馬の脚が力づよく、大地を踏みしめた。ナットを踏むのとほとんど同時に抜きとったので、蹄叉を傷つけないですんだのだ。ウィムジイはふたたび馬に跨がり、少し歩きださせてから、急に向きを変えさせて、意を決したようにいった。

「そうだ。あのあとを追おう。いいか、ポリー、いそいでもらうぜ。首のない馬なんかに敗けるんじゃないぞ。首なしで歩きまわるなんて、怪《け》しからんはなしだ。放っておいていいものでない。共用地の道をいそげば、先まわりができる。この街道と交差するあちら側の出口で、つかまえてくれるのだ」

もはや彼は、馬の持ち主の意向も、馬の足もとの不安も考慮の外において、ポリーを共用地の乗馬道に乗り入れ、全力疾走を促した。

初めのうちは、共用地の乗馬道と街道とのあいだがあまり隔たっていないので、街道の前方を走る白いものの姿が見えていたが、共用地の奥深く進むうちに、目指すもののかげはまったく見えなくなった。しかし彼は、街道のこのあたりに脇道がないのを知っていた。彼のほうに騎乗事故がないかぎり、乗馬道の街道への出口で、怪しいものをつかまえられるのは必然的だった。ポリー・フリンダーズは彼の拍車に応えて、この乗馬道に慣れていることからの無頓着さで、ただひたむきに走りつづけ、十分と経たぬうちに、彼女の脚がふたたび、本街道の砕石舗装を踏んでいた。ウィムジイは馬の歩みをとめて、首をリトル・ドッダリングの方向に向けさせ、街道を見やった。しかし、何も見えなかった。こちらがずっと先まわったのか、大型馬車が信じられぬほどのスピードで、すでに通りすぎてしまったのか、それとも――

ウィムジイはしばらく待った。何ごとも起きなかった。激しい雨は止んで、雲の割れ目から、月が顔を出しかけていた。街道は完全な空白だった。ウィムジイはふり返った。はるか遠く、地上に近いところに小さな光がきらめいて、赤になり、グリーンになり、そしてまた白になり、しだいにこちらに近づいてくる。やがてそれが、自転車に乗った巡査だと判った。

「ひどい雨でしたね」巡査は愛想よく声をかけたが、その調子に、かすかではあるが、こんな時間に、こんな場所で何をしているのかと、尋問する気持が窺《うかが》われた。

「まったくひどい雨だったな」ウィムジイが答えた。

「こいつがパンクしましてね」巡査は自転車を指さしていってから、「直しているあいだに、霽《は》れてくれましたよ」と付け加わえた。

ウィムジイは、「雨のなかのパンク直しとはたいへんだったな」と同情の言葉を述べてから、「で、それに、何分ぐらいかかった?」と、訊いてみた。

「二十分はかかりました」

「そのあいだに、リトル・ドッダリングのほうから何か走ってこなかったか?」

「あたしがいるあいだは何も通りませんでした。だけど、その何かってのは、なんなのです?」

「ぼくがさっき見かけたのは——」ウィムジイはいいかけて、ためらった。非常識なことをいいだして、巡査にまでばかにされたくない気持だった。「四頭立ての馬車だよ。ほんの十二分ほど前、この街道上で、ぼくの目の前を走りすぎていった。その場所かね? 共用地のあちら側の出入口だ。その馬車をもう一度確かめようと追ってきた。ちょっと異様なところが——」

彼はわれながら、説明の言葉がしどろもどろなのを感じた。

巡査は声をやや鋭くして、口ばやにいった。

「何も通りはしませんよ」

「たしかか?」

「たしかです。こういってよろしかったら、いわせてもらいますが、早くお宅へ帰ったほうがいいですぜ。このあたりはちょっと物騒な場所なんでね」

「そうか。じゃ、帰ろう」ウィムジイはいった。「おやすみ」

彼は牝馬の首をリトル・ドッダリングの方向へ向けて、ゆっくり走りださせた。なにも異常なものを、見も、聞きもしなかった。すれちがうものもなかった。夜空は月光に明るくなって、ウィムジイはフロビッシャー・ピム邸に帰りつくまでのあいだ、脇道はひとつもないのを確かめた。彼の見たものがなんであったにせよ、それは共用地の端から端までのあいだで消え失せたので、街道を遠ざかったわけでないし、ほかの道をとったのでもなかった。

ウィムジイは翌朝、ゆっくり起床して、朝の食堂に比較的おそく顔を出すと、そこでは家族の人たちが興奮の状態にあった。

「とても怖ろしいことが起きましたのよ」フロビッシャー・ピム夫人がいった。

「これ以上不埒なはなしはない」彼女の夫も口を添えた。「わしはハンコックに注意しておいたのだ。そんな注意は聞かなかったなどとはいわせんよ。それにまた、彼の方針の是非はともかく、あんな怪しからん犯罪を行なったやつは、ぜったい許すわけにいかん。ひっ捕えて、どんな関係の男であるにせよ――」

「いったい、何が起きたんですね?」ウィムジイはサイドテーブルから牛の腎臓《もつ》の焼いたのを皿に移しながら訊いた。

「この上なしのスキャンダルですわ」フロビッシャー・ピム夫人が説明を始めた。「牧師さんがさっそく、うちのトムに報告にきて、大声にしゃべり立てたので、おそくお寝《やす》みになったあなたがお目覚めにならなければいいがと、気をつかいましたわ。話というのはこうなんです。けさの六時にハンコックさんが、早朝のミサをあげに教会堂に入りますと――」

「ちがう、ちがうぞ。そこがちょっとちがっておる。わしが話したほうが間違いない。つまり、こうなんだ。教会堂へ最初に入ったのはジョー・グリンチだ。この男は寺男で、ミサの始まる前に鐘を鳴らす役目だ。彼が教会堂へ行ってみると、南側の入口のドアがあけっぱなしになっておって、内部には誰もおらん。当然、柩のそばで通夜を受け持つ者が祈禱をあげておるはずなのにだ。グリンチはもちろん意外に思ったが、ハバードもローリンソン青年も、通夜の勤めがいやになって、帰ってしまったものと考えた。そこでグリンチは祭具保管室へ祭具や何かをとり出しに行った。ところが、驚いたことに、そこで女の声を聞いた。祭具保管室のなかで、救けて！ と叫んでおるのだ。あまりにも意外なことなので、彼は最初、どうしたものかと戸惑ったが、とにかくドアの鍵を開けてみると――」

「彼自身の鍵で？」ウィムジイが口を挟んだ。

「いや、鍵は鍵穴にささったままだった。本来ならば、オルガンの近くのカーテンのうしろに釘が打ちつけてあって、それにひっかけてある鍵なんだ。それがそのときは、鍵穴に突っ込んだままだった。そしてドアを開けてみると、牧師夫人とその娘が閉じ込められておった。恐怖と不安で半死半生の状態でだ」

「驚くべきことだな」

「そうだ。まったく驚くべきことだ。しかし、彼女たちの語ったことは、もっともっと驚くべきことだった。彼女たちは当初のスケジュールどおり、夜中の二時に終夜祈禱の役目をひき継いで、婦人用礼拝堂においてある柩の前にひざまずいて、祈りを捧げはじめた。そして、彼女たちの計算だと十分間ほど、そうして祈っておると、高い祭壇の上を誰かがこそこそ動きまわる音を聞いたのだ。ハンコックの娘はとても度胸のいい性格なので、すぐさま立ちあがると、暗い側廊を祭壇へ向かって歩きだした。母親のハンコック夫人は娘のあとにぴったりくっついて、一緒に行った。あとで本人自身が話しておったが一人とり残されるのがこわかったのだぞうだ。二人は内陣仕切りまで歩みよると、ハンコックの娘が大声で、「誰なの、そこにいるのは?」と訊いた。とたんに、ごそごそいう音が大きくなって、何かがひっくり返ったように聞こえた。ハンコックの娘は気丈にも、聖歌隊席においてある教区委員の指揮棒の一つをひっつかんで突進した。泥棒が、祭壇を飾っている聖具を盗み出そうとしておると考えたんだな。あそこには、とても見事な十五世紀の十字架が安置してあって――」

「十字架のことはどうでもいいのよ、トム。どっちみち盗まれはしなかったのですもの」

「そうだ。盗まれはしなかった。しかし、あのときハンコックの娘はそれを心配した。とにかく彼女は、母親をうしろに従えて、祭壇のステップを登りだした。母親のハンコック夫人は、気をつけてね、用心するんですよ、といいつづけておった。すると、聖歌隊席からとび出してきた者があって、そいつが彼女の両腕をつかんで――彼女の表現をそのまま用いると――か、、、る運びで、祭具保管室へ押しこんだ。そして彼女に悲鳴をあげるまも与えずに、母親も一緒に投げ入れて、ドアに鍵をかけてしまったのだ」

「こんな平和な村に、思わぬ事件が起きたものだな」

「そういうことだ」フロビッシャー・ピム氏がいった。「いうまでもないことだが、女たちは怖れおののいた。犯人たちが戻ってきたら、こんどは殺されるかも知れないからで、聖具を奪い去られるのは、当然のことと諦めねばならなかった。祭具保管室にも窓はあったが、小さいうえに鉄棒が嵌まっておるので、逃げ出せるものでなく、救けにきてくれる者を待つ以外に方法がないのだ。耳を澄ませてみたが、物音らしいものも聞こえてこない。唯一の希望は、四時からの祈禱担当者たちが受け持ち時間より早くやってきて、聖具を運び出す犯人たちをつかまえてくれることだ。そこで女たちは待った。時計が四時を打った。五時を打った。だが、誰もあらわれなかった。そして、やっと六時に、寺男のジョー・グリンチに救け出してもらったというわけだ」

「ローリンソン青年と、もう一人の何とかいう男はどうしたのだ?」

「彼女たちには判らなかった。グリンチにも判らなかった。しかし、三人で教会堂の内と外とを見てまわったが、何も盗まれておらんし、荒らされた様子もまったくない。そこへ牧師がやってきたので、事情を話した。牧師はもちろん、びっくり仰天した。聖具が無事だし、救貧箱にも手がついておらぬのを知ると、彼は最初、聖体を盗みにきたんじゃないかと考えた。そこで、あの容器の——なんとかいったな、正式の名前は?」

「聖櫃だよ」

「そう、そう。それが正式の名前だった。その聖櫃の蓋をあけてみたが、聖体は一枚もなくなっていなかった。鍵は一つだけで、彼の時計の鎖に繋いであるのだから、蓋のあくわけがない。つまり、聖別された聖体を未聖別の聖体とすり換えようとする悪いいたずらではなかったのだ。そこでハンコックは、細君と娘を牧師館に帰らしてから、教会堂の周囲をくまなく捜査した。するとさっそく、南側の入口に近い植込みのなかに、ローリンソン青年のモーターバイクが転がっておるのを発見した」

「おお!」

「次の彼の考えは、ローリンソンとハバードを探し出すことだった。それに手間はかからなかった。教会堂の外側をひとまわりして、北側にある暖房用炉の焚《た》き小屋に近づくと、物凄い音が聞こえ、誰かがなかからドアを叩いて叫んでおるのだ。牧師はグリンチを呼んで、二人して小さな窓から覗き込んでみると、驚くじゃないか！　下卑た言葉でわめいておるのが、ハバードとローリンソン青年なんだ。彼ら二人も、女たちと同じ方法で押し込められておったのだ。教会堂へ入ると同時に、やられてしまったものらしい。わしの見たところ、ローリンソンは宵の口を、ハバードの居酒屋ですごして、あまり早くから教会へ行くのもどうかと思ったからだろうが、酒場の奥の部屋でひと眠りしたようだ。そして実際のところは、酒もかなり飲んだものと、わしは見ておる。夜中に淋しい場所で祈禱を捧げるための用意というのだろうが、それがハンコックとの打ち合わせであったとしたら、わしは採らんよ。そうまでして、終夜祈禱をあげる必要がどこにある？　それはともかく、四時少し前に、二人はハバードの酒場を出発した。ローリンソンのバイクで、ハバードは荷台に乗った。で、二人は南側の木戸から教会の敷地内に入った。そこからはローリンソンがバイクを押して、教会堂の建物へ近づいたのだが、突然、二、三人の男が——正確な人数は、二人には見てとれなかった——木立のかげからとび出してきて、取っ組みあいの闘いになった。バイクが邪魔になったし、予想してもいなかった襲撃なので、二人は善戦できる状態でなかった。たちまち殴り倒されて、頭から毛布か何かをかぶせられた。もっとも、詳しいことは判らんがね。とにかく、そういったわけで、ハバードとローリンソンはあの小屋に投げこまれた。しかも、鍵が見つからんので、いまだに閉じ込められたままなんだ。急のことなので、予備の鍵もどこにあるか判らんらしい。そこでさっき、もう一個の鍵がわしのところにあるはずだと、もらいにきた。しかし、わしにしたって、ずいぶん久しいあいだ見たこともないので、どこを探してよいやら判らんのさ」

「すると、二人の場合は、鍵が鍵穴に挿さったままじゃなかったのだね？」

「そういうわけだ。そこで、錠前師を呼んである。もうそろそろ開いている頃だろうから、これから見に行くつもりだ。きみも一緒にくるかね？」

ウィムジイは、もちろん行くと答えた。彼はこの事件のうちに、興味ある性質のものを感じとっていたのだ。

外へ出ると、フロビッシャー・ピム氏がいった。「昨夜の帰りはかなり晩くなったようだな。睡眠が足らんのだろう。欠伸《あくび》ばかりしてるじゃないか」

「おたがいにね」とウィムジイは応じた。

「ポリーのやつ、しっかり走ったものと思うが、それにしても、人っ子ひとり見かけぬ淋しい道だったろうな」

「巡査を見かけただけだった」

ウィムジイは真実を語らなかった。この段階ではまだ、あれを幽霊馬車とは断定しかねた。死の予告を見たのは自分ひとりでないと知れば、プランケットがひと安心するのが明らかだったが、はたして幽霊馬車であるのか、ウィスキーの酔いが古くからの言い伝えと結びついた幻想にすぎないのか、午前の太陽の下では、明確な証拠が皆無なのだ。

治安判事フロビッシャー・ピム氏とその友人が教会に到着すると、かなりの群衆が集まっていて、なかでひときわ目立つのが、僧服に聖職者帽をかぶった男で、よほど興奮しているのであろう、大げさな身振りで弁じ立てていた。これが牧師ハンコックであるのは間違いない。もう一人、村の巡査が目につくが、彼は足もとにまつわりつく子供たちの手で、制服のボタンをひきちぎられぬばかりなので、警察官の威厳はどこへやらといった有様だった。いま巡査は、釜口から解放された二人の男の供述を聴取しおわったところだった。二人のうち若いほうは、態度も顔つきも小生意気な男で、年齢は二十五、六か、警察官への説明をすませたばかりなのに、バイクに乗って、この場を離れようとしていた。それでも、治安判事のフロビッシャー・ピム氏を見かけると、愛想よく挨拶して、「とんだ失敗をやらかしましたよ、治安判事さん。不意打ちを食らったからで、笑わんでください。とにかくこれで、ヘリオッティングに帰らしてもらいます。事務所へ出勤がおくれると、グレアムさんのご機嫌が悪いんです。それから、ぼくたちを襲ったのは、この村の悪童どもですよ。いやがらせのためでしょうね」

彼は照れ臭そうな笑いとともに、モーターバイクに跨がって、ペダルを踏み、必要以上のガスを発散させながら、走り去った。フロビッシャー・ピム氏は排気ガスを浴びて、くしゃみをした。もう一人の犠牲者である肥った大男は思わぬ敗戦にいつもの大言壮語はどこへやら、きまりわるげな顔を治安判事に向けて突っ立っていた。

「おい、ハバード」とフロビッシャー・ピム氏が冷やかしていった。「愉快な経験をしたものだな。おまえみたいな大男が、いたずら小僧同様に石炭投げ入れ口に閉じ込められたと聞いて、わしは自分の耳を疑ったよ」

「そうでしょうとも。あたし自身が驚いたくらいですからね」居酒屋のあるじは相手の揶揄を冗談にまぎらそうとして、「まったくのはなし、あんなにびっくりしたことは、あたしも生まれてから初めての経験でさ。いきなり頭から毛布をかぶせられたんですからね。それでも負けずに、やつらの向こう脛を、一、二度蹴っとばしてやりましたよ」と、含み笑いとともに付け加えていった。

「相手は何人いたのだね?」と、そばからウィムジイが訊いた。

「三人か四人でしょうな。といっても、この目で見たわけじゃないんで、やつらの話しあってる声で判断しただけなんでさ。あたしを襲ったのが二人なのはまちがいないんです。ローリンソンは一人の相手にやられたようですが、こいつは怖ろしく腕力のある男だったそうで」

興奮したハンコック牧師がいきり立って、「草の根を分けても彼らを探し出し、逮捕してもらわねばならぬ。フロビッシャー・ピムさん、一緒にきてください。教会内部がどんなに荒されたかをご覧に入れます。これは反カトリックの新教徒の仕業にちがいありません。二度とこんな真似をさせないためにも、逮捕して、厳罰に処してもらわねばならんのです」

牧師が治安判事とその友人を教会堂の内部へ導いた。小さな礼拝堂は陽の光が遮断されていたが、すでに誰かの手で、吊りランプの二つ三つに火がともされていて、その光で明るい戸外から入ってきたウィムジイにも、翼を広げた鷲の形の台座を持つ聖書台が見てとれて、それは赤、白、青、三色の大きなリボンを蝶結びにして飾ってあるのだが、頸部のくびれに板を吊るして、それにこの地方の新聞紙から切り抜いたものらしい活字が貼りつけてある。文句は、『法王庁は祭服の不必要な着用を厳禁する』というのだった。聖歌隊席の全部に、それぞれ一つずつ仔熊の縫いぐるみを、讃美歌集に目をそそいでいる格好におき、縫いぐるみが手にしているのは、讃美歌集の代わりにピンク雑誌だった。そしてまた説教壇の上には、金紙で作った、クリスマスのおとぎ芝居に登場するロバが載っかっている。頭に見事な円光をいただき、美麗なナイトガウンを着ているものの、ロバはやはりロバに変わりなかった。

「怪しからんことです。わが教会を汚辱すること、これ以上のものはありません」牧師がいった。

「まったく、そのとおりだ。しかし、ハンコック君」とフロビッシャー・ピム氏がいった。「これはいわば、きみ自身が招いたことでもあるんだぜ。もちろん、このような所業を許してよいものでないのは、わしだって声を大きくしていう。そして、犯人を発見して、厳重に処罰しなければならぬこともだ。しかし、きみの執り行なう祭儀が、彼らの目には、よくてせいぜい、形式のみに堕したナンセンスと映っておるのも否定できぬ事実だ。それが犯行の言い訳にはならぬにしても……」

治安判事の非難の声はいよいよ鋭さを増して、

「……いまここで、バードックの遺体に冒瀆行為が加えられたのも、あのような生涯を送った男に……」

そのとき、村民たちを押し分けて、内陣仕切りのあたりまで入ってきていた巡査が、ピーター卿の耳もとでいった。

「あんたは、ゆうべ夜中に街道でお会いした方じゃないですか？　お声を聞いて、思い出したんです。あれから無事に、お帰りになれましたか？　何にも出遭わないで？」

その声は挨拶がわりの言葉にしては、妙に真剣な響がこもっていた。ウィムジイはすばやくふり向いて、

「いや、何にも出遭わなかった。しかし、あんな深夜に、四頭立ての白馬の馬車を走らせていたのは誰なのかな、巡査部長君？」

「あたしは部長じゃありませんよ。部長に昇進するには、まだちょっと間があるんです。それはともかく、あの白馬のことですが、アボッツ・ボルトンのモーティマーさんのところには、いい白馬が何頭かおるんです。あのひとはこの地方で最大の馬産者ですからね。だけどモーティマーさんは、あんなひどい雨が降っているのに馬を走らせるなんてことは、間違ってもなさらんのです」

「馬を傷つける怖れがあるというのだな」

「そうですよ。それに――」巡査はウィムジイにぴったり寄りそって、耳もとでささやくようにいった。「それに、モーティマーさんは、肩の上にちゃんと首が載っかっているんです。あのひとの持ち馬にしましてもね」

「なるほど」ウィムジイは、巡査の反応の素早いのに驚いて、「すると、きみは首のない馬のことを知っていたのか？」

「知っていますとも」巡査は力をこめていった。「首がなくて生きてる馬なんて、常識で考えられることじゃないが、この地方には言い伝えがあるんです。しかし、実際のところは、この教会の祭儀に絡めた若い連中たちの悪いいたずらと見ていいと思いますがね。べつに実害が生じたわけじゃない。村じゅうを騒がせて、面白がるだけが狙いとみて間違いないでしょう。牧師さんはだいぶ興奮しておられますが、新教徒の陰謀なんて大それたことでないのは、ちょっと考えただけで判るはずでさ。ただの冗談、悪いいたずらだ、で片付けておけばいいんですよ」

「その点、ぼくも同感だ」ウィムジイは興味をおぼえていった。「しかし、きみがどうしてそう考えたか、知りたいな」

「簡単に察しのつくことじゃありませんか。新教徒の仕業だったら、十字架、神像、灯明灯といったものを狙いますよ」と巡査は、ごつごつした指先で聖櫃の方向をさし示して、「ところが、やつらはあれには手を触れようともしなかったし、聖餐台にいたっては近づきもしなかったらしい。だから、あたしは睨んでいるんです。それは教義に絡んだものでなくて、ただの悪いいたずらだとね。そのうえやつらは、バードックさんの遺体に敬意を払っていた様子が見えます。つまりあの連中には、格別の悪意があったわけじゃないんです」

「まったく同感だ」ウィムジイはうなずいて、「それが証拠に、教会関係の人間がとくに神聖視しているものには、ぜったい触れまいと気をくばっていたらしい。ところで、きみはいまの職場にどのくらい勤めているのだ?」

「この二月で、三年になります」

「都会勤務に転任させてもらって、捜査部門の仕事をする気持はないのか?」

「ありますとも。しかし、願い出たところで、希望をかなえてもらえるわけでもないんで、諦めているんです」

ウィムジイは紙入れから名刺を一枚とり出して、

「きみが真剣に望んでいるのなら」といった。「この名刺をロンドン警視庁のパーカー首席警部に差し出して、転任希望を申し出るがいい。こんな田舎の村に駐在していたのでは、実力を発揮する機会をつかめぬといった趣旨のことを述べ立てるんだな。パーカーはぼくの親友だ。かならずきみの希望をかなえてくれるだろうよ」

巡査は顔を輝かして、「あなたさまのお噂は、じゅうぶん承知しております」といった。「ご親切なお言葉をお聞かせくださって、こんな嬉しいことはありません。とりあえず、この事件の解決のために、あたしも力のかぎりを尽くしてみます。治安判事さん。捜査はあたしにお任せください。さっそく、真相を突きとめてごらんに入れますから」

「そうしてくれるとありがたい」と治安判事もいった。「それはそうと、ハンコック君、教会堂の入口をひと晩じゅう開け放しにしておくのはやめたほうがいいとのわしの意見、どうやら正しかったようだ。さっそく改めるんだな。さあ、ウィムジイ君、この場の始末は警官たちに任せて、わしらは葬儀のほうへ出向くとしよう。ところで、きみの探偵眼は、ここで何かを発見したかね?」

そのときウィムジイは、婦人用礼拝堂の床をのぞきこんでいたのだが、

「皆無だよ。虫をつかまえたと思ったら、おがくずだった、というやつだな」と答えて、指先の塵を払って、フロビッシャー・ピム氏に従って、教会を出た。

田舎の小村に滞在していると、いやでもその小さな共同体の住民たちの興味と関心に同調せざるを得なくなる。したがってピーター・ウィムジイ卿も、心にもなく郷士バードック老人の葬儀に参列して、柩を墓穴に収める行事に手を貸す羽目になった。ぬか雨が降りつづいていたが、多数の村民が――やはり浮世の義理からであろうが――敬虔な顔つきで参列していた。埋葬式が無事に終了したあと、ウィムジイはハヴィランド・バードック夫妻に紹介されて、細君のほうが高価な喪服を身につけているだろうとの予測が誤っていなかったのを確かめ得た。趣味の点はともかくとして、高価なものであることは間違いない。絹靴下の製造事業が多大の収益をあげているあらわれである。それはともかく、彼女は美人だった。ドレスはかなり大胆に流行を取り入れたもので、ダイヤモンドを鏤《ちりば》めた指輪をいくつも嵌めて、彼女と握手をしたウィムジイの手が痛かった。ハヴィランドはことさらに友好的であろうと努めていた。絹靴下の製造で儲けたからといって、イギリスきっての貴族の生まれで、しかも先祖伝来の巨富に恵まれたピーター卿に好感を抱いてもらうのは意味のないことでない。ハヴィランドはどうやら、ウィムジイが古美術品と古書の収集家として有名であるのを知っている様子で、それを理由に、荘園屋敷をぜひともご覧に入れたいと、熱心に申し出た。

「兄のマーティンはまだ国外にいますが」とハヴィランドはいった。「ぼくたちの屋敷にご光来を賜《たまわ》ったと聞いたら、とびあがって喜ぶことと思います。ぼくはその方面に暗いのですが、あの図書室には非常に珍しい古書籍がいろいろと収めてあるそうです。ぼくたちはこの村に、月曜日まで滞在しています。ハンコック夫人のご好意で、牧師館に泊めていただいているのです。いかがでしょう、明日の午後にお出でいただけないでしょうか？」

ウィムジイは喜んで拝見させていただくと答えた。

するとハンコック牧師夫人が、それより先にピーター卿を牧師館にお招きして、お茶を差しあげたいといいだした。

それにもウィムジイは、ぜひそうさせていただきたいと答えた。

「じゃ、決まりましたわ」ハヴィランド・バードック夫人がいった。「ピーター卿と治安判事さんがお茶をお飲みになったあと、わたくしたち顔を揃えて、荘園屋敷へまわればいいのです。わたくしはいまだに、バードック家の屋敷を見ておりませんのよ」

「見ておくだけの価値はじゅうぶんある」と、フロビッシャー・ピム氏がいって聞かせた。「古雅な造りで見事な建築だ。しかし、保存にかなり費用がかかる。ところで、バードック君。遺言書はまだ見つからんのかね？」

「まだなんです。所在場所の見当もついていないのです」ハヴィランドが答えた。「見つからぬというのはおかしなことで、なにしろグレアム氏が——ええ、そうです。ピーター卿、このグレアム氏がバードック家の顧問弁護士でして——その手で遺言書が作成されたのは間違いない事実です。兄のマーティンが父といさかいを起こした直後のことで、グレアム氏ははっきり記憶しているのです」

「彼はその内容を記憶していないのですか?」

「もちろん記憶しています。しかし、弁護士倫理のうえから、口外すべきでないと考えているのでしょう、何もいおうとしないのです。なにぶん、古い弁護士タイプの代表的なひとですからね。マーティンは彼を、依怙地な頑固おやじと呼んでいるくらいです。もっとも、あのときのグレアム氏は、マーティンの行状をもっとも非難した一人ですから、兄の評価もかならずしも公平なものとはいいきれません。それにまたグレアム氏は、作成時が数年以前のことなので、父がその後それを破棄して、アメリカで新しいのを作成したこともあり得ると主張しているのです」

ウィムジイとフロビッシャー・ピム氏はバードック夫妻と別れて、家路についた。途中、ウィムジイが、

「哀れなマーティンは、父親ばかりでなく、故郷にも容れられないようだな」といった。

「そうなんだよ」治安判事がいった。「とくに、グレアムとうまくいかないようだ。わし個人としては、あの男が子供の頃から好感を持っていた。少し無鉄砲なところがあるが、いい人間だと考えておる。そして、最近の彼は、年齢とともに——結婚したこともあるが——人間ができたはずだ。それはともかく、遺言書が見つからぬとはおかしいな。父子喧嘩の最中に作成されたものだとしたら、弟のハヴィランドに有利なように書かれておるのだろうが」

ウィムジイはうなずいて、「見たところ、ハヴィランド自身はそのように信じきっているよ

うだ。口に出してはいわないが、態度でそれが察しられる。たぶん、慎重だと称するグレアム弁護士の口から、不行跡のあったマーティンには不利な内容だと、かなりはっきり聞かされているのだと思う」

翌朝は天気が回復して、快晴だった。ウィムジイはリトル・ドッダリングの村に滞在しているあいだに、休息と新鮮な空気を心ゆくまで味わいたいとねがって、再度ポリー・フリンダーズの借用を申し出た。フロビッシャー・ピム氏は即座に承知して、一緒に遠乗りに出かけられないのが残念だといった。折りあしく、ちょうどその日に、貧民授産所の理事会が開催されることになっていたのだ。

「共用地の高所へ登って、新鮮な空気を吸ってくるがいい」彼は遠乗りに適当なコースを教えた。「最初は街道を進んで、ピーターリング・フライアーズの村のところで共用地へ入る。そこからそれを突っ切って、デッド・マンズ・ポストに達する。さらに進めば、フリンプトン道路に戻ってこられるコースがある。十九マイルほどの距離だが、とても快適なコースで、途中でどこかにひっかからないかぎり、昼の食事時までには帰ってこられる」

ウィムジイはそのプランが気に入ったうえに、それはたまたま、彼の内心の目的に合致していた。彼の意図は、明るい日の光の下で、馬をフリンプトン道路に走らせてみることにあったのだ。

「でも、デッド・マンズ・ポスト付近ではお気をつけになって」と、フロビッシャー・ピム夫人が少し心配げな顔つきでいった。「あの場所は村民たちも近づくのを避けていますし、第一馬がこわがって尻込みをしますの。なぜだかわかりませんけれど、この地方の言い伝えに――」

「つまらぬことをいいだすんじゃないぞ」フロビッシャー・ピム氏がたしなめた。「馬が言い伝えを知っておるわけがない。村民たちの臆病な気持が馬に伝わるだけだ。馬というやつは、驚くほど乗り手の考えを感じとるものだ。わしはあの場所で、乗馬に逆らわれたことは一度もない」

すでに十一月の季節だが、ひっそり静まりかえった街道に馬を走らせるのは快適だった。ウィムジイはフロビッシャー・ピム氏の指示どおりに、ピーターリング・フライアーズの村まで進んだ。冬の陽光の下の南英の道路は美しい。ウィムジイは心なごやいで満足だった。共用地に入ると、馬の歩みに思いきりピッチをあげさせた。彼はデッド・マンズ・ポストについての警告など、すっかり忘れていた。すると急に、馬が激しくとび跳ねて、横手へ逃げようとした。あまりにも突然なので、ウィムジイはあやうく鞍をはずすところだった。それで初めて、警告の言葉を思い出した。彼は必死にポリー・フリンダーズを宥めて、どうにか静止させた。

それまで乗馬道をかなりのあいだ走ってきたので、いまは共用地の最高所に達していた。ふり返ると、走ってきた乗馬道が左右から蔽いかぶさるハリエニシダと枯れたシダの茂みのなかにつづいて、前方にも同じような乗馬道が見えている。そしてその両者の接合地点に、こわれかけた道標のようなものが立っている。道標にしては丈が低くて、少し太すぎ、腕木が付いていない。しかし、こちらへ向いた板に何やらの文字が記してある。

ウィムジイは牝馬を宥めて、ゆっくりそちらへ進むように促した。牝馬は数歩足を運んだが、すぐに横手に逸れて、鼻あらしを吹き、軀を震わせている。

「どうした、ポリー?」ウィムジイはいった。「さっきの話に、乗り手の気持が乗馬に伝わるものだとあったが、そうだとすると、医師に診てもらわねばならん。ぼくの心は、まったく平静を失っていることになる。おい、ポリー、どうしたんだ?」

ポリー・フリンダーズは申し訳なさそうな格好をしてみせるのだが、前へ進むことは頑強に拒否した。ウィムジイが拍車で促すと、両耳を立て、しろめを剝き出し、横手へ横手へと逸れてゆく。ウィムジイは鞍から下り、片手で手綱をとって、ポリーを導こうと努めた。牝馬はようやく納得したものか、彼のあとから動きだした。しかし、首をのばして、卵の殻を踏むような足どりだった。そして、ためらいがちに十歩ほど進むと、またも立ちどまって、四本の脚を震わせだした。ウィムジイが馬の首筋に手を触れてみると、汗びっしょりだった。

「困ったやつだ!」ウィムジイはいった。「ぼくはあの標示文字を読みたいのだ。一緒にくる気がないのなら、ここで立っているがいい。動くのじゃないぞ」

ウィムジイは手綱を放した。牝馬は首を垂れたまま、おとなしく立っていた。ウィムジイはポリーのそばを離れて進んだが、馬が逃げだす素振りを見せはしないかと、ときどき背後をふり返るのを忘れなかった。しかし、ポリーは不安げに足を踏みかえるだけで、動きだす気配は見せなかった。

ウィムジイは標柱に歩みよった。それは古いものだが、カシ材で作ってあるので、いまだにしっかりしていて、最近、白ペンキで塗り直してある。記載した文字もやはり書き改めたばかりで、次のように読めた。

ジョージ・ウィンター終焉の地

彼は雇主の荷物を守って
　この地に非業の死を遂ぐ
ヘリオッティングの悪漢レイフは
　同じくこの地に
鎖絞めの刑に処せらる

神の審きの日は――
一六七四年十一月九日

「なるほど。ここはそういう場所か」ウィムジイがいった。「《死者の標柱》《デッド・マンズ・ポスト》というおかしな地名のいわれが判った。つまり、ポリー・フリンダーズは、フロビッシャー・ピム君がいうように、この場所を怖れる村民たちの気持を分かち持っているのだ。おい、ポリー、利口なやつだな、おまえは。その気持が判ったからには、それを傷つけないように努めるよ。だが、ひとつだけ訊いておきたいことがある。ただの標柱にそれほど神経質になるのなら、死の馬車と四頭の首なし馬に出遭ったとき、なぜ平気な顔で見逃してしまったのだ?」

牝馬はウィムジイの上着の肩のあたりをやさしくくわえて、もぐもぐ噛んでみせた。

「おお、そういうわけか」とウィムジイは笑って、「おまえのいいたいこと、完全に理解できたぞ。つかまえたいのはやまやまだったが、力がおよばなかったというのだろう。だけど、ポリー、あの四頭の馬は地獄の業火を運んでいたのじゃなかった。あのときぼくの鼻が嗅ぎとったのは、硫黄の臭いでなくて、平素嗅ぎ慣れた、ただの厩舎の臭いだった」

ウィムジイは牝馬に話しかけながら、ふたたびその背に跨がった。そして首を左手に向けさせ、デッド・マンズ・ポストの標柱からなるべく離れたところを迂回して、前方の乗馬道にたどりついた。

「どうやらこれで、前夜の怪奇現象に超自然的解決を与える必要はなくなったようだ。根拠あいまいな演繹的推論は放棄して、もっぱらポリーの感覚を重視すべきだろう。あと残った問題といえば、ぼくの頭にウィスキーの酔いがどの程度まで影響していたかと、ぼくまで騙されたどんな巧妙な仕掛けがあったのかの二つだけだ。それをこれから検討してみよう」

ウィムジイは牝馬をゆっくり歩ませながら、その背で考えつづけた。

「もし彼らに、なんらかの理由から、幽霊馬車と首なし馬を出現させることで、村民たちを脅やかす意図があったのなら、当然、雨の降りしきる闇夜を選ぶはずだ。そしてあの夜は、それにぴったりあてはまる天候だった。そして、黒馬の軀に白ペンキを塗ったら、どんな現象が生じるかは、考えるまでもないことだ。次に、首がないところを見せる手品師の名コンビ、マスケリンとデヴァントそこのけの仕掛けだが、これがあんがい簡単なことで、馬の首に黒いフェルトの袋をかぶせたら、闇夜のことだからじゅうぶん通用する。そして、馬具に夜光塗料を塗り、馬体のあちらこちらをとくべつに光らせ、黒と白との対照を強調する。ぜんぜん人目につかないようでは意味がないからだ。ここまでのところは、頭をひねることもなくてすむ。厄介なのは、音を消すことだ。馬蹄と車輪の響をどうやって消したのか。まずこんな方法が考えられる。四個の頑丈な黒い布袋に麩《ふすま》をいっぱい詰め、口をかたく締めて、馬のけづめ——球節に縛りつける。あのように風の強い夜なら、これだけで蹄の響を消せるだろう。馬勒にはボロ切れを巻く。馬と馬車との連結棒は先端をまるめておけば、軋みが耳立つのを防げるはずだ。そして最後は首のない馭者だが、これは純白の上着を着せたうえに、漆黒の仮面をつけさせて出来あがりだ。車輪にはゴムのタイヤを嵌めて、車体各所の接合部分にオイルをたっぷりくれてやり、あちらこちらが燐光を放つようにしておけば、準備完了だ。これだけの工夫を施したからには、真夜中の二時半という時刻に、人っ子ひとりいない街道で、ほろ酔いかげんの都会紳士を慄然とさせるのに、申し分のないお膳立てがととのったといえるのじゃないか」

以上のような思索の結果に満足して、ウィムジイは乗馬靴を鞭でぴしっと打った。

「しかし、不可能なことが、まだひとつ残っている。ポリーをせきたてて、あの馬車を追っかけたのに、とり逃がしたことだ。どこへ消え失せたのだろうか？　四頭立ての大型馬車が蒸発してしまうわけがない。どこかに脇道がなければならんのだが——それとも……おい、ポリー、おまえはさっきから、ぼくの推理を鼻の先でわらうみたいな顔つきをしているが、どこに見落とした穴があるのか、教えてくれる気持にはならんのか」

　共用地の乗馬道が、ついに本街道との合流地点に達した。自転車のパンクを修理していた巡査と出遭った個所だ。それからのウィムジイは、馬を緩歩にして、本街道をフロビッシャー・ピム氏の屋敷に向かったが、途中、道路の左手につらなる生垣から目を離さなかった。どこかに脇道への入口がなければならぬのだ。しかし、彼の注意深い観察も、報われることがなくて終わった。生垣のところどころに木戸があった。それが私有耕地の入口であるのは判るが、そのどれにも南京錠が備えつけてあった。がっかりしたウィムジイはふり返って、両側から木々の茂みが枝を差し伸べている街道を眺めやった。あの夜、死の馬車が走ってきた方角をである。

　そして、その瞬間、「あっ、そうだったのか！」と、ウィムジイが叫んだ。

　彼の脳裡に、そのとき初めてひらめいた思い付きがあったのだ。馬車はいったん、彼の目の前を走りすぎたあと、途中でぐるりと向きを変えて、ふたたび元きたリトル・ドッダリングの村の方向へ戻っていったのではないか。あの水曜日の夜、ウィムジイはリトル・ドッダリング教会の門前で、あれとよく似た大型馬車を見かけた。あのときの馬車は、フリンプトンの村の方角へ走り去った。そのときのことを考慮に入れて、ウィムジイは次のような結論を導き出した。馬車は最初、フリンプトンの方角から本街道を走ってきたので、教会の周囲をひとまわりして――つまり、本街道から裏道《バック・レーン》へ、そしてまた本街道へと、左まわりのコースをとったのだ――本街道へ戻ったうえで、また、元きたフリンプトンの方角へ走りだしたのでないか。

もしそうだとしたら――

もう一度、ひっ返すんだ、ウィッティングトン！（きまり文句、十四世紀末のロンドン市長ディック・ウィッティングトンの故事にちなむ。ウィッティングトンに格別の意味はない）」ウィムジイがいった。ポリー・フリンダーズはいわれるままに、街道上でぐるりと向きを変えた。「馬車は生垣のうしろの耕地を走りぬけていったにちがいない。この推理がまちがっていたら、ぼくをいくらでも笑うがいい」

ウィムジイはポリーの手綱を抑えて、右手の生垣沿いの狭い草地をゆっくり歩ませ、その間たえず、六ペンス銅貨を落としたスコットランド人のように、地面に鋭い目を向けていた。

第一の木戸のなかには、きれいに鋤の入った耕地が拡がっていて、秋の取り入れをすませてあったが、ここ数週間、車のわだちが横切った跡はまったくなかった。第二の木戸は見込みありそうだった。なかの耕地が現在のところ休閑状態で、入口には無数のわだちの跡が刻まれていた。しかし、さらによく眺めてみて、この木戸だけが唯一の出入口であるのを知った。問題の馬車が、この木戸から耕地内に走り入ったにしても、ふたたびここへひっ返してくる以外に方法がないのだ。ウィムジイは第三の木戸を探すことに決めた。

第三の木戸はひどい状態だった。蝶つがいから外れかかって、留め金は失くなっているし、とびら板も柱も二重に捩《よじ》った針金で補強してあった。ウィムジイは馬から下りて、それらのものを検めたうえで、どれもみな錆が浮いているのに、最近手を触れた形跡がないのを確認した。あとは問題の岐《わか》れ道までのあいだに、木戸は二つあるだけだった。その一つのなかは同じような耕地だったが、黒ずんだ土を鋤《す》いて畝《うね》が作ってあるのに、それを掻き乱した痕が見られなかった。そして、最後の木戸を見たとたんに、ウィムジイの心が躍った。

そこもやはり耕地だが、それを囲むようにして、かなりの幅の踏みかためた路が走って、それにわだちの跡が雨水の名残りを残していた。木戸には錠がなくて、掛け金で開け閉《あた》てするだけだった。ウィムジイはそこの地面を調べてみた。耕作用馬車の大きなわだちに混じって、幅の狭い車輪の跡があって、明らかにゴム・タイヤのものである。ウィムジイは木戸を押し開けて、なかに入った。

路は耕地の両側を走っていて、その先にもう一つ木戸があり、隣りの私有地につづいている。そしてそこには、飼料用のサトウダイコンを積んだ大型手押し車がおいてあり、家畜小屋のようなものが二つ見えていた。

ポリーの蹄の音を聞きとったものか、近いほうの小屋から、男が一人出てきた。片手にペンキ刷毛を持って、突っ立ったまま、ウィムジイが近づいてくるのを待っていた。

「おはよう！」ウィムジイが愛想のよい声をかけた。

「おはようございます」

「雨あがりだけに、気持のいい朝だね」

「さようですな」

「勝手にはいりこんだが、迷惑じゃないだろうね？」

「どこへお出でになりたいんで？」

「それが、その、実をいうと――ちょっと困ったことになって……」

「どうかしたんですか？」

ウィムジイは鞍の上で軀を動かして、

「馬の腹帯が少しずれてきたようなのだ。新しい腹帯なのでね。(それは実際、新品だった)できればきみに見てもらいたいのさ」

男が近よってきた。ウィムジイはすばやく馬を下りて、革帯につかまりながら、頭を牝馬の腹の下に突っ込んで、

「やはりそうだ。だいぶずり下がっている。早く気がついてよかった。ところで、ここはアボッツ・ボルトンへ抜ける近道かね?」

「村までは通じていないんだが、これをまっ直ぐ行けば、モーティマーさんの厩舎のそばへ出れるんでさ」

「ああ、そうか。じゃここは彼の地所なんだな」

「そうじゃないんで。地主はトパムさんだが、モーティマーさんがここと隣りの畑を飼料作りのために借りてるんです」

「なるほどね」とウィムジイは、生垣越しに隣りの地所を見やって、「作っているのは、ウマゴヤシだろうな。それとも、クローバーか?」

「クローバーのほうでさ。それから、牛の飼料にサトウダイコンを」

「ほう!——モーティマー氏は馬のほかに、牛も飼育しておられるのか?」

「そうなんです」

「結構なことだ。ああ、きみ、煙草はどうだ?」

ウィムジイはしゃべっているあいだに、要領よく小屋に近よって、暗い内部を覗きこんでいた。たくさんの耕作道具と一緒に、旧式な一頭立ての馬車がおいてあった。男がペンキ刷毛を手にしているのは、その馬車を黒く塗っているところだった。ウィムジイはポケットからマッチ箱をとり出した。すっかり湿っていて、一本か二本のマッチを無駄にして、そこに投げ捨てたあげく、ようやく一本を小屋の壁にこすって火をつけた。焰が燃えあがって、馬車を照らし出したが、古ぼけた車体には不似合いなゴムのタイヤが嵌めてあった。

「モーティマー家のは上物の馬なんだろうね」ウィムジイは何気ないようにいった。

「むろんそうです。あれだけの馬はめったにいませんよ」

「あし毛の馬はいないかね？　うちの母が、ヴィクトリア朝気質とでもいうか、威厳のあることが好きで、あし毛の馬の愛好者なのさ。それも二頭必要だ。二頭立ての馬車に乗るのでね」

「ああ、そうですか。それなら、モーティマーさんのところで、お役に立ちますよ。あし毛馬が何頭もおりますから」

「それはよかった。ぜひ訪問して、お会いしたい。ここからは遠いのかね？」

「畑地伝いで五マイルか六マイルといったところです」

ウィムジイは懐中時計をとり出して、

「あいにくだな。それだけの距離があっては、正午までには往復できまい。昼の食事までにかならず帰るといって出てきた。日を改めねばなるまい。いや、いろいろと手間をかけさせた。腹帯は大丈夫だろうな。厚く礼をいうよ。少ないが、これを受けとってくれ。一杯やるがいい。

それから、あし毛馬についてのぼくの話は、まだいまのところ、モーティマー氏の耳に入れないでくれ。ぼくが実物を見てからにしてほしいのだ。じゃ、さよなら」

ウィムジイはポリー・フリンダーズの首を家路に向けて、静かにその場を走りだした。そして小屋を遠ざかると、鞍の上から軀を乗り出して、乗馬靴を入念にあらためた。予想どおり麩がはりついていた。

「この麩は、まちがいなくあの小屋でくっついたのだ」とウィムジイが呟いた。「これが事実だとしたら、おかしなことだ。モーティマーという男に、あんな夜中に、あし毛馬を使って古ぼけた馬車を走らせる、どんな必要があったのか？　しかも、蹄の音を消し、首がないように見せたりして……常識では考えられぬことだ。それがプランケットをあんなにまで怯えさせ、ぼくをして、酔って頭がおかしくなったのかと思わせた。考えたくないことだが、警察に告げたほうがよいのか？　しかし、モーティマーの悪いいたずらが、ぼくに関係したものではないし……ポリー、おまえはどう考える？」

牝馬は自分の名前を呼ばれて、激しく首をふった。

「ほう、警察には黙っていたほうがいいというのか。そうだろうな。おまえの考えが正しいようだ。たぶん、モーティマーはあんな真似を、何かの賭けのためにやったのだろう。ぼくには、彼の楽しみごとを邪魔する資格はない。いずれにせよ――」と、青年貴族は付け加えていった。

「ラムズデンのところで飲んだウィスキーのせいでないのが判ってほっとしたよ」

「これが図書室です」とハヴィランドが、来客一同を案内してきていった。「りっぱな部屋でしょう――収蔵してある書籍も、りっぱなものだと聞きました。この方面は、ぼくの畑ではありませんがね。それに、父の畑でもなかったのです。もっとも、このりっぱな部屋も修繕の必要があります。あちらこちら傷んだ個所が目につきます。兄がそれを引き受けてくれるかどうか。なにぶん費用がかなりかかりますのでね」

ウィムジイは部屋のなかを見まわして、慄然とした。それは寒さのせいでなく、書籍を哀れむ気持からだった。冷え冷えとした感じが、予想以上に激しかった。

高い窓のあたりは、十一月の白い霜が渦巻いて、羽目板の隙間から湿った冷気が流れこんでくる。

壁と天井の継ぎ目に刳形《くりかた》をめぐらして、アダム様式を厳守した長方形の部屋で、曇り日の午後にはいやでもメランコリックな気分を誘うのに、書籍の保存にあまりにも無関心なところが顕著で、書籍収集家の胸を痛ましめるのにじゅうぶんなものがあった。四つの壁面はみな、床から天井までの高さの半分が書棚であり、その上には漆喰塗りの壁が刳形飾りつきの天井に達している。湿気が漆喰に作用して、異様な格好のしみをかたちづくり、醜いひび割れが目立ち、その激しいところでは、漆喰がうろこ状に剝がれ落ちて、床に黄色い薄片を散乱させていた。このじとじとした冷気は古書籍から滲み出てくるもののようだ。傷んで剝がれかけた仔牛革の装幀から、そして、書物から書物へと凄まじい勢いで侵食してゆく青カビからである。腐った革表紙と湿気った紙の異様な臭いが部屋元来の物淋しい感じをいやがうえに侘しいものにしているのだった。

「おや、おや、おや！」ウィムジイは悲しげな目付きで、無視された学問の墓場を見渡しながら、口のなかで呟いていた。肩をまるめ、寒さに震える小鳥の頸毛のように首筋をそうけ立たせた彼の姿は、冬の野原の水溜まりにひとりぽつんと突っ立って、物思いに沈んでいるアオサギを思わせた。

「ずいぶん寒ざむとした部屋ですこと！」ハンコック牧師夫人が大声でいった。「ハヴィランドさん、ミセス・ローヴァルに叱言をいわなければいけませんわ。彼女をこのお屋敷の留守番に雇うと決まったとき、わたしはフィリップにいいました――（と夫にふり向いて）――ねえ、あなた、たしかにいいましたわね。なにも選りに選って、リトル・ドッダリング村いちばんの懶《なま》け者を雇うことはないじゃないの、って。こんなに湿気ないように、ときどき――少なくとも週に二回は――お部屋のなかで火を焚くものですわ。こんなにほったらかしておいて、なんという女でしょう！」

「そうです。まったくです」ハヴィランドが即座に同意の言葉を述べた。

ウィムジイは何もいわなかった。彼は書棚をずっと見渡して、ところどころから一冊を抜きとっては眺めていた。

「ここは昔から陰鬱な部屋でした」と、ハヴィランドがしゃべりつづけた。「いまでも覚えていますが、子供のころ、この部屋に入ると、威圧感みたいなものに脅やかされたものです。そのくせ兄とぼくは、いつもここに入りこんで、書物をひろげて遊んでいたのですが、部屋の暗い隅から何かがあらわれて、ぼくたちのそばへ歩みよってくるような気がしました。おや、ピーター卿、何か珍書が見つかりましたか？　ほう、フォックスの『殉教者伝』ですか（ジョン・フォックス、一五一六―八七。ロンドンの主教、殉教者についての著作で有名）。それ、それ、それですよ。その挿絵が、子供のころのぼくをどんなに脅えさせたことか！　それからそこに、バニヤンの『天路歴程』がありますね。あの挿絵で蝗の王、底なし穴の魔王アポルオンの怖ろしい形相を見てからは、毎晩毎晩、夢魔に悩まされずにはいられませんでした。そのような怖ろしい存在が、この部屋の柱のかげに棲みついていると思いこんでしまったんです。あの本はどこにあるかな。あった、あった。これがそうですよ。この『天路歴程』を見ると、あの頃のことを思い出します。ところで、ピーター卿、これは高価なものでしょうか？」

「それほどでもないな。そこにあるバートンの『アラビアン・ナイト』の初版本なら、まちがいなく高価だが、しかし、汚れがひどすぎる。専門家に依頼して、手入れをしておいたほうがよいだろう。それにひき換え、このボッカチオはとても保存がいい。この調子で、保存に気をつけることだ」

「ジョヴァンニ・ボッカチオ――『死の舞踏』。なるほど、面白そうな作品名ですね。ところで、このボッカチオという著者は、例の猥雑な物語を書いたのと同一人物ですか？」

「さよう」ウィムジイはぶっきら棒に答えた。青年実業家のボッカチオを見る目が気に障ったのだ。

ハヴィランドは気がつく様子もなく、細君に片目をつぶってみせて、「読んだことがあっていうのじゃないぜ。ただ、あの手の書物を扱う店のショーウィンドーにはきまって並べてあるので、そう見当をつけただけだ。おや、おや、ハンコックさんはショックを受けたような顔をしておられる」

「そんなことはありませんよ」ハンコック牧師は度量の大きいところを示すのに汲々として、「これでもわたし、桃源郷《アルカディア》の楽しみを知らんわけでもないのです。第一、教会に奉職するには、古典文学の素養が不可欠ですし、ボッカチオの作品以上の世俗的な文学を読んでおくことも必要なんです。それはともかく、この本の木版画は見事なものですね」

「とても見事だ」ウィムジイもいった。

ハヴィランドはひきつづいて、「ぼくの記憶には、挿絵の素晴らしい古版本がもう一冊ありました」といった。「年代記の一つで——なんとかいいましたな、あの書名は——ドイツの地名が入っていて——そこの絞首刑係の役人が書いたもの。あとになって、その男の日記の形式で出版された。ぼくは読みましたが、それほどの怖ろしさはなかった。W・H・エインズワースの『ロンドン塔』を読んだときの半分も興奮しなかった。あの地名はどこでしたかな？」

「ニュルンベルクじゃなかったか？」ウィムジイがいった。

「それですよ、『ニュルンベルク年代記』。まちがいありません。しかし、以前の場所にあるかな。ぼくの記憶にあやまりがなければ、窓に近いところだったが」

図書室の柱と柱のあいだは残らず書棚に占められているが、窓に近接した位置へとハヴィランドが歩みよった。いうまでもないことだが、そこの書棚が、湿気の被害をもっとも激しく受けていた。窓ガラスが一枚こわれて、雨を伴った風が吹きこんでいたのだ。

「どこへ行ってしまったかな。型押し表紙の大型本だったが、もう一度、あの『年代記』を見てみたい。ずいぶん久しいあいだ、見ていないのでね」

ハヴィランドは書棚から書棚へ視線をさまよわせていた。ウィムジイは書籍愛好家の本能を発揮して、ハヴィランドより先に、『年代記』を見出した。それは窓に近い書棚の端、外壁に触れるところに差し込んであった。彼は指の先を背表紙の上部にあてがって、抜きとろうとしたが、革表紙が腐っていて、力をこめると革がぼろぼろになるのに気づいた。そこで彼は、まずもって隣接した書物をとり出しておいてから、問題の『年代記』を指の全部を使って慎重に引き抜きにかかった。

「これにちがいないが——ひどい状態だ。あまりにも保存が悪すぎる」

呟きながら、ウィムジイが、書物を密接した壁面からひき剝がしたとたんに、折りたたんだ一枚の羊皮紙が、彼の足もとに舞い落ちた。彼は軀をかがめて、それを拾いあげた。

「おや、これじゃないのかな、バードック——きみたちが探していたのは?」

そのときのハヴィランド・バードックは、低いほうの書棚に『年代記』を探していたのだが、いそいで腰を伸ばして立ちあがった。蹲《しゃが》みこんでいたので顔に血が昇っていた。

「そうです! これですよ!」彼は思わず叫んだ。赤らんでいた顔面がいっそう紅潮して、つぎの瞬間には、興奮から蒼白になった。「見てください、ピーター卿! これが父の遺言書です。意外なところにしまっておいたものです。まさか、こんな場所においてあるとは、誰だって考えはしませんよ」

「ほんとうにそれが遺言書ですの？」ハンコック牧師夫人も大声を出して、訊いた。

「まちがいないでしょう」ウィムジイが冷静にいった。「サイモン・バードックのいちばん新しい、つまり最終的な遺言書ですな」そして彼は突っ立ったまま、うす汚れた羊皮紙の外側を眺め、折りたたんだ内部の文面に目をやる動作を繰り返していた。

「まったく、意外なことが起こるものです！」ハンコック牧師がいった。「あなたが書物をとり出したのが、神意というべきですね」

ハヴィランド・バードックの細君はせきこむようにして、「で、なかにどんなことが書いてありますの？」と訊いた。

「やあ、これは失礼しました」ウィムジイはいって、それを彼女に手渡してから、牧師に向き直って、「たしかに、あなたのいわれるとおり、神の意志というべきか、まるで、ぼくが見出すものと定められていたように思われる」と、手に残った『ニュルンベルク年代記』を痛ましそうに見やって、湿気が作ったしみを指の腹で撫でつづけた。腐った革表紙を貫通したしみが、なかのページにまで浸蝕して、奥付のページなどは文字も読みとれぬ惨状だった。

そのあいだにハヴィランド・バードックが、近くのテーブルの上に遺言書をひろげて読みはじめた。彼の細君が夫の肩越しに覗きこんだ。ハンコック牧師夫妻は好奇心を抑えきれぬ様子で、テーブルのそばを離れずに、結果を待ち受けていた。ウィムジイだけは、田紳一家の家庭問題にタッチするのを避ける態度を堅持して、『年代記』の片側が密接していた壁面を眺め、その湿りぐあいとしみとをあらためていた。そこのしみは、歯をむき出して笑っている顔のような形状を作っていた。ウィムジイはそれと、『年代記』の革表紙にできたしみとをくらべてみて、激しく首をふり、貴重な古書の破損状態を嘆き悲しんだ。

フロビッシャー・ピム氏は馬の蹄鉄を扱った古書によほどの執心と見えて、書棚のあいだを探しまわっていたのだが、このときようやく近づいてきて、なんでみなが興奮しているのかと質問した。

「遺言書にこう書いてあるんです！」ハヴィランドが大声で答えた。大声ではあったが、語調は落ち着いたものだった。もっとも、彼の両眼はきらめいて、勝利の喜びが胸に脈打っているのを隠しきれなかった。

「読みあげますから、お聞きください。『余は、死亡時に所有するすべての物を――そのあとに主だった財産名を列記してあったが、事件の本筋には重要な関係がないので、省略させていただく（作者）――余の長男マーティンに遺す』――」

フロビッシャー・ピム氏が口をぴいと鳴らした。

「まあ、お聞きください、つぎのようにつづくのです。『ただし、それは余の遺骸が地上にあるあいだのことで、遺骸が埋葬されると同時に、全遺産の所有権はそのまま末子ハヴィランドの手に帰属するものとす』――」

「ほ、ほう！」フロビッシャー・ピム氏が驚いて叫んだ。

「そのほか、細かな記述がいろいろありますが」とハヴィランドがいった。「要旨は以上の点に尽きるんです」

「見せてくれ」治安判事がいった。

そして彼は、遺言書をハヴィランドの手から受けとると、眉根に皺をよせて読みとおした。

「なるほど、要旨はそういうことになるな」治安判事はうなずいて、「ほかに解釈のしようがない。マーティンは一度、遺産の全額を受けとるが、すぐにまた失ってしまう。ずいぶん変わった遺言書だ。昨日までは全遺産がマーティンのものだったが、遺言書が発見されなかったので、誰もその事実を知らなかった。そしていまでは、それがみんな、ハヴィランドの手に移っておる。これは、わしの知っておる遺言書のうち、もっとも奇抜なものだ。考えてみるがいい、葬儀のときまではマーティンが相続人で、埋葬がすむと——いや、ハヴィランド、なにはともあれ、おめでとうといわせてもらうよ」

「恐縮です」ハヴィランドはいって、「ぼくとしても、意外なことでした」と、興奮がおさまらぬ様子で笑い声をあげた。

「でも、奇抜すぎるアイデアですわ！」ハヴィランドの若い妻も叫び声をあげていた。「マーティンが在宅していたら、どんな気持でしょう。イギリスにいないのが、せめてもの神さまのお情けのように思えますわ。それにまた、わたしたち家族の者にも、神さまのお情けといえますのよ。マーティンがこの村にいて、この遺言書の内容を知ったら、埋葬を妨げたとも考えられますわ。そのときは、どんな騒ぎがもちあがったかも知れなくて、想像しただけでぞっとしますもの」

「そうですわね」牧師夫人も相槌を打って、「そのマーティンというひと、思いきったことをやったにちがいありませんわ。で、葬儀の段どりを決めるのは、どなたの役目ですの?」

「原則として、遺言執行者なんだ」フロビッシャー・ピム氏が教えてやった。

するとウィムジイが口を出して、「この場合の遺言執行者は誰なんだね?」と訊いた。

「わしは知らんが、ちょっと待ってくれ」と、フロビッシャー・ピム氏は遺言書をもう一度あらためて、「おお! ここに書いてある。『余はこの遺言書の共同執行者として、余の二子、マーティンとハヴィランドを任命する』これもやはり、かなり異常な取り決めだな」

「異常どころか——」と牧師夫人が叫んだ。「非キリスト教徒的で、邪《よこしま》としかいいようのない取り決めですわ。もしも、神さまのお心から、遺言書がいつまでも見つからないでいたら、とても怖ろしい結果を招いたかも知れませんわ!」

「黙りなさい。余計な口を出すのじゃない」ハンコック牧師がたしなめた。

ハヴィランドはきびしい表情を見せて、「おそらくこれは、父の本来のアイデアでしょう。いまさら隠し立てしても始まらないのでいいますが、父はもともとこのように底意地のわるい性格なんです。そして、マーティンとぼくの両方を、ひどく憎んでいたのです」

「そのようなことを口にすべきではありませんぞ」またしてもハンコック牧師がたしなめた。

「いいえ、いいます。父は生前から、ぼくたち兄弟に苦しいおもいをさせることばかり狙っていました。そしてこの遺言書によると、死んだあとも、その方針を徹底させる考えでいたようです。つまり、兄とぼくとがいがみあうのを見て、墓場で笑っている意図だったにちがいありません。牧師さん、ぼくの口を封じても無駄です。それが真実なんですから……父はぼくたちの母を憎んでいました。そしてぼくたち兄弟を嫉視していたのです。誰もが知っていることで、隠すまでのことはありません。たぶん、死骸を前にして、ぼくたちが争いあうのを予想して、邪悪な気質を満足させていたのでしょう。しかし、さいわいなことに、その父にしても、小細工を弄するのが好きなばかりに、けっきょくは失敗しました。頭をひねって遺言書をこの場所に隠したのに、ピーター卿によって発見されました。すでに埋葬もすみ、すべてが片付いてしまったのです」

突然、ウィムジイが、「きみはそれを、確信をもっていえるのかね?」といった。

治安判事が口を出して、「きまっているじゃないか」といった。「遺言書が明示しているんだから、遺骸が地下に埋められると同時に、バードック家の全財産はハヴィランドに帰属した。葬儀は昨日、行なわれたんだぜ」

「だが、それは確実なことかな?」ウィムジイは同じ言葉を繰り返し、冷笑するかのように唇をゆがめて、その場の人々の顔をつぎつぎと覗きこんでいた。

「おかしなことをいわれますね、ピーター卿」牧師が大きな声でいった。「昨日の葬儀には、あなたも参列なさったではありませんか。彼の遺体が埋められるところを、あなたはその目でご覧になったはずです」

「ぼくが見たのは、彼の柩が埋められるところだった。あの柩のなかに、彼の遺体があったというのは、ただの推測にすぎない。いまだに確かめられてはいないのだ」

「ウィムジイ君！」と、フロビッシャー・ピム氏がいった。「冗談にしろ、ちょっと度がすぎるようだな。柩のなかに死体がはいっていないなど、常識では考えられんことだぜ」

「ぼくは柩のなかを見ています」ハヴィランドが力をこめていった。「ぼくの妻だって見ているんです」

「わたしだって見ましたよ」これは牧師の言葉だった。「バードック氏の遺体は臨時の内棺に入れてアメリカから送られてきて、当地で正式の柩に移しかえられたのですが、そのときわたしも立ち会いました。カシ材で鉛の縁取りをした堅牢な棺で、ジョリフが作ったものです。わたしのほかにも証人が必要なら、ジョリフと彼の職人たちがおります。遺体は彼らの手で柩におさまり、釘づけにされたのでした」

「それは判っている」ウィムジイはいった。「ぼくにしたところで、柩が教会の礼拝堂に安置されたとき、柩のなかに遺体がおさまっていたのを否定するものでない。ぼくはただ、あの柩が墓穴に下ろされたとき、なかに遺体があったかどうかを疑っているだけさ」

「ピーター卿、ますますもって、非常識なことをいいだしたな」フロビッシャー・ピム氏の表情はきびしいものに変わっていた。「何か根拠があって、いっておられるのか？　それに、遺体が墓の下にないのだとしたら、どこにそれがあるのか、教える気持がおありなんだろうな」

「もちろん、その気持はある」ウィムジイは答えて、テーブルの端に尻をのせ、両脚をぶらぶらさせながら、両手の指先をじっと眺めた。まるで、指の先から、解決の言葉がとび出してくるかのような目付きだった。

そして、ウィムジイは語りだした。「ぼくの見たところ、この問題にはそもそもの初めから、ローリンソン青年の動きが絡んでいたようだ。彼はグレアム弁護士の事務員で、遺言書の文案を作成したのはグレアム弁護士だから、ローリンソン青年もある程度はその内容を知っていたと考えられる。グレアム弁護士が知っているのはいうまでもないことだが、彼が事件にタッチしているとは思われぬ。ぼくの聞いたかぎりでは、どちらの側にも依怙《えこ》贔屓《ひいき》するような人柄ではないようだ。とくに、マーティン側につくとは考えられない。

そこでぼくはこう見ている。バードック氏の死を知らせる電報がアメリカから届いたとき、ローリンソン青年はこの遺言書の異常な条項を思い出して、折りあしく国外に在住しているマーティンに不利な結果が生じるものと考えた。ローリンソンはどちらかといえば、この家の兄弟のうち、兄のほうにより多く好感を持っているようだ」

ハヴィランドが口を出して、「マーティンは以前から、やくざな若い連中とつきあうのが好きで、遊びごとで時間を無駄に費やしていたものです」とにがにがしげにいった。

牧師は、ハヴィランドの言葉が兄への悪口と受けとられぬように気を遣って、マーティンはいつも村の若者たちに親切だったのだと、言い直してやった。

「たしかにそうらしい」とウィムジイがいった。「だからローリンソンは、マーティンにも遺贈を確保できるチャンスを与えたいと思った。この青年の立場としては、進んで遺言書の内容を口にするわけにいかない。いずれは遺言書が発見される。しかしまた、発見されないかも知れない。いずれにせよ、それが発見されたときは、厄介な問題が生じるのは疑いない。そこで彼は、とりあえず遺体を盗み出して、マーティンが村へ帰ってきて、相続問題を自分で処理するまでのあいだ、遺体を地上に保っておこうと考えた」

「それもまた、思いきった推定だな」フロビッシャー・ピム氏が、ウィムジイの断定を言いがかりとして非難する気配を示した。

ウィムジイは応えて、「もちろん、ただの思いつきで、間違っているかも知れない。しかし、いちおうはぼくの考えを聞いてほしい。それで話の筋道が通るのだ。ローリンソン青年は計画をもくろんだものの、単独ではやってのけられない大きな仕事と判って、協力者を求めた。そして、モーティマー氏に白羽の矢を立てた」

「モーティマー？」

「ぼくはモーティマー氏と面識がないが、噂に聞いたところでは冒険好きな性格で、ある種の能力では、常人以上のものを持っているらしい。ローリンソン青年がこの人物に計画を打ちあけて、二人して実行方法を練りあげた。ハンコック牧師が、葬儀の前夜に遺体を礼拝堂に安置して、終夜祈禱を行なうと発表したことも、彼らの計画に手を貸すのと同様の結果を招いた。それでなかったら、二人の努力も失敗に終わったのでないか、とさえぼくは見ている」

ハンコック牧師は当惑した表情で、喉のおくにおかしな音を立てていた。

「彼らの計画は次のような内容だ。モーティマーが時代ものの馬車と四頭の白馬を提供する。これに発光塗料を塗り、黒色の布袋をかぶせることで、バードック家の死の馬車をつくりあげる。このアイデアの優れたところは、幽霊馬車に出遭った者が怖れをなして、近よって見きわめようとしない点だ。古くから言い伝えのあるうえに、真夜中の墓地のあたりを走っているのだから、見かけた村民が恐怖で慄えあがるのは当然のことだろう。一方、ローリンソンは進んで、礼拝堂の終夜祈禱者の役目を買って出る。一人では心許《こころもと》ないので、冒険好きの仲間を探し、選んだ相手が居酒屋のあるじだ。そしてハンコック牧師にもっともらしい理由を聞かせて、受け持ち時間を四時から六時までと決めた。ハンコック君に伺っておくが、彼がそんな真夜中にへリオッティングから出向いてくるというのを聞いて、おかしいと思わなかったのかね？」

「わたしは教会の集まりに出席する信徒たちの熱心さに慣れているのです」ハンコック牧師はこわばった表情で答えた。

「なるほどね。しかし、ローリンソンはきみの教区の信徒ではなかった。それはともかく、これで彼らには、計画を順調に実行できる目安がついた。そこで水曜日の夜に、本格的な舞台稽古を行なって、それがプランケット老人を脅やかす結果になった」

「その話が事実だとすると――」

フロビッシャー・ピム氏は何やらいいかけたが、ウィムジイはかまわずつづけた。

「そして本番の木曜日の夜に、用意万端ととのえた冒険者二名が、二時ごろから教会に忍び入り、礼拝堂のどこかに隠れて、牧師夫人とミス・ハンコックが祈禱の場所に着くのを待ち受けた。そして彼女たちがあらわれると、その注意を惹くために、わざと物音を立てた。彼女たちが勇敢にも、何ごとが起きたのかと近づいてくるのに躍りかかって、祭具保管室に押しこめた」

「まあ！　そんなわけでしたの！」ハンコック牧師夫人が叫んだ。

「ちょうどその時刻に、死の馬車が教会堂の南入口に到着するように予定されていた。馬車はいわゆる裏道を迂回してやってきた。もっとも、その点はぼくにも確信を持てないがね。しかし、いずれにせよ、モーティマーとほかの二人が力を合わせて、防腐処置を施した死体を柩からとり出し、代わりにおがくずの袋を詰めた。なぜぼくがおがくずだと知ったかは、その翌朝、婦人用礼拝堂の床におがくずが落ちているのを見たからだ。それから彼らは、死体を馬車に載せて、モーティマーが運び去った。ぼくがあの馬車に街道で出遭ったのは二時半だから、彼らがこの仕事にあまり時間を費やさなかったのが判る。馬車に乗っていたのは、モーティマーひとりだったとも、助手がいたとも、両方の可能性があるが、モーティマーは黒い布袋をかぶって首なし馭者の大役をつとめたのだから、どちらかといえば、助手がいたほうの公算が大きい。とにかく馬車は、ぼくが共用地を突っ切って、ふたたびヘリオッティング街道との接合点に達する前に、木戸から耕地に入り、それを横切って、モーティマーの納屋に到着した。馬車と馬とは納屋の内部に残して、死体だけを自動車で持ち去ったのだろう。ぼくは馬車をその納屋で見たし、馬の蹄の音を消すのに用いた麩もやはり、そこの床に落ちていた。四頭の白馬は翌日に連れ戻したものと思うが、そこまで正確には判らない。それから、死体を運んだ先も不明だが、モーティマー家まで出かけていって、その点を質問してみたら、彼はおそらく、遺体はまだ地上にありますぞと、得意そうにいってのけるものと思う」

ウィムジイは言葉を切った。フロビッシャー・ピム氏とハンコック牧師夫妻は啞然とした表情にいくらかの腹立たしさをまじえて、ウィムジイをみつめるだけだった。しかし、ハヴィランドの顔は蒼白になり、その細君は頬をまっ赤にし、夫婦とも唇をひきつらせていた。ウィムジイは『ニュルンベルク年代記』をとりあげて、何かいとおしい物であるかのように革表紙を撫でながら、話の先をつづけた。

「ローリンソン青年とその相棒は教会内に残って、それを新教徒の冒瀆的な仕業と見せかけるためのカモフラージュを行なった。証拠を残らず消し去り、自分たちを暖房室に閉じこめられたかたちにして、そこのドアの鍵を窓から投げ捨てれば、偽装行為は完了する。ハンコック君、教会へ戻ったら、釜焚き小屋の外を探してみたまえ。かならずドアの鍵が見つかるはずだ。あの二人は、小人数の敵に襲われたくらいで、簡単に釜焚き小屋に閉じこめられるような脆弱な体軀の持ち主でない。ハバードは逞しい大男だし、ローリンソンにしたところで、いたって頑健な若者だ。それでいて彼らは、かよわい嬰児同様に、石炭投げ入れ口に押し込められた。ただし、二人ともかすり傷ひとつ負っていない。要するに作り話だ。みんな作りあげた話なんだ！」

「待ってくれ、ウィムジイ君！」フロビッシャー・ピム氏がいった。「確信をもっていえるのか、きみの創作じゃないって？　何かそれを裏付けるに足る証拠があるのか？」

「もちろん、ある」ウィムジイが答えた。「内務省の許可を得て、墓を掘り返してみればいい。それでたちどころに、この話が真実のことなのか、それともぼくの病的な空想癖の所産なのかが判明するはずだ」

しかし、ハヴィランドの若い妻が、「聞いているだけで、胸がむかむかしてくる嘘のかたまりだわ」と叫び、夫にふり向いて、「あなた、こんな話、聞かないほうがいいわよ」といった。「お父さまのお葬式の翌日に、ばからしい話をおとなしく聞いているわたしたちのほうがどうかしているのよ。真面目に受けとることはないわ。お父さまの墓場をあばくなんてとんでもないことよ。はっきりお断わりなさい。怖ろしいことよ。死者への冒瀆だわ」

そこでフロビッシャー・ピーター・ピム氏が厳粛な口調でいった。「たしかに、墓を掘り返すのは由々しい問題だ。しかし、ピーター卿があくまでも、この驚くべき仮説を主張するとなると、わしはそれを信じるわけではないが、それでもやはり――」

ウィムジイは肩をゆすって、

「ハヴィランド・バードック君、これだけはいっておきたい。きみの兄のマーティンが帰国したら、おそらくその点を確かめたいと言い出すものと考えていたほうがいいとね」

「いいえ、たとえお兄さまでも、そんなことはさせません」ハヴィランドの細君がいった。「しかし、彼女の夫は、口惜しそうな口調で、「そうはいかんのだよ」といった。「その点、ピーター卿のいうとおりで、マーティンもやはり遺言執行者なんだ。われわれがそれに抗議するのと同様に、彼もまたそれを要求する権利を持っている。無理な反対はしないほうが賢明だぞ」

「でも、マーティンだって、少しでもお父さまへの思いやりがあったら、許すわけがありませんわ」彼女も主張を変えなかった。

「まあ、まあ」と牧師夫人が仲に入って、「ショッキングなことですけど、この問題にはお金が絡んでいるので、マーティンさんも承知なさるのではないかしら、それがあのひとの奥さんやお子さんたちへの義務だと考えて……遺産問題は重要なことですもの」

けっきょくハヴィランドが断定するようにいった。「これはまったく不合理な話で、ぼくにはピーター卿のいわれることはひと言も信じられない。少しでも信じるに足るところがあれば、当然、ぼくが真っ先に調査してほしいと申し出たでしょう。マーティンを公平に扱いたい気持はもちろんありますが、それ以上に、ぼく自身の権利の正しさを明らかにしたいのです。それにしても、モーティマーといえば、この地方でも知られた素封家です。そのモーティマーが、死体を隠匿し、教会の神聖を汚したとは、考えられることでありません——もっと砕いた表現を用いれば、あまりにもばからしくて、吹き出さずにはいられないといったところです。世間の噂だと、ピーター・ウィムジイ卿は犯罪者や警察官と交際しておられるそうで、それがこのような途方もない想像の生じた原因かと考えます。ぼくはこのさい、父の墓場をあばいての調査は承知できないと申しあげておきます。ピーター卿のお心に、他人への思いやりが失われているのを遺憾に思います。以上で、ぼくのいいたいことの全部を申しあげたので、きょうの集まりはこれで終わりとします」

フロビッシャー・ピム氏はとびあがるようにして、

「おい、おい、ハヴィランド、そんな態度をとるんじゃないぞ。ピーター卿にしたところで、故意に厭味な臆測を述べておられるわけじゃない。もちろん、わしとしては、卿の説は間違っておると考える。だが、この数日、この村の住民たちのあいだに動揺が起きておる事実も否定できん。彼らはみな、この騒ぎの背後に、何か重大な問題が秘められておると信じておるのだ。

もっともそれは、いますぐここで解決せねばならぬことでない。とりあえずは、この異常に冷え冷えする部屋から出ようじゃないか。そろそろ晩餐の時間だ。あまりおくれると、うちのアガサがうるさいんでな」

　ウィムジイはハヴィランド・バードックに、握手の手を差し伸べた。相手は気がないような握手を返した。

「いろいろと失礼なことをいったが、気にしないでもらいたい」とウィムジイがいった。「ぼくはこのところ、イマジネーションの異常昂進に悩んでいる。原因はおそらく甲状腺の刺激過多だろう。繰り返していうが、ぼくのしゃべった言葉を忘れてほしい。すまなかったな」

「わたしたち、気になんかしていませんわ、ピーター卿」ハヴィランドの細君が応えた。そしてそのあと、針を含んだ調子で、「空想力が旺盛すぎると、どうしても話の質が落ちますわね」と付け加えるのを忘れなかった。

　ウィムジイもいささか混乱した気持で、彼女のあとから図書室を出た。事実、気持の動揺からか、他人の所有物である『ニュルンベルク年代記』を腋の下に抱えたまま、バードック荘園屋敷を辞去したのは、いつも冷静な彼にはめずらしいことであった。

「困ったことになりました」ハンコック牧師がいった。

　牧師は、日曜日の夕方のミサをすますと、さっそくフロビッシャー・ピム氏邸を訪れていたのだ。椅子に硬直した姿勢で腰かけて、その面長《おもなが》の顔が心配ごとで赤く火照っていた。

「ハバードの行動ですが、まさかあの男が、あんな怪しからぬ振舞いをするとは、想像もできませんでした。わたしにとってこれ以上のショックはありません。場所もあろうに教会の建物内から遺体を盗み出す。これだけでももちろん、許すべからざる行為ですが、怪しからんのはそれだけでなく、神聖なミサ用の祭器具を世俗的な目的に利用する非行をおかしました。そのくせ彼は、神妙な顔つきで葬儀に参列して、死者を悼み敬う格好を示して、しかも、その行動の罪深さをまるで感じていないのですから、この教区を預かる聖職者として、わたしのショックは言葉ではいいあらわせぬものがあります」

「判ったよ、ハンコック君」と、フロビッシャー・ピム氏はいった。「だが、あの男の人柄を考慮してやらねばなるまい。ハバードは腹からの悪人じゃないんだ。それに、あのような商売をしておる人間に、洗練された感情を期待するのは、ないものねだりのようなものだ。ハヴィランドにも話して聞かせたのかね？　もしそうだとすると、厄介な問題が起きるぞ！　まったく弱ったことだな。で、ハバード自身がしゃべったのか？　どうやって自白させたんだ？」

「わたしはピーター・ウィムジイ卿の言葉を思い出して、それによって彼を問いつめました。実をいいますと、卿の途方もない話が、わたしの頭を悩ませつづけました。荒唐無稽な空想力の産物と思いながらも、何かそこに真実が潜んでいるように考えられてならなかったのです。そこで昨夜、婦人用の礼拝堂の床を、わたし自身で掃いてみました。すると、そのごみのなかに、たくさんのおがくずが混じっているではありませんか。つづいて釜焚き小屋のドアの鍵を探してみたところ、ピーター卿がいわれたとおり、釜焚き小屋の窓の外、少し離れた――文字どおり、石を投げれば届く距離でした——植込みのなかに発見したのです。わたしは神に祈禱をささげて、お導きを願いました。そして妻の意見を求めて——わたしはつねに、彼女の判断に絶対的な信頼をおいています——その結果、ミサのあとでハバードと話しあってみようと決心しました。せめてものさいわいは、彼の出席したのが早朝ミサでなく、夕方のミサだったことです。早朝のミサだったら、わたしはきょう一日、ショックに悩みつづけていなければならなかったことでしょう」

「そうだろう、そうだろう」治安判事は話のテンポが緩慢すぎるのにいらいらしながらいった。「で、彼を問いつめると、真実をしゃべったのだな?」

「ええ。告白しました。しかし、遺憾なことに、後悔している様子がぜんぜん見られません。それどころか、声をあげ笑っていました。詰問しているこちらが、とても苦しいおもいをさせられました」

「そうでしょうね。判りますわ」とフロビッシャー・ピム夫人が同情するようにいった。治安判事が腰をあげて、「ハヴィランド・バードックに会ってみねばなるまい。死んだバードック老人の遺言書に、どんな邪悪な意図が秘められておるにせよ、ハバード、モーティマー、ローリンソンの三人が、怪しからぬ非行をおかしたのはまったく明白だ。もっとも、死体を盗み出したことが、起訴の成立する犯罪であるかどうかはちょっと疑わしい。その点、これから調べてみなければならんが、まあ、だいたい起訴が可能だろう。そして、死体がなんらかの財物を身につけておったとすれば、家族の者ないし遺言執行者の提訴が条件となる。いずれにせよ、この教区のスキャンダルであるのはもちろんのこと、神への冒瀆行為だ。非国教徒を喜ばせるかも知れぬが、われわれにとってはこれ以上の恥辱はない。やあ、ハンコック君、きみにたいして言うべきことではなかったな。このような問題は、できるだけ早く片付けてしまわねばならん。わしも一緒に牧師館へ出向くから、ハヴィランド夫妻の耳に入れるがいいだろう。ああ、ウィムジイ君、きみはどうなさる？　きみの推測は間違っておらなんだ。ハヴィランドから謝罪の言葉を聞いたらどうだ？」

「同行したくないね」ウィムジイは答えた。「どうせぼくは喜んで迎えられぬ客だからな。ところで、このような事実が生じたとなると、ハヴィランド・バードック夫妻は、相当に大きな財政上の打撃を受けることになるね？」

「そういうわけだ。非常に大きな打撃だろうよ。その点もきみの推測は正しかった。さあ、出かけよう、ハンコック君」

二人が出ていったあと、ウィムジイとフロビッシャー・ピム夫人は暖炉の前で、この問題の処理について、三十分ほどのあいだ話しあった。そこへ突然、フロビッシャー・ピム氏が顔を出した。牧師館からハンコック牧師とハヴィランド夫妻を連れて戻ってきたのだ。

「やあ、ウィムジイ君、こんどはモーティマー家を訪問するのだが、車の運転を引き受けてくれないか。きょうは日曜日なんで、メリデューが休みをとっていて留守だ。わしは夜間の運転をしないことにしておる。ことに今夜のように霧の深い夜はだ」

「いい心掛けだよ」ウィムジイはいって、二階へ駆けあがった。そして、数分のうちに下りてきたが、厚手の革ジャンパーを着込んで、紙包みを小脇に抱えていた。彼はハヴィランド夫妻と簡単な挨拶をすますと、運転席に着き、すぐさまフロビッシャー・ピム邸を出発し、霧の深いヘリオッティング街道を慎重な運転で進んだ。

車が左右から木立の枝が蔽いかぶさっている地点にさしかかると、ウィムジイは顔にやや皮肉な微笑を示した。そこが幽霊馬車に出遭った場所だった。それからさらに、巧妙に作りあげられた怪奇な乗物が消え失せた木戸の前を通過するとき、その木戸を指さして説明したが、ハヴィランドは呻き声のようなものを洩らしただけだった。そして、いまは馴染みになった街道の分岐点で、フリンプトンへ向かう右手の道をとって、なおも六マイルかそこらを走ると、フロビッシャー・ピム氏が大声で、あれだぞ！　と叫んで、ウィムジイの注意を促した。モーティマー屋敷が前方に見えてきたのだ。

広大な厩舎と数多くの耕作用小屋を備えたモーティマー屋敷は、本街道の奥、二マイルほどのところに建っていた。闇夜のことで、その全貌は見てとれなかったが、一階の窓の全部が灯火に輝いていた。治安判事が玄関のベルを力強く押すと、扉が開いて、それと同時に屋内から、高らかな笑い声が響いてきた。モーティマー氏がその非行を少しも苦に病んでいないのが明らかだった。

「モーティマー君はご在宅か？」フロビッシャー・ピム氏が、居留守をつかうのは許さんぞといわぬばかりの、断固とした口調でいった。

「はい、はい、ご在宅です。どうぞ、お入りください、治安判事さま」

一行は、灯火の明るい古風な造りの大広間へ通った。戸口を入ってすぐのところに、カシ材の大きな衝立が据えてあるので、内部の様子は見てとれない。暗いところから入ってきたウィムジイが、目をしばばたたきながら奥へ進むと、赤ら顔の巨漢が手を差し伸べて、歓迎の意を表した。

「やあ、フロビッシャー・ピム君か！　偶然とはいえ、いいところへきてくれた。われわれの旧い友人に会ってもらえる。おや、（と少し調子を変えて）ハヴィランドも一緒か。これは、これは——」

「おい、モーティマー！」ハヴィランド・バードックはわめくと、怒りの形相すさまじく、治安判事のわきをすり抜けて、この屋敷の主人へ向かって突進しようとするのを、治安判事があわてて抱きとめた。「性わるな豚め！　なんのために、こんなふざけた真似をした。死体をどこへやった？」

「死体だって？」モーティマー氏は戸惑った表情で、尻込みをした。

「そうだ、死体だ！　しらばっくれたって駄目だぞ。おまえの仲間のハバードが口を割ったんだ。知らないなどといわせるか！　この屋敷のどこかに隠してあるにちがいない。その場所はどこだ？　早く、返してよこせ！」

ハヴィランドは主人を脅やかしながら、衝立のわきをまわって、灯火の明るい内部に突き進んだ。すると思いがけなく、大型の肘かけ椅子から立ちあがった長身で痩せがたの男が、彼の正面に立ちはだかって、

「まあ、落ち着けよ、ハヴィランド！」といった。

ハヴィランドは「あっ！」と叫んで、一歩さがった。とたんに、ウィムジイの足を踏んづけた。「マーティン！」

「そうだ、そのマーティンだ」相手はいった。「おれがここにいるのが、意外だったのか？　そうかも知れんな。半ペニーみたいにやくざな兄貴が、突然、帰ってきたんだからな。で、おまえ、達者か？」

「は、はあ。さてはこの事件の裏には、兄さんが潜んでいたんだな！」ハヴィランドが荒れ狂った。「もっと早く、気づくべきだった。それにしても、汚らしいことをしたものだ。父親の遺体を柩からとり出して、村まわりをするサーカスみたいに持ち歩くとは！　恥知らずな、不名誉な、忌わしい行為だ。あんたの胸に、人間らしい感情はなくなってしまったんだ。兄さん自身、それを否定できんだろう！」

「悪口がすぎるぞ、ハヴィランド！」

モーティマーが非難したが、ハヴィランドは黙らなかった。

「うるさいぞ、ひっ込んでいろ！　きさまにも言い分があるが、兄貴のほうが先だ。いいか、兄さん。この恥知らずの所業に、ぼくはこれ以上の我慢はできないんだ。さっさと遺体を渡してくれ。そして——」

「待て、待て、ハヴィランド」マーティンは両手をポケットに突っ込み、にやにやしながら、「どうやらこの釈明は、おまえひとりが相手でなく、世間一般に告げることになるようだな。

そのために、こうも大勢お連れしたのだろうが、こちらの方は牧師さんとお見受けした。牧師さんには説明しなければならぬことが確かにある。それからこの方は――？」

「こちらはピーター・ウィムジイ卿だ」とフロビッシャー・ピム氏が口を入れた。「ピーター卿によって、この怪しからぬ企みが見破られたのだ。いいか、マーティン、この計画は、きみの弟の言葉どおり、不名誉きわまるものなんだぞ」

「驚きましたな。ピーター・ウィムジイ卿ご自身のご出馬ですか」マーティンがいった。「モーティマーさん、あんたの行為が露顕したのは当然のことで、ピーター・ウィムジイ卿といえば、当代のシャーロック・ホームズだ。しかし、フロビッシャー・ピムさん、ぼくはたまたまこの出来事と時をおなじくして帰ってきましたが、事件そのものにはぜんぜんタッチしていませんよ。ダイアナ、このお方がピーター・ウィムジイ卿だ――ピーター卿、これが妻のダイアナです」

黒のイヴニング・ドレスを着た若い美しい女性が、はにかみがちな笑顔で、ウィムジイに挨拶してから、こわばった表情に変わって義弟のハヴィランドに向き直り、

「わたしたち、弁明させていただきますけど――」

といいかけたが、ハヴィランドはそれを無視して、

「兄さん、あんたの企みは失敗だった」と、きめつけるようにいった。

「そう見られても仕方がない。しかし、ハヴィランド、なんのために、こんなに騒ぎ立てるのだ？」

「騒ぎ立てる？　あたり前のことじゃないか！　父親の死体を柩からとり出して――」

「ちがう、ちがう、ハヴィランド。そのことだったら、おれはなんにも知らないんだ、ほんとだぜ。誓っていえるんだ。おやじが死んだことは、ほんの二、三日前に知ったばかりだ。映画の撮影で、ピレネーの山のなかに出張していたのだが、あとの手配もそこそこにして、まっ直ぐ帰ってきた。それより早く、このモーティマーさんと、ローリンソンとハバードの三人が、こんどの企てをやってのけてしまったのだ。おれは昨日の朝まで、何も知らなかった。帰国前に、パリの家に立ち寄ったところ、それを知らせる手紙が待っていたのさ。嘘じゃない。ほんとうに知らなかったんだ。考えてみるがいい。あんなことをする必要がおれにないのが判るはずだ」

「判らないね」

「おれがこの土地にいたら、仰々しい葬儀はやめてくれといったかも知れないが、死体を盗み出すような大それた行動に出るわけがない。死者への不敬はともかく、おれには行動の趣旨が納得できない。実際のところ、その話をモーティマーさんから聞いたとき、腹が立ったくらいだ。あのひとたちが、おれへの親切心から敢行してくれたのは了解できたがね。教会を預かる牧師の怒りは当然のことだと思う。しかし、モーティマーさんが、教会の神聖を冒瀆しないように、できるだけ気を遣っていたのも確かだ。おやじの遺体にしても、粗相のないようにこの屋敷の祈禱室に安置して、周囲を花で飾ってある。おまえが見ても、満足すること疑いなしだ」

「さよう、さよう」とモーティマーもうなずいて、「わしらには、死者を冒瀆する気持など、みじんもなかった。安置してあるところを見たら、判ってもらえるはずだ」

「それにしても、怖ろしいことです」ハンコック牧師が弱々しい声でいった。

マーティンはさらにつづけて、「モーティマーさんたち三人は、おれがいないので、おれに代わって、おれの利益と思える行動をとらざるを得ない気持だった。それがこの結果を生んだんだが、遺産が手に入りしだい、おれはさっそく、おやじにふさわしい納骨堂を造る——もちろん、地上にだ。火葬にして、納骨するのさ」

「いくら兄貴だって、そんなことを許せるか！」ハヴィランドが喘ぐようにしていった。「遺産が欲しいばかりに、父の遺体を埋葬もしないで、晒《さら》しものにしておくなんて！」

「おい、ハヴィランド、おれだって許さんぞ。おれの財産を横どりしたくて、おやじの死体を無理やり地下へ埋めようとする気か？」

「ぼくは遺言執行者だ。あんたがなんといおうが、父の遺体は埋葬されることに決まっている」

「おれだって遺言執行者のひとりだ——そして、おやじの遺体は埋葬しないことに決めた。地上の納骨堂に収めるのは、地下の埋葬以上に、おやじを敬った葬り方なのだ」

ハンコック牧師はいがみあう兄弟のあいだに立って、どちらの希望を容れたものかと、困りはてていた。

ハヴィランドはいっそう声を大きくしていった。「グレアムがなんというか、彼の意見を聞いてみる」

「グレアムか！——正直者の顔をした弁護士だな。いいだろう、聞いてみるさ」マーティンは冷笑を浮かべて、「あの男は、最初から遺言書の内容を知っていた。そして、それを何かの機会に、おまえに知らせたんだろう?」

「そんなことをするひとじゃない」ハヴィランドは言い返した。「うっかりしたことをしゃべったら、相手が性わる者のあんたのことだ、かならず因縁をつけると承知していたのだ。貧乏人の恐喝男の娘と結婚して、わが家の名誉を傷つけただけでは足りないで――」

「まあ、まあ、バードックさん――」

「ハヴィランド、言葉を慎め!」

「あなたはとり乱しておられる――」

「いいかげんに黙れ!」

ハンコック牧師とフロビッシャー・ピム氏がこもごも制止しようとしたが、ハヴィランドはいっさいかまわずわめき立てた。

「こんどはまた、父の遺体とぼくの財産を盗みとって、柄《がら》のわるい細君と一緒に、映画やコーラスの端役女優を集めてのふしだらな生活をつづける気か!」

「おい、ハヴィランド、おれの女房と友人たちの悪口はやめておけ。おまえ自身の細君のほうはどうなんだ? 誰かに聞いたことだが、ウィニーは見栄っぱりで、やれ競走馬だ、やれ高級レストランだ、やれ何々だと、おまえの収入ではとても間に合わないので、いまでは破産の寸前だそうじゃないか。兄貴の金を奪いとろうとするのも、切羽つまったからだろう。おれはだいたい、おまえの人物を高く買っていなかったが、それにしても――」

「ちょっと待て！」

フロビッシャー・ピム氏が、兄弟の言い争いを制止するのにようやく成功した。この地方第一の名士であることの権威をどうにかとり戻したのと、兄弟ともに大声を出しすぎて、息切れがしてしまったのがその理由だった。

「ちょっと待て、マーティン。いつまで二人が怒鳴りあっておったところで、意味がない。わしが仲にはいろう。というのも、きみを子供のときから知っておるし、きみの父親とも長いつきあいだったからだ。いや、きみの腹立ちは了解できる。ハヴィランドには、たしかに言いすぎがあった。だが、ハヴィランドにしたって、落ち着いてくれれば、平常心をとり戻すはずだ。そこのところを考えてやれ。いっておくが、ハヴィランドばかりでなく、わしたちみんながあまりのショックに、揃って平常心を失っておるのだ。きみにだって、言いすぎがなかったわけじゃない。きみはいまハヴィランドに、『おれの金を奪いとろうとするのか』といった文句を浴びせたが、彼にそんな気持のあるわけがないのは明瞭だ。実際のところ、ハヴィランドはあの遺言書のひねくれた条項については何も知らなかったし、葬儀の手配にしても、あれがこの村の古くからの仕来たりだと考えておったのだ。いいか、マーティン、ここのところは、わしの妥協案を容れて、こんごは兄弟仲むつまじくやってもらいたい。判ったな、マーティン――そして、ハヴィランド、きみもだ。わしの妥協案は、こういうことになる。例の遺言書が実際に、どこに置いたのか、所在場所が不明のままで終わったとするんだ。それでこんな、みっともない騒ぎは起こらんですむ。いや、起きてはいけないことだ。遺言書にこだわらずに、遺産の全部を、兄弟仲よく折半すればよい。故人の死骸を、息子ふたりが、金銭のために争いの種にするなど、これ以上みっともないことはないんだぞ」

「すみませんでした」マーティンはいった。「とり乱して、お恥ずかしいことです。おっしゃるとおり、いまのご提案がもっとも適切なものと考えます。ハヴィランド、いまのおれの言葉、忘れてくれ。遺産の半分はおまえにやるよ」

「遺産の半分だと！　ばかなことをいうな。あれはみんな、ぼくのものだ。第一、くれてやるとの言い方は何ごとだ。ぼくのものを、ぼくにくれるとは！」

「ちがうぞ！　この段階では、遺産はみんなおれのものだ。おやじの軀はまだ地下に埋められてはいない。フロビッシャー・ピムさん、おれのいうことが正しいのでしょうね？」

「そういうわけだ。現在のところ、法律的にはきみのものだ。ハヴィランド、そこのところを考慮すべきだぞ。しかも、きみの兄は、半分を提供するといっておる」

「半分ね？　半分で承知したら、世間からばか者呼ばわりされる。兄貴は詐欺的手段で、ぼくの財産をかすめとろうとした。警察の連中にきてもらって、教会内に安置してあった物を盗みとった罪で逮捕してもらう。このくらいの手が打てないぼくじゃない。さあ、モーティマーさん、電話を貸してもらいますぞ」

　このとき初めて、ピーター・ウィムジイ卿が口を挟んで、「出すぎたことだとは思うが、ぼくにもひと言、いわせてもらいたい」としゃべりだした。「これはバードック家における家族間の問題で、赤の他人のぼくが口を出すべきでないのはじゅうぶん承知している。しかし、ぼくがたまたま遺言書の隠し場所を見出したばかりに、思わぬ争いの種を作る結果になった。そこでもう一度、出しゃばらせてもらうが、警察官を呼ぶことだけはやめたほうがいいと忠告したいのだ」

「ぼくへ忠告を？　これは驚いた。なぜぼくが、あんたの忠告を聞かねばならんのです？　あんた自身がおっしゃるように、この問題は、あんたに関係のあることではないんです」

「関係がないこともない」ウィムジイは相手の抗議を抑えて、「もし、兄弟間の遺産争いが訴訟事件になったとすると、ぼくもまた、証人として法廷に出頭することになる。争いの原因である遺言書を発見したのは、ほかならぬこのぼくだからだ」

「それで？」

「それで、法廷でのぼくは、次の点についての証言を求められる。すなわち、問題の遺言書は、ぼくが見出した場所に、どのくらいの期間おいてあったと思うか、とだ」

ハヴィランドは何かが喉につかえたような顔つきをして、言葉がすぐには出てこなかった。

「そ、それが、どうだというんです？」

「どうもこうもない。判らんかね、きみには？　ちょっと考えてみただけで、おかしいなと思うはずだ。きみの死んだ父の遺言書であるのだから、彼がそれをあの場所に隠したのは、アメリカへ渡る以前であらねばならぬ。彼がアメリカへ移ったのは、何年前のことだね？　三年以前？　それとも、五年も前になるのか？」

「だいたい、四年とちょっとになります」

「ああ、そうか。で、そのあとは無精者の女管理人に屋敷をまかせっきりで、この女が図書室をすっかり湿気らしてしまった。室内で火を焚いて湿気を追い払う手間もかけず、こわれた窓ガラスから雨が降りそそぐ始末、等々で、貴重な古書も青カビにやられっぱなしだった。ぼくみたいな愛書家には、悲しまざるをえない惨状さ。ところで、ぼくが法廷で、遺言書を発見したいきさつを証言し、きみが、あの図書室は四年のあいだ、湿気が暴威をふるうがままに放置されていたのを明らかにするとなると、聞いている者は、おや、なんだか変だぞと思うのではないだろうか。なぜかというと、これはぼくが証言台で述べることだが、書棚の端の壁には、湿気が作りだした大きなしみ——にやにや笑いをしている男の顔に似たしみがついていた。そして『ニュルンベルク年代記』の革表紙の壁に触れる部分にも、まったく同じ形状のしみが見えている。それでいて、壁と『ニュルンベルク年代記』に挟まれて、四年のあいだ放置されていた遺言書には、しみがまったくついていないのだ」

ハヴィランドの若い細君が、突然、悲鳴のような声を出した。「ハヴィランド！　なんてばかなの！　呆れたばかだわ！」

「しっ！　黙っていろ！」

ハヴィランドは怒りの叫びとともに、彼の妻をひっぱって、ひき戻した。彼女もあわてて、自分の口を押さえながら、椅子に崩れ落ちた。

「ウィニーのいまの叫びで、事情が判ったよ」とマーティンがいった。「ウィニーに礼をいわねばなるまいな。やあ、ハヴィランド、おまえがとやかくいうことはないぞ。ウィニーがこの笑劇の舞台裏を暴露してしまったんだ。つまりおまえは、遺言書の内容を知っていた。そこで、故意に遺言書を隠匿して、葬儀を早くすませてしまおうとした。おまえの骨折りには、礼をいっておこうか。そして、心掛けのいいグレアム弁護士にもだ。さて、おまえとグレアム弁護士がしめしあわして、遺言書を故意に隠匿したのは、詐欺、共謀、その他何なにの犯罪が成立するのじゃないかな。フロビッシャー・ピムさんにうかがったら、教えてくださるだろう」

「驚いたことだな！」治安判事がいった。「で、ウィムジイ君、これが事実だと、確信をもっていえるのかね？」

「ぜったいに間違いない」ウィムジイは答えて、小脇に抱えていた『ニュルンベルク年代記』をさし出した。「これがそのしみだ――誰の目にもはっきり見てとれる。やあ、バードック君、ご所蔵本を無断で持ち出した罪は宥してもらいたい。それにしても、葬儀の前夜にこのちょっとしたミスに気づいて、『ニュルンベルク年代記』を売り払うか、革表紙の半分を奥付ごと破り捨てるとかしなくてよかったと考えている。さあ、マーティン君、この貴重な書籍をお返ししますぞ――元のままで。それからこれで、ぼくがメロドラマの舞台に、俳優の一人として登場するのを嫌う気持が判ってもらえたと思う。それはどうしても、ペクスニフ（ディケンズの小説『マーティン・チズルウィット』中の人物）がいうように、人間性に悲しい光を投げかけることになりがちだからだ。しかしまた、ぼくはこの事件で、とんだ役割をあてがわれたことを憤慨している。ハヴィランドの計画だと、古書愛好癖が利用され、書棚のあいだを歩きまわり、遺言書を発見するという、いささか間抜けな男がぼくの役だった。そしてその計画どおり、ぼくはその役目をつとめた。ただ、ハヴィランド・バードック君が考えたほど、間抜けな俳優ではなかっただけだ。ぼくはこれで失礼する。フロビッシャー・ピム君、あとの始末はきみの役割だ。車のなかで待っているよ」

そしてウィムジイは、ちょっと威厳を示して、大股にホールを出ていった。

しばらく待つうちに、フロビッシャー・ピム氏がハンコック牧師と一緒に車へ戻ってきた。「あの夫婦は、まっすぐロンドンへ帰るはずだ。ああ、ハンコック、牧師館においてある彼らの荷物は、明日の朝、鉄道便で送ってやればいい。これで万事、片付いた。わしたちも退散するとしよう」

ウィムジイがエンジンを始動させた。

その瞬間、玄関前のステップを駆け下りてきた男があった。マーティンだった。ウィムジイに近づいて、低い声でいった。

「おかげで助かりました。お礼の申しあげようがありません。興奮した言葉を吐きちらして、情けないやつだとお蔑《さげす》みでしょうが、父の遺体はねんごろに葬ります。そして遺産の半分をハヴィランドに分けてやります。あの弟を、あまりきびしく非難なさらんでいただきます。妻の浪費癖からあんなふうになっただけです。まったく困った女で、ハヴィランドに首もまわらぬほどの借金を作らせ、事業まで破綻状態に陥れたのです。しかし、それもぼくが協力して、かならず持ち直させるつもりでおります。お判りいただけましたか。哀れな兄弟とお考えにならぬようにお願いします」

「しっかりやってくれたまえ。元気を出して！」ウィムジイがいった。

そして彼がクラッチを入れると、車は雨に濡れた街道の白い夜霧のなかに消えていった。

ピーター卿と生みの親セイヤーズ

戸川安宣

ピーター・デス・ブリードン・ウィムジイ卿は一八九〇年、十五代デンヴァー公爵モーティマー・ジェラルド・ブリードン・ウィムジイと、フランス人の血を引くハンプシャー県ベリンガム荘館主のフランシス・デラガルディの娘ホノーリア・ルカスタとの間の次男として生まれた。兄のジェラルド・クリスティアン・ウィムジイは、父親の死後デンヴァー公爵を継いだ。妻ヘレンとの間にセント・ジョージ（《いたずら好きな》ガーキンズという愛称がある）という息子がいて、長編『雲なす証言』や暗号ものの短編「龍頭の秘密の学究的解明」等に姿をみせる。ピーター卿にはメアリという名の妹が一人いる。彼女はやがてスコットランド・ヤードのチャールズ・パーカーと結婚する。従って本書でも再三登場するこの首席警部は、ピーター卿の義弟になるわけだ。

小さい頃のピーターは、ひ弱で内向的な少年だった。悪夢にうなされもしたが、長ずるに及んで読書と音楽に熱中するようになった。神経質だったから、学校でも《弱虫《フリムジー》》とからかわ

ピーター卿と甥のガーキンズ
「龍頭の秘密の学究的解明」の挿絵
〈ピアスンズ・マガジン〉
（ジョン・キャンベル画）

れていたが、クリケットの選手としての類い稀な才能を見出されてからは、一躍イートン校の人気者となり、ニックネームもいつしか《フリムジー》から《偉大《グレート》なフリム》になっていた。その頃、彼におしゃれやワインの味を教えたのは、母方のおじポール・オースティン・デラガルディだった。父親はしょっちゅう問題を起こしていたので、ピーターは常に母親の味方だったのである。

十七歳の頃、おじはピーターをパリに遊ばせ、女性とのつきあい方を通して紳士としての作法を伝授した。一九〇九年、ピーターはオックスフォードのベイリオル・カレッジへ進み、現代史学を専攻、最優等で卒業した。彼が二年に在学中、父親は狩で首の骨を折って死亡する。

ベイリオルでの最後の年に、彼は十七歳の、美人だが頭はカラッポという娘と盲目的な恋に落ちる。だが、周囲の猛反対にあって止むなく学問に没頭したのだった。そこに大戦が勃発し、ピーターは娘との結婚に未練を残しながら戦地へおもむいた。フランスで華々しい武勲をたてて一時帰国した彼を待っていたのは、一枚の結婚通知状だった。己れの愚かさを知った彼は、再び戦地へもどり、ドイツ軍に対する諜報活動で目ざましい活躍を遂げる。が、一九一八年、爆弾に吹き飛ばされ、その後二年間、強度の神経衰弱に悩まされるようになった。

帰国後、ピーターは彼の下で軍曹として働いていたバンターを従僕にして、ピカデリー一一〇Aのフラットに落着き、世捨て人のような生活を送るようになる。金に不自由はなかったから、このまま立ち直ることはないのかと心配されたが、一九二一年になって、突然ピーターの名は世間の注目を集めることとなった。ある宝石盗難事件の裁判が異常なまでの関心を呼んでいる中で、ピーター卿が検察側の証人として登場したのである。

かくて彼は《貴族探偵《ノーブル・スルース》》として一躍、その名を知られるようになった。本書収録の「不和の種、小さな村のメロドラマ」の中では、「ピーター・ウィムジイ卿といえば、当代のシャーロック・ホームズだ」と言われているし、「顔のない男」（『ピーター卿の事件簿Ⅱ　顔のない男』所収）でも「ほんとにシャーロック・ホームズみたい」と賞賛されている。そして、捜査の過程で親しくなったのが、警視庁のパーカーだった。

この彼の道楽を心よく思わなかった兄のジェラルドを殺人の容疑から救ったりしているうちに、すっかり探偵業が板についたピーターは、ある時、愛人殺しの容疑で逮捕された女流推理作家を弁護する内に、彼女に一目ぼれしてしまう。ハリエット・ヴェインというこの女性は、見事無実の罪を晴らされるが、ピーター卿の求愛には首を縦に振ろうとしない。

聡明な上に性格もよいという彼女は、その後何度か事件に巻き込まれ、その度にピーター卿と協力して、捜査に乗り出すが、執拗なまでの求婚を受けつけない。

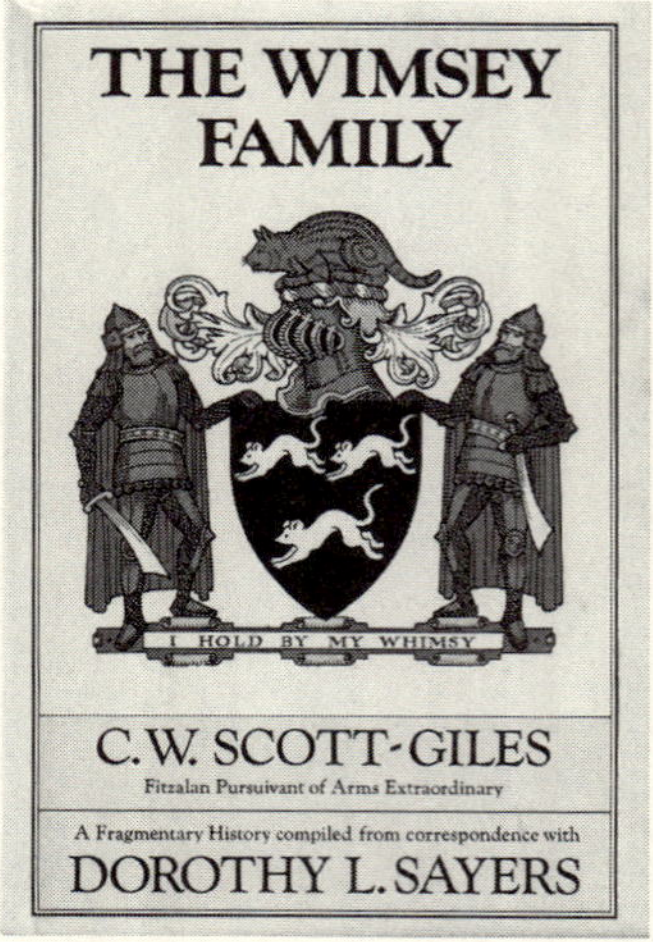

ウィムジイ家の紋章をカバーにあしらったC. W. Scott-Gilesの*The Wimsey Family*

ようやく一九三五年の『忙しい蜜月旅行』で、二人はめでたく結婚する。本書に収めた「幽霊に憑かれた巡査」は、二人の間に長男が生まれた夜の話だが、一九四二年に書かれた最後の短編 'Talboys' では息子が三人に増えている。

ピーター卿の趣味は、犯罪学、書物蒐集、音楽（ピアノと鳴鐘術）、クリケット。『初期刊本蒐集覚え書』『殺人者の手引き』などの著書がある。《モールバラ》《エゴティスト》《ベローナ》各クラブ会員。黒地に、銀色の鼠が三匹走り回るさまをあしらい、楯形紋地の頂飾には飼いならされた猫がまさに跳ばんとかがんでいる図。「我が気紛れ《ウィムジィ》の赴くままに」という題銘の刻まれたのがウィムジイ家の紋章である。

以上は、セイヤーズの要請で、甥についてポール・オースティン・デラガルディが筆をとった、という体裁のピーター・ウィムジイ卿に関する「伝記的覚え書」の内容を要約し、それに若干補足したものである。これは〈タイムズ〉一九三五年七月十二日号に掲載され、同年、ヴイクター・ゴランツ社から出された『誰の死体?』をはじめ『雲なす証言』『不自然な死』『ベローナ・クラブの不愉快な事件』の再版に付けられた。

ところで、ピーター卿の容貌はというと、まず身長が五フィート九インチ(後年の作品になると六フィート・ジャストに成長している!)、「ひょうきんな気味のあるグレーの目」と「いささか皮肉な感じで垂れ下がったまぶた」の下に、「中央に、見落とすには偉大すぎる鼻がそびえて」いる。それ以外は「これといって目立つところのない顔立ち」だ。髪は金髪で「もともと巻毛」。「華奢《きゃしゃ》な手」にステッキを持ち、モノクルをかけて、頭にはソフト帽をのせ、グレーの服に「明るい色の軽外套」をはおる、というのがお気に入りのいでたちである。

ワイン通として知られるが、その上大変な食通で、また「彼はいついかなる場合でも、食後のコーヒーなしではすまぬ男」だ。しかも、バンターはうまいコーヒーをいれる名人ときている。

車の運転が好きだが、「道路上のものに直接の関心を奪われているときが、彼の頭脳は最大限に働くというのが、ウィムジイのつね日頃、口にしている文句だった」と、名推理の秘密の一端をのぞかせている。そして、「ぼくは元来、正確さを尊重する性格」だ、と自己分析するのだ。

粋でやさしく教養豊かなスポーツマン――正に英国紳士はかくあるべしという見本のような、理想的な人物であった。

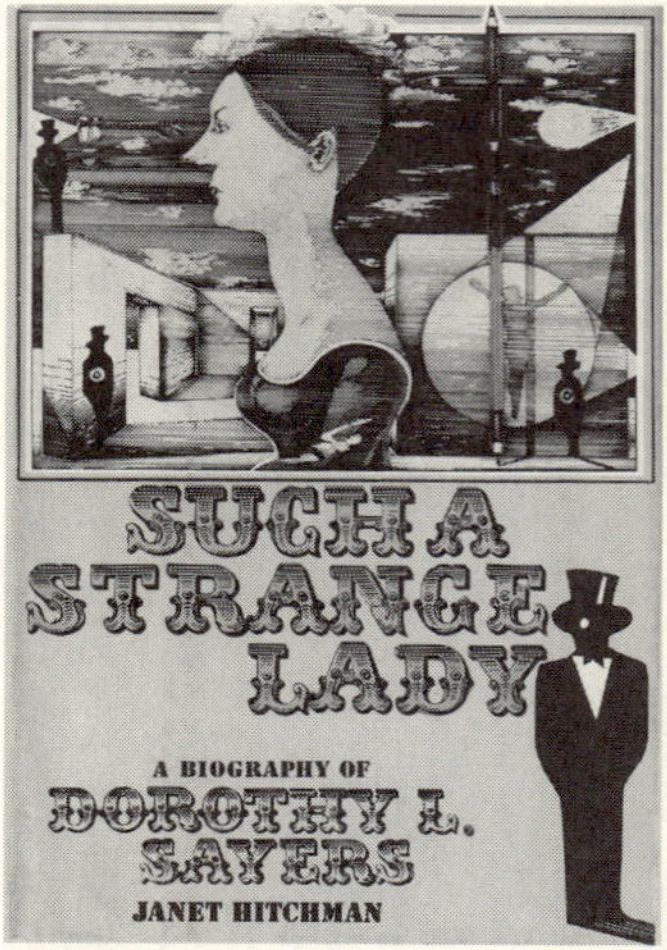

Janet Hitchman の *Such a Strange Lady*, Harper & Row 版のジャケット

ちょっと変わった女性　一九七五年、ジャネット・ヒッチマンの *Such a Strange Lady: An Introduction to Dolothy L. Sayers (1893-1957)* という本が上梓されて、大変な話題を呼んだ。副題が示すとおり、ドロシー・L・セイヤーズの評伝なのだが、推理小説ファン以外からも受け入れられたのは、この本に描かれた、並はずれた才能を持ちながら、容姿に対する劣等感に悩まされつづけた奇妙な才女の一生が、多くの読者の関心を誘ったためであったに違いない。だが、一読してみると、今まで伝えられているセイヤーズの経歴とあまりに相異があって、目を疑うほどである。というよりも、これまでの記事は驚くほど簡潔で、第二次大戦後も活躍していた作家にしてはデータが不足している感をいなめない。それだけにヒッチマンの明かす新事実は衝撃的である。

彼女は、序文を読むと、それまでセイヤーズの熱心な読者ではなかったらしい。無論、推理小説の研究家でも評論家でもないから、この本はセイヤーズの作品についての論評を目的としたものではない。彼女の関心は、表現が適当かどうかわからないが、最高の知性と最低の容姿を持った「ちょっと変わった女性」の生き方に集中している。そしてなによりも、これまで知られていなかった新しい事実が次々と明るみに出てきて、興味がつきない。そこで、この本にそって、セイヤーズの経歴を追ってみよう。

ドロシー・リー・セイヤーズは一八九三（明治二十六）年六月十三日、ヘンリー・セイヤーズ師とヘレン・メアリ・セイヤーズの間に、オックスフォードで生まれた。一人っ子だった。ミドル・ネームのリーは母方の姓である。〈パンチ〉誌の創設者の一人で、当時の素人役者として知られたパーシヴァル・リーはドロシーの祖父に当たる。ドロシーには「神のさずけ物」の意味があった。ようやく恵まれた子供に対する親の思いが込められていたのだ。

九歳のセイヤーズ

父親は、古典学者で、音楽家でもあった。娘が生まれた当時は、聖歌隊の少年たちに一般教養を教えるクライストチャーチ・カセドラル・クワイア・スクールの校長をしていた。一八九七年、ブルア・ストリートの家が手ぜまになり、田舎へ引越すことになった。ハンティンダンシアのブランティシャム教師館に移ったドロシーは、ここで乗馬やスケートをしながら育った。父親は長年、少年たちを教えてきたが、ここでは自分の娘が一人いるきりだった。彼は少年たちにしたのと同じように娘を教育する。六歳の時にはすでにラテン語を教え、十五の時には女の家庭教師をつけてフランス語を習わせた。ドロシーは苦もなくそれらを習得し、母国語同様にフランス語をしゃべり、ドイツ語までマスターするようになった。

一九〇九年、十六歳の彼女はイングランド南西部のソールズベリにあるゴドルフィン・スクールに入学。背が高く、メガネをかけていて首の長い彼女は「スワン」というニックネームをつけられた。だが、数学の類いの学習が完全に欠落していたので、かなり下の学年にもどされたという。

この年の夏には、学校の雑誌に彼女のエッセイが掲載された。徐々に頭角を現わすようになったドロシーは、秋の学期には最上級に昇級した。翌年、ヴァイオリンとピアノを習うようになった。

一九一一年の春学期のこと、悪性のはしかが学校中で流行し、健康には自信のあったドロシーも病の床に伏してしまった。回復後も彼女はげっそりとやつれたままで、ほとんど完全にはげあがってしまう。なんといっても十八のうら若き乙女である。そうでなくてもぱっとしない容姿に加えて、ずば抜けて長身だった。以降これといった大病にかからなかったドロシーだが、髪の毛の問題は、彼女の新たな悩みの種となった。一度はかつらをかぶって学校へもどり、もとのようにヴァイオリンをひき、聖歌隊でアルトを歌った。だが、すっかり打ちひしがれた彼女はソールズベリの私立病院に移り、再びゴドルフィンへはもどらなかった。

いったん自宅へ帰った彼女は、奨学金を受けて、翌年からサマヴィル・カレッジへ行くことになった。カレッジでの成績は抜群だった。その上、詩作に評論にと、彼女は存分にその才能を発揮する。中世文学の最優等を得て卒業。一八七九年創立のこのオックスフォードのカレッジでは、女性としては最初の一人であった。

卒業後、自宅へもどり、母親の手伝いをしながら、ドイルやウォーレスを読みふけっていたが、そうしながらも彼女は職を探した。やはり教職以外にはほとんど道がなかった。一九一五年、彼女は乞われてハル・スクールで女学生に現代英語を教えることになり、魚の匂いのぷんぷんするキングストン・アポン・ハルで一九一七年まで教鞭をとった。かなり異色な教師だったらしいが、けっこう生徒の人気を集めていたという。

一九一七年、父親がウィズビッチ近くのクライストチャーチの教区牧師に決まり、引越さねばならなくなった。ドロシーが女だてらに煙草を喫うというので、村人にショックを与えたほどそこは田舎の村だった。この家で、彼女の初期の推理小説が生まれた。そして代表作『ナイン・テイラーズ』はこのクライストチャーチが舞台となっている。

戦時中、ブラックウェルという出版社（兼書店）が薄い詩集のシリーズを出していた。ハクスレイなど二、三の作家を除いてほとんど無名の新人のものだったが、その"Adventurers All"というシリーズの九冊目に、セイヤーズの処女詩集 *Op I* が加えられた。一九一六年のことである。つづいて一八年には第二作 *Catholic Tales and Christian Songs* を同社から出版。

エリック・ウェルプトン（1917年写）

この中には'The Mocking of Christ'という戯曲も含まれていた。

彼女が二冊の本を著し、ブラックウェル社の手伝いなどをしていた頃、オックスフォードへもどってきた一人の退役軍人がいた。彼は戦争で神経をやられ、悪夢にとりつかれていた。当時ドロシーの下宿の近くに住んでいて親しくしていたドリーン・ウォーレスという女学生が、町で知り合った退役軍人をドロシーに紹介した。長身で、青白い顔をしたバイロン風の風貌をもつこの二十四歳の青年は、エリック・ウェルプトンといった。ドロシーは一目で彼に恋をする。不幸にしてその思いは一方的なもので、しかもエリックは大変もてる男だった。一九一九年、一度はあきらめた彼から、南フランスの学校に職があるので助手として一緒に行ってくれないかという申し出があり、二人はフランスへおもむいた。ここの住まいで、彼女はアルセーヌ・リュパンなどを読んで過ごす。だが、エリックの品行は相変わらずで、心配した父親が娘をイギリスへ引きもどした。破局は思いの外早かったのだ。翌年ドロシーはロンドンへ移り、女学校で教えたりしたが、二一年には大手広告代理店ベンスンでコピーライターの職を得た。ここで彼女はかつての編集経験を生かして活躍する。『殺人は広告する』にはこの頃の体験が生かされている。

ベンスンに落着く前に、彼女は何度かクライストチャーチにもどって、小説の構想を練った。今までにたくさんの推理小説を読んできたし、心の痛手をいやすためにも、また実入りもいいと思ったので、ドロシーは素適な主人公の活躍する推理もののプランを、村を歩きながら練り上げた。

主人公は独身の貴族にしようと思いついた。新聞や映画などで見聞きしているのをもとに、ヒーローのイメージを固めていった。名前は？　クライストチャーチを流れるウィジイ川から思いついて、ウィジイ卿というのは？　音がよくない。ウィジイ――ウィムズ……そうだウィムジイがいい。

同時に二作のプロットが浮かび、彼女はフィッシャー・アンウィン社へ持ち込んで、一九二三年、第一作『誰の死体？』が刊行される。華々しい売行きではなかったが、第二作の『雲なす証言』も同社から出版の運びとなった。セイヤーズは第三作以降をアーネスト・ベン社へ持ち込むが、ここの編集姿勢がお気に召さなかったようで、二長編を出したきりでヴィクター・ゴランツ社へ鞍替えしている。

この頃、作品にも登場する《ソヴィエト・クラブ》のようなところへ出入りしていたドロシーは、一人の男と出会い、一九二三年六月に妊娠していることに気づく。会社から六か月間の休暇をもらって自宅へ帰り、翌年一月三日出産した。彼女はその頃、子供が好きでなかったようで、いとこの一人にその子を託すと、会社へもどったのだった。

ベンスンで仕事をしながら次々と小説を発表していた一九二六年四月十三日、結婚する。相手はオズワルド・アサートン・フレミングといって、カークウォールで一八八一年十一月六日に生まれた。当時四十四歳。彼は再婚だった。戦争の英雄で、現在はジャーナリストと称していたが、かなり家庭的に複雑な男で、その生活は虚偽につつまれていた。この不可思議な結婚は初めこそうまくいったが、やがて夫が外に子供をつくるわ、酒で金を遣い果たすわで、かなり惨憺たる生活であったらしい。ドロシーは一言も家庭のことには触れず、ひたすら仕事と執筆をつづけたのだった。

ヒッチマンは、セイヤーズの作品の中からその家庭生活の投影を探り出そうとしている。『箱の中の書類』で殺されるハリスンと夫のフレミングとの類似を列記されると、なるほど崩壊の極に達した実生活の有様が目に浮かぶようである。一九二八年の九月には父が、その十か月後には母が死亡する。このどん底のような生活をふり払うように、精力的な著述活動がつづけられる。それは糊口の資を得るとともに、わが子をあずけたいとこに対する援助のためでもあった。セイヤーズはたびたびこのいとこを訪ねており、一九五〇年に夫が死んでからは、子供の存在が唯一の心のなぐさめとなった。

戦後、推理小説を離れた彼女は、宗教劇やダンテの『神曲』の翻訳に没頭する。オックスフォードで培った教養が晩年にみごとな成果となって結実したのだ。セイヤーズの業績の中でも、この後期の活躍は彼女の本意とするところだった。ことに『神曲』の英訳やダンテに関する評論の数々は、斯界で高く評価されたものだが、ここではこれ以上触れる紙幅がない。

一九五七年十二月十七日、彼女はロンドンへクリスマスの買い物に出かけた。帰宅の途次に疲労をおぼえたセイヤーズは、自宅に帰りつき、コートを脱ぎすてて愛猫の世話をするために台所へ向かいかけて、倒れた。翌朝、彼女の遺体は秘書によって発見された。

机の上には訳出中の「天国篇」の草稿が未完のまま置かれていたという。

ハワード・ヘイクラフトは、ピーター卿とヴェインのロマンスがセイヤーズの自伝的な物語であるという風説を否定している。だが、ヒッチマンの著書を読むと、ピーター卿はセイヤーズの理想であり、二人のロマンスは実生活とは裏返しの、現実では果たせなかった夢であることがはっきりとしてくる。後期の長編推理小説について、恋愛描写が推理的側面を希薄にしている、という批判があるが、実はヒーローとヒロインのロマンスこそ、セイヤーズのもっとも書きたかったものであったのだろう。やさしく理知的な男性から求婚されながら、特に故もなくじらしつづけ、とうとう結婚にゴールインし、三人の子供をもうけて幸福な生活を送る、というピーター卿譚後期の筋書きには、作者の切実な願望が表われていた――というのが、ヒッチマ

セイヤーズ

ンが評伝で描き出したセイヤーズ像であった。このヒッチマンの評伝には批判も多く、その後、一九八〇年にMWA（アメリカ探偵作家クラブ）の最優秀評論・評伝部門賞を受賞したラルフ・E・ホーンの*Dorothy L. Sayers: A Literary Biography*（1979）をはじめ、ジェイムズ・ブラバゾンの*Dorothy L. Sayers: A Biography*（1981）など、いくつかの評伝が上梓されている。しかし、ピーター卿譚と重ね合わせてみると、ヒッチマンの描くセイヤーズ像は、読む者に鮮烈な印象を与えるのは間違いないところだ。

著作リスト　次にセイヤーズの作品を掲げる。この内、＊印を冠したものがピーター卿譚である。発行年度はイギリス版のもの。タイトルは英米版で相異のある場合のみカッコ内にアメリカ版題名を記した。（☆印は創元推理文庫刊）

1　*Op I*　1916（詩集）
2　*Oxford Poetry: 1917*　1917（セイヤーズが編集に参与し、自身の詩を含む詩集）
3　*Catholic Tales and Christian Songs*　1918（詩集。'The Mocking of Christ' の戯曲を含む）
4　*Oxford Poetry: 1918*　1918（セイヤーズが編集に参与し、自身の詩を含む詩集）
5　*Oxford Poetry: 1919*　1919（セイヤーズが編集に参与し、自身の詩を含む詩集）
6　*Oxford Poetry: 1917-1919*　1920（2・4・5の合本詩集）

7 **Whose Body?* 1923『誰の死体?』☆

8 **Clouds of Witness* 1926（米題 *Clouds of Witnesses* 1927）『雲なす証言』☆

9 **Unnatural Death* 1927（米題 *The Dawson Pedigree* 1928）『不自然な死』☆

10 **The Unpleasantness at the Bellona Club* 1928『ベローナ・クラブの不愉快な事件』☆

11 *Great Short Stories of Detection, Mystery and Horror* 1928（セイヤーズ編のアンソロジー）

12 **Lord Peter Views the Body* 1928（ピーター卿譚の短編集）

13 *The Omnibus of Crime* 1929（アメリカ版のアンソロジー。11と内容に異同あり）

14 *Tristan in Brittany: Being Fragments of the Romance of Tristan, Written in the XII Century, by Thomas the Anglo-Norman* 1929（翻訳）

15 *The Documents in the Case* 1930『箱の中の書類』（ロバート・ユースティスとの共作長編）

16 **Strong Poison* 1930『毒を食らわば』☆

17 **The Five Red Herrings* 1931（米題 *Suspicious Characters*）『五匹の赤い鰊』☆

18 *Great Short Stories of Detection, Mystery and Horror: Second Series* 1931（セイヤーズ編のアンソロジー）

19 *The Floating Admiral* 1931『漂う提督』（ディテクション・クラブのメンバーによ

る連作推理。参加したのはG・K・チェスタトン、V・L・ホワイトチャーチ、コール夫妻、ヘンリー・ウェイド、アガサ・クリスティ、ジョン・ロード、ミルワード・ケネディ、ロナルド・A・ノックス、F・W・クロフツ、エドガー・ジェプスン、クレメンス・デイン、アントニイ・バークリー、そしてセイヤーズの面々）

20　**Have His Carcase*　1932『死体をどうぞ』☆

21　*The Second Omnibus of Crime*　1932（アメリカ版のアンソロジー。18と内容に異同あり）

22　**Murder Must Advertise: A Detective Story*　1933『殺人は広告する』☆

23　*Ask a Policeman*　1933『警察官に聞け』（ディテクション・クラブのメンバーによる連作推理の第二弾。六人の会員が一章ずつを担当し、おまけに他人の創造した名探偵を登場させるという変わった趣向になっている。参加したのは、バークリー、ケネディ、グラディス・ミッチェル、ロード、セイヤーズ、ヘレン・シンプスンの六人、セイヤーズはバークリーのロジャー・シェリンガムを使い、逆にバークリーがピーター卿を登場させている）

24　**Hangman's Holiday*　1933（ピーター卿譚を含む短編集）

25　**The Nine Tailors: Changes Rung on an Old Theme in Two Short Touches and Two Full Pearls*　1934『ナイン・テイラーズ』☆

26　*Great Short Stories of Detection, Mystery and Horror: Third Series*　1934（セイヤ

ーズ編のアンソロジー。アメリカ版 *The Third Omnibus of Crime*　1935）

27　**Gaudy Night*　1935『学寮祭の夜』☆

28　*Great Unsolved Crimes*　1935（ディテクション・クラブのメンバーによる著名犯罪事件のエッセイ集。セイヤーズは「ジュリア・ウォレス殺し」を寄稿している。別題 *The Anatomy of Murder: Famous Crimes Critically Considered by Members of the Detection Club*　1936）

29　*Tales of Detection*　1936（セイヤーズ編のアンソロジー）

30　*Six against the Yard* 1936（ディテクション・クラブのメンバーによる競作集。マージェリー・アリンガム、バークリー、クロフツ、ノックス、セイヤーズ、そしてラッセル・ソーンダイクの六人の短編に、犯罪捜査課のコーニッシュ元警視がコメントを寄せる、という趣向のアンソロジー）

31　*Papers Relating to the Family of Wimsey*　1936（セイヤーズやシンプスンなどのエッセイを収めた五〇〇部限定の私家版パンフレット）

32　**Busman's Honeymoon: A Detective Comedy in Three Acts*　1937（ミュリエル・セント・クレア・バーンとの共作戯曲）

33　**Busman's Honeymoon: A Love Story with Detective Interruptions*　1937（32の小説版）『忙しい蜜月旅行』

34　*The Zeal of Thy House*　1937（戯曲）

35 *An Account of Lord Mortimer Wimsey, Hermit of the Wash* 1937（二五〇部限定の私家版）

36 *Omnibus* 1937（『誰の死体？』『ベローナ・クラブの不愉快な事件』『五匹の赤い鰊』を収めたアメリカ版のオムニバス本）

37 *The Greatest Drama Ever Staged* 1938（エッセイ集）

38 *Double Death: A Murder Story* 1939『ホワイトストーンズ荘の怪事件』☆（ディテクション・クラブのメンバーによる連作推理第三弾。セイヤーズ、クロフツ、ヴァレンタイン・ウィリアムズ、テニスン・ジェス、アントニイ・アームストロング、デイヴィッド・ヒュームが参加し、ジョン・チャンセラーが編集したもの）

39 *Strong Meat* 1939（エッセイ集）

40 *The Devil to Pay: Being the Famous History of John Faustus, the Conjurer of Wittenberg in Germany; How He Sold His Immortal Soul to the Enemy of Mankind, and Was Served XXIV Years by Mephistopheles, and Obtained Helen of Troy to His Paramour, with Many Other Marvels; and How God Dealt with Him at the Last: A Stage-Play* 1939（戯曲）

41 *Detection Medley* 1939（ディテクション・クラブのメンバーによるジョン・ロード編のアンソロジー。セイヤーズの「歩く塔」および「幽霊に憑かれた巡査」を収録。数編を削除したアメリカ版、セシル・ジョン・チャールズ・ストリート編のタイトルは

Line-Up。ストリートはロードの本名）

42 **In the Teeth of the Evidence and Other Stories*　1939（ピーター卿譚を含む短編集）

43 *He That Should Come: A Nativity Play in One Act*　1939（ＢＢＣのラジオ・ドラマの戯曲）

44 *Begin Here: A War-Time Essay*　1940（評論）

45 *Creed or Chaos ?: Address Delivered at the Biennial Festival of the Church Tutorial Classes Association in Derby, May 4th, 1940*　1940（講演を元にしたパンフレット）

46 *The Mysterious English*　1941（講演を元にしたパンフレット）

47 *The Mind of the Maker*　1941（エッセイ集）

48 *Why Work?: An Address Delivered at Eastbourne, April 23rd, 1942*　1942（エッセイ）

49 *The Other Six Deadly Sins: An Address Given to the Public Morality Council at Caxton Hall, Westminster, on October 23rd, 1941*　1943（講演を元にしたパンフレット）

50 *The Man Born to Be King: A Play-Cycle on the Life of Our Lord and Saviour Jesus Christ, Written for Broadcasting*　1943（ＢＢＣのラジオ・ドラマの戯曲）

51 *Even the Parrot: Exemplary Conversations for Enlightened Children*　1944（子供向けの絵本）

52 *The Just Vengeance: The Lichfield Festival Play for 1946*　1946（戯曲）

53 *Unpopular Opinions*　1946（ホームズ関係を含むエッセイ集）

54 *The Heart of Stone* 1946（ダンテの翻訳）

55 *Making Sense of the Universe: An Address Given at the Kingsway Hall on Ash Wednesday., March 6th, 1946* 1946（エッセイを収録したパンフレット）

56 *Creed or Chaos? and Other Essay in Popular Theology* 1947（エッセイ集）

57 *Four Sacred Plays* 1948（34・40・43・52を収録した戯曲集）

58 *The Lost Tools of Learning: Paper Read at a Vacation Course in Education, Oxford 1947* 1948（講演を元にしたパンフレット）

59 *The Comedy of Dante Alighieri, the Florentine: Cantica I: Hell* 1949（ダンテ『神曲——地獄篇』の翻訳）

60 *The Emperor Constantine: A Chronicle* 1951（戯曲）

61 *Christ's Emperor* 1952（戯曲）

62 *The Days of Christ's Coming* 1953（子供向けの絵本）

63 *Introductory Papers on Dante* 1954（エッセイ集）

64 *The Story of Easter* 1955

65 *The Story of Adam and Christ* 1955

66 *The Comedy of Dante Alighieri, the Florentine: Cantica II, Purgatory* 1955（ダンテ『神曲——煉獄篇』の翻訳）

67 *The Story of Noah's Ark* 1955

68　*The New Sayers Omnibus　1956（『五匹の赤い鰊』『死体をどうぞ』『殺人は広告する』を収めたオムニバス本）
69　Further Papers on Dante　1957（エッセイ、講演集）
70　The Song of Roland　1957（翻訳）
71　*A Treasury of Sayers Stories　1958（12・24を合わせた短編集）
72　The Comedy of Dante Alighieri, the Florentine: Cantica III: Paradise　1962（ダンテ『神曲――天国篇』の翻訳。セイヤーズの死で中絶したのを、バーバラ・レイノルズが完成させたもの）
73　The Poetry of Search and the Poetry of Statement and Other Posthumous Essays on Literature, Religion and Language　1963（エッセイ集）
74　*The Sayers Holiday Book　1963（『学寮祭の夜』『毒を食らわば』および第一短編集42を収めたオムニバス本）
75　Stories of the Supernatural　1963（13から抜粋したアンソロジー。アメリカ版）
76　*The Lord Peter Omnibus　1964（『雲なす証言』『不自然な死』『ベローナ・クラブの不愉快な事件』を収めたオムニバス本）
77　*Three for Lord Peter Wimsey　1966（『誰の死体?』『雲なす証言』『不自然な死』を収めたアメリカ版のオムニバス本）
78　*The Sayers Tandem　1967（『ナイン・テイラーズ』『忙しい蜜月旅行』を収めたオム

ニバス本）

79 *Christian Letters to a Post-Christian World: A Selection of Essays by Dorothy L. Sayers* 1969（ロデリック・ジェレーマ編のエッセイ集。アメリカ版 *The Whimsical Christian: 18 Essays* 1978）

80 *Are Women Human?* 1971（エッセイ集）

81 **Talboys* 1972（アメリカ版のみ）

82 **Lord Peter: A Collection of All the Lord Peter Wimsey Stories* 1972（ジェイムズ・サンドー編によるピーター卿譚の短編全集。初版には 'Talboys' が入っていない。同年刊行の再版より追加）

83 *A Matter of Eternity: Selection from the Writings of Dorothy L. Sayers* 1973（ロザモンド・ケント・スプレイグ編のエッセイ集）

84 **Striding Folly, Including Three Final Lord Peter Wimsey Stories* 1973（最後の三編を収録したピーター卿譚の短編集）

85 *Wilkie Collins : A Critical and Biographical Study* 1977（未完の評伝をE・R・グレゴリイが編集）

86 *The Wimsey Family: A Fragmentary History* 1977（31・35を基にC・W・スコット＝ジャイルズが編集）

87 *The Scoop and Behind the Screen* 1983『ザ・スクープ』（ディテクション・クラブ

のメンバーによる連作集。セイヤーズ、クリスティ、E・C・ベントリー、クロフツ、デインが参加した「ザ・スクープ」と、ヒュー・ウォルポール、クリスティ、セイヤーズ、バークリー、ベントリー、ノックスの参加した「屏風のかげに」を併載）

88 *Crime on the Coast and No Flowers by Request* 1984『殺意の海辺』（ディテクション・クラブのメンバーによる連作集。ジョン・ディクスン・カー、ヴァレリー・ホワイト、ローレンス・メイネル、ショーン・フレミング、マイクル・クローニン、エリザベス・フェラーズが参加した（セイヤーズは加わっていない）「殺意の海辺」と、セイヤーズ、E・C・R・ロラック、ミッチェル、アントニー・ギルバート、クリスチアナ・ブランドが参加した「弔花はご辞退」を併載）

89 *Love All: A Comedy of Manners* 1984（32を併載したアルジナ・ストーン・デイル編の戯曲集）

90 *The Letters of Dorothy L. Sayers: 1899-1936: The Making of a Detective Novelist* 1995（バーバラ・レイノルズ編の書簡集第一巻）

91 *Poetry of Dorothy L. Sayers* 1996（ラルフ・E・ホーン編の詩集）

92 *The Letters of Dorothy L. Sayers: 1937-1943: From Novelist to Playwright* 1997（バーバラ・レイノルズ編の書簡集第二巻）

93 *Thrones, Dominations* 1998（未完長編をジル・ペイトン・ウォルシュが完成させたもの）

94 *The Letters of Dorothy L. Sayers: 1944-1950: A Noble Daring* 1999（バーバラ・レイノルズ編の書簡集第三巻）

95 *The Letters of Dorothy L. Sayers: 1951-1957: In the Midst of Life* 2000（バーバラ・レイノルズ編の書簡集第四巻）

このリストはロバート・B・ハーモンとマーガレット・A・バーガー共作による詳細な書誌 *An Annotated Guide to the Works of Dorothy L. Sayers*（Garland Publishing, Inc.1977）を基に、各様の書誌を参照して作製した初版時のものを基にして、新版を機会に *Dictionary of Literary Biography Vol. 77: British Mystery Writers, 1920-1939*（Gale Research Inc. 1989）所収のバーナード・ベンストックに依る著作リスト、および *Sayers on Holmes: Essays and Fiction on Sherlock Holmes by Dolothy L. Sayers*（The Mythopoeic Press 2001）所収のジョー・R・クリストファーに依るリストによって補塡したものである。

ピーター卿譚書誌　ピーター・ウィムジイ卿の登場する作品は長編十一、短編二十一を数える。短編集は全部で五冊ある。第一短編集は *Lord Peter Views the Body* といって一九二八年、ロンドンのヴィクター・ゴランツ社から刊行された。「銅の指を持つ男の悲惨な話」をはじめ、全部で十二編が収められている。この短編集は二九年にニューヨークのブリュワー・ウォーレン＆プットナム、三八年にはハーコート・ブレイスからも刊行された。第二短編集 *Hang-*

man's Holiday は一九三三年、ヴィクター・ゴランツとハーコート・ブレイスから刊行され、これには「鏡の映像」をはじめ四編のピーター卿譚と、セイヤーズの創造したもう一人の主人公モンタギュー・エッグ譚六編、それともう二編の作品が収録されている。三五年にはニューヨークのカワード・マッキアンからも上梓された。第三短編集はヴィクター・ゴランツから一九三九年に出された *In the Teeth of the Evidence and other stories* で、これも「完全アリバイ」ほか一編のピーター卿譚に五編のエッグ譚、そして「疑惑」（本文庫『世界短編傑作集4』及び『毒薬ミステリ傑作選』収録）など十編を加えたもの。四〇年にはハーコート・ブレイス版も出ている。ここまでが、セイヤーズの生前に発表されたものである。彼女の死亡した翌五八年、ゴランツから第一、第二短編集の合本短編集が上梓された。それが *A Treasury of Sayers Stories* である。つづいて、七二年になって、アメリカのハーパー&ロウからジェイムズ・サンドー編の *Lord Peter: A Collection of All the Lord Peter Wimsey Stories* と題する五百ページに近い大部な短編集が刊行された。これは、第一～第三短編集に収められた十八編は勿論のこと、これまで

Sayers on Holmes

の短編集には含まれなかった三短編を収録した、いわば、ピーター卿短編全集である。これに、サンドーの解説とキャロライン・ヒールブランの評論 'Sayers, Lord Peter and God' 及び『トレント最後の事件』でおなじみのE・C・ベントリーが書いたパロディ「大食祭の夜」（『創元推理15』所載）が収められている。同年、ロンドンのニュー・イングリッシュ・ライブラリから、「幽霊に憑かれた巡査」等、最後の三編を収めた短編集 *Striding Folly* が、*Such a Strange Lady* の著者ジャネット・ヒッチマンの解説を付して刊行された。

収録作品解題　本書には、ピーター卿の登場する短編全二十一編の中から、秀作七編を選んで収録した。

次に、その収録作品について、簡単な解題を付す。

鏡の映像　The Image in the Mirror

一九三三年刊の第二短編集 *Hangman's Holiday* の巻頭を飾る作品。また、セイヤーズ編によるアンソロジー *Tales of Detection* (1936) には、自身でこの作品を選んでいる。そして四三年にはロンドンのトッド出版からこの作品だけを収めた小冊子が刊行されている。五八年刊の *A Treasury of Sayers Stories*、および七二年刊の *Lord Peter* にももちろん収録されている（以後の作品は、第三短編集に収録された「完全アリバイ」を除き、この二冊の合本短編集に収められているので、一々記さない）。一九六四年、〈ＥＱＭＭ〉の九月号に 'Something Queer About Mirror' の題名で再録された。

左右の臓器が逆になっているという男が記憶を失っている間に殺人まで犯してしまったらしい、というアイリッシュ調の設定。やや偶然に支配されていて苦しいが、発端の怪奇性は見事である。この作品のアイディアは、物語の冒頭で主人公のダックワージーがウィムジイの蔵書をむさぼるように読みふけっていたH・G・ウェルズの「プラットナー先生綺譚」'*The Plattner Story*'（1896）から思いついたものだろう。私立中学の教師が化学の実験中、薬品を爆発させて気がついたら四次元の世界に迷い込んでいた。そしてふとしたきっかけでまた現世にもどってくると、ふしぎなことに彼の体は左右が逆になっていた、という綺譚である。

ウィムジイは捜査の方向を示すだけで、本当の結末は警察にまかせている。

セイヤーズのサイン入りの絵葉書（1942）

ピーター・ウィムジイ卿の奇怪な失踪　The Incredible Elopement of Lord Peter Wimsey　第二短編集に「鏡の映像」につづいて収められている。これもトッド社から一九四三年に十六頁の小冊子として刊行された。〈EQMM〉六五年五月号に'The Power of Darkness'のタイトルで再録。
スペインはピレネー山脈のふもと

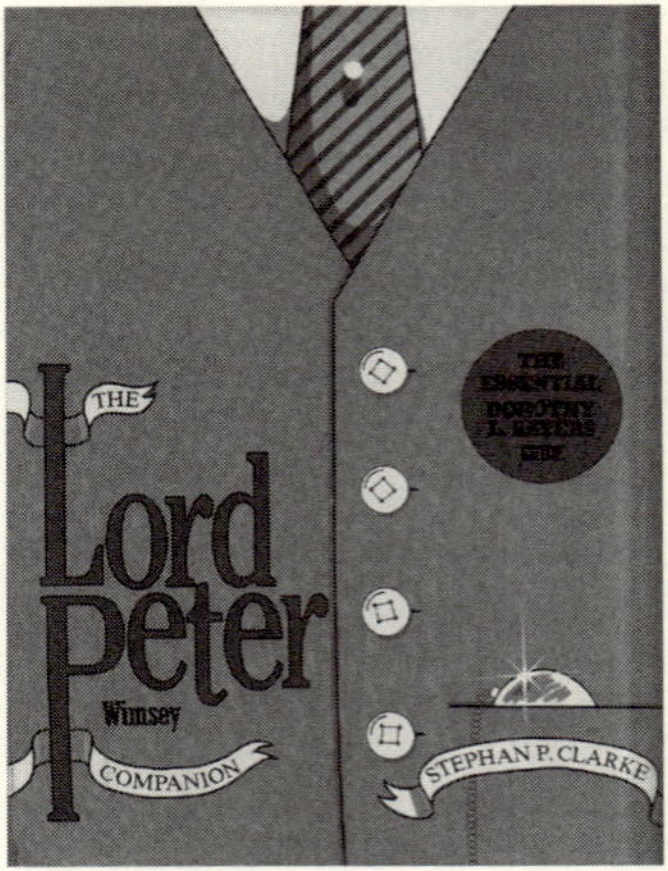

Stephan P. Clarke の
The Lord Peter Wimsey Companion

のバスク地方を舞台にした、奇妙で異常な事件。すさまじい迫力の一編である。

おしまいのところで言及されているデヴァントは、有名な奇術師デイヴィッド・デヴァントのこと。よほど著名とみえ、今、その名を戴いたデイヴィッド・デヴァント＆ヒズ・スピリット・ワイフというロックグループがイギリスで活動しているほどだ。セイヤーズもお気に入りらしく、本書収録の三作にその名が出てくるので、お師匠筋のマスケリンと一緒に名前が出てくる「幽霊に憑かれた巡査」の該当箇所に割り注で説明を入れた次第。ジョージ・ロビー（一八六九―一九五四）はロンドン・ミュージックホールの人気コメディアン。クリスティの『ゴルフ場の殺人』にも名前が出てくる。

盗まれた胃袋　The Piscatorial Farce of the Stolen Stomach
第一短編集 *Lord Peter Views the Body*（1928）に収められた一編。このほか、オハイオ州デイトンで一九三六年、教師用の *Senior Scholastic* に 'The Stolen Stomach' というタイトルで再録された。

強靭な胃袋にまつわる事件、という設定に妙がある。

完全アリバイ　Absolutely Elsewhere

シカゴのタワー・マガジン社から発刊されていたイラスト入り探偵雑誌〈ミステリ〉誌一九三四年一月号に'Impossible Alibi'のタイトルで発表された。その後、三九年刊の第三短編集 *In the Teeth of the Evidence* に収録された（したがって第一、第二短篇集の合本 *A Treasury of Sayers Stories* には入っていない）。ロジャー・L・グリーン編の *Ten Tales of Detection*（1967）にも収録されている。

これはセイヤーズには珍しいアリバイ・トリックものである。

銅の指を持つ男の悲惨な話　The Abominable History of the Man with Copper Fingers

第一短編集に収められた一編。一九六五年刊のアルフレッド・ヒッチコック編 *Alfred Hichcock Presents Stories Not for the Nervous* にも収められている。

ピーター卿が友人のアーバスノットといっしょにメンバーになっているロンドンの《エゴテイスト・クラブ》で、会員外のアメリカの俳優が語って聞かせる異様な物語。

ホームズ譚でいえば、「恐喝王ミルヴァートン」（『シャーロック・ホームズの復活』参照）というところか。

幽霊に憑かれた巡査　The Haunted Policeman

この短編はアメリカの〈ハーパーズ・バザー〉誌一九三八年二月号に発表され、続いて〈ストランド・マガジン〉同年三月号に掲載された。この号の同誌のカバーは、ピーター卿の色彩画だった。ジョン・ロード編のアンソロジー *Detection Medley*（1939）、およびそのアメリカ版であるセシル・J・C・ストリート編の*Line-Up*（1940）に、「歩く塔」（本文庫『ピーター卿の事件簿Ⅱ 顔のない男』所収）とともに採録されている。その後、〈EQMM〉五二年五月号に再録され、七二年には*Lord Peter* 及び*Striding Folly* に収録されている。

長男誕生の日（十月十五日）にピーター卿が遭遇した幽霊譚。存在しない十三番地の家はどこへ行ったのか、不可能興味の横溢する一編である。

不和の種、小さな村のメロドラマ　The Undignified Melodrama of the Bone of Contention

第一短編集に収録された一編。ハワード・ヘイクラフト編の*Fourteen Great Detective Stories*（1949）、それにヘイクラフトとジョン・ビークロフト共編の二巻本アンソロジー*A Treasury of Great Mysteries*（1957）第二巻にも収められている。

首のない馬と頭のない馭者によって走る馬車が登場するこれまた幽霊話。ピーター卿譚の短編中随一の長さで、中編ともいうべきボリュームである。質量ともにセイヤーズ短編作品の代表作といえよう。そしてピーター卿の書物趣味が存分に活かされた作品となっている。

おしまいに、一九四七年に刊行されたR・ボンド編の『暗号ミステリ傑作選』に収録されているピーター卿譚の「龍頭の秘密の学究的解明」にも簡単に触れておく。

龍頭の秘密の学究的解明　The Learned Adventure of the Dragon's Head

〈ピアスンズ・マガジン〉一九二六年六月号に、ジョン・キャンベルの挿絵を付して掲載された。その後、第一短編集に収録された作品。『暗号ミステリ傑作選』のほか、エラリー・クイ

ーン編 *Sporting Blood*（1942）、ヘイクラフト&ビークロフト編 *The Great Mysteries*（1959）、S・マンリー編 *Grande Dames of Detection*（1973）にも選ばれている。また、O・ヘイゲンの *Who Done It?*（1969）によると一九二八年、ロンドンのワトキンズ社から刊行された、とある。

ピーター卿は、甥の《いたずら好きな》ガーキンズが買い求めた一冊の古書がもとで、宝捜しに乗り出すことになる。テンポも軽快で、暗号ものとしてもよくできた、ピーター卿譚の傑作の一つである。

ところで、本書を通読した読者はお気づきかと思うが、作品中に、アガサ、フィルポッツ、クロフツといった人名が出てくる。みな主要人物ではないが、セイヤーズがディテクション・クラブに参加し、活動していたことなどを考え合わせると、単なる偶然とは思えない。「チェスタトン氏の分類における上品なユダヤ人」なんて表現も出てくる。セイヤーズの遊び心の現れかと思う。

参考文献

Janet Hitchman *Such A Strange Lady: A Biography of Dorothy L. Sayers* 1975 Harper & Row, Publishers

C. W. Scott-Giles *The Wimsey Family* 1977 Harper & Row, Publishers

Robert B. Harmon & Margaret A. Burger *An Annotated Guide to the Works of Dorothy L. Sayers* 1977 Garland Publishing, Inc.

Ralph E. Hone *Dorothy L. Sayers: A Literary Biography* 1979 The Kent State University Press

Bernard Benstock 'Dorothy L. Sayers' (*Dictionary of Literary Biography Vol. 77: British Mystery Writers, 1920-1939*) 1989 Gale Research Inc.

Stephan P. Clarke *The Lord Peter Wimsey Companion* 1985 The Mysterious Press

Dorothy L. Sayers *Sayers on Holmes: Essays and Fiction on Sherlock Holmes* 2001 The Mythopoeic Press

訳者紹介　1909年東京に生まれる。1932年東大文学部卒業。訳書にカー「カー短編集」「赤後家の殺人」、バラード「時間都市」「狂風世界」、フットレル「思考機械の事件簿」など多数。1997年歿。

検印
廃止

ピーター卿の事件簿

1979年3月2日　初版
2009年8月21日　21版
新版　2017年10月31日　初版
2020年6月19日　再版

著者　ドロシー・L・セイヤーズ

訳者　宇《う》野《の》利《とし》泰《やす》

発行所　(株)東京創元社
代表者　渋谷健太郎

162-0814/東京都新宿区新小川町1-5
電話　03・3268・8231-営業部
03・3268・8204-編集部
URL　http://www.tsogen.co.jp
振替　00160-9-1565
工友会印刷・本間製本

乱丁・落丁本は、ご面倒ですが小社までご送付ください。送料小社負担にてお取替えいたします。

ISBN978-4-488-18312-7　C0197